教育部人文社会科学研究青年基金项目"中国当代文学中的'动物叙事'研究"
（项目号：14YJC751002）资助

2015年度中央高校基本科研业务费专项资金
（项目号：2015JDZD09）资助

中国当代动物叙事的类型学研究

—— 陈佳冀◎著 ——

中国社会科学出版社

图书在版编目(CIP)数据

中国当代动物叙事的类型学研究 / 陈佳冀著 . —北京：中国社会科学出版社，2018.2
ISBN 978 - 7 - 5203 - 0996 - 7

Ⅰ.①中…　Ⅱ.①陈…　Ⅲ.①中国文学—当代文学—文学研究
Ⅳ.①I206.7

中国版本图书馆 CIP 数据核字（2017）第 224739 号

出 版 人	赵剑英
责任编辑	慈明亮
责任校对	郝阳洋
责任印制	戴　宽

出　　版	中国社会科学出版社
社　　址	北京鼓楼西大街甲 158 号
邮　　编	100720
网　　址	http://www.csspw.cn
发 行 部	010 - 84083685
门 市 部	010 - 84029450
经　　销	新华书店及其他书店

印刷装订	北京君升印刷有限公司
版　　次	2018 年 2 月第 1 版
印　　次	2018 年 2 月第 1 次印刷

开　　本	710 × 1000　1/16
印　　张	20.5
插　　页	2
字　　数	309 千字
定　　价	89.00 元

凡购买中国社会科学出版社图书,如有质量问题请与本社营销中心联系调换
电话:010 - 84083683

目　录

上编　中国文学动物叙事的资源谱系

中编 中国当代动物叙事的叙事语法

下编 中国当代动物叙事的神话历史根源

序一　民族动物志的时代图谱

季红真

　　陈佳冀从 2005 年入学读硕士研究生开始,就致力于中国新时期动物叙事的研究,十几年间勤奋探索,读博期间又在域外的大学深造,从感性到学理都感受着全球动物保护运动的巨大声势,学业得到迅速地提升,于是就有了这本在知识考古视野中的类型学研究专著。

　　这部饱含着他十几年辛苦的著作,页数并不算多,所涉及的作品也不详尽,粗读一遍,却给人沉甸甸的感觉,究其原因,是他在理论方面的深厚积累,方法选择、熔铸与应用的独具匠心。他从知识考古开始的对动物理念的源头探询,把新时期的动物叙事纳入一个古今中外深广的知识谱系中,并且以年度为时间单位、以功能项为特征进行抽样,选取 56 篇具有代表性的作品,深入语言结构的深层分析,发现母题与类型的诸种基本模式。这就使他"……实现语言结构、功能形态研究与深层历史、民族文化伦理层面的人类学范式的最佳结合"的学理宏愿,直接体现为民族志、时代志的抽样标准中,与基督教世界动物权益倡导者们掀起的浩大运动形成了呼应与对话的关系,显示出中国的动物叙事不再是对西方世界的被动反应,而是有着自己源自历史深处的积极建构;研究者也不满足于琐碎现象的罗列,在借鉴 20 世纪以降形式文论的普遍方法的基础上,建构起了可行的研究模型。其实建模的方法也有着传统学术的渊源,中国最古老的哲学著作《易经》八卦的卦象最初应该是用来记录气象的,伏羲的时代把它整理成一个宇宙的基本模式,"文王拘而演周易",观测的条件没有了,就把它平面化为一个更加复杂的模型,此后的爻文与传等都是后人重新阐释的文字。这就是在正常的学术环境中成长起来的新一代人文知识者的优势,广阔的文化视野、文理兼通的知识结构与良好的外语水平,加上专业化的思维训练,都使他们的学术创新植根于扎实的知识准备中。

随着现代性带来的环境危机越来越深刻,生态人类学在迅速兴起,物种的多样性理念成为全球人类的共识,而动物也是这个多样性理念的重要组成部分。随着向原始民族学习与自然和谐共生经验的学理大趋势,民族的植物志观念已然成熟,而陈佳冀的方法论建构中,客观地呈现出了一个简要而醒目的民族动物志图谱。对于一个古老民族而又是后发的现代国家来说,辽阔的版图、众多的民族与丰富的语言资料,都是天然的富矿,也是自身差异性叙事的物质基础。陈佳冀抽样出的56部作品,虽然是按照年代和新出现的功能项为标记,并不主观兼顾作者的民族属性,但客观上呈现出作者民族文化身份的多样与地域分布的广阔,乌热尔图(鄂温克族)、叶广芩(满族)、郭雪波(蒙古族)、石舒清(回族)等都是少数民族作家,而满都麦则是以母语写作的蒙古族作家,他们几乎本身就是民族志的标记与书写者。虽然这些作家多数都是以现代汉语写作,但民族集体记忆转换为新的语言形式之后,仍然置换出无意识中的原始感知经验,体现为熊、虎、鹿、狼等具有图腾意义的动物群体登场,也体现为虚化形的艺术表现手法。就是汉族作家笔下的动物,由于从《道德经》《庄子》《诗经》《楚辞》到魏晋志怪开启的叙事传统,其实不少也是被遗忘和遮蔽了的古代图腾动物,比如张炜笔下的鱼,可追溯到半坡文化中的鱼纹陶盆;庄子散文《逍遥游》,还是道教表现宇宙观的基本喻体——阴阳鱼。就是马、牛、羊、狗一类驯养的动物,在漫长的历史过程中,与渔猎农耕民族久远的依存关系,其文化意义也早已超出人类物质生活的需要层面,具有精神情感生活对象的文化精神意义。而熊猫、豹子一类濒危动物则是最直接体现着现代生态意识中物种多样性理念、具有警示意义的物种,以之为主体的叙事更直接地与世界潮流接轨,共时性的知识谱系是这些作家创作的思想路径。尽管作家们基本使用同样的语言形式(现代汉语),但文学修辞的艺术手法透露出不同的知识谱系与民族思维的个性特征,多元的思想积淀在多种故事形态中,使思维范式的差异凸显在辽阔的文化版图里,如缩微的地理模型,把一个民族多样的历史记忆,立体化为参差错落的语言结构。惟其如此,才能呈现出与物种的多样性理念相适应的多种叙事类型,在动物伦理与权益的基本主题中纷呈的多种意向,使陈佳冀的归纳具有文本丰富性的可操作前提。

这也使民族的动物志与时代志高度融合,具有多元共生的立体效果,多重话语最终固化为多种差异性的叙事类型,而整体构成则如罗伯特·休斯所谓"……寻找了人类叙事反应的原动力基础",归根结底,对于动物主体的发现其实源自一个物种与其它物种之间共生关系的生物学本能,由此及彼是动物伦理赖以形成的人类集体心理。而民族的动物志则使丰富多元的故事叙事,交汇成一幅人与自然共生的立体文化造型,迥然区别于基督教国度动物叙事的生态哲学背景。换言之,他的工作在发现共时性的知识谱系时,描述形态(类型)所积淀的历时性文化精神,深层结构是所有知识谱系的来龙去脉得以交织贯通的心灵枢纽。这种精神就是古老的东方民族与自然界高度融合的宇宙观,所谓天人合一,最直接地置换在人兽同体的故事类型中。而基督教世界的动物叙事则始终囿于人与自然二元论的认知模式,无论是动物权益、动物保护、动物福利、动物解放等等,仍然是以人为出发点。简而言之,中国的动物叙事是"天大于人"、万物同一,而基督教世界的动物叙事则是人与天并列,达尔文主义影响下的没有情感色彩的理性分类方式是其基本的逻辑起点。在一元与二元的明显差别中,体现着文化基因的异同,万物有灵、自然崇拜等原始自然观的久远记忆深入民族集体的无意识,在现代汉语的结构中保留了对宇宙自然广大未知部分的敬畏。这也挑战了现代文明建立在解剖学基础上的分别知思维方式,以整体混融的感知方式呈现出各物种在差异中彼此依存共生的生命图式。

毫无疑问,这样的宇宙观影响下的叙事最接近汉语自身多义性的文化属性,因此而使中国的动物叙事普遍带有大寓言的文体特征,所有的叙事类型都在富于启示性的文化寓言中,各尽其职地担当起民族动物志的诗性书写的职责。而达尔文进化论开启的物种歧视,则被无声地消解了,陈佳冀的工作有效地描述了这个富于历史性的时刻。他的工作是从主位开始,在文本细读的基础上,首先把动物叙事从儿童文学与动物小说的传统分类范畴中分离出来,然后进入客位的归纳,以动物主体与人/动物的双重主体为基本的叙事模式分类,在反复的对比参照中,进一步细化,逐步精化出深层的叙事结构。在陈佳冀之前,由于叙事学理论的引进,对于文学的形式研究已经成果显著,但都是停留在客位的归纳,抽样统计与精深的细化分析尚属薄弱环节。他无疑在这方面下了功夫,本书最打眼的部分,是在结构语义学影响下,从叙事谓语开始的行动元模型的建构,以及相关的图表模式,这无疑是中国动物叙事研究的长足发展,也是叙事文学研究在新世纪的迅速飞跃。

在现代商业社会,文学作品早已进入商品序列,艺术的创新并不是以人文价值为度量衡,更多体现在形式技巧的变革上,人文价值只是寄生或者浸润其中,这已经是普遍的共识。艺术的批评从传统的鉴赏层面深入到语言结构的骨骼框架中,专业批评区别于一般的接受方式,更为精细和数理化,形成更富于时代认知特色的新诗学。这也是实践着几十年前"方法热"的时代一再被人援引的马克思的名言——一个学科成熟的标志是它数学化的水平,形式文论就是要解决文学研究中的数学问题,而语言学是基本的工具。这里有两个必须区分的基本范畴,就好像诗是诗,诗学是诗学一样,前者是艺术创作,后者是理论归纳。而文学研究的科学化是随着科学自身的发展而发展的,当科学已经发现物质无限可分,唯有结构被不断重复呈现的时代,当历史陷入一片苍茫的时刻,文学研究最可为的大概就是在文献的整理和形式建模这两极了。

形式研究在域外已经成为基本的专业技术,但常常仅限于共时性的语言结构内部,脱离历史语言的大系统,直至新历史主义的出现,才弥合了两者的边界。民族的动物志、时代志角度,使陈佳冀的动物叙事研究具有新历史主义的思维特征,从梳理知识谱系开始,他就脚踏这两极,附录的篇目是初步的资料搜集,而谓语方程式、行动元的模型和图表模型则是在资料基础上抽样的建模工作。由此内容与形式的两分法也由模式发现和材料的分解与彼此的重叠整合而被超越。这曾经是困扰着几代学人的方法论难题,陈佳冀迎难而上,比较成功地走出了内容形式二分法的困境。中国现当代文学一向被忽略的内部研究,也借助形式文论得以有效突破。

形式研究并不是排斥内容的研究,而是像20世纪初俄国形式主义者所申辩的,把历史赋予内容的东西,也同样赋予形式,而且内容方面已经被谈得很多了,而形式方面则尚未得到重视。当形式的研究由韵文进入叙事文体的时候,历时性与共时性两种元素便混融凝固为内在的结构,人文精神与模式识别已然一体化为艺术内部的编码规则呈现出来。而陈佳冀民族志与时代志的研究角度,也在"普罗普和施特劳斯的结合""语言学与人类学的结合"中,借助知识的考古,阐释了中国动物叙事有别于基督教世界、长期被压抑到无意识中的民族精神的集体心理原型。这样的研究成果,只有借助内在结构的形式研究才能够获得,仅罗列现象是无法深入堂奥的。而对现代文明的批判,对其知识体系的解构与颠覆,也是克服生态危机溯本求源的工作,民族的动物志由此以独特的差异性,承担起了这个抵抗毁灭的启示作用。

陈佳冀有效的建模工作很大程度上借助工具选择的优势,多学科的择取与多角度的阐释,入乎其内又出乎其外,由知识考古进入内在结构,由材料的搜集到时代志的功能项抽样,再由叙事母题升华为人文情怀,形式与内容在这炼金术式的反复化合提纯过程中,才能固化为民族心理古老原型的化石。人与自然两分法的认知模式,也彻底消解在你中有我、我中有你的一元论宇宙观中。这是他的工作特别值得称道的地方——为我们演示了一次综合运用各种方法的成功个案。

草草写下这些阅读心得,但愿不负他嘱我作序的重托。

2017 七年 9 月
于沈阳烽火四台

序　二

葛红兵

　　陈佳冀是马不扬鞭自奋蹄型的学者,研究基础好,天分高,而且心无旁骛、勤奋好学。他到上海攻读博士学位之前,跟随孟繁华先生学习三年,在中国当代文学思潮研究、当代文学批评方面已经有了不少成绩,到上海跟我们团队进行了一年的小说类型学研究训练之后,我推荐他去澳大利亚国立大学学习,师从我的好友——当时在澳大利亚国立大学亚太研究院工作的宋耕先生,和他一起做合作研究;这时他确立了"动物叙事"的博士论文研究方向。宋耕先生有非常好的西学素养,治学严谨,他在宋耕先生的悉心指导下进步非常快。

　　陈佳冀要做的动物叙事研究是非常不容易的,纵向历史长,资料线索纷杂,横向类别多,有自然态的动物叙事,有拟人态的动物叙事,等等,梳理起来非常不易,他还试图打通中西,进行对标比照研究,头绪就更加多了。但是,陈佳冀有魄力,有毅力,一路坚持,不仅仅是在攻读博士期间,博士毕业之后,也依然研究不辍,一路打通了资料情况的梳理和占领难题,克服了方法论困难,终于完成,这是一项值得庆祝的成绩。

　　陈佳冀的研究,有这样几个方面是特别值得称道的,一是通过历史梳理,理出了一条中国动物叙事的文学史线索,通过这个历史线索的梳理,展示了中国文化中动物理念的形成、发展脉络,在历史实证中理出了一种"文化逻辑",这种实证思维,让逻辑和历史统一的思维,是很值得提倡的;二是他发展了一种特殊的类型学"共时性研究的方法论"。陈佳冀来我们团队时,正是我们团队为小说类型学研究苦恼的时候,已有的成果我们不满意,未来的成果又在哪里?那时我们都很矛盾,基于叙事语法关系而建立一种小说类型学根基的想法一直激励着我们,但是,基于题材的类型呢?小说类型的本质上难道不是文化类型吗?不是基于"形式"而是基于"内容"的小说类型学研究,到底应该如何进行?当时,我们是非常迷茫的,我甚至差一点否定掉了赵牧博士的"后文革叙事研究"作为一种小说类型研究的可能性,但是,后来,陈佳冀和赵牧都形成了非常好的成果。陈佳冀在方法论上立足于普罗普小说形态学,又不局限于普罗普的小说形态学,建构出属于自己的动物叙事研究方案,这是一个很大的突破。同时,陈佳冀有很强的整合能力,他把历时性研究和共时性研究整合起来,让自己的研究站在历史和逻辑的制高点上,包容前人研究的成绩,理出自己的独特发现,占领了学术制高点,形成了学术"集成"。

中国文化对于动物的认识是博大精深的,中国文学创作界对动物叙事的热情正在积累和勃发中,陈佳冀这一研究成果的出版,对此领域的研究和发展如果说,是一个激励,将来一定会吸引更多的人参与其中。陈佳冀如今也是硕士生导师了,希望他在这一独特的论域和方向上带领自己的团队,取得更加辉煌的成绩。

2017 年 9 月 22 日

绪　论

在世界文学宝库的"动物叙事"长廊中，特别是加拿大、美国、奥地利、英国、日本等国的动物叙事创作历经了悠久的历史积淀，形成了上百年的动物文学史记载，也涌现出堪称世界级的代表性作家与被奉为文学史经典的名篇佳作，如加拿大作家欧内斯特·汤普森·西顿、法利·莫厄特，美国作家杰克·伦敦，英国作家鲁德亚德·吉卜林，日本作家椋鸠十等；而《老人与海》《白鲸》《变形记》《义犬博比》《鱼王》《与狼共度》《野性的呼唤》《动物农庄》① 等诸多"动物叙事"名作更是奠定了其在世界文学长廊中的特殊地位。而在中国的叙事范畴内，人们也会不经意地联想到《搜神记》《任氏传》《西游记》《封神演义》《聊斋志异》等这些耳熟能详的中国优秀古典名作，当然它们还尚不能归入完备的现代小说叙述范畴，但却已经向我们展示并见证了动物叙事在中华大地上曾经所拥有过的辉煌。自进入新时期以来，"动物叙事"创作更是已形成一股蓬勃的热潮，且发展至当下依旧名篇佳作层出不穷，成绩斐然。诸多当代知名作家都曾染指过这

---

① 除此之外，世界动物叙事史上一些堪称经典的代表性作家作品还包括：阿普列尤斯《金驴记》、塞万提斯《双犬记》、斯威夫特《格列佛游记》、安娜·休厄尔《黑美人》、霍夫曼《雄猫穆尔的生活观》、列夫·托尔斯泰《霍尔斯特梅尔》、尤奈斯库《犀牛》、吉卜林《丛林之书》、艾特玛托夫《断头台》、特罗耶波利斯基《白比姆黑耳朵》等。丰富的动物叙事创作实绩与不胜枚举的经典性作家作品的呈现，都赋予了动物叙事以"史"的考察地位与论述维度，正如朱宝荣先生所言："小说发展过程中，动物形象的塑造已然形成一种传统，动物形象的确拥有自身的'历史'。"可谓切中肯綮，那么，如何以丰富的创作文本作为材料从史的角度系统地进入对动物叙事的探究当中，无疑是动物叙事研究中一个重要的考察向度，本书所强调的资源谱系的梳理工作即是从这一维度予以展开。引文见朱宝荣《动物形象：小说研究中不应忽视的一隅》，《文艺理论与批评》2005 年第 1 期。

一领域，其中有些创作甚至引起普泛意义上的时代共鸣，并在学理层面引发过广泛的热议，这种广泛的参与度与普泛的受众度，是很多叙事题材类型所难以具备的。

从哈萨克族作家艾克尔·米吉提创作《努尔曼老汉和猎狗巴力斯》（《新疆文艺》1979年第3期）起，先后有10余篇动物叙事作品获得过全国优秀中短篇小说奖，如乌热尔图的《一个猎人的恳求》《七叉犄角的公鹿》与《琥珀色的篝火》，韩少功的《飞过蓝天》，冯苓植的《驼峰上的爱》，郑义的《远村》，王凤麟的《野狼出没的山谷》，邹志安的《哦，小公马》，王星泉的《白马》等。与新时期中短篇动物叙事创作的蔚为壮观相比，21世纪以来的动物叙事作家们似乎更加倾向于长篇大作的写就。自贾平凹于2000年初创作《怀念狼》始，诸如方敏的《大绝唱》、姜戎的《狼图腾》、杨志军的《藏獒》系列、娟子的《与狼》、郭雪波的《银狐》、路生的《怀念羊》、京夫的《鹿鸣》、李克威的《中国虎》、陈应松的《猎人峰》、雪漠的《野狐岭》等长篇创作相继问世，它们凭借自身所特有的题材优势、独特的叙事视角与惊人的想象力和创造力迅速占据了当代小说创作领域一个颇为重要的话语空间。

自文学进入新时期以来，中国的"动物叙事"创作已经培育出属于自身的诸多优秀的本土小说家：沈石溪之于动物叙事创作用力最深、笔耕最勤，大多创作致力于以动物为叙述中心，以深刻的观察和丰富的想象，不断地尝试从多个向度、多种文体探讨动物的物种本性，赋予人类自身深刻的自我反思、审视与检讨的能力，其作品体现出由物及人的悲悯情怀；"生命系列"的作者方敏更是一位享有世界声誉的资深"动物叙事"写作者，她的伦理诉求是与世界最接轨的思想表达，其作品被联合国教科文组织转载就是一个最好的例证，凭借其丰富的动植物科学知识积淀，对动物世界的细致观察与生动描摹，侧重于动物学、生态学、物种变异、种族兴衰等写实意蕴的考察，其作品常常借助于一个更为广阔的隐喻圈和整体象征性铺设来表现主旨诉求，并融入一定的"原罪"意识，体现出思考的深度；叶广芩的作品植根于民间"万物有灵"的原始信仰，对社会现实与原始记忆的谙熟，使其作品体现出丰厚的历史文化积淀，并由此置换出诸多荒诞与魔幻的表述形式，为她的现代伦理观念提供更为丰富的文化依据，实则叶广芩已经站在一个超越人类利己主义和虚幻不实的生命伦理的高度，以独特的视域来体察生命物种的本体价值和达成动物保护层面的情感寄托，显示出极大的道德勇气。除此之外，乌热尔图、李传锋、郭雪波、金曾豪、满都麦、冯苓植、雪漠、杨志军等重要作家也都在各自题材领域迈出属于自身特有的叙事探索的坚实步伐。

从翻译、出版的角度而言，20世纪五六十年代就开始着手的对外国动物文学的翻译、译介与一系列包装、推广工作，以及随之而来的大批量的专著、合集的出版，畅销性连锁效应的形成与相关理论研究成果的不断涌现，如北京出版社翻译出版的《西顿动物小说经典》五册，几乎囊括了西顿的全部"动物叙事"创作，而21世纪出版社更是隆重推出《椋鸠十动物小说全集》十册，也基本将这位日本动物大师的作品一网打尽。再经由翻译者、评论家、出版商、媒体等联姻式的一致推崇与宣扬，"动物叙事"就此赢得了人们一致的赞许与欢迎。读者之于"动物叙事"的阅读热情空前高涨，这对于"动物叙事"自身的发展不啻为一件十足的好事，它提升了动物叙事在中国的知名度与受众度，进一步拉近了其与普泛读者之间的情感距离。但它同时又似乎是一个不小的嘲讽："动物叙事"创作在本国受到无限的赞誉，却是来自国外作品的某种"馈赠"，而国民大众对自己本国的作品却常常"置若罔闻"、眷顾甚少，对于中国"动物叙事"而言，无疑是一种不公正的待遇，一种充满戏谑味道的反讽。

而从研究的维度，与动物叙事的相关创作一样，学界对动物叙事的研究最初也是附着在"儿童文学"或"科普文学"的框架内展开，故常常流于表面，也缺乏足够的理论深度。随着近年来"动物叙事"佳作的不断涌现，并在主题诉求、形象塑造、艺术表达、审美效度、伦理指向等多个向度呈现出焕然一新的面貌，异彩纷呈的类型化表征更促成这一叙事类型的蓬勃发展。如今的"动物叙事"创作早已溢出儿童文学的固有边界，表现出一种不可预知的深度与广度，但它始终没有成为学界一个纯粹意义上的理论热点，也没有引起足够多的重视。目前为止，除2010年出版的均由各自博士论文改写的唐克龙的

《中国现当代文学动物叙事研究》以及孙悦的《动物小说——人类的绿色凝思》① 以外，再未有相应的致力于"动物叙事"整体研究的专著问世，这进一步证实了笔者的断言。

近年来，对于"动物叙事"领域的相关研究已涉及生态学、社会学、人类学、伦理学等诸多研究方法与学科视野，形成一套跨学科的交叉研究范式，对艺术本体、意义、精神流向与价值等方面均做出积极的回应。但依然存在着较为明显的不足：更多成果"大都还停留在感性的、零散的状态，不能形成系统全面的知识体系"②，也没有真正独立与系统的动物叙事研究方法论；由于条块分割或者视野局限，没有打通古代、现代与当代的界限，更缺少对新世纪以来创作的整体关注；对动物叙事的研究不乏宏观意义的考察，但缺少从叙事成规的角度进入该种考察，以阐明动物叙事的"类"特征、"类"属性；对动物叙事类型内在发展规律的梳理，尚缺乏明确描述与阐释，难以窥见动物叙事内部发展的叙事奥秘；并未在真正意义上把动物叙事的发生发展研究作为民族志加以考察，对民族自我反思的思维模式、心理定式做出有效的检视。归根结底，还是缺少系统而科学的理论方法作为积淀，难以生发出真正具有指向性的问题意识。笔者结合多年的研究积累完成了本书的撰写，正是依托于类型学的方法论体系与批评范式，尝试填补该研究领域当中的某些不足与空白之处，力求为"动物叙事"的整体研究贡献出一份绵薄之力。可以预见的是，理论的生发与建构，客观上也必然会带动"动物叙事"创作朝着更加成熟与完备的方向发展。

一　研究对象、主体思路与类型学研究方法论

"动物叙事"这一论题因其时间跨度较长，涉及作家、作品也形形色色，研究本身涉及不同的历史时段与时间节点，与不同的思想文

---

①　这两部专著皆是在对各自的博士论文增补、修订基础之上结集出版的，详见唐克龙《中国现当代文学动物叙事研究》，南开大学出版社 2010 年版；孙悦《动物小说——人类的绿色凝思》，辽宁大学出版社 2010 年版。

②　唐克龙：《中国现当代文学动物叙事研究》，南开大学出版社 2010 年版，第 14 页。

化思潮紧密相关，很难用一种研究方法进行统括，这实际要求研究者要站在更为广阔的研究视野与叙事背景上去加以观照，形成包括文学、环境伦理学、生态学与类型学等多学科思想与方法的有效融合。所努力追求的，是规范分析、实证分析与个案分析的较好结合，达成对于论述对象的深入认知，在科学化、规范化的理论方法导引下实现对当代动物叙事的系统考察。诚如托托西在《文学研究的合法化》中所言："我们必须用证实的实际材料来代替直觉的推测或似是而非的玄学描述。"① 即强调了以真正具有说服力的"实际材料"作为前提与基础对于文学研究的必要性，本书作为方法论核心依托的类型学研究实则就是严格按照由材料到结论的研究范式，开辟出一条带有明确问题指向性的研究路径，真正给予当代动物叙事一个科学而准确的理论阐释。

此处有必要先对本书的研究对象、考察基准与主体思路加以简单说明。首先，在研究对象的选择上，将其定位在中国当代文学中的"动物叙事"创作题材范畴。这里的"当代"有着较为明确的限定，从时间跨度上看，具体指向新时期以来直至当下正在生成中的相关创作。正是进入文学新时期以来，"动物叙事"才渐趋呈现出蓬勃的发展态势，也开始引起普泛读者的关注。这其中包含三个重要的时间节点——也是当代动物叙事自进入新时期以来三个较具有标志性的时段划分：其一是新时期前 10 年（主体指向 80 年代文学）的动物叙事创作；其二是 20 世纪 80 年代末 90 年代初的动物叙事创作；其三是 21 世纪以来的动物叙事创作，并由此形成一股创作热潮。本书所选材料也主要集中在这三个时段，最能代表当代动物叙事的整体发展态势及其所取得的创作实绩。另外，本书所定位的"动物叙事"研究是从现代叙事学意义上加以体认，其所仰仗的叙事体裁主要指向小说文体②。同时，研究对象的选择并不受具体叙事篇幅的限制，包含了长

---

① ［加拿大］斯蒂文·托托西：《文学研究的合法化》，马瑞琦译，北京大学出版社1997 年版，第 10 页。

② 在所选材料中，除去贾平凹《莽岭一条沟》为散文文体外，其余均为小说体裁，这将有利于我们从现代叙事学的维度深入到对"动物叙事"类型学的考察中。贾平凹：《莽岭一条沟》，《商州初录》散文系列之一篇，《钟山》1983 年第 5 期。

篇、中篇及短篇的相关题材创作。有关材料的选择问题，是类型学方法论有效运用的前提，直接决定着研究的总体走向，将在"研究材料：当代动物叙事文本的选择及依据"一节中做出说明。

诚如普兰斯在《"叙述接受者研究"概述》中所言："叙述者只是一个作者创造出来并接受了的角色。"① 所谓的"动物叙事"，并不意味动物在"叙事"，而是隐藏其后的作家在展开"叙事"与讲述，实则指向了人的向度，是关乎人的情感、思想与伦理等多个维度的诉求表达。对于动物叙事的类型学考察即是要从一个侧面达成对人类自身的思想意识与情感状态的观照，经由"动物表述"的维度反观人类自身，探寻人类思维与民族意识中的某一个侧面，是对人的自身生命伦理价值的体认，更将关系到民族思想生活与人类思想生活的大局。

本书研究的逻辑起点在于把当代"动物叙事"作为一个基础的叙事类型，作为一个"类的概念"的存在本质及其功能形态价值为考察前提，从类型的本质属性与发生两个最为基础的向度出发，包含了对"动物叙事"的概念界定、叙事传承、功能形态、主述模式、深层结构以及神话历史根源等多个层面的探讨。实则也兼顾了从审美形式、叙事形态、艺术样貌到文化传承、心理结构——这样由形式到内容，历时与共时、横向与纵向相结合的研究。最终试图解决的问题，是在"人、动物与自然"这一看似常识的关系维系中，以"动物叙事"的内容所映衬出的从古至今人类个体到民族整体潜隐的思维理念当中的某个侧面——对自身困惑、不安与危难的给予解答与拯救的尝试，渴求达成的自我人格、品性的修复以及被压抑的心灵情感空间的释怀，乃至经由人类个体到民族主体性的双向伦理建构的努力。按照上述思路展开相应的研究，本书的主体框架可以呈现为：

导论部分对"动物叙事"概念的确证与刍议。准确回答究竟何谓"动物叙事"的问题，究竟是人在叙事，抑或动物在叙事，"动物叙事"与动物小说、动物童话、动物故事等概念的区分以及其独特的话

---

① ［法］普兰斯：《"叙述接受者研究"概述》，袁宪军译，《外国文学报道》1987 年第 1 期。

语优势，其具体的内涵与外延所指，以及表意层次上关于写实、寓言两大基础表意类型的"类"的概念的划分，等等，都是类型学研究所要明确回答的先行部分。

上编"历时性的历史叙述"部分的研究，立足于知识谱系的梳理与建构，包含了对动物叙事的思想谱系与叙事传承两个主体维度的探究。前者从中、西方的宗教神学伦理资源与哲学文化渊源两个主体向度出发，进行追本溯源①与动物伦理思想观念的比照工作，从而达成历史发展脉络的梳理，在比较视域内指出中、西方伦理理念之间的差异性，明确各自的不足、缺失，达成弥补与完善的效度。该角度的研究特别着眼于对中国古代传统思想资源的发掘，力求在"人与自然"的框架下摸清动物叙事的文化根基所在，对于我们把握中国动物伦理思想的内在传承、生发与叙事建构的进程具有突出价值；后者主要着眼于对中国动物叙事的历史传承与类型衍生的探究。"动物叙事"这一特殊的叙事类型，其漫长的历史传承与自身类型繁衍的不断完善、进阶的过程，可以通过几个标志性的历史时段来进行考察：分别为先秦两汉时期、晋唐宋时期、元明清时期以及中国现当代文学时段。它们共同见证了中国的动物叙事创作经由最初的初创雏形期到渐趋繁荣发展、趋于平缓稳定并最终向完备的叙事学意义上的现代小说样式过渡的发展历程。而包括《山海经》《庄子》《搜神记》《西游记》《聊斋志异》《狼图腾》等诸多动物叙事历史上的代表性著作或合集皆纳入论题的论述范畴之中，这也将有利于我们从历史与发展的维度对当代动物叙事创作的来龙去脉做出清晰的认证，进而探寻中国"动物叙事"的流传与演变的内在机理。

中编"共时性的形态分析"部分的研究，是本书研究的重心。以特定的当代"动物叙事"创作中各种约定俗成的存在样式为研究对象，将其纳入小说类型学研究视野进行共时性的整体考察。这一研究以统计学为基础，在进行文本细读基础之上，通过对所选材料进行系

---

① 有关动物叙事"资源谱系"的研究可参见笔者早期成果：《追本溯源："动物叙事"的寻根之旅——新世纪动物小说的一个考察维度》，《小说评论》2009年第1期。初步尝试从思想资源与创作资源两个维度展开论述，进而指出当代"动物叙事"发展中所面临的新的探索与机遇等问题。

统的归类、分析，探寻"动物叙事"类型当中从人物到角色、功能到形态以及具体功能项的设置情况。再经过比较、对照与有效排列的工作，探寻各功能项之间的分布规律与逻辑关联，从叙事态度的变化和叙事模式的有无切入。研究过程中也要注意到相关主导因素，包括叙事手法、场面设置、形象逻辑以及情感范畴等多个维度的呈现方式及其可能发生的某种转化，最终归纳动物叙事的主导叙事品格和独特类型特征。实现"寻找了人类叙事反应的原动力基础"① 的目标，以此把握变化多端的文学现象的基本结构，确立"动物叙事"的类型本体观。

下编"神话历史根源"部分的研究。实则兼顾了横向（形态）与纵向（历史）两个维度，以原始动物神话的象征母题、原型意象与情感基质的现代传承作为论述基点，实则也是对叙事语法研究的一种有效补充。诚如普罗普所言："研究所有种类故事的结构，是故事的历史研究最必要的前提条件。形式规律性是历史规律性研究的先决条件。"② 在"形式规律性"考察基础之上进行神话历史根源的研究，其关键点在于从发生与起源意义上回答"动物叙事"是从何而来的问题。探寻人兽同体、万物有灵、动物崇拜等原始神话观念下所蕴含的重要母题模式及其所负载的伦理价值。

总体而言，本书将第一次从民族文化、故事形态学、叙事模式、神话历史根源、动物伦理思想等层面对当代"动物叙事"及其写作背后的内在深层动力机制展开深入的研究，并力图将对于论题的研究拓展到政治、伦理、哲学的层面。同时，研究将直逼当下全球性的环境危机与生态主题，在大量占有资料的基础上，提供出一种中外文学

---

① ［美］罗伯特·休斯：《文学结构主义》，刘豫译，生活·读书·新知三联书店1988 年版，第 101 页。

② ［俄］普罗普：《故事形态学》，贾放译，中华书局 2006 年版，第 13 页。事实上，在针对列维－斯特劳斯的辩解文章中，普罗普也一再强调："《形态学》与《历史根源》就好像是一部大型著作的两个部分或两卷。第二卷直接出自第一卷，第一卷是第二卷的前提。"（第 185 页）都凸显了如不先行进入对故事形态本身、类型特征及其本质属性的研究，那么对它的历史根源性的研究其合理根据也会遭受到必要的质疑。本书也恰恰汲取普罗普的某些思路，依托严谨而科学的方法论范式，经由具体的叙事语法探究深入到对历史根源的进一步阐释上。

的比较视野，综合运用多种理论方法，归纳出叙事类型，从功能形态研究入手确认普遍的谓语方程式，建立行动元模型，尝试以公式、图表的方式揭示动物叙事的深层结构与文化心理，进而考察中国文学"动物叙事"的发展模式与演进规律。

需要指明的是，类型学研究思路与具体框架的设定，显然受到普罗普研究思路与方法的某些启发，但整体研究并不仅仅局限于此。普罗普的研究方式难免以较为极端的方式滑向形式与技术层面，思想、内容研究层面的偏失是较为明显的①。本书特别强调对"动物叙事"思想资源、情感范畴与价值规约的考察实则正是为了尽可能避免普罗普似的"粗糙"。并尝试实现语言结构、功能形态研究与深入历史、民族文化层面的人类学范式相结合，以求达成对民族思想中的某个侧面的深入认知的目的。

动物叙事的创作本身是自由的，作家有权对这一题旨做出个人的想象和描摹，充分体现出自身的思想和创作个性。进入新时期以来异彩纷呈的动物叙事创作，某一时期内会在材料相关性、主题相关性、价值相关性以及语体、语貌相关性等方面表现出诸多共性，这种共性正是类型学关注的重点。它要求笔者首先根据约定俗成的习惯和语体、语貌相关性方案，浏览大量已掌握的材料，当然没有必要将所有材料应用到研究里，而是抽样选定包含各种情节的 56 篇动物叙事文本作为研究对象，当确定没有新的功能项出现后，对所选取材料进行比照、编号索引等前期工作，再通过具体的统计、细化与排列进行细致的分类，展开相应的角色、功能与形态的研究，得出最终的结论。

另外，中、西方动物伦理思想的差异性以及不同历史时段中国文学"动物叙事"的特殊风貌，不同上述模式下文本的创作理念、行

---

① 对于普罗普的叙事语法研究过于着眼于故事的形式层面，陈平原曾明确给予回应"决定一个小说类型性质及命运的，并非仅仅是艺术手法——起码不是普通意义上的'艺术手法'。它既涉及特殊的格律、结构、情调等一般称为'形式'的层面，也涉及特殊的主题、题材等一般称为'内容'的层面。"那么，如何兼顾"形式"与"内容"两个层面的研究，给予当代动物叙事一个较为完备意义上的科学阐释，将成为本书立论的重点所在。引文见陈平原《千古文人侠客梦——武侠小说类型研究》，百花文艺出版社 2009 年版，第210 页。

文思路的不同，均要涉及比较研究的方法运用，包含了历史比较（纵向比较）和横向比较两个维度。除比较研究法，还要涉及诸多研究方法，比如"动物叙事"的追本溯源及资源谱系探求，要运用到社会历史批评方法；"动物叙事"蓬勃发展的动因及其特殊的题材优势的探讨，涉及接受美学、读者反应批评等方法；"动物叙事"神话历史根源的研究将涉及神话研究、原型批评等方法。还将涉及诸如符号学、现象学、解释学等多种研究方法与理路，暗含在文本阐释、类型梳理、现象分析与思潮把握当中。笔者并不会刻意强调一种单一的批评方式，但有一点可以明确：没有准确而独到的文本细读，再好的理论方法也只能成为空中楼阁。本书的研究基点即立足于文本分析，在对"动物叙事"文本的重新阅读、甄别过程中建构出阅读谱系，对具体文本生发出新的阐释角度与进入路径。

二 "动物叙事"概念的界定与刍议

真正想给"动物叙事"下一个相对具体而准确的定义是存在一定难度的，目前对于动物相关题材的创作我们可以看到的命名方式有"动物故事""动物文学"和"动物小说"等，略显宽泛也有些庞杂，而且细究起来，均存在着一定的不足。可以尝试从目前学界使用最为频繁的"动物小说"定义谈起，显然，这一概念的出现与界定是有着清晰的发展脉络可循的。"动物小说"的概念自 1928 年被夏文运先生明确提出以后①，它的内涵与外延都在不断地完善，并得到了进一步的确证。但从这一概念诞生之初就一直附着在儿童文学的视域之内，这也在某种程度上影响人们对它更为广泛价值的认定。胡君靖、沈石溪、曾道荣、孙悦、贾伶俐等学者也都给予"动物小说"各自的定义方式。

胡君靖认为："动物小说都要以动物为题材，为描写中心，这是不待自言的。动物小说之名，即因此而得。题材的规定性构成了动物

---

① "动物小说"的概念最早见于夏文运在 1928 年《中华教育界》杂志上发表的长篇文论《艺术童话研究》，在该文中，夏文运还详细剖析了此种小说与故事在我国文坛时有产生的原因。参见蒋风主编《中国儿童文学大系·理论一》，希望出版社 1988 年版，第 166 页。

小说最基本的和首要的内涵。"① 有"动物小说之父"② 之称的沈石溪在《漫议动物小说》一文中，对动物小说内涵做出较为明确的界定："一是严格按动物特征来规范所描写角色的行为；二是深入动物角色的内心世界，把握住让读者可信的动物心理特点；三是作品中的动物主角不应当是类型化的而应当是个性化的，应着力反映动物主角的性格命运；四是作品思想内涵应是艺术折射而不应当是类比或象征人类社会的某些习俗。"③ 这些有益的探讨当中涉及对动物小说美学特征的分析，但其定义的基本出发点还拘囿于儿童文学的框架内，很难彰显出更为开阔的理论视野。

曾道荣在《动物叙事与寻根文学》中较为全面地从"广义"和"狭义"两个层面也给予了"动物叙事"相应的概念阐述："一个是它的广义，即凡是关涉到动物的书写内容的都将其笼统地归类为'动物叙事'，对'动物叙事'狭义的理解应该是通过对动物故事的叙述和动物形象的塑造，反映动物与大自然和人类的关系及作者对动物的生态伦理观念的一种涉及动物的书写或阐释行为。"④ 孙悦在其博士学位论文《动物小说——人类的绿色凝思》中也是直接从写实叙事的维度来明确"动物小说"的定义："把握动物小说的文学特质，运用绿色生态观念，坚持非人类中心主义思想，通过动物小说展现真实迷人的动物世界，描写真实丰富的动物习性，塑造真实丰满的动物形象，勾勒真实立体的动物生命，刻画人类与动物之间真实复杂的关系，为读者铺开生动有趣而又美丽多姿的野性王国画卷，是真正的'动物小说'"⑤。

而近年来贾伶俐在其硕士学位论文《近二十年来动物叙事小说的

---

① 胡君靖：《关于动物小说美学特征的思考》，《鄂州大学学报》1995 年第 2 期。

② 沈石溪是中国"动物小说界"一位具有里程碑式的人物，从 20 世纪 80 年代至今，已经创作了不下百部的以动物作为主人公的小说，对这一领域始终保持着足够的热情。同时，他对"动物小说"的概念界定、基本特征、艺术表现等层面也进行了相应探讨，为"动物小说"的理论建构做出了重要的贡献。

③ 沈石溪：《漫议动物小说》，《动物小说王国》（第一辑），湖南少儿出版社 2012 年版，"前言"第 2—3 页。

④ 曾道荣：《动物叙事与寻根文学》，《三明学院学报》2009 年第 9 期。

⑤ 孙悦：《动物小说——人类的绿色凝思》，博士学位论文，上海师范大学，2008 年，第 149 页。

生态解读》中的定义则更为全面，"动物叙事"的概念也进一步得到细化："动物叙事必须是从生态的角度出发，以动物为主人公，涉及人与大自然的关系的同时注意贯以社会意义的主题，具有浓郁的现实主义特色，但更多的是站在动物的生存立场，描摹动物角色的内心世界，反映动物主角的性格命运，对动物生命进行本真地抒写，将'动物性'与'人性'的结合，对动物生存处境与命运、人与动物关系进行深度思考的文学创作。"[①] 更加突出了从生态写实与生命本体的维度来加以命名的必要性。

总体而言，上述诸种定义方式基本反映出：对"动物叙事"概念的界定最初多附着在"儿童文学"的叙述框架中，是在从动物童话、动物故事的角度来阐释动物小说的概念内涵，很难真正抓住要领，准确把握动物相关题材创作的核心要旨。而近年来，更多的界定方式实则开始把探讨的重心定位在"生态文学"的范畴之内，在"人与自然"的关系框架内予以阐释。该种定义角度凸显出"动物叙事"所具备的突出的写实特质及相应的思考深度，同时也揭示了其所呈现出的生态学意义。但作为一种重要的文学、文化现象存在的"动物叙事"创作，并不是单纯的生态伦理指向即可诠释清楚的，这样尚未体现出这一叙述类型全部的价值内涵。从更为开阔的视野与理论层面加以探讨，完全呈现出其概念内涵的整体意蕴与学理意义，才能真正达成对该种文学现象的深入认知。立足于对何谓"动物叙事"的探讨，就是要通过对"动物叙事"概念的讨论，即在与动物童话、动物故事、动物文学、动物小说等概念的比较区分基础之上，进而从内涵与外延两个层面给予"动物叙事"概念以明确的界定。并指出中国当代动物叙事所具备的"类"的概念特质，在表意层次上进一步对"动物叙事"概念进行细化，奠基起对当代动物叙事类型学考察的理论基点。

（一）"动物叙事"概念的刍议与释疑

1. 动物叙事与动物童话、动物故事的区分

提及动物叙事的概念，大多数人在潜意识里往往笼统地将"凡是

---

① 贾伶俐：《近二十年来动物叙事小说的生态解读》，硕士学位论文，兰州大学，2011年，第4页。

与动物有关或涉及动物描写的文学作品"① 均归为动物叙事作品，显然混淆了动物叙事与动物童话、动物故事之间的界限。因此，这里有必要做出一种精细而有说服力的概念区分，即如何在学理意义上区别"动物叙事"与一般的动物童话（或动物故事、动物传说等）概念，这将有利于我们摆脱一直以来存在的某些概念上的误区：经常把一些具备现代叙事学意义的"动物叙事"作品"强行"划归到儿童文学的视域之内，不加区分地把"动物叙事"等同于动物童话，并直接把受众群体指向了儿童，无疑挤压了"动物叙事"略显狭小的存在空间与边界限定，这样不负责任的概念滥用是对"动物叙事"所展现出的深刻思想内涵与卓越艺术探索的一种抹杀。正本清源捋顺概念，从而给予"动物叙事"一个最为合理的定义阐释，应当是开展一切相关研究的首要任务。

首先，从两者所具备的共同点着手，无论是"动物叙事"还是动物童话，都是在讲述有关动物的"故事"，都很明确地选择以动物作为题材与描写的中心，动物成为作家所要表达意蕴的核心所在，并具备鲜明的个性特点与某种人性化的表征，即在具体的动物形象身上可以体现出动物性与人性的某种交融。同时，二者皆融入了作家丰富的想象成分，从中管窥到作家的情感、价值判断，体现出某种主观性色彩，但一般不会完全脱离动物的物种属性。当然，这些共同点也只是相对意义上的，在某些情况下当我们尝试用一种"度"的概念去衡量的话，往往会呈现出二者之间"若即若离"的差异性。

一般而言，"动物叙事"作品会倾向于立足现实，文学即人学，写动物不过是要从别样的角度去表现人，这一点在动物叙事作品中表现得尤为明显。它们关注人的现实生活、生存处境、行为规范，也探求人的情感理念、伦理诉求、性格命运等，重在对人性的深入发掘与合理揭示。当然，某些动物童话（或动物故事）也会承载这样的功能，但从"度"的层面予以衡量，其更看重的是动物知识的普及以及如何教育、培养儿童的道德情操。宗旨不在追求表达的深度，而在

---

① 徐福伟：《"动物叙事"的界定及其发展历程》，《胜利油田职工大学学报》2008 年第 1 期。

于诉诸普泛性的教化意义，与那些不断追求思想的深刻度常被贯以重大社会意义的主题的动物叙事创作相比，其中的差异是显而易见的。另外，小说是一门虚构的艺术，虚构赋予作者想象与幻想的翅膀，并让文本具备了呈现多个意旨空间的可能。"动物叙事"作品显然被作家赋予了一定的虚构成分，但这个虚构有一定的限度，超过它就有可能越过小说叙事的边界，而滑向拟人化色彩强烈的动物童话。这里的限度主要强调对于动物外貌神态、行为方式、生活习性、栖居环境等物种属性与生存状态的描摹，要基于客观现实，不能凭空捏造或恣意改变这样的现实依托。这与拟人类的动物童话有着本质的区分，动物童话里虚构与想象的成分可以无限予以放大，甚至经常超越这种固有的边界，加入些自由放任的成分，实则也与童话故事的题材特点紧密相关①。比如一些动物形象完全可以做出与人类相类同的动作，表现相同的行为方式，甚至拥有属于自身的话语言说系统，这些动物可以直接付诸个性化的语言来表达自身的思想情感。而"动物叙事"中的动物形象则一般不具备语言表达的能力，它们可以展现出某种思考能力，抒发情感与展现出一定的伦理诉求，但它们的发声方式依旧是动物所固有的表达方式，最为基本的如莺啼、鹿鸣、狼嚎、犬吠、鹤唳、虎啸、狮吼等符合物种属性的声音符号的传达，无论这种拟声方式多么形象逼真，但它和人类的语言始终是有着天壤之别的。

基于上述论证与区分，可以得出"动物叙事"与动物童话之间是有着本质上的区别可循的，因此不能把二者常混为一谈，简单地将"动物叙事"作品归入到一般性的动物科普知识与单纯人性情感诉求的范畴，显然无法发掘作家创作的全部意义。以沈石溪的《苦豺制度》为例，这部作品全篇皆以动物作为叙述的重心，完全没有人类角

---

① 童话这一文学体裁的一个突出特质就在于其所强调的幻想性。正是依托于童话作家丰富而生动的幻想成分，才会创造出一个个光怪陆离、色彩斑斓的奇幻世界。因此，童话的最大特色就在于其常超脱于具体的社会现实，而营造出一个个虚幻的充满想象力与诱惑力的艺术空间。正如韦苇对现代童话的界定："现代童话是作家模仿儿童稚真的、非现实的思维方式而创作的幻想性故事。"其重心实则也突出在"幻想"上，这也是其与现代小说艺术样式一个本质性的区别所在。引文见韦苇《世界童话史》，福建教育出版社 2002 年版，第 2 页。

色的参与，豺王"索坨"与豺娘"霞吐"充当了文本的叙事主人公。整篇小说又极尽作者想象、虚构之能力，动物具备鲜活的人性化表征，它们的思索、回忆、判断、情感流露（或悔恨，或惊讶，或恐吓，或憎恶，或赞叹）惟妙惟肖。但作者很好地把握住这种渲染的度，其所呈现出的想象空间并未超出豺类最基本的物种属性，而是落实到对其自身生存法则的揭示上，更由此表达出人类自我检讨与纠正的能力，体现出一种由物及人的悲悯情怀。显然，这是一篇呈现出较为完备的叙事内涵并兼具一定思考深度的作品。

把动物叙事概念与动物童话、动物故事概念做出最为基本的区分，只是工作中的第一个环节，把当代"动物叙事"概念有效地从儿童文学的视阈内剥离出来，对于拓宽固有叙事边界与重新审视具体作家作品的思考深度极为重要。作为一个崭新的学术概念，"动物叙事"与惯常意义上我们所定义的"动物文学"与"动物小说"概念也有着明确的区分。

2. 动物叙事与动物文学、动物小说的概念区分

总体而言，"动物故事""动物文学""动物小说"的概念与定位似乎总是不那么尽如人意，归根结底，在这些偏正式结构表达中，作为修饰词的"动物"某种程度上成了话语的中心，也具备了特指的内涵，严格限制了这些词语的有效使用范围。造成的错觉是只有把"动物"凸显出来，以动物为书写中心、动物作为主角的创作才能涵盖"动物小说"的真实内涵，那些以动物作为叙述中心的动物题材作品理所当然地成为研究的重心。而另外一些虽有动物形象参与，但在整体叙事格局中该种形象塑造并不具备核心性地位的重要文本却溢出了"动物小说"的研究范畴。

如迟子建的长篇《越过云层的晴朗》，借用一条惹人喜爱的大黄狗涅槃的眼睛来观察世态人生，进而展现出东北金顶镇一带的巨大变迁与风土人情。其和真正的讲述"有关动物的故事"并无多大的关联，如果按照纯粹"动物小说"的定义来定位，它显然不在该叙事类型范畴之内。而如果将其纳入笔者所定义的"动物叙事"概念下加以考察，它反而成为该题材领域中一篇较具类型创新价值的作品。合理界定"动物叙事"概念的重要意义正在于：一些一直被忽视的

优秀动物题材作品有望重新获得公允而客观的评价，并彰显出其在"动物叙事"历史进程中的特殊存在价值；同样，那些在"动物小说"视域（更多是从儿童文学范畴加以论证）内早已被奉为经典的名作实则却名副其实，并未能对类型整体提供多少可资借鉴的创新性贡献，也同样会被重新做出评价。

这里提到儿童文学范畴的问题，以往我们总是在这一范畴之内来探讨"动物小说"创作，当然，这种观念早已由来已久，自20世纪80年代始，"动物小说"就与"儿童文学"紧紧缠绕在一起，并逐渐形成一种约定俗成的"儿童动物小说"的概念横亘在人们心头。在儿童视阈内加以考察，必然会受到儿童叙述视野的局限，不能真正深入到文本内部，而是流于浅层意蕴的传达，使原有的"动物小说"概念始终缺乏更为深入的阐释空间，多是单纯地从修辞格的角度来看待文本，对于动物自身、动物与人的关系、动物形象塑造的新的动向等层面都缺乏一定的理论深度。因此，对"动物小说"这一概念的质疑也愈发增多，近来更是不断地遭到挑战，甚至早已有被取而代之的趋势展现。大量以"动物叙事"为题展开论述的重要学术成果相继出现①，也预示着这一呼之欲出的学术理念已经开始得到学界的认可，对其进行较为完备的概念界定与叙事学意义上的价值指向的发掘，成为一份十分紧迫而切要的任务。

（二）动物叙事概念的内涵与外延：叙事学层面意义指涉

关于"动物叙事"的概念，最早明确被采纳运用并以此进行深入论证的是唐克龙的博士学位论文《论当代文学中的动物叙事》（南开

---

① 截至目前，直接以中国当代动物叙事为题展开具体论述的代表性文章包括：唐克龙的《当代生态文学中的动物叙事与生命意识的兴起》，《湖南大学学报》（社会科学版）2006年第3期；王红的《复调与重弹：当代民族文学的动物叙事研究》，《宁夏社会科学》2007年第6期；陈佳冀的《时代主题话语的另类表达——新世纪文学中的"动物叙事"研究》，《南方文坛》2007年第6期；曾道荣的《动物叙事：从文化寻根到文化重建》，《文学评论》2009年第5期；汪树东的《生态意识与中国当代小说的动物叙事》，《北方论丛》2010年第3期；侯颖的《新世纪中国动物叙事文学的转型——以蒙古族作家格日勒其木格·黑鹤为例》，《文艺争鸣》2011年第15期；贾小娟的《动物叙事文学发展三维度：中西方比较的视域》，《江西社会科学》2012年第9期；李彦姝的《论知青作家的动物叙事》，《中国现代文学研究丛刊》2015年第2期等。

大学，2004 年），认为以动物为叙事主体或与动物有关或涉及动物描写的文学作品都可称为动物叙事，并系统而历史地考察了动物叙事与人道主义、教化传统、人本思潮及生态意识等的关系，论证了动物形象在当代文学中从"象征符号"到"生命本体"的演进过程等。该研究对于中国当代动物叙事的系统考察起到某种首开先河的意义，为该领域的深入研究打开一个不小的缺口，取得了某些阶段性的研究成果，但其对"动物叙事"概念的定义较为宽泛且尚不够明确。在对动物叙事与动物童话、动物小说等概念进行有效区分之后，可以尝试从更加深广的层面去观照"动物叙事"的概念界定。谈及动物叙事，当然要从"叙事"一词入手，"叙事"，通俗意义上理解，就是叙述事情，讲述故事，而在文学批评的框架中则是指涉一种写作技巧，前面加上限定词"动物"，则表明"动物叙事"是有关动物的讲述方式，动物在这一叙事类型中起着举足轻重的作用，甚至具备了不可或缺的地位，但未必处在核心性叙述地位上，具体而言，它可以有以下指涉：

　　第一种是完全以动物作为情节展开与文本叙事中心的作品，通篇都以动物为叙述的主体，动物是当之无愧的主人公，成为作者着力渲染与烘托的对象，而人类角色（有时甚至会直接省去）一般只起到辅助、反衬动物形象的作用。作品通篇都贯穿着对动物形象的展示与描摹，包括动物外貌神态、行为方式、生活习性、栖居环境、生存遭遇，甚至动物的思考方式、心理描写、价值判断、情感态度等都可成为文本叙述的重心。一切围绕着动物、以动物作为统领全篇叙事格局的出发点，体现出其主角与核心性的地位，这与一般意义上的"动物小说"概念较为接近。如邓一光的《狼行成双》、沈石溪的《苦刽制度》、陈应松的《豹子的最后舞蹈》、袁玮冰的《红毛》、笛安的《莉莉》等都在这一概念叙述框架之内。

　　第二种概念意义指涉为，动物与人基本处于"分庭抗礼"的状态，共同承担叙事的主体，作者对于动物主人公与人类主人公给予了同样的观照，双方的个性特质与情感诉求都有具体的勾勒，动物与人物在文本构篇中都具备特殊的存在意义，二者之间又基本形成互相补充、完善与依托的关系，一方无法摆脱另一方而独立存在。这一概念指涉的范围内，突出的是人与动物在文本中共有的重要地位，情节的发展也基本由二者之间所发生的相互关联与内在的情感维系支撑构建，并且这类概念指涉常常又会直接在文本的题目设置中即有清晰展现。如王瑞芸的《画家与狗》、娟子的《与狼》、漠月的《父亲与驼》、叶楠的《最后一名猎手和最后一头公熊》等都在这一叙事范畴之内。

第三种概念意义指涉为动物并不作为叙述主体与描写中心，而处于从属地位，作品的主人公由人物形象担当而不是动物，但又要与动物形象有一定的关联，或直接发生某种特殊的行为方式上的关系维系，或在伦理、情感与心理上的内在维系。二者在文本内部要以相互矛盾或和谐一致的表征呈现出来，错综复杂地交织在一起。如果把这一动物形象从该文本中抽离出去，则会直接造成文本整体结构的坍塌，叙述也无从再进行下去。显然，在这一概念范畴下，动物形象同样占据着相对重要的话语空间并具备颇为重要的价值，特别是要能与对人物的观照紧密联系在一起，并融入作者对动物命运以及人与动物如何相处等问题的思考，因此，动物本身也同样要具备相对完整的形象展现，并能与人物的主体形象紧密相关。如洪峰的《生命之流》、荆歌的《鸟事》、冯苓植的《驼峰上的爱》、刘庆邦的《梅妞放羊》、叶广芩的《黑鱼千岁》等。

最后一类概念表述只涉及相关的动物形象描写，甚至可以以潜隐的方式并不登场。动物在文本当中仅仅具备特别的象征功能，作者往往通过动物形象的塑造借以传达某种思维理念，动物完全作为一种工具性的存在，丧失了自身的主体性与形象的完整性，远离了文本的叙述中心但依然会贯穿全篇，并拥有足够量的文字篇幅的描述。对于那些只是一笔带过，仅仅在某个段落或具体字句当中偶尔有所提及的动物形象，且并不与全文的主题思想发生关联，动物在情节讲述中处于可有可无的地位，这样的作品一般不被归入"动物叙事"的范畴。该概念指涉下的作品有周立武的《巨兽》、石舒清的《清水里的刀子》、夏季风的《该死的鲸鱼》、张炜的《鱼的故事》、文非的《百羊图》等。

总体而言，"动物叙事"的概念可以理解为：首先是要以动物为相关题材，文本的讲述必须与动物相关，"动物叙事"当然是有关动物的文学叙事，这一点不言自明。具体而言，则动物在文本叙述中所处的地位并未有严格的限制，既可以是整篇叙述与倾注表达的中心，也可以只是涉及相关的动物描写，但该描写必须与作品的主题思想相关，即文本中的动物形象要能体现出它自身与作品主旨诉求相勾连的意义指向与叙事效度，使之体现出某种象征、隐喻、拟实等重要功能，能在通篇叙述之中占据一个相对重要的篇幅空间，这是一个最为基本的限定。更为主要的是，"动物叙事"概念本身也提供了一种研究的深度。"叙事"在当代叙事学中，并非单纯地讲述相关故事这么简单，"叙事不可简化为单一的话语类型或文类，因为就其生产和建构而言，叙述是通过多元异质话语的混合而建构的。"[①] 其本身孕育着一套文本叙事方法体系与多维表述评判标准，从技术操作层面而言也提供出一定的艺术表现层面的思考维度。同时，"叙事"这一词汇本身又包蕴丰富的潜能，它还被人们看作是认识世界、社会和个人的基本方式，是"理解生活的必不可少的解释方式"[②]，体现出其所内蕴的思想内容层面的价值指涉，它与意义、价值的认知系统所统筹，包含丰富而深邃的所指与能指，这本身又是一个重要的思考维度。

如此理解所谓的"叙事"，我们的视野与思路就打开了，显而易见，"动物叙事"这一概念本身也是含有巨大包容性的定义方式，它既指明了一种写作技巧层面的特殊表征，又内蕴丰厚的思想、文化内涵。谈及"动物叙事"，必然要以更为宏阔的视野来拓展自身的研究思路，采用多种文学批评手段来加以考察，如文化批评、生态批评和结构主义叙事学等都可纳入具体的文本解读当中，以探讨其背后所深蕴的丰富潜质。既可以把动物形象作为工具性的客观存在，又可将其视为具备时间、空间意义上的真实生命存在；在主题设置上，既要看到它宏阔的人学视野、人性观照的意义，又要看到它新颖的生态学视域和生态意识的弘扬；在开掘其丰富的人文价值的同时，更要接受其

---

① ［美］于连·沃尔夫莱：《批评关键词：文学与文化理论》，陈永国译，北京大学出版社 2015 年版，第 213 页。

② ［美］华莱士·马丁：《当代叙事学》，伍晓明译，北京大学出版社 1990 年版，第 1 页。

强烈的道德、精神的洗礼与感召，以体现"动物叙事"所特有的时代价值与现实关怀。

这里实则涉及对动物叙事"类"的概念的阐释问题，其出发点是文学文本所传达出的价值诉求与核心题旨，指向文本的思想、伦理与道德层面。主要可以从以下两个维度予以确认：其一，是对动物自身的认知层次上，即侧重点在动物，作家的叙述重心与情感价值判断直接付诸在动物物性（物种本性）的呈现上，这里的"认知"尤其强调写实性描摹——对动物物种属性、生存规律与生存现实的还原与拟真再现，其出发点与落脚点都着眼于动物自身的形象塑造与烘托上；其二，是通过动物来转喻人类社会的转喻层次，动物成为附属性的存在，虽然部分文本中也可能充当文本的重心，但在核心题旨的传达上尤其强调动物的转喻意义，把笔触伸向人性乃至整个人类社会。按照此种逻辑出发，可以把当代"动物叙事"划分为"寓言型"与"写实型"两大基础表意类型，如果细化开来还可以延伸出"神话型""象征型"的概念范畴，一般会附着在寓言与写实的表意范畴之内。从表意层次上对"寓言"（转喻向度）与"写实"（拟实向度）这两类主体概念的确认，可以进一步加深对"动物叙事"概念整体上的把握。

亚里士多德说："寓言是为民众制作的，优点是能够显示形象的例子，这样的例子在现实中十分罕见。寓言和比喻一样，是可以虚构出来的，只要能够发现类比之点的话。"① 显然，寓言是运用在现实生活中罕见甚至很多不可能出现的故事作为例子，来喻指另一个可以与之相类比的道德教训。我国先秦寓言，西方《伊索寓言》，以及印度童话寓言集中均有不少篇什描写动物，甚至有的全文均以动物作为主人公来展开对生活多姿多彩的描写。当代寓言型动物叙事类型不仅具备这样的特点，而且还有明确的区分，它以一种文化寓言的叙事表征呈现出来，具体表现为：

首先，寓言型动物叙事是在传统寓言、动物故事、儿童童话的基础上注入新的因素而促成的，其体现出的寓意已经发生了根本性的变

---

① 段宝林：《西方古典作家谈文艺创作》，春风文艺出版社1980年版，第42页。

化：从最初的单纯以动物寄托爱憎，转喻人类社会，到逐步实现以动物为参照，暗示人类行为中的某种伦理品格。

其次，创作主体在详尽描绘各种动物丰富的生物属性、构筑艺术情节的同时，艺术想象和联想的方式把笔触直接伸向对人性中的种种恶性如自私、贪婪、不义与奸诈等的鞭笞与批判，也有对人与动物之间信任、互爱与忠诚的真挚情感及美好品性的赞美与讴歌。在这样的寓意转变中，尽管仍然没有彻底摆脱以人为中心、借动物以言志抒情的传统寓言叙事模式，但内蕴其中的自我中心意识已渐趋消解淡化，人与动物之间的互喻实则已模糊了物种的界限，在这些"社会人格化"的动物形象身上分明寄予着作家的生活理想与审美情趣，以及内蕴其中的无限的爱与恨。诸多优秀的寓言型动物叙事文本是在严格尊重动物的生活习性，不违背动物行为逻辑基础上进行的卓越的艺术创造。

写实型动物叙事重在写实，该叙事类型大多以某种动物特有的习性为依据，通过艺术想象与夸张，形象地反映野生动物在人类自然生态环境中的重要作用。它要求作家对动物习性做真实而生动的描绘，而不是把重心放在作品所包孕的情感与理想上。让读者深刻体悟野生动物能否自然健康地生存，将直接关系到人类的生态环境；保护动物实则是实现和谐共存，维护自然界的生态平衡。这类具有强烈本体意义上的动物艺术形象的塑造，在于严格按照动物生活的特征来规范所描写对象的行为，依据生物社会的特点，着重刻画作品中动物"主人公"的个性特征，真实地表现各种动物形象的内心活动与灵魂世界，而非寓言型动物叙事那样从理论预设出发，赋予动物相应的道德地位。

这里所定义的写实型动物叙事，把动物作为真正的"生命主体"来促成其伦理地位的彻底转换，并不意味着完全放弃全部的象征意义和主体的内在情感判断表达，动物仍然可以承载一定的文化认知功能，两者可以以一种复调的形式同时存在，写实中也会蕴含一定的寓言意义，但这种寓言意义的存在必须以不影响写实在整个文本叙述中的主体地位为前提。它同时也在提醒我们，写实型动物叙事中，作家要注重科学考察，使作品呈现出真实严谨的态势，但另一方面，作家又不能忽视艺术虚构。艺术虚构"不是凭空地、主观地随意编造"，而是"凭借作者的生活积累和丰富的想象力来真实地创造艺术形象"①。注重突出"动物英雄"的行为和"戏剧性"事件，使作品跌宕起伏，妙趣横生，是写实型动物叙事最为重要的叙事策略。

三　研究材料：当代动物叙事文本的选择及依据

"动物叙事"是一个开放的、不断生成的小说类型，磅礴浩大而又生机勃勃，几乎每天都有不断更新的文本呈现。诸多文本中，哪些更具有民族志形式和时代志意义的代表性，需要一个极其艰难的甄别过程。类型学研究工作开展之前，首先应予以解决的一个急迫问题：即材料的抽取与选择的问题。笔者提取情节元素是严格按照角色功能来进行的，一旦发现新的"动物叙事"作品不能再提供任何新的功能项，那么引用的材料即可停止。前提是在此之前必须浏览大量已掌握的材料，即使不需要将所有材料都应用到研究当中，至少也要包括56篇动物叙事作品作为最终的考察范本，它们又要包括各种可能的预知情节，直到发现并确认已经再也找不到任何新的功能项后才可以画上句号，停止材料的选取工作。所选材料的最终确定将有利于后续我们对当代文学"动物叙事"的审美批评范式的确立，提供一个基本的理论参照体系，对具体文本的解读和评价也将会呈现出科学性与规范性。

在时间范畴的参考维度上，本书研究的主体对象是新时期以来的动物叙事创作，在材料选择上也必然以此时间范畴来加以限定，尤其强调要基于小说在具体刊物上所发表的时间，而不是作者实际创作的时间，更与作者文本中所讲述的时间无关。从所选篇目上看，时间最早的为1980年宗璞发表在《十月》上的《鲁鲁》，而按时间顺序最后入选的一部为2016年发表在《文学港》上的陈集益《驯牛记》。56篇动物叙事作品中，长篇小说共计10篇，中篇小说19篇，短篇小说27篇，这种选取范围基本符合了新时期以来当代动物叙事的创作

---

① 李锦屏主编：《文艺知识大全》，花山文艺出版社1988年版，第16页。

情况，即首先以短篇数量为最，但也有明显的写作层次上的差距，所选作品均具备一定的研究价值。其次，中篇数量也较多且占据的分量较重，艺术价值较为突出的作品居多，不乏经典名篇问世。长篇则主要集中在 21 世纪以来的一股"动物叙事"创作热潮中，所选 10 篇皆为 2000 年以来的创作凸显了这一趋势。

这里提到创作热潮，要着重强调材料选择的另一项重要基准，即动物叙事作品的好评度、受众度与影响力等层面的考究。具体体现在：一是是否具备突出的文学史价值、在当代文学整体发展中是否呈现出足够的影响力，并在一定程度上堪称经典意义的创作。一些重要的全国性评奖，如全国优秀小说奖①、鲁迅文学奖②等奖项的获得就是一个较具说服力的选择标准。而从作品的维度，诸如韩少功的《飞过蓝天》、乌热尔图的《七叉犄角的公鹿》、郑义的《远村》、冯骥才的《感谢生活》等均是新时期文学中的代表性佳作，入选自然也在情理之中；同时，一些作品能够引起广泛的关注与热议，甚至带来某种轰动性效应，如《怀念狼》《狼图腾》等作品，引发了较大规模的学理层面上的讨论③。

二是所选取的 56 篇作品是否发表在国内重要的、有影响力的刊物上，这里强调这些重要刊物本身对所发表文章的质量有着严格的评价与衡量标准，如《人民文学》《收获》《民族文学》《十月》《钟

① 所选篇目中获得全国优秀短篇小说奖共计 4 篇，分别为韩少功的《飞过蓝天》（1981）、乌热尔图的《七叉犄角的公鹿》（1982）以及王凤麟的《野狼出没的山谷》（1984）；而中篇小说共计 2 篇，分别为冯苓植的《驼峰上的爱》（1981—1982）以及郑义的《远村》（1983—1984）。

② 所选篇目中获得鲁迅文学奖的包括石舒清的《清水里的刀子》、温亚军的《驮水的日子》等。还有其他一些获得重要奖项的作品，如冯骥才的《感谢生活》、赵剑平的《獭祭》、洪峰的《生命之流》、姜戎的《狼图腾》等，都是较具代表性的动物叙事作品。

③ 仅以姜戎的《狼图腾》为例，该小说面世仅 5 天，就迅速攀升至各大书店排行榜首位，半月即销完首印 5 万册，一个半月销量就迅速增至 15 万册。可以说，该小说吸引了不同年龄、不同文化层次、不同阶层读者的目光，并且很快在广播、电视上播出，2015 年拍成同名电影上映。而围绕小说中所极力弘扬的"狼性""狼精神"又热热闹闹地掀起了一场对国民性、民族精神的大讨论。2007 年 10 月底，《狼图腾》在 243 部参选作品中脱颖而出，以我国唯一入选作品的身份荣获"曼氏亚洲文学奖"，其英文版权也被英国的企鹅出版社购买，并于 2008 年 3 月在全球发行。

山》等①。其中，在《人民文学》这样具有官方性质的权威刊物收录最多，也从一个侧面反映出当代"动物叙事"的创作质量与主题传达的受认可度。《民族文学》中的"动物叙事"创作也占据了一个相对显著的位置，实际的情况是几乎每隔一到两期都会有相应的作品呈现，加上所选取的阿来发表在《西藏文学》上的《红狐》，可以清晰地窥见少数民族作家"动物叙事"创作的繁荣与丰盛。除上述所提及的一些参照标准以外，还要特别强调一点，即选取一些当代青年作家较为新颖别致、具备一定反类型意义的作品，如娟子的《与狼》、李浩的《一只叫芭比的狗》、石舒清的《清水里的刀子》、笛安的《莉莉》等。

"动物叙事"的核心在于书写有关动物的叙事讲述，动物形象的选取及相应的角色塑造自然成为我们选择材料时必然要参照的一个重要维度。在 56 篇所选作品中，以狼和狗的形象选择最为密集，各占据了 9 篇②。这两种形象设置分别代表了当代动物叙事两类主述动物形象序列，即野生类动物叙事与家养类动物叙事。野生类动物叙事主要分布在狐、虎、鱼、熊、豺、狮、豹、野猪等形象选取上，家养类动物叙事则主要分布在鸟、羊、牛、驼、骡、马、鹿等形象选取上，抛开狼、狗这两类出现频率最高的形象选择，其他各种形象在动物叙事作品中出现的频率几乎相当，本书所选取的叙事材料也兼顾了这样的原则，几乎平摊了这些具体的形象表征，分别选取 2—3 篇不等。如以牛为书写对象的有《清水里的刀子》《妆牛》《驯牛记》3 篇；以羊为书写对象的有《梅姐放羊》《百羊图》2 篇；主述鹿的作品则主要有《七叉犄角的公鹿》《鹿鸣》2 篇；写豹的作品则有《豹子的

---

① 所选 56 篇"动物叙事"短篇作品中，以《人民文学》与《民族文学》上发表的比重最大，其中《人民文学》计 11 篇，《民族文学》计 5 篇。其他刊物如《钟山》4 篇，《十月》3 篇，《收获》《花城》各 2 篇，其他篇目也出自如《山花》《当代》《上海文学》《天涯》《北京文学》《作家》等专业文学期刊上。

② 以狼为书写对象的作品，包括：《狼图腾》《怀念狼》《莽岭一条沟》《生命之流》《与狼》《四耳狼与猎人》《野狼出没的山谷》《母狼衔来的月光》《狼行成双》共 9 篇；以狗为书写对象的作品，包括：《太平狗》《爱犬颗勒》《感谢生活》《远村》《鲁鲁》《退役军犬》《一只叫芭比的狗》《画家与狗》《藏獒》《叼狼》《一兵一狗一座山》共 11 篇。显示出两类动物形象系列在当代动物叙事整体创作中的重要地位。

最后舞蹈》《困豹》2 篇……以此类推大致遵循了这样的选择逻辑，但以鸟为主体形象塑造的作品较为特殊，因为鸟类涵盖的范畴较大，故入选作品兼顾了鸟类叙事当中出现频率较高的鸽子、八哥、麻雀等主体形象，共选取了《飞过蓝天》《铁血信鸽》《鸟事》《小鸟在歌唱》计 4 篇。

从形象选取的具体情况来看，中国古代动物叙事中一直占据主述地位的狐与虎的意象选择①，至当代叙事范畴里渐渐退居到次席，虽然依旧有诸多重要作品如郭雪波的《银狐》、李克威的《中国虎》等②的出现，但其被狼、狗等主体形象所取代已成为不争的事实。另外，除了这些较为耳熟能详的动物形象之外，还有一些并不常见或不被熟知的动物形象依旧会在动物叙事作家笔下有所展现，如所选取的方敏《大绝唱》中的"河狸"③、赵剑平《獭祭》中的"水獭"、袁玮冰《红毛》中的"雄鼬"以及关仁山《苦雪》中的"海狗"等形象均属于这一范畴。诚如凯勒特在呼吁人们重视生命价值与物种的多样性时所言："人类对生命的尊敬不仅仅包括那些有着卓越名声的动物，如长脚的牡鹿、黄色的狮子和棕色的大熊，或者甚至是古老而忠诚的斑头鸽等，还要包括那些令我们厌恶的臭虫们。"④ 这正是对动物形象选择的多样性作为参照基准的必要表述，凸显出动物叙事作家所具备的广阔的生态视域与人文情怀。

而关于动物形象的问题，必须阐明材料选择时所倚仗的另一个重

---

① 中国古代动物叙事历史发展脉络中，对于狐与虎的意象选择一直偏爱有加，诸多古代被奉为叙事经典的作品实则大都以狐狸或虎的意象（一般以"动物化形"形式呈现）作为叙事的主体与倾注情感重心所在，对于这一情形的相关论述将在"中国文学动物叙事的历史传承与类型衍生"一章中有所呈现。

② 在所选 56 篇动物叙事作品中，以狐为主体表述对象的共收录郭雪波的《银狐》、阿来的《红狐》2 篇，而以虎为书写对象的同样有李克威的《中国虎》、叶广芩的《老虎大福》2 篇，实则表明：虽然此两类动物意象的选择在当代依旧受到作家的垂青，但显然已退居到狼、狗等形象的次属性地位。

③ 方敏的动物叙事创作经常呈现出一些稀奇的、并不常见的动物形象序列，除《大绝唱》中的"河狸"形象外，诸如红蟹、褐马鸡、旅鼠等诸多动物形象均进入其叙事范畴之内，动物意象选择的丰富性与特异性在某种程度上也显示出作者特殊的叙事追求。

④ ［美］S. R. 凯勒特：《生命的价值——生物多样性与人类社会》，王华、王向华译，知识出版社 2001 年版，第 150 页。

要因素。"动物叙事"是讲述有关动物的故事，其核心是讲述动物与人发生的某种内在的情感关联，以及所达成的某种伦理、道德层面的价值反思。动物形象的塑造在不同叙事文本中呈现出不同的叙事地位，本书所选取的作为材料的动物叙事作品主要基于以下三个层面予以考虑。

第一，完全以动物为主，动物形象毋庸置疑地占据文本讲述的中心地位，充当独一无二的主人公形象，而人类形象只起到辅助性作用，甚至某些作品会完全抹去人物形象的出场而完全置身于"动物视界"当中，如沈石溪的《苦豺制度》、邓一光的《狼行成双》、袁玮冰的《红毛》、陈应松的《豹子的最后舞蹈》等；第二，动物与人"平分秋色"，各占据行文一半的叙事空间，两类主体形象同时成为作者所倾力关注与诉求的对象，共同作为叙事核心而展开构篇，特别在讲述"猎人与猎物""主人与所养动物"的两类角色关系框架中得以展现，前者如郭雪波的《银狐》、王凤麟的《野狼出没的山谷》等，后者如陈应松的《太平狗》、冯骥才的《感谢生活》等；第三，动物完全处于次要地位，退居到"幕后"，而人的主体性地位被无限放大，成为当之无愧的主人公，动物形象完全为完善与突出人物形象而存在，但依旧与作品的主诉情节、表意策略与情感范畴等维系在一起，并发挥其或隐喻，或暗示等重要的指向性作用，如夏季风的《该死的鲸鱼》、周立武的《巨兽》、石舒清的《清水里的刀子》等。从叙事学意义上考察"动物叙事"，以第二类形象塑造作为表征的"动物叙事"更具典型性，也是最为常见的表述方式，因此，入选篇目最多，几乎占据了过半的数量。完全以动物为主体的创作也具有一定的代表性，具体篇目选择次之。只有最后一类并不常出现，入选篇目最少共计6篇。

从"动物叙事"文本自身层面考察，除去动物形象塑造的维度作为参照标准外，在具体构篇方式与情节安排上是否提供出新质因素，以别出心裁的方式展现出艺术构思上的独特价值，同样成为我们所依托的材料选择标准，如陈应松的《豹子的最后舞蹈》与袁玮冰的《红毛》均以动物主人公第一人称"我"倒叙的方式展开回忆，讲述了家族毁灭的惨烈过程，在叙事视角与结构铺排上有一定的创新性；

周立武的《巨兽》以父辈与子辈交叉叙述的方式展开情节讲述，最终达成子辈对父辈的精神上的反叛与背离，小说中多次提到的"巨兽"只作为一个神秘的象征性存在，见证了子辈的自我挑战与精神上"弑父"情结的展现。其他入选作品如《生命之流》《猎人峰》《叼狼》等也都在各自的叙事语法范畴内展现出其行文立意上的独到之处。

　　总体而言，叙事题材的选择，首发刊物的质量与级别，作品本身的创作质量及其文学史地位的评判，作品所展现出的市场影响力、号召力及其所能达成的受众度与专业认可度等均成为笔者选取最终材料的参考因素与衡量标准。材料选取的工作本身也是对当代动物叙事整体创作状况的一种把握与体认，并可以彰显出研究的重要性与必要性。在接下来正文部分的论述中，如果没有特殊注明或直接标识出注释、引用，提及所有的有关"动物叙事"的概念，或具体论证，或旁征博引，或深入阐明，或对相关概念、理论术语的诠释等，所依托的文本材料即是这里所重点论及的"56 篇动物叙事作品"。无论诉诸哪一种研究方法，对于文学研究而言，具体的文学文本始终会是依托的中心，类型学研究范式更为倚仗对具体文本的细化解读，在此基础之上，接下来具体的研究与相关阐释工作也可有效地逐步展开。

上　编

中国文学动物叙事的资源谱系

翻看中西方有关动物伦理思想的履历，从古至今有关动物的看法、态度与相应的理念、思维等可以用博大精深、异彩纷呈来形容，而管窥其间，不难发现中、西方历史上对待动物的态度、观念的变迁以及对待动物伦理的不同侧面与观照角度、思维观念的不同。诚然，如何看待自然，如何对待万物，如何面对生命，历来是所有文明、宗教和哲学关心的问题。① 笔者的研究正依托于对中、西方文明中动物思想的宗教神学伦理与古代哲学文化伦理渊源的回溯基础之上，进行相应的历史发展脉络的梳理。在中西方比较视野之下，发现二者之间有关动物伦理观念所存在的差异性，各自的缺陷与不足及提供相应的弥补与有效的现代理念补充，对于中国当下的生态文学创作而言，可以提供更为合理的思想基础与理论依据。在深厚的中西历史语境中剥离错误、迂腐的动物理念，而积极挖掘出正确的、有导向作用的动物伦理思想，为动物叙事的蓬勃发展提供坚实的资源保障，有利于我们深刻体悟中国动物伦理思想的生发与内在传承、叙事建构的有效进程。

特别是伴随着西方现代动物解放运动的兴起，无疑已经为我们开启了一个崭新的契机，它的蓬勃发展与近乎遍布世界的积极回应，彰显了弘扬生态伦理思想的必要性与紧迫性。当然，中国也不例外，积极地参与到这项伟大的使命当中，仅从文学领域而言，蓬勃发展的当代动物叙事创作就是一个最好的见证。在对中西方传统思想资源的有效汲取与合理借鉴下，在西方现代动物解放运动的影响之下，在正本清源中探寻与绵延那似已中断的中国古老文化的精神血脉，重塑人与自然彼此依存、和谐共荣的崇高信仰，从而完成对人与动物关系的最为合理的阐释，是我们对于动物叙事创作所抱有的共同期望。事实上，这种期冀的热度，乃至由生态到"人态"的伦理指向的当代叙事建构已经在诸多作品中得到了有效的回应，这为我们从情感诉求与伦理价值的维度去把握当代动物叙事奠定了基础。也从一个侧面彰显出进行中、西方动物伦理思想的追本溯源与观念比照工作的重要意义。

---

① 参见孙道进《生态伦理学的四大哲学困境》，《云南师范大学学报》（哲学社会科学版）2007 年第 3 期。

第一章　当代动物叙事的思想谱系与话语建构

第一节　中西方动物伦理的宗教神学思想谱系

一　中国本土宗教神学伦理资源

在中国本土文化土壤中，如果从宗教神学的维度探讨中国动物叙事的伦理思想资源，那么除了萨满教与佛教之外，当然还包括道教、儒教、回教等重要的宝贵资源。本书将其纳入古代哲学文化范畴中道家思想与儒家思想等的探讨中。而就具体的时间序列而言，萨满教这一中国最为原始的宗教形态应当排在最前列。毋庸置疑，几乎每一位当代动物叙事的少数民族作家（当然也包括诸多汉族作家）在创作理念上都受到过萨满教思想观念的某些影响。随后再对道教、儒教，以及佛教与基督教的伦理诉求进行探讨，揭示诸教如何有效地汲取了本土民间宗教的伦理思想成分，同时也表明萨满教伦理思想之于中国动物叙事的特殊意义。当然，本书在具体论述过程中为了便于阐释的需要，并未严格按照历史发展与时间顺序排列，而是从中、西方宗教神学与哲学文化两个维度展开，这样将更加有利于我们以比较的视野来审视中西方动物伦理思想观念在具体表达、传承与叙事建构中的不同。

（一）萨满教伦理思想资源

萨满教作为我国北方渔猎与游牧民族所普遍信仰的原始宗教①，

---

① 萨满文化是一种存留至今的原始活态文化，同时也是一种原始多神宗教文化，我国北方阿尔泰语系各民族，如通古斯语族的满族、鄂温克族、鄂伦春族、赫哲族、锡伯族，突厥语族的维吾尔族、哈萨克族、柯尔克孜族，蒙古语族的蒙古族、达斡尔族，原来都信仰过萨满教，足以彰显出这种原始宗教文化理念在中国北方民族的影响之广与渗透之深。详细论证可参见满都尔图《中国北方民族的萨满教》，吉林人民出版社 1988 年版。

发轫并繁荣于原始母系氏族社会，堪称是北方民族精神文化的代表，其在原始社会后期渐趋完善、成熟并开始逐渐以一种完备的民族宗教文化的形态呈现出来。萨满文化映射着北方原始初民集体无意识的朴素生态伦理思想的共鸣性吁求。作为一种具备鲜明地域与民族特色，又充满神秘气息的原始宗教文化，它自身孕育出诸多质朴而宝贵的生态伦理观念。它由一般的观念层面到具体行为实施的层面，"它以神灵的名义进行环境意识教育，有一套行之有效的生态保护方式"。[①]这里所谓"以神灵的名义"正是萨满教宗教伦理文化中所标榜的神灵创世、神生万物以及万物有灵等原始情感理念。其核心就是"万物有灵"的信仰表达方式，以自然崇拜、图腾崇拜以及先祖崇拜等具体表征呈现出来，从而"以神灵的名义"去向导人们如何尊重自然、尊重生命、敬畏生命。并通过诸多宗教禁忌，包括以"树神的名义去保护森林，以水神的名义保护河流、借助图腾崇拜保护物种等"[②]。所形成的保护水源、草场、爱护森林、尊重大自然与保护动植物等重要的切实可行的生态保护方式，进而达成人与自然的和谐共处。探讨萨满教中有关动物伦理思想的重要资源，其基点应落实到对"动物崇拜"这一原始理念的体认之上。这一强调尊重生命、保护动物物种的朴素生态观念对于当代动物叙事创作而言无疑是一份宝贵的思想资源。在"萨满教世界中，神化了的动植物，都被赋予了各不相同的神性、神格。这往往与每一种动植物的习性特征有关，这是北方先民对生物世界认识的曲折反映。"[③]正是对动物既景仰崇拜又畏惧胆怯的复杂心理状态，让原始先民把动物加以神化，并把这种由动物所构筑的天神形象人性化与伦理化，潜隐地表达了原始先民自身的情感认识。正如弗洛伊德在《论宗教》中所言："万物有灵阶段，人们将万能归于他们自己，宗教阶段他们将之转给神明，不过并没有真正的放弃他们自己的权力，因为他们还保有按照自己的愿望以各种方式影响

---

① 宝贵贞：《少数民族生态伦理观探源》，《贵州民族研究》2002 年第 2 期。
② 同上。
③ 郭淑云：《萨满教动植物崇拜与生物认知》，《青海民族学院学报》2004 年第 1 期。

神明的权力。"① 萨满教的这种被赋予神明意义的"动物崇拜"理念，主要体现在对一些凶猛野兽与一类带有灵气的动物的景仰之情的表达上。这些被赋予某种神性的动物意象系列均有相应的意识、情感与语言表达能力，它们的喜怒哀乐都尽显其中。

在萨满教伦理文化中最为典型的是有关熊的崇拜，在萨满教的祭礼中，熊被奉为民族的大力神，更被尊为太阳神的开路先锋，恰恰因为熊是森林中的庞然大物，它力大无穷又凶猛无比，而本身又有着优于其他野兽的智力水平。更主要的是，熊拥有强烈的报复心理，如果猎人一枪下去未能伤其性命，那么就会后患无穷，熊即便是受了重伤也会进行疯狂的反扑②，正是这点让北方先民既恐惧又崇拜的复杂情感催生出熊图腾崇拜的诉求。比如鄂温克人就把熊当作自己的祖先，认为整个民族皆为熊的后裔，而在鄂温克民族中，公熊常被称为"合克"，实则就是对父系最高辈分的称呼；母熊则被称为"鄂我"，是对母系最高辈分的称谓。在鄂伦春族原始神话传说《熊的故事》中对此有着清晰而明确的记载。③ 另外，像对狼、野猪、老鹰等动物形象也都有着相关图腾崇拜的神话表达，同时，这种动物崇拜的伦理情感表达也并不仅仅局限在野兽之列。例如哈萨克族对驯化了的家畜的崇拜，并称为"四畜"的马、牛、羊与骆驼，被看作是哈萨克族氏族兴衰的主要依据，并以保护神的身份被分别赋予了神格的意义，这在哈萨克民间广为流传的"四畜"之歌中有着清晰的显示："畜神之一是奥斯勒喀喇/成为骆驼繁衍的保护神/畜神之一是康巴尔阿塔/实现祈求者的迫切凤愿/畜神之一就是金格巴巴/她是乳汁丰满的牛妈妈/畜神之一就是乔盘阿塔/保护神为羊儿消灾避祸/让山羊脖颈肥大

---

① ［奥］西格蒙德·弗洛伊德：《论宗教》，张敦福译，国际文化出版公司2000年版，第92页。

② 所选作品叶楠的《最后一名猎手和最后一头公熊》中，精心刻画了瘸腿公熊在与业余猎手间殊死搏斗时的野性与凶残，准确地表现出公熊所具备的特殊的物种品性。由这种极为残酷的氛围营造也凸显出作者对这"最后一头公熊"的景仰之情，这与萨满教中熊图腾崇拜的文化理念不谋而合。

③ 详见赵志忠《萨满教神话浅论》，《满族研究》2005年第1期。

角似树/满圈的是茄克茄克阿塔。"①

正如费尔巴哈所言:"人的生命和存在所依靠的东西,对人类来说,就是神。"②萨满教伦理思想的重要诉求之一就在于对"神性"话语的一种潜在表达,其相关的"动物崇拜"理念的传达也正是通过由人化到神化的进阶方式来予以表达的。此种宗教伦理理念的传达显然对"动物叙事"之中的书写方式产生了深远的影响。在中国动物叙事漫长的历史传承之中,有关动物"神化"的母题讲述一直经久不衰,并且始终承载着浓厚的生态伦理观念的诉求表达。时间过渡到现代文化语境之中,包括端木蕻良、萧红、马原、洪峰、迟子建等诸多北方知名作家,都不遗余力地在作品中直接展现出萨满教的仪式性场景、具体的膜拜行为等③。在当代文学的视域内,此种影响似乎更为突出,如乌热尔图与郭雪波的相关创作,在他们的代表作《七叉犄角的公鹿》与《银狐》中都有着对萨满教文化理念的直接传达。前文借助对鹿的美誉,虔诚地传达出鄂温克族人对鹿这一民族图腾的象征物的无比敬畏之情;后者更是把萨满与萨满教的兴亡作为全篇的叙事主线予以书写,作者借助对萨满教博大精深的生态教义与伦理理念的弘扬,表达出试图从古老宗教理念中探寻人与自然和谐共处方式的美好夙愿。萨满文化对于当代"动物叙事"最大的承传意义就在于其所能传达出的一种伦理导向性作用——要现世的人类迷途知返,走出混乱与困顿的精神境地,在萨满文化教义的熏陶下去实现人与自然的和谐共荣。

(二) 中国佛教伦理思想资源

论及中国古代动物思想资源的传承,从宗教伦理层面而言,人们

---

① 黄中祥:《哈萨克英雄史诗中所反映的萨满教观念》,《民族文学研究》2002年第3期。

② [德]费尔巴哈:《费尔巴哈哲学著作选集》,生活·读书·新知三联书店1962年版,第438—439页。

③ 在"东北作家群"代表性作家萧红的《呼兰河传》、端木蕻良的《科尔沁旗草原》《大江》等作品中均有对萨满跳神、法师施法等场面的刻意展现,赋予文本自身一种特有的震撼力与神秘感。而在所选篇目郭雪波的长篇《银狐》中,同样的呈现方式也清晰地贯穿于文本的构篇之中,以一种回忆与守望的方式表达出对萨满文化及其所蕴含的朴素生态理念(包括对老"孛"铁喜为代表的一代萨满法师的品性的赞誉)的敬慕之情。更为难能可贵的是,有关萨满文化理念、膜拜行为以及具体场面的刻画实则早已成为贯穿全篇的一个逻辑线索,发挥其潜在的叙事导向与理念升华的作用,凸显出作品的别出心裁之处。

最先想到的自然是佛教的传统。两千年来，上至君王宰相，下至普通黎民百姓，关于众生平等、生命轮回、因果报应以及戒杀互生等佛教理念一直被广为流传，有形或潜隐地影响着人们对待动物所应有的姿态与观念。自古以来，遵从佛义教化，诵佛食素者，代不乏人。对于普天之下生命形态的慈悲胸怀，深邃而宽广，博大而精深，已成为中国人内在生命体验中最为珍视的信仰传统。作为世界三大宗教之一的佛教，是在东汉初期传入我国，而佛教真正勃兴的时间是在南北朝时期。由玄学和佛教相结合的新思潮渐渐兴盛，并逐渐取代了基于儒家思想的阴阳五行观念。

需要明确的是，佛教自东汉传入中国后逐渐与中国民间文化相交融而渐趋呈现出中国化的表征，并且佛教自身拥有着较为严密的理论体系，它崇尚虚幻，表达人生是痛苦的，只有潜心皈依佛门，勤加修持，最后才能涅槃成佛，获得绝对的幸福。而佛教典藏中那些神光离合、变异现身的幻想寓言故事，以及为下层佛教进行通俗化宣传、某些关于尊重生命生态的朴素观念，无论在创作理念还是在思想传承的层面，都对中国的动物叙事创作产生相当深远的影响[1]。正如鲁迅在《中国小说史略》中所言："魏晋以来，渐译释典，天竺故事亦流传世间，文人喜其颖异，于有意或无意中用之，遂蜕化为国有。"[2] 即是强调了佛教及其佛经文学对中国小说创作的某种特殊的促进性作用，当然，对于动物叙事的创作则影响更为深远。佛教及其佛经文学中有关动物的伦理诉求对中国"动物叙事"的潜在影响一直延续至当下，这一轨迹至今依旧清晰可辨。具体来讲，佛教对于中国"动物叙事"的思想传承意义主要体现在"众生平等"与"因果报应"两大核心理念层面。

---

① 详见朱迪光《动物精怪故事的演变与佛教文化的影响》，《中国文学研究》1994 年第 4 期。朱文把自六朝始所撰志怪直到清代文人写作笔记中的大量动物精怪故事，从动物成精的途径、动物人化的模式以及使这种传统迷信故事演变等层面，指出了其与佛教文化之间的内在联系与潜在影响，并进行了详细的梳理与论证。但需要指明的是，这种潜在的影响不仅仅只体现在精怪类动物叙事上，而佛教中的一些思维观念可以影响到从古至今几乎所有类型的动物叙事作品，这在后续的论述中将有详细的探讨。

② 鲁迅：《中国小说史略》，人民文学出版社 1973 年版，第 37 页。

1. 众生平等、尊重生命

仅从宗教伦理层面考察，影响最大、普及最广的思维理念恰恰就是众生平等、尊重生命的伦理观念。佛教中说，人与动物本质上是同一的关系，佛祖曾化身雀王、鳖王、狮子、鹦鹉、白象、蛇等，一切生命都是平等的，所以不要杀生。这种意识糅合中国本土传统的万物有灵、物老成精等信仰，导致了动物精变故事的大量产生，而这种涉及动物精怪变形故事的讲述方式则一直延续到当代作家的创作当中，这将在第二章对动物叙事的历史传承与类型衍生的探讨中有详细的揭示。所谓"众生平等"，实则就是宣扬人和动物在本质上是一致的，都是众生的组成部分，生命是平等的，人与动物本质上也是平等的。它们的区别只表现在外部形态上，而这种外部形态的差别也只能是暂时的，并会根据上世所为而遭受现世的"轮回"与"报应"。

因此，佛教中的各佛门信徒均严格遵守不杀生的戒规。此种观念渐趋在民间流传开来并形成了一种尊重动物生存权利、推恩波及禽兽的风气，如不畜狸猫食鼠、经常放生等。这与图腾崇拜、动物崇拜是不相同的，前者来源于宗教理论，后者来源于初民对自然的依赖。久而久之，佛教信条深入人心后就潜隐为一种内在的价值信仰，人们不但遵守不杀生之戒，而且将动物看成是本质上与人相同的生命体。

2. 因果报应、戒杀互生

佛教认为所有的生命形态都要经受六道轮回，即地狱、饿鬼、畜生、人、天、阿修罗。今生为人，来生可能投胎成为牛，所以人要行为为善、杜绝为恶。民间的传教通常喜欢通俗宣讲容易为下层群众所接受的佛教思想，例如"因果报应"思想就会被通俗地解说为：如果上世为人不善，或杀生，或偷盗，或欠人钱财等，死后就要受到惩罚，或入饿鬼道，或下地狱，更多的却被罚做畜生。佛教徒主动地、单方面地宣传，后来深入百姓中，就成为百姓的一种信仰，他们将因果报应原是来生的变化改成当世也能出现，"为了众生不因我们的口腹之欲而受难，实是最起码的慈悲心。以慈心故，所以不杀；以悲心故，所以不食"。① 即所谓现世报。由因果报应到"戒杀互生"，实则这种佛教的思维理念客观上促成了人们不杀生的潜在观念的形成。这其实也是一个潜隐的关乎动物的道德准则，即人如果犯了杀戒，以果腹或其他之名杀害动物生灵，势必在当世即会遭到相应的报复，而最多的是被罚做畜牲。这往往会形成相应的道德行为约束，告知人们残害动物势必将受到可怕的惩罚。这种因果报应的思维理念贯穿在中国文学动物叙事的历史传承之中，直至当代，如《怀念狼》中莫名其妙患上软骨病的傅山及猎队成员们，《猎人峰》中完全走向迷乱、变成野兽帮凶祸害乡民而最终致死的白秀，《鹿鸣》中那个作恶多端的度假中心被一场沙尘暴瞬间毁灭②等都有着关于因果报应的清晰展示，足见其影响之深。当代作家郭雪波更是直言不讳："我们作为万物之灵的人，更应该带领它们一块儿躲过这个共同的灾难。停止仇恨和杀斗，找一条一块儿活下去的出路。这是佛的旨意啊！"③

除了佛教中关于众生平等与因果轮回这样的伦理诉求表达之外，其内部的教义及其催生出的佛经文学中同样有相关的歌颂动物义行和德品的篇章，也是一份重要的思想资源。其中，诸多汉译佛经中都有相关的对动物品行进行赞誉的篇目，如《撰集百缘经》《杂宝藏经》《贤惠经》《六度集经》等都有散见的相关叙述。佛教经典中一些寓言故事的引用，以及为下层佛教进行通俗化宣传等都对"动物叙事"伦理诉求的演变产生了深远的影响。这种"动物报恩"理念的传达，更是与中国原始动物神话的讲述方式交相呼应，最终成为动物叙事历史繁衍中最为重要的叙事母题。当然，此种突出的影响与推进性作用，又不仅仅局限于动物叙事领域。梁启超先生的评价更具代表性："我国近代之纯文学——若小说，若歌曲，皆与佛典之翻译文学有密

---

① 详见林清玄《从餐桌做起》，转引自杨通进《中西动物保护伦理比较论纲》，《道德与文明》2000 年第 4 期。

② 大部分当代动物叙事中有关"因果报应"的佛教伦理理念的彰显，都连缀在了人类对大自然生态平衡的肆意破坏与情感割裂之下，人类必然为此付出沉重的代价，陷入精神末日的惶惑与恐慌之中，最终招致大自然莫名而神秘（带有神性色彩）的报复与沉重打击，这里"因果报应"的呈现多少赋予了鲜明时代意义与特殊的情感诉求。

③ 郭雪波：《郭雪波小说自选集·天出血》，百花洲文艺出版社 2002 年版，第 120 页。

切关系。"①

二　西方基督教神学动物伦理资源

让我们回溯到西方文化的源头——古希腊文化，在这一最早的西方文化形态中孕育着天人和谐的原始观念，但希腊哲人更习惯于将天（自然）作为外在于人类的独立的认识对象去论证。正如柏拉图著名的"理念说"一般，主客两分，把理念中的世界和感性的世界区分对立开来，这也开启了近代西方思维的总的起点。与中国的先秦原始文化类似，在古希腊文化里所折射出的人与自然的关系是通过具体的神话讲述表现出来，它突出了人从自然中独立出来，借以审视自身。当然，这种分化还处在最初级的阶段，人们以自然神化的形式保留着一份对自然的崇敬，对动物的态度同样如此。

到了中世纪的欧洲，当宗教神学的伦理理念席卷而至，情况发生了本质性的变更。上帝横亘在人与自然之间，传统的古希腊自然哲学被宗教哲学取代，对自然的原始崇敬也赋予到对神祇的无限崇拜上。人和自然一起统归于神力，超自然的上帝获得了绝对的权力而取代了自然之神，这在某种程度上忽视了人对自然的关怀。无论是自然哲学，还是宗教伦理，都突出了人从自然中挣脱，从而与自然呈现出一种相冲突、对立的姿态，与中国传统哲学中的"天人合一"思想在本质上是相悖的。在犹太—基督的教义中人俨然已经成了自然的中心，动物的命运也在劫难逃。在《圣经·创世记》里上帝寄希望于人类"生养众多，满遍地面"，"使他们管理海里的鱼、空中的鸟、地上的牲畜，和全球，并地上所爬的一切昆虫。"② 显然上帝是在赋予人以"统治者的姿态对待自然"。同时，上帝又对这种统治、主宰的地位进行了明确的规定与定论似的认可："凡有生命的动物，都可作你们的食物；我将这一切赐给你们，有如以前赐给你们蔬菜一样。"③ 正

---

① 梁启超：《佛学研究十八篇》，中华书局 1989 年版，第 179 页。
② 何怀宏主编：《生态伦理——精神资源与哲学基础》，河北大学出版社 2002 年版，第 339 页。
③ ［澳］彼得·辛格：《动物解放》，孟祥森、钱永祥译，光明日报出版社 1999 年版，第 223 页。

是这种赋予人类统治和无节制地掠夺大自然的权利，开启了支配人类意识和行为达数千年之久的"人类中心主义"的源头，间接隐含了导致当代世界陷入生态危机境地的思想根源。正如生态思想家马歇尔在《自然之网：生态思想研究》一书中所言："基督教徒把《创世记》里的这些话传统地解释为神对人的授权，允许人为了自己的目的征服、奴役、开发和利用自然。"①

　　基督伦理中虽然明确了世界为上帝所创，人类为地上万物的主宰，"人类中心主义"的面目毋庸置疑。但又进而提到在上帝面前，人类和其他动物是平等的，所以，在大洪水到来之前，上帝告诫亚伯拉罕把善和恶的动物各取一部分放入诺亚方舟，等待洪水过后再促其生息繁衍。同时，《旧约》也明确提到反对人类虐待动物。在这一层面上理解，动物又被赋予了同等的生存权利："在基督教伦理看来，天赋动物生存权，动物是作为生命形态与人取得了平等的地位。于是，动物生存权利论进入基督教伦理思想体系。"② 因此，基督神学在标榜人类中心主义的外壳之下依旧有一些值得肯定的思想成分，仅从动物叙事思想资源的角度，在对待动物的具体态度与表现形式上，均有可以借鉴之处③。但值得确证的是，《旧约》里那些零散的经文字句所鼓励的善待动物反对残虐动物的宽松禁令，其出发点是基于对人的关心，而对动物的某种怜悯实则也是要引起我们对人类自身的怜悯："毋庸置疑，一个人若对动物有怜悯之情，它会更加对人类有怜悯心，因此有言道，'义人顾惜他牲畜的命'。"④

---

① Peter Marshall, *Nature's Web：An Exploration of Ecological Thinking*, London：Simon& Schuster Ltd. , 1992, p. 98.

② 杨通进：《〈环境伦理学〉译者前言》，载罗尔斯顿《环境伦理学》，中国社会科学出版社 2000 年版，第 3 页。

③ 在黄伟的《西方文学动物叙事的伦理视野》一文中，明确提到："基督教伦理关注人与动物的关系，旨在宣扬博爱思想，爱人类，爱动物，爱上帝创造的一切，灵魂才能向善。"论文还进一步以柯尔律治的《古舟子咏》以及迪诺·布札蒂的《骑士的罪行》为例加以论证，对基督动物伦理观念做出了极为正面的评价。作者看到了西方基督伦理维度的一个侧面，却忽视了其主体表达上的"人类中心主义"的真实面目与伦理诉求，这难免不是一种遗憾。详见黄伟《西方文学动物叙事的伦理视野》，《求索》2008 年第 12 期。

④ ［澳］彼得·辛格：《动物解放》，孟祥森、钱永祥译，光明日报出版社 1999 年版，第 233 页。

对于《旧约》中反对虐待动物的一些温和训诫，中世纪经院哲学家托马斯·阿奎那高举"神性"的大旗，在其鸿篇巨制《神学大全》中做出了回应：他提出了一个常常被后人重复的观点，即反对虐待动物的唯一理由，是因为对动物的残忍会导致对人的残忍，再次印证了"人类中心主义"的本质。而《神学大全》的总体表述中，更是从神学的角度强调了人类虐待和掠夺动物的野蛮行径的理所应当。托勒密提出地球中心说为基督神学提供了一种科学上的理论支撑。地球是静止不动的，它才是宇宙的重心，太阳及所有行星都围绕地球转动，而地球本身又是由上帝为人类而创造，这样无形当中，人就自然而然地成为宇宙的中心。显然，在西方宗教神学伦理范畴之内，在基督—犹太人类中心主义观念的唆使与驱动下，对待动物的态度是残忍的也是有失公允的。虽然后来随着哥白尼的日心说、布鲁诺的宇宙中心说及达尔文的生物进化论的诞生，人类中心主义的理念渐趋式微，但由于西方宗教神学观念一直以来的深入人心，客观上依旧促发了人类对动物的剥削与利用，造成大量动物痛苦而残忍地被虐杀，甚至导致诸多物种族群的消亡，这一在西方普遍存在的现象几乎一直延续到 20 世纪初。

在宗教伦理的范畴内凸显了东、西方文明对待动物之间的差异，虽然中国的宗教文化不像西方犹太—基督教那样深入人心、普及广泛，但内蕴其中的一些伦理观念、情感诉求镌刻在国人潜隐的思维观念当中，并在某些时段发挥着其潜在的道德规约的作用。同时，中国的宗教一般都融入了本国民间意识与原始信仰的成分，具备了民间宗教的形式与特质，这也在无形当中平添了一份悲悯的人间情怀。通过对中国的佛教、道教（道家思想）及萨满教这三种影响广泛的宗教伦理观念的溯源探究，不难发现在中国的宗教伦理范畴之内对待动物的情感态度从来都是崇敬而平等的。

第二节　中西方动物伦理的哲学文化思想谱系

一　中国古代动物思想的哲学文化渊源

中国古代动物思想传统内核在哲学文化领域的萌芽最早可追溯到

距今两千五百年前的《周易》，其中即有关于人与自然万物之间的关系及动物伦理观念的表述。无论从宗教伦理的角度，抑或从哲学文化的层面考察，《周易》的出现都凸显了其所具备的划时代的源流意义。《周易》中将天、地、人并称为"三才"，而作为天地间有特殊禀赋的人类"仰则观象于天，俯则观法于地"（《周易·系辞下》）最终指向了人类按照宇宙间最根本的规律建立起人间的规范，要让自己的行为与伦理道德符合"天道"，并尽"天命"，遵从天道、地道、人道和谐统一在一起。"这种天人同源、一体、合一的观念，可以说源于早期中国人的经验，并成为中国古代哲学思想的一大特征"①。其中人类所肩负的"赞天地之化育"即协助、参与天地化育万物的神圣使命，则让我们领略到最初的人与自然、人与万物和谐关系的表征，这种自然观特别是内蕴其中的动物观念对整个古代的动物伦理思想体系的建构影响深远。

如果说在《周易》中，还尚未明确提到相关的动物保护思想，而只是呈现出一种对待万物时人类所理应秉持的信念，那么到了先秦诸子百家时期，作为对后世影响深远的儒、道二家学说则开启了真正生态保护意义上的"天人合一"思想。特别是老庄一派的道家传统，最早明确了对待动物平等态度的判定，蕴含在其"天人交融"的思想观念当中。老子所建立的天人关系是基于无为状态的人与天的和谐理想，在人与自然界的关系方面，老子曰："人法地，地法天，天法道，道法自然。"② 即重在说明天地人之间的伦序：天道在上，人道在于服从天道。并写道："生之畜，生而不有，为而不恃，长而不宰。"（《老子》第五十一章）这应当是中国古代哲学文化中最早的直接提到尊重物种生命的动物权利观念。③ 同时，老子也明确表达了对打猎的批评态度，认为"驰骋打猎令人心发狂"（《老子》第十二

---

① 莽萍：《泛爱万物 天地一体——中国古代生态与动物伦理概观》，《社会科学研究》2009 年第 3 期。

② 转引自崔仲平《老子道德经译注》，黑龙江人民出版社 2003 年版，第 27 页。

③ 在吴效群的《人类的文明与对动物的保护——中国历史上人与动物的关系》（《河南社会科学》2004 年第 6 期）中，对该句表述有明确解释：繁殖生长万物而不据为己有，助万物生长不自恃有功，引领万物而不宰制它们。并将其归为尊重生命，仁民爱物，化育并进一类，都是颇为公允与正确的评价。

章），同样是从维护动物作为一种生命的生存权利的角度出发的。庄周则更进一步，直接有相关的"禽兽"概念出现在著述之中。《齐物论》中指出：从"齐物"的立场出发，与万物和谐相处，"同与禽兽居"而不互相侵害，从而享受人生的乐趣，"万物群生，连属其乡，禽兽成群，草木遂长"，而人则"同与禽兽居，族与万物并"①。这些经典性的论述显示出老庄思想中生态观念的前瞻性，特别是对待动物态度的最早判定充分彰显了其思想的厚度。②

与老庄一派的道家思想有所区分，以孔孟为代表的儒家思想中，在对待动物的态度与情感的判定上就显得复杂了许多，并存在争议与矛盾。论及儒家传统之时，虽然其核心的仁爱思想意蕴深广、深入人心，但还是呈现出诸多的以人为中心的思想特征。首先，在对待动物的态度上，如《论语·乡党》中就有一条语录被常常引用为孔子乃至整个儒家重人而轻视动物的有力证据，即："厩焚。子退朝，曰：'伤人乎？'不问马。"同样，在《论语·八佾》中记载孔子在答复其门下弟子子贡建议废弃鲁国"告朔弃羊"制度时言道："赐也！尔爱其羊，我爱其礼"；其次，儒家并不提倡素食主义，而孔子竟然直接表达了自身对即食之肉类的挑剔，"食不厌精，脍不厌细"（《论语·乡党》）。孟子在其所构想的王道社会里一个显著的标志是"鱼鳖不可胜食"，"七十者衣帛食肉"（《孟子·梁惠王上》）。还有需要明确的是，儒家对用动物行祭祀礼的主张一贯推崇，并且在对待打猎的问题上，也同样给予肯定，只是尽量不要赶尽杀绝而已，如："钓而不纲，弋不射宿"（《论语·述而》），"鱼不长尺不得取，彘不期年不得食"（《淮南子·主术训》）等。荀子则主张人定胜天，明确地表达了

① 庄子：《庄子》，中国社会科学出版社2004年版，第100页。

② 道家思想中还有一些重要的有关对待动物态度的精彩论断，如《列子·说符》中提到："天地万物，与我并生类也；类无贵贱"，这无疑是一种温和的生物平等主义的真实写照；在《太上感应篇》中提到诸多必须禁止的残害动物的罪恶行为："射飞逐走，发蛰惊栖，填穴覆巢，伤胎破卵。"同时，道家还认为不应"无故杀鬼大蛇"，也不可伤害"昆虫树木"等，都暗含着朴素的动物保护观。参见杨通进《中西动物保护伦理比较论纲》，《道德与文明》2000年第4期。

其浓厚的人类中心主义理念①。《荀子·王制》中言及："故天之所覆，地之所载，莫不尽其美，致其用，上以饰贤良，下以养百姓而安乐之"更是凸显了人类地位的无限拔高，天地万物为之所用，动物及自然资源也显然成为人类管辖之物，动物根本上丧失了道德主体地位而完全从属于人。

　　虽然儒家思想中包含了一定的以人为中心的思想理念，但不能因此认为儒家思想在本质上是人类中心主义的，这会是并不公允的评价，特别在人与动物关系的判定上，儒家的态度与西方人类中心主义观念有着本质上的区别。儒家思想博大精深，对天人关系的强调也是一以贯之，而以"仁"作为核心构成的儒家思想中，仁爱的含义也先后由"爱人""爱物"发展到"博爱"，遂形成泛爱众生的孕育生命道德哲学的生态思想。儒家创始人孔子也曾提到过"伐一木，杀一兽，不以其时，非孝也"②。表明他也强烈谴责过滥伐树木、任意捕猎的不道德行为，并把对待动物的态度看作是一个重要的道德问题。而到了孔子的后学，孟子云："君子之于物业，爱之而弗仁；于民也，仁之而弗亲。亲亲而仁民，仁民而爱物。"③（《孟子·尽心上》）凸显了仁爱的内涵；荀子则主张对自然万物施以"仁"的精神。当儒学发展到董仲舒这里，则提出："质于爱民，以下至于鸟兽昆虫莫不爱，不爱，奚足以谓仁？"④ 已经把人类的道德关怀从对具体的人扩展至对待生命乃至整个自然界，上升到泛爱众生的博爱境界，具备了完整

---

　　① 荀子的思想主张中占据主体地位的是偏于人类中心主义的思维理念，他对人类征服自然、改造自然能力的过分强调，使其不自觉地把人类看作为世界与自然的主宰，赋予了最高级别的对于万物的管理与统摄权利。当然，也不能就此抹杀荀子哲学思想中的积极因素，比如他的诸多理论主张中都包含了对生态问题的关注，如《荀子·王制》中提出"草木荣华滋硕之时，则斧斤不入山林，不夭其生，不绝其长也"的要求，指明了在开发、利用自然之时，也要有的放矢地保护自然的生态理念。如果从动物伦理观念承续的维度看待荀子相关"人类中心主义"的理念主张，负面成分显然占据了一个更为重要的话语空间。

　　② 王聘珍：《大戴礼记解诂》，中华书局1983年版，第85页。

　　③ 对此句表述冯友兰先生给予了一定的解释：将善端由近及远地推开去。至于他人，至于万物，便能成就真正的仁爱。这里凝聚了儒家思想中由爱人、爱物到普及"博爱"的博大情怀，这显然与西方人类中心主义的潮流相悖。参见冯友兰《中国哲学简史》，北京大学出版社1985年版，第92页。

　　④ 苏舆：《春秋繁露义证》，中华书局1992年版，第251页。

意义上的生态哲学思想。

　　显然，儒家思想中的动物伦理思想一直力图超越狭隘的人类中心主义的束缚，并寄望于非人类中心主义的天人合一境界的实现，这才是人类自始至终应当抱有的道德情怀。正如宋明时期新儒学的代表王守仁所言："大人者，以天地万物之为一体也。……见鸟兽之哀鸣，而必有不忍心之心焉，是其仁之与鸟兽而为一体也。"（《大学问》，《王文成公全书》卷二十六）看到鸟兽做哀鸣惊恐之状遂催生出怜悯与不忍之心，表明这种仁爱的本身就是与鸟兽等动物融为一体的，乃至包容天地之万物。因此，从根本上理解儒家思想中对待人与动物关系的态度："人与物是平等的，并没有什么优越性，在生命的意义上也是相同的，并没有什么'特殊'，更不能高居万物之上，对万物实行宰制。"① 即奉行着平等的价值观。

　　总而言之，翻看中国文化博大而精深的历史履历，古代先祖们早已在自然界中寻求到了丰富的生态智慧和生态伦理内容。作为中国传统哲学文化主干的儒、道两家，虽然在历史上互补互抗，内蕴某种矛盾与对立的成分，但在对人与自然关系的天人观的探求上，都不约而同地指向了对和谐与沟通状态的向往。正如汉学家李约瑟所言："古代中国人在整个自然界寻求秩序与和谐，并将此视为一切人类关系的理想。"② 同时，在对待动物的情感态度上也殊途同归地呈现出某种一致性，隐含着对作为平等生命的动物权利意识的尊崇，这些重要的伦理诉求无疑已经积淀为国人内心当中潜隐的思维定式，发挥着越来越突出的道德导引作用。对于当下我们所面临的日益严峻的生态环境与道德危机，中国古代哲学文化中这份宝贵的思想资源显得弥足珍贵。对于当代动物叙事而言，重温儒道两家关于人与自然关系的深刻哲思，在缅怀与珍视前人对待自然、对待动物的宝贵思想财富的同时，更要努力汲取其中丰富的精神养料，与现代思维理念达到有效调和，以重新确立生态视界中人与自然、人与动物的平等关系，使中国的动物叙事创作呈现出博大的心灵容量，充分显示自身独特的民族品

---

① 林红梅：《生态伦理学概论》，中央编译出版社 2008 年版，第 147 页。
② 潘吉星：《李约瑟文集》，辽宁科学技术出版社 1986 年版，第 386 页。

格与文化信念。

二　西方动物思想的哲学文化渊源

（一）古希腊哲学文化源头

在西方哲学文化源头古希腊文化中，人类中心论依旧占据了一个颇为重要的话语空间，该种理念最早被明确表述是在公元前 5 世纪，古希腊哲学家普罗泰戈拉提出了著名的"人是万物的尺度"的命题。虽然其初衷是提升人的价值地位，而贬低神的作用，但人成为衡量万物尺度的同时，动物的地位就无形中被抹杀了。人类中心主义以及对待动物的不平等态度自此投下了一个伦理思维的阴影，此种思想几乎横亘在西方的文化哲学历史上，直到今天依旧阴魂不散。继普罗泰戈拉之后，举世闻名的大哲学家柏拉图带着他著名的"理念说"粉墨登场，把理念世界与感性世界分离并对立起来，以人的理念建构出一个纯粹以人类为中心的世界，正如其所开创的主客两分的观念成为近代西方思维的起点一样，客观上其对动物的无端弱化与"残酷剥削"也同样对后世影响深远。

真正首次从学理意义上直接表达对待动物态度的哲学家当属亚里士多德。在亚里士多德眼中，大自然直接呈现出了等级的区分，而处在最高等级阶梯的毫无疑问是人，他明确指出："植物为着动物存在，动物又为着人类存在——家畜类为着人的役用和食用，野兽（至少其中多数）为了人的食用及其他生活用度，例如穿着和用具，由于自然造物不会没有目的或者徒劳，她创造一切动物乃是为了人类绝无可疑。"[1] 动物存在的唯一旨归是要为人类服务，人天生就充当了其他存在物特别是动物存在的目的。如果说在普罗泰戈拉和柏拉图那里，有关动物不平等的思想还是以某种潜隐的方式暗含在人类中心主义的窠臼中，那么在亚里士多德这里已经是赤裸裸地对动物生命本身的蔑视。这种强烈地贬低动物生存权利与平等地位的思想态度长期充斥着

---

① 转引自何怀宏《生态伦理——精神资源与哲学基础》，河北大学出版社 2002 年版，第 338 页。

西方思想界①，并构成日后西方哲学文化传统中一个重要的组成部分。

（二）近代西方哲学文化中的动物思想

西方文化进入近代，伴随着文艺复兴中人文主义与科学理性精神的复苏，逐渐突破了欧洲中世纪以来几近僵化的宗教神学秩序。以"标榜人性"为己任的人文主义者，公开向宗教神学中的"神性"提出挑战，"大写的人"一时间成为万众瞩目与推崇的新偶像。这似乎在某种程度上意味着动物的地位将会发生根本性的变化，实则却恰恰相反。从笛卡尔开始，经康德再到培根、洛克，让近代人类中心主义的理念更加甚嚣尘上，动物则是难于幸免，再次被推上了风口浪尖，重演了任人剥削、宰割的痛苦命运。

其中，笛卡尔的机械论哲学对动物的打击是最为致命的。他认为一切由物质构成的东西，均如时钟一般，受相应的机械原理的控制。由此，笛卡尔高调地赞成用动物做科学实验，在他看来动物只是毫无感觉与理性可言的机器，它们甚至感受不到痛苦，没有心灵、没有意识，"这种把人与自然分离开来的主客二分的机械论世界观，证明了活体解剖动物和人对环境的所有行为的合理性"。② 他认为借助实践哲学可以使人类成为自然的主人与统治者，对自然的利用、征服和控制使人类成为自然价值的主体是其核心的价值诉求。笛卡尔的理论在近代影响深远，直接把矛头指向了与自然相背离甚至完全对立的状态。正如阿尔·戈尔对其学说的评价所言，按照笛卡尔的解释，我们与地球无关，有权将地球仅仅视为一堆无生命的资源，可以随意掠

---

① 用彼得·辛格的话来说："亚里士多德的看法，而不是毕达哥拉斯的看法，日后构成了西方传统的一股部分。"凸显出亚里士多德人类中心主义理念对后世西方思想界的突出影响力，这里"一股部分"所对应的另一股重要部分应当是上文所论及的以犹太教经典《圣经》为代表的宗教神学伦理范畴。详见［澳］彼得·辛格《动物解放》，孟祥森等译，光明日报出版社1999年版，第225页。

② 准确地说，在麻醉剂尚未发明的近代欧洲，动物活体实验对动物造成极度的痛苦，而笛卡尔的相关理念正消除了实验者在这种情形下所感到的疑虑与不安，客观上在动物解剖实验中起到了"推波助澜"的作用，当时许多重要的生理学家都宣称自己是笛卡尔主义者就是一个最好的明证。［美］纳什：《大自然的权利》，杨通进译，青岛出版社1999年版，第18—19页。

取。① 动物的命运显然也在劫难逃，甚至有些无所适从，就更难以谈得上什么所谓的道德感与主体身份的获得。

在近代哲学文化中，另一位具有代表性的理论家当推康德。他对待动物的看法如出一辙，甚至明确地把近代人类中心主义的观念提升到理论化的高度，"人是自然界的最高立法者""人是绝对价值""人是客观目的"等著名论点的提出更是让他的理论思想得到有利的传播。他在对待动物的态度上依旧没有丝毫的改观，"我们对动物的义务，只是我们对人的一种间接义务"。② 动物在这里仅仅被当作一种为人类尽"间接义务"的工具，失去了自身的生命价值与存在意义。在笛卡尔、康德之后高举人类中心主义大旗的还有培根、洛克等哲学文化名人，进一步推动了该种思想理念诉诸实践。培根带着"知识就是力量"这样举世闻名的至理名言，充分肯定了人的主观能动性，人自身的认知能力借经验归纳的方法可以把握自然的规律，而科学的真正目的就在于探寻大自然的奥秘所在，从而为人类进一步征服自然提供出合理路径与理论依据。培根的这种偏于实用主义的理论观点，客观上促进了生产力的发展，但在对待自然与动物的态度上有着强烈的负面效应。而在英国思想家洛克的理念中，对自然的否定甚至是通往幸福的必经之路，也迫不及待地敦促人类尽快从自然的束缚中解放出来，最后与所有的人类中心主义者表达了一个共同的思想诉求：人类理应做自然的主宰，其目的就在于挣脱大自然对人类自身的束缚。③

我们在评价西方近代哲学文化思想中的人类中心主义观念之时，首先应当肯定其在人类社会发展中所起到的正面作用。它本身应该被

---

① 详见［美］阿尔·戈尔《濒临失衡的地球——生态与人类精神》，陈嘉映译，中央编译出版社1997年版，第187—188页。

② 转引自何怀宏《生态伦理——精神资源与哲学基础》，河北大学出版社2002年版，第343页。

③ 洛克的观点总体上是基于人类中心主义的，但在具体对待动物的态度上则应当区别对待。他曾在《关于教育的几点思考》一书中，对笛卡尔的思想提出质疑。主张人们不仅要善待那些以往被人拥有且有用的动物，而且还要善待松鼠、小鸟、昆虫——事实上是"所有活着的动物"。详见［美］纳什《大自然的权利》，杨通进译，青岛出版社1999年版。

看作一种价值观，激发了人类伟大的创造力，敢于战天斗地的豪情壮志，从根本上改变了人完全依附自然的地位，为社会的进步、人类物质生活的提升起到了举足轻重的作用，直到今天依然有强烈发声去公开支持与推崇该种观念。但不得不承认，人类中心主义的弊端已日益凸显，一味片面地强调人的主体性、能动性与创造力的思维观念，客观上加速了人类对自然肆无忌惮的掠夺与瓜分，并且人类似乎从不计较这样的所为带来的严重后果。由西方宗教神学与近代哲学文化所提出并绵延了近两千多年的人类中心主义伦理观，让大自然不断蒙难的同时，更让动物群体遭受到残酷的虐待、剥削乃至毁灭。对于动物的态度在主流文化视野中也一直没有发生过根本性的改观，人与动物内在的情感关联与伦理维系长期无法得到正视，但潜隐的动物解放思想的暗流却自古罗马时期就未曾泯灭，直至发展到现代西方动物解放运动的勃兴，对传统的人类中心主义观点做出了最有力的回击。

（三）西方动物解放运动的历史渊源与伦理脉络

西方 20 世纪动物解放思潮的勃兴与发展让我们看到了欣慰与振奋人心的一面，但这场浩浩荡荡、气势恢宏的动物解放运动显然并不是一蹴而就突然而至的，其内在的价值情感维系其实一直绵延横亘在历史文化长河中。在长期占据主流的基督宗教神学与哲学文化中的人类中心主义的窠臼之下，依旧有一些超前的、有预见性的思维火花不断迸射，并难能可贵地保持着一份对待动物怜悯与仁慈的同情之心，这些散见的呈现出某种历史连续性的思维闪光点无疑也是我们必须汲取与借鉴的宝贵的思想资源。早在公元 3 世纪的古罗马时代，法学家乌尔比安久曾提出过动物应有的道德地位与生存权利，"大自然传授给所有动物的生存法则；这种法则确实不为人类所独有，而属于所有的动物"①。这可以看作是西方哲学文化历史上最早的对于动物合理伦理地位获得的判定。而在近代人类中心主义观念盛行的西方，依然不乏仁人志士有关动物思想的闪光亮点与思维洞见。如法国启蒙思想家伏尔泰尖锐地嘲讽笛卡尔的机械论哲学："自然已经把所有的感觉器官都已安置在动物身上，难道它们会感觉不到任何东西？……不要

① ［美］纳什：《大自然的权利》，杨通进译，青岛出版社 1999 年版，第 17 页。

设想自然中会存在着这种荒谬的矛盾。"① 卢梭也在其论教育的名著《爱弥儿》中明确指明人类强行以动物作为食物是违背自然规律的，并把这种行为看作是一种血淋淋的谋杀。

而西方近代最有代表性的动物伦理保护思想的倡导者当属英国的杰罗米·边沁和亨利·塞尔特。边沁在其1789年所著的《道德与立法原理导论》中，大胆而旗帜鲜明地谴责抨击人的统治为暴虐的统治，并不是合法享有的，而应将动物纳入人类道德的共同体之中，"可能有一天，其余动物生灵终会获得除非暴君使然就绝不可能不给它们的那些权利"②。而"人性将用它的'披风'为所有能呼吸的动物遮挡风雨"③。动物解放论者亨利·塞尔特在其1892年出版的《动物权利与社会进步》更是将动物保护伦理思想的发展推至顶峰，该著作堪称西方动物解放思想的集大成之作，也为20世纪动物解放运动的勃兴奠定了最为坚实的基础。在塞尔特看来，"如果我们准备公正地对待低等种属（即动物），我们就必须抛弃那种认为在它们和人类之间存在着一条'巨大鸿沟'的过时观念，必须认识到那个把宇宙大家庭中所有生物都联系在一起的共同的人道契约"。进而提到人们应把"所有的生物都包括进民主的范围中来"，从而建立一种完美的民主制度；人和动物最终应该也能够组成一个共同的政府。因为"并非只有人的生命才是可爱和神圣的，其他天真美丽的生命也是同样神圣可爱的"。塞尔特对动物理应享有权利的确证与动物作为生命本体的尊重，均彰显出强烈的现代伦理意识，纳什评价其"开启了当代动物解放论学派的环境伦理思想"④，实为公允而准确的评价。

当达尔文带着他的进化论而轰动世界的同时，这种人类和动物之间存在固有鸿沟的传统观念彻底面临着坍塌与崩溃的境遇，人类是由

---

① ［美］汤姆·雷根、卡尔·科亨：《动物权利论证》，杨通进、江娅译，中国政法大学出版社2005年版，第60页。

② ［英］边沁：《道德与立法原理导论》，时殷弘译，商务印书馆2000年版，第349页。

③ 转引自［美］纳什《大自然的权利》，杨通进译，青岛出版社1999年版，第26页。这里的"披风"被理解为道德地位和法律保护。

④ 该部分有关塞尔特论著的引言转引自林红梅《试论西方动物保护伦理的发展轨迹》，《学术交流》2005年第2期。而详细论证及相关引用具体参阅［美］纳什《大自然的权利》，杨通进译，青岛出版社1999年版，第30—36页。

动物进化而来的，达尔文在其 1871 年正式出版的《人类的由来》中给予了明确的说明，"我们应该坦率地承认，人和其他动物是来自一个共同的祖系的"①。从生物进化论的角度给予了动物应有的权利地位，而随着进化论的不断普及与被人们所接纳，其所带来的知识结构的巨变显然也开始逐渐地改变着人们对待动物的态度。可以说，一场真正意义上的以动物为出发点，重新审视动物物种地位的带有标志性解放意义的运动也终于呼之欲出，而这种动物解放运动的来势之猛与势头之快，足以证明其在世界普泛人类群体当中的共鸣性与一致性的情感认同。同时，它的潜在影响实则已经深蕴在现代作家的创作理念与情感表达当中，中国当代动物叙事创作更是其中最为显著的类型标识之一。

（四）现代动物解放思潮的勃兴及其启示性意义

进入 20 世纪以来，在我们所共处的同一个星球上，所有的生命都是平等的正逐渐形成一个共识性的意识形态。1968 年，罗马俱乐部环境危机的警示报告形成了广阔的思想背景。40 多年过去了，曾经被认为是"杞人忧天"的深刻嘲讽，终于被越来越严峻的生存体验与情感的迷失所消解，危机感与恐慌感遍及全球。当地球上的生命物种正以一种超乎想象的速度迅速递减之时，人类的生存环境与存在基础都在经历着前所未有的坍塌，生态环境保护已然作为全球第一大政治任务而深入人心，动物保护主题又是其中一个颇为重要的组成部分，并且也成为人类所不得不面对的严峻的时代课题。恰恰因为动物与人类的日常生活过于密切相关，同时在西方宗教哲学所建构的文明基石中从未真正给予动物以完备的生存权利意识，这样的历史文明表象中所残留的伦理"遗骸"更是直逼每一位现代人的心灵。

在环境保护的热浪风潮之下，西方 20 世纪动物解放思潮的勃兴与发展也轰然而至。仅从哲学、伦理学角度去思考动物权利，讨论人与动物关系的专著即数以百计，其中影响最大的莫过于 1975 年伦理

---

① ［英］达尔文：《人类的由来》，潘光旦、胡寿文译，商务印书馆 1983 年版，第 31 页。其实早在达尔文之前的日记里就能见到类似的观点："人类妄自尊大，认为自己该当是神创的伟大杰作。愚见以为，人其实是由动物创造出来的。"详见 E. S. Turner. ALL Heaven in a Rage，London：Michael Joseph，1964，162。

学家彼得·辛格《动物解放》一书的出版，这本被称为"动物保护运动的圣经"的经典之作，其核心观点就是在伦理学高度上承认人在内的"一切动物均为平等"，它仿照种族歧视、性别歧视的提法①，把西方以人类为中心、把动物看作为人而存在的文化传统称为物种歧视，发出最为理性的质问："如果拥有较高的智力，并不等同赋予某人权利去使用他人以达成自己的目的，因此又岂能赋予人类权利去为了同样的目的利用非人类？"②"动物像人一样，也有感受痛苦的能力。"③具备感受能力决定了动物也拥有利益，动物最起码的利益就是不应遭受痛苦。该书可以看作现代动物解放运动的起点，自此诸多动物解放组织如雨后春笋般不断涌现，该书的出版引起了全球哲学文化界，甚至普通民众特别是关怀动物人士的广泛关注，号召"动物解放"的口号与标语遍布西方乃至全球，正如纳什对辛格的评价："他把道德哲学从它对人类的 2000 多年的固恋中解放出来。"④西方社会开始揭开了善待动物、给予动物合法平等权利的新篇章。

　　20 世纪动物解放运动的另一位代表性人物美国生态伦理学家汤姆·里根，专门致力于研究动物权利理论，并明确提出从实际"权利"而不是单纯的"感知感受"的角度实现动物解放的价值诉求。在他的动物伦理观中，动物完全作为一种真实而主动的生命体存在，与人类同享生存与生命的"权利"。戴斯·贾丁斯对里根的这一观念做出清晰的诠释："作为生命的主体，不仅仅意味着活着，也不仅仅是有知觉。生命的主体……有信仰和愿望，有知觉、记忆、有对未来的感觉，包括他们自己的未来；有感觉幸福和痛苦等情绪的生活；有偏好和福利利益；在追求其愿望和目标时有行为能力；有对时间的心身确定能力；在其实际生活中独立于他们相对别人的工具性之外的生

---

　　①　彼得·辛格普及了"物种主义"一词，正如否认道德身份在种族进而性别上是平等的这种做法在道德上是错误的一样，辛格认为不承认道德身份是基于物种成员平等的观点也是错误的。参见［澳］彼得·辛格《动物解放》，孟祥森译，光明出版社 1999 年版，第 127 页。

　　②　同上书，第 9 页。

　　③　同上书，第 10 页。

　　④　［美］纳什：《大自然的权利》，杨通进译，青岛出版社 1999 年版，第 17 页。

活体验上的好坏。"① 这种人和动物完全同等的"生命主体性地位"，以及动物本身与人一样所具有的"内在价值"观点的提出，明显具有革命性的颠覆意义。

西方的这股动物解放思潮以其迅猛之势径直冲击着人类原有的文明基石，动摇着各种文化的基本价值尺度。比如基督教中上帝赋予人类管理动物的教义，以及文艺复兴以来西方久已形成的以人类为中心的世界观。与动物解放理论相呼应，一些文学文本开始凸显从文化角度反思动物处境的倾向，以无数动物惨遭灭绝的命运，揭示出"人类中心"的文化不过是一己之私的文化，人类社会的繁盛不过是以自然万物的牺牲作为前提。伴随这一声势浩大的动物解放思潮，"动物解放""动物权利""动物福利"等有关动物的"叙事"已成为多个学科领域所关注的热点命题。而中、西方动物叙事中对动物形象的塑造方式也发生了根本性的转变，这称得上是"动物叙事"创作历史脉络中极具标识性意义的重大革新。

具体而言，动物叙事创作领域明显呈现出摆脱以往侧重于以人类为中心表述方式的倾向，动物意象的塑造也不再单纯附着于某种思维理念的传达、借动物以抒情言志的传统束缚之下，而是逐渐在文本中表现出人类自我中心意识的淡化，以及对动物自身伦理意识与存在价值的观照。以动物作为一个生命物种的本质属性作为出发点展开叙述，动物成为名副其实的具有生命实体意义的叙述中心。作家张炜的话诠释了这一总体趋向，在如何评价人与动物间的关系问题上，"不是高级动物与低级动物的关系，更不是人与动物的关系，甚至也不是一种动物与另一种动物的关系。而是地球上的一种生命与另一种生命的关系。这才是真正的平等"②。在他的《鱼的故事》中，讲述的伦理基点在于"鱼是一种高贵的生命存在"，进而借助于梦幻与神话的方式，对人类滥捕滥杀自然生灵的行径进行了深刻的揭批，对身陷囹圄、遭遇不幸的鱼儿们寄托了深深的哀思与怜悯之情。类似的诸多作

① ［美］戴斯·贾丁斯：《环境伦理学——环境哲学导论》，林官名、杨爱民译，北京大学出版社 2002 年版，第 131 页。

② 张炜：《三想》，《远行之嘱》，长江文艺出版社 1997 年版，第 198—199 页。

品已开始有意深入到对人类的贪婪、虚伪与自私本性，以及对动物的残害、虐杀等卑劣行径的贬斥，彰显出对人类中心主义的深刻反思。

第三节　传承与发展：动物伦理思想的当代叙事建构

近 30 年来如《大拼搏》《怀念狼》《老虎大福》《豹子的最后舞蹈》《狼图腾》等诸多动物叙事佳作的涌现，凸显了生态中心主义价值立场的传达。在这些耳熟能详的作品中，不但动物获得了真正生命本体意义的地位，由具体动物意象所勾连出的整个种族群体的生存利益都得到了应有的叙事观照。中国当代动物叙事在其漫长的历史传承与叙事繁衍当中，在承接了中西方动物伦理思想资源的基础之上，自身的伦理视域与价值诉求也孕育着不断转换、拓宽与完善的过程，进而深入到对人性人情、历史风貌、社会情态等多个向度的展示。

从"动物叙事"的总体发展脉络与叙事进程上看，伴随着近 30 年以来特别是时间进阶到 21 世纪以来的创作，无论在创作理念、叙事技法上都朝着更加完备的方向迈进。具体而言，动物形象的负面价值越来越远离文本的主题诉求，取而代之的是越来越多的对其正面、积极意义的赞誉。动物原有的工具属性转为作为生命本体价值的意义予以书写，更为主要的是，动物形象的塑造已然获得了一种主体性的存在价值，具备了自我阐释意义的话语能力。这些都标志着自 20 世纪 80 年代起中国的动物叙事创作才真正与国际文学主潮的创作理念相接轨，成功汇入 20 世纪西方现代动物解放运动的思想热潮之中。同时，创作理念上的更新也促成了动物叙事叙述策略、表现技巧、语言风格等形式层面的革新。

在上述对中西方动物伦理思想的追本溯源与观念比照当中，不难发现，自人类诞生之日起千百年来有关动物伦理观念的表述一直有着清晰的发展脉络可循。其本身既蕴含着正面的、积极的伦理诉求，一种对动物生命生存权利的尊重与平等态度的秉持，内含强烈的恻隐之心；又不乏负面的、消极的动物伦理观念，一种对动物生命的漠视与不屑，人类中心主义的横行导致的不惜代价的虐杀与残害相等。两种相互对立的思维理念一直"纠缠"在人类历史的发展进程当中，也见证了人类由野蛮向文明过渡的现代化历程，其中饱含血与泪的经验教训，更是一部关于动物命运变迁的辛酸而残酷的叙述史。

随着时间进入到当代社会之际，伴随着全球化的迅速发展，人类遇到了前所未有的挑战。日益严峻的生存体验渐趋呈现，从自然生态到人文生态的全面恶化，人类陷入前所未有的生存困境当中，危机感与恐惧感席卷整个世界。而更加紧迫的生态环境问题早已成为人类永久的切肤之痛：时至今日，地球上的动物物种迅速减少，生态遭到严重的破坏，人类赖以生存的精神家园也处在濒于坍塌的边缘。有关环境保护、绿色生态与人文关怀的强调已经成为这个时代的核心课题。

关于动物的保护、动物伦理的诉求表达更成为一个核心的关注点呈现在人们面前。所有的物种生命都是平等的，理应受到人们发自内心的尊重与保护，是当下逐渐形成的意识形态。这种共识性的情感诉求融入现代动物解放思潮当中，呈现出一股势如破竹的力量。自文艺复兴以来西方世界哲学文化渊源中，一脉相承且根深蒂固的"以人类为中心"的价值理念都被进行了颠覆性的清算。随之而来的，是对百无禁忌的饮食习惯的节制，对现代性、现代文明及其所夹带的技术理性提出了尖锐的质疑。对立足于资源掠夺的破坏性开发与野蛮生产，以及在消费主义大旗下对动物生命的残酷迫害与虐杀等行径的批判等，皆汇入了动物解放运动的大潮之中。这些都清晰地印证了人类积极地寻求自我解救、渴盼改变自身现状的努力，这是一种姿态，也是一种昭示，凝聚着某种积极的自我批评、审视与达成修复情感裂痕的强烈愿望。

走在最前列的思想者们作为执牛耳者被推向这一潮流的顶端，彼得·辛格、汤姆·里根、阿尔伯特·施韦泽等学者们率先举起动物解放思潮的大旗，让这股潮流绵延不止、愈演愈烈，并迅速地席卷全球。当这股思潮波及中国这片古老而厚重的土地时，一度中断的历史文化血脉又恢复了它的原有供给，特别是中国当代"动物叙事"创作不断尝试从宗教伦理与哲学文化的历史传承中寻求厚重的思想积淀，完成对人与动物、自然之间关系维系的最为合理的阐释。佛教中众生平等、戒杀护生的伦理观念，萨满文化中高扬"动物崇拜"民间思维理念的诉求，中国古代哲学文化中老庄一派一脉相承地对待动物平等态度的判定，以及儒家文化中有关"天人合一"、博爱众物的宝贵观念等，都成为当代作家们所依托的思想资源。

中国当代动物叙事依靠其特有的题材优势，在对中、西方动物伦理思想资源的有效汲取基础之上，深入到对西方动物解放思潮的热切回应当中，体现了难得的思考深度与批判力度。如果将其纳入生态文艺的视阈予以考察，无疑是其中最为成熟的叙事形态，这源自于其先天所具备的陌生化的叙事场景、猎奇性的情节设置、充满神秘气息的异域风光以及独特的动物话语方式等诸多优势。当代动物叙事以充满想象力又动人心魄的叙述样式，有力地传播了生态思想与生态理念，客观上也扩大了生态文学在大众中的影响力与感染力。

第二章 中国文学动物叙事的历史传承与类型衍生

　　从创作的雏形与源头上考察，中国文学中的"动物叙事"范畴最早可以追溯至各民族原始图腾文化中的动物史诗、神话、传说与歌谣等艺术表现形式，它们在某种程度上满足了原始人对未知世界的积极探索，促进了人类文化的繁荣与发展，开启了人类思维的智慧之光。诚如卡西尔所言："原始人并不认为自己处于自然等级中一个独一无二的特权地位上。所有生命形式都有亲族关系似乎是神话思维的一个普遍预设……自然成了一个巨大的社会——生命的社会。人在这个社会中并没有被赋予突出的地位。他是这个社会的一个部分，但他在任何方面都不比其他成员更高。生命在其最低的形式和最高的形式中都具有同样的宗教尊严。人与动物、植物都处于同一层次上。"① 正是原始人心目之中这种各物种之间的可沟通性与可协调性，使得关于动物这一物种的话语表述方式得以在各民族的原始图腾文化中不断呈现，并且在历朝历代的文学作品与类型叙事的繁衍中，动物成为作家进行创作时所依托的重要元素之一，它本身也成为人类渴求了解与体悟自身的不可或缺的一种象征谱系。鉴于这样的原始思维，以具体的动物形象作为依托，半神半鬼、鬼神兼备、人形兽心以及人兽合一等荒诞意象的个体或种族群体的象征②，在"动物叙事"历史上开启

---

　　① ［德］卡西尔：《人论》，甘阳译，上海译文出版社 1985 年版，第 106—108 页。

　　② 以藏民族原始文化英雄史诗《格萨尔》中的《香香药宗》一篇为例，格萨尔率军渡海，来到香香鸟居住的海岛，寻找长生不老妙药。香香鸟王发现有人类兵马开到其国土之上，遂指挥鸟兵鸟将向岭军发起进攻。它们时而是鸟，时而是人；忽而有形，忽而无踪，让对手难以招架。其中七只香香鸟化成美女引诱岭军勇士，使他们差点上当的故事更是流传甚广。整体故事讲述完整、情节跌宕起伏，内容生动鲜活，最早向我们显示了"动物变形"主题动物叙事特有的叙事魅力。转引自何天慧《〈格萨尔〉原始文化特征——动物崇拜》，《中国艺术研究》1999 年第 4 期。

了广泛的象征意义表象序列。尽管这些"动物变形"的类型形态在历史不同时期具体的表现方式不尽相同，但都充斥在某种"人类—动物—神灵（自然）"的三维关系之中，作为中转媒介与情感维系的核心与纽带，动物自始至终地发挥着它显著而独特的作用，在人类社会文化生活中扮演着显要角色，深潜在人类集体无意识之中，并依托于人与动物之间所呈现出的超稳定的情感结构，促成了"动物叙事"创作丰富的历史传承与类型衍生。

中国动物叙事可谓源远流长，各民族原始图腾文化中各种艺术创造形式基本可以看作广义上的"动物叙事"最初的创作源头，但还无法归入纯粹"动物叙事"的范畴，可以暂且称为动物叙事的溯源阶段。在纯粹的"动物叙事"层面，① 按照从主题意蕴、时间脉络到形式具体流变与母题繁衍的角度加以考察，中国动物叙事大致可分为以下四个发展阶段：先秦两汉时期的动物神话叙事，可称为中国动物叙事的雏形初创期，以《山海经》《诗经》《庄子》等为代表，开启了几类最为基础的动物叙事类型的先河；晋、唐与宋代的搜奇志怪类动物叙事，可称为中国动物叙事的繁荣勃发期，以《搜神记》《太平广记》及无名氏《补江总白猿传》、沈既济《任氏传》等为代表；元明清时期的观照社会人生动物叙事，可称为中国动物叙事的现代过渡与稳步进阶期，以《西游记》《封神演义》《聊斋志异》等为代表；中国现当代文学阶段现代叙事学意义上的动物主体寓言、写实与神话类的动物叙事，可称为中国动物叙事的成熟发展期，以《狼图腾》《豹子的最后舞蹈》《怀念狼》等为代表。

第一节　初创雏形期：先秦两汉时期的"动物叙事"

众所周知，中国是一个诗的国度，中国又是一个品物丰富的国

---

① 这里的"纯粹"是从相对意义上而言，本章所论及的中国古代文学史上的"动物叙事"，与现代叙事学意义上的"动物叙事"有着本质意义上的区别，在叙事手法、情节设置、结构安排、表意策略等诸多层面上，中国古代动物叙事都显得比较稚嫩而简单，但这并不妨碍我们从广义的角度对历史脉络与类型繁衍的梳理。另外，这里的"动物叙事"并不会单纯地从现代小说体裁意义上加以限制，可以囊括中国古代多种体裁形式的表达，诸如诗词、散文、戏剧、传奇、小说等。

度，早在两千多年前产生的我国第一部诗歌总集《诗经》，在广泛反映当时社会生活的同时，涉及为数众多的动物名称，用以比兴、寄托、烘托环境气氛、表现生活场景①……可谓"动物叙事"在文学创作层面最早的本土雏形。其具体表述方式尚偏于寓言与象征维度，而体裁上则完全呈现为古体诗歌特征。由《诗经》所肇始，诗和动物由此结成了天生的不解之缘，动物丰富了诗，诗赋予动物以文学和文化的底蕴，随之可以窥见中国古典诗词歌赋中，选择以动物为表现对象，借动物抒发情怀的作品不胜枚举，如骆宾王《鹅》、曹植《黄鹄行》和《白马篇》、杜甫《瘦马行》、杜牧《早雁》、李商隐《蝉》、李贺《马》、柳宗元《黔之驴》等。②

《诗经》中的"动物叙事"开启了后继两个向度的创作领域：第一，直接着力刻画来源于人们现实生活中的动物形象，借此表现人的情感和意志，凸显现实社会中的人与人之间的复杂情感关系，其中内蕴爱情、友情与亲情等重要主题，先民们正是依靠各式各样的动物形象来诉诸自身的情感表达，实现彼此之间含蓄而隐晦的情感交流，正反映了文学来源于生活、文学即为人学等最为本质的文学属性；第二，朦胧表述之中隐含的讽喻主题，讽喻现世黑暗统治，寄托人们对美好生活的热切向往与积极祈盼，当然也不乏歌功颂德之作。

相比之下，《诗经》之后出现的中国先秦神话总集《山海经》③，

---

① 《诗经》中的诗歌共可分为风（160 篇）、雅（105 篇）、颂（40 篇）三大部分。据笔者统计，仅仅以国风中的动物意象呈现为例，马的意象出现于《周南·卷耳》《郑风·大叔于田》《秦风·小戎》等共计 19 篇；而羊的意象则有《召南·羔羊》《唐风·羔裘》等计 4 篇；鸡的意象呈现在《邶风·雄雉》《邶风·匏有苦叶》《郑风·风雨》等计 11 篇；鼠的意象呈现在《鄘风·相鼠》《魏风·硕鼠》《召南·行露》等计 4 篇；鱼出现的具体篇目为《齐风·敝笱》《陈风·衡门》《桧风·匪风》等计 7 篇；鸟的意象最多，包括《周南·葛覃》《邶风·燕燕》《邶风·凯风》《郑风·女曰鸡鸣》等共计 27 篇。仅在国风中篇什的统计上，动物意象就占据了 160 篇中超过一半的比重，显示出其分布之广与呈现的重要意义。

② 陈佳冀：《追本溯源："动物叙事"的寻根之旅——新世纪动物小说的一个考察维度》，《小说评论》2009 年第 1 期。

③ 关于《山海经》的成书时间与具体作者至今尚无定论，虽旧题为夏禹伯益撰，但现代学者多认为其并非出于一人一时之手，如茅盾先生认为："《山海经》是周人杂抄神话之作。"详见茅盾《神话研究》，百花文艺出版社 1981 年版，第 30 页。

基于神话叙事的方式开启"动物叙事"的表述策略更加具备艺术形式层面的探讨意义，基本兼具了"神话型"与"寓言型"两种叙事表征。《山海经》中动物意象的选择多突出其荒诞与神秘的一面，充满了虚幻性色彩，作为有关神话讲述的主体形象担当，这些动物一般都表现出奇形怪状、灵异怪诞的特征（早期动物化形主题的雏形），并且一种动物经常会具备多种动物的器官、形貌、样态、行为特征等，如九尾之狐，龙神鸟首，五尾一角之首，三首六尾之鸟等。或者把人与动物的形象胶着在一起，兽形人身或人形兽身，这些形象被赋予原始神祇特殊的意义，如山神的形象，"鸟身人首""马身人首"与"人面牛身"等①。达成了"以怪诞性或夸张性的想象重新组合异物形态，在人、神、兽的形体错综组接的形式中，容纳了人性、神性和兽性的杂糅"。② 与《诗经》中遵循现实而直接表现真实生动的动物形象有明显的区别——《山海经》中的动物意象注重传达其神异性与虚幻性的一面，在其神话叙述中一般作为一种征兆与预示而出现，或寄托天下太平，或表达丰收、大旱、水灾等自然情景的昭示。如《南山经》记载了对天下安宁的预示，"有鸟焉，其状如鸡，五采而文，名曰凤凰，首文曰德，翼文曰义，背文曰礼，膺文曰仁，腹文曰信。……见则天下安宁。"

《山海经》中广为流传的动物精怪变形神话传说，如，有关蚩尤的战争传奇、夸父逐日的英雄壮举、刑天舞干戚的神话故事等。这些神话叙述超越了一般意义上人与动物形象混合成型（如"龙首人身"）的展现，直接把人的现实生活进行"神化"的叙事整合，展现出完整的结构性与较为丰富的层次感，以及一定的情节张力，总体上具备了一定的叙事学意义的形式表征。其中尤其以"精卫填海"具典型性。该则神话见于《北次三经》记载："发鸠之山……有鸟焉，

---

① 很多高一级别的神祇，它们的形象也都无一例外地参照人与动物的形象构成，而动物形象的择取一般为鸟龙蛇虎之类。以方位神为例，《海外南经》记载："南方祝融，兽身人面，乘两龙。"而海神的记载主要见于《荒经》，如《大荒东经》："东海之渚中，有神，人面鸟身，珥两黄蛇，践两黄蛇，名曰禺虢"，等等，都有类似人兽同体充当神祇的记述。详见吴康《〈山海经〉：中国神话的建构》，《中国文学研究》2006 年第 4 期。

② 杨义：《〈山海经〉的神话思维》，《中山大学学报》（社会科学版）2003 年第 3 期。

其状如乌，文首白，以湮于东海。"开启了较为完备的"动物化形"主题的叙事样貌，精卫"常衔西山之石，以湮于东海"完全得益于鸟类物种的基本行为"衔"来付诸这一神化"壮举"的顺利实施，创作者借助鸟的具象性行动细节（物种属性范畴之内）来诉诸自身的情感表达，使鸟的形象具备了典型化的叙事意义，而这种变形本身作用于主人公精卫自然赋予了其特殊的伟力，特别是最终完成"填海"的神圣使命。可以清晰地窥见，这类偏于神话讲述的"动物叙事"在把握物种属性与生活细节真实度上的特殊魅力。这一则神话叙事的创新价值更体现在动物复仇主题呈现上：主人公女娃"游于东海"，却"溺而不返"，主人公不幸遇难但她的灵魂却并未就此死去，而是幻化成一只鸟，鸟的形象显示出其特殊的象征意蕴，即暗含动物主人公依靠其百折不挠的毅力完成最终填海复仇的壮举。这里的"女娃化鸟"属虚幻描写，而衔木石以填海又是基于鸟类行为的现实摹写，从一个侧面又彰显出其写实的特征，得益于人的形象与动物形象的叠合，才完成了此种复仇主题的书写。

除了上述提及的《诗经》《山海经》以外，早期典籍文献中仍有大量的"动物叙事"表述方式不容忽视，包括《周易》①《楚辞》以及《左传》《庄子》《淮南子》《史记》《战国策》等春秋战国时期的散文创作中也都有一些早期"动物叙事"表现形式的呈现。《楚辞》自然也是诗歌的体裁，但在动物意象的选取上与《诗经》有着本质性的差异，其中的动物形象更突出其作为情感价值抽象符号的作用，而不是写实性的现实存在物，"非触目所见，带有虚空设喻的幻化性和浪漫性的色彩。"②《楚辞》的作者常常借具体的动物形象之间有关美与丑、善与恶、优与劣的对比，来抒发自身的情感寄托，表现自己卓尔不群、坚守理想、坚贞高洁的崇高人生情怀，这里的"借物喻人"的写作方式，甚至触及人性的某些层面。在《淮南子》与《史记》为数不多的涉及"动物叙事"成分的篇章中，均表现了人与自然和谐的

---

① 《周易》的成书要早于《诗经》，但其中的"动物叙事"更多是借一些颇有形象性的动物物象，只是其传情达意的一种手段，是以动物达到起兴的目的，散见在一些片段性的歌谣中，如《中孚》九二中：鸣鹤在阴，其子和之；我有好爵，吾与尔靡之。

② 魏耕原、魏景波：《先秦两汉诗坛的飞鸟意象》，《社会科学战线》2002年第2期。

主题。以《史记》为例，其中和谐思想之一体现在对待自然万物的态度上，对待鸟、兽、草、木的友善与关爱，如《殷本纪》记载："汤出，见野张网四面，祝曰：'欲左，左；欲右，右；不用命者，乃入吾网。'诸侯闻之，曰：'汤德至矣，及禽兽。'"这种对待动物平等态度的叙事传达，提供了一种生态写实叙事的早期雏形。

　　如果说《诗经》开启了动物写实叙事的先河，《山海经》把光怪陆离的"动物化形"精怪故事首次呈现给世人，让神话叙事成为一种叙述层面的现实可能；那么，《庄子》则在其近乎天马行空的想象与创造中，呈现给我们一种最早的完全意义上的寓言叙事表达方式。以《庄子·逍遥游》中的"鲲鹏"形象为例，该篇中最为世人所熟知的一段论述即为："北冥有鱼，其名为鲲。鲲之大，不知其几千里也。化而为鸟，起名为鹏。鹏之背，不知其几千里也。怒而飞，其翼若垂天之云。是鸟也，海运则将徙于南冥。南冥者，天池也。"其寓意主要体现在如下几个方面：鲲鹏所居的广阔天地寓意人们所追求的远大前程与波澜壮阔的人生写照；鲲鹏不可思议的神奇变化则寓意人生命运遭际的变化无常与难于把握；而鲲鹏的巨大形体可以寓意人心中的宏图大志与崇高、壮阔理想的勾勒……这里的多重寓意更多体现在精神与情感上的超越之意，鲲鹏也成了有志之士寄托情感、弘扬理想抱负、面对生存境遇的有力象征，也彰显出寓言类"动物叙事"所具有的特殊情感共鸣的效力。[①] 除此之外，像《庄子·山木》中的《螳螂捕蝉》《庄子·秋水》中的《井底之蛙》等也都堪称是寓言叙事创作雏形的典型代表。

　　总体而言，这段时期的动物描写与寓言叙述已经体现出较为明显的作家对自身创作理念的迫切表达，创作者有针对性地借用具体的动物形象来阐发某种哲理，达成讽喻与揭批的叙事效度，或印证某种思维理念的正确与荒谬等，较之《山海经》中单纯停留在对大自然中一些奇异动物的简单记载与一般性描述层面，有了明显的进步与改

---

　　① 《庄子》的特殊之处在于其不仅在"寓言叙事"、形象塑造与叙述手法等层面具备开创性意义，其本身又具备了丰富而深邃的生态思想的传达，在思想内涵层面对后继相关创作的影响尤为深远，也奠定了这部传世名作在动物叙事历史传承中的重要地位。

观。这也进一步印证了随着时代的发展与思维理念的渐趋完善，相关动物叙事创作也必然在历史的发展衍生中愈发彰显出其日趋完备的叙事效度。

第二节　繁荣发展期：晋唐宋的搜奇志怪类"动物叙事"

经历过由《诗经》《山海经》《庄子》等所开启的中国动物叙事的初创期之后，经由一段历史时间的淘洗与完备，进入晋唐以来，动物叙事逐渐呈现出繁荣的发展格局。当然，这一阶段的动物叙事创作不像初创期时那样的丰盈、充裕，但类型化的表征却更加明显，更多作品承继了由《山海经》所开启的"动物精怪"神话叙事的写作风格，以笔记体的形式继续书写光怪陆离的近似神话的"动物化形"故事，并形成了该时段所特有的搜奇志怪类"动物叙事"这一突出的叙事形态。尤以晋代干宝的《搜神记》以及北宋太宗太平兴国年间编纂的《太平广记》最具代表性，除此之外，东晋张华所著博物类著作《博物志》，唐代的一些著作如无名氏的《补江总白猿传》、沈既济的《任氏传》、张读的《李征》等也都呈现出典型的搜奇志怪特质。正是这些笔记体小说的不断涌现才共同促成晋唐宋时期"动物叙事"的勃兴，本节的论述将集中在对《搜神记》《任氏传》与《太平广记》的相关探讨上。

《搜神记》中一个比较典型的动物叙事方式为"动物报恩"母题的书写，在卷二十中就充斥着大量的动物报恩类故事，其中涉及龙、虎、玄鹤、黄雀、蛇、龟、蝼蛄、狗等诸种动物，具体例子如，李信纯所养义犬在火中舍命救主①；"杨宝"条载杨宝救黄雀之后，黄雀

---

① 《搜神记》中的《义犬冢》几乎可以看作中国动物叙事史上最早的"义犬救主"母题完整叙述模式的书写，之后诸如《搜神后记》中的《杨生狗》，《虞初新志》中的《义犬记》，《聊斋志异》中的《义犬》，乃至当代文学的《退役军犬》《太平狗》《野狼出没的山谷》等创作都还潜隐它的叙事因子，难怪蒲松龄直言："一犬也，而报恩如是，世无心肝者，其亦愧此犬也夫！"这一论断堪称千百年来中国动物叙事"义犬救主"母题中最为基本的情感诉求，也彰显其在动物叙事领域所具备的特殊价值意义。

化身黄衣童子送来白环四枚；"苏易"条云苏易帮助虎生产后，虎再三送肉于门内等。① 当然，这类动物报恩母题的书写方式并不是由《搜神记》所肇始，在中国原始神话传说中即常有所见，刘守华也曾在研究当中提到这一母题表述方式与佛经之间的内在渊源关系。② 这里要强调的是，《搜神记》中有关动物报恩母题的讲述叙事更加完备，并且涉及的动物种类较多，形成了较为固定的"人施恩于动物＋动物报恩于人"的叙述模式。一般而言，都会强调人类主人公对动物施以某种恩惠，如帮助动物生产、为动物疗伤、喂食于动物、不食动物等，人的这种恩泽与关怀的施与，使动物深受触动，或有所感化，在恩人蒙难、陷入困境之际，义无反顾地救人于水火之中。在当代动物叙事作品中，贾平凹的《莽岭一条沟》、李传锋的《退役军犬》、王凤麟的《野狼出没的山谷》等都还可以窥见该类叙述模式的清晰呈现。③

从动物化形精怪故事类型来考察《搜神记》在中国动物叙事历史发展中的特殊意义，既衔接了先秦《山海经》中部分"动物化形"神话故事，又开启了晋唐宋时期该类叙事的勃兴与繁荣。《搜神记》中有关"动物化形"的表述更多集中在几则著名的狐精故事上，包括《张茂先》《狸婢》《阿紫》《吴兴老狸》等。这些作品中的狐狸形象大多隐去了动物本来的面貌，代之以某种幻象的方式呈现在文本中，相比于原始动物神话中的半人半兽、人兽模糊难辨的形象造型，这里的动物形象塑造已完全具备了人的外貌与具体的形态特点，实现

① 转引自王青《论中古志怪作品在民间故事类型学中的价值——以〈搜神记〉为中心》，《南京师范大学学报》（社会科学版）2003 年第 2 期。

② 刘守华：《从佛经中脱胎而来的故事》，《民间文化》2000 年第 11—12 期。

③ 《莽岭一条沟》中这种传统的"动物报恩"母题模式表现最为清晰，民间医生老汉本着自身医德道义出发，为病难之中的狼挤掉大脓包，狼为表感激之情，竟以嗜血人命达成报恩的举动，将吃掉的小孩身上佩戴的银项圈与铜宝锁叼来献给老汉，显然违背了老汉治病救人的医德与基本道义准则。老汉就此羞愧难当："我学医是为人解灾去难的，这恶狼不知伤害了多少性命，我却为它治病，我还算个什么医生呢？"最后，老汉以跳崖自杀的方式以求完成道德与良心的拷问。这里基本的叙述进程、情感基调等都与传统动物报恩故事没有明显差别，而贾平凹的独具匠心之处在于对叙事结局的悖逆性安排与冲突悬念的设置，使文本具备了更为深刻的阐释性意义。引言见贾平凹《莽岭一条沟》，《商州三录》，百花文艺出版社 1986 年版，第 45 页。

了完全意义上的"动物化形"。如《张茂先》中那只燕昭王墓前的斑狐，积年能为变幻，直接呈现出"总角风流，洁白如玉。举动容止，顾盼生姿"这样人性化的神态举止，变为书生样貌的斑狐，与主人公张华（茂先）谈经论道，结果其美貌、高论引起张华怀疑，张华用千年华表燃火照之才使其显露原形。该类动物形象多被赋予妖魔化与邪恶化的表征，具备化形与变异的诸种能力，达到祸害人类的反面意图，用作者干宝自己的话即"发明神道之不诬"。① 除《张茂先》之外，《吴兴老狸》中狐狸化身为人父，造成二子误杀真父的悲剧；《阿紫》中男子被自称为阿紫的狐狸精魅去，迷了心窍，也险些丧命。类似的狐化作品都表现了这种动物化形意象的"妖化"负面效应。

鲁迅先生在《中国小说史略》中有言："小说亦如诗，至唐代而一变，虽尚不离于搜奇记逸，然叙述宛转，文辞华艳，与六朝之粗陈梗概者较，演进之迹甚明，而尤显者乃在是时则始有意为小说。"② 这段论证用在描述中国古代动物叙事的衍生与嬗变上正恰如其分，恰恰表明动物叙事发展至唐代才真正具备了"始有意为小说"的现代叙事文本的雏形意义，基本上摆脱了六朝时期的粗糙与浅陋的叙述方式。当然，唐代小说与前代相仿，叙述内容上依旧"不离于搜奇记逸"，落实到具体的动物叙事中仍呈现为动物变形精怪一类，多神奇幻化，充满虚幻玄思的意蕴，但从叙述的完整度与表达的深刻性上却展现出一定的开创性意义。同为狐幻主题，沈既济的《任氏传》格外引人注目，其所精心塑造的"狐精"形象告别了前代作者一味把动物妖化或神化的讲述方式，真正以一种近人的具有人格魅力的女性形象展示在读者面前，把叙事伦理的维度延展至人性人情的层面，关注社会现实人生的层面。艺术表现上摆脱了六朝志怪小说"狐化故事"中简单直白的近乎实录的形式，在曲折复杂的情节安排中，细节描写生动真实，用笔细腻精准，角色形象鲜明生动，内蕴作者强烈的情感诉求。同时，"动物叙事"作品首次具备了较长的篇幅架构，拓

---

① 干宝：《搜神记·序》，中华书局1980年版，第2页。
② 鲁迅：《中国小说史略》，东方出版社1996年版，第51页。

宽了必要的叙述空间，呈现出较为完备的现代小说叙事格局。

　　与《搜神记》类似，北宋初年由李昉等奉旨官修的大型文言小说类书《太平广记》①，同样收录了大量的"动物叙事"作品，涉及的动物多达三十多种，其中在动物意象的选择上尤以狐、虎、龙为最。仅以虎为例，先后共计有 8 卷的记录文字，其中记述具有延续性的"虎化变形"主题故事共有 40 条，包括魏晋南北朝时期的 9 条与隋唐五代时期的 31 条②。这里仅以其中收录的《广异记》为例，就包括《广异记·笛师》《广异记·松阳人》等 7 条，分别表现了"虎化人形"与"人化虎形"两类主题表现形式。在《广异记·荆州人》中"荆州人"因入山"忽遇伥鬼，以虎皮冒己"，而变为虎达三四年之久。后"因遽走入寺库"，被一"禅师"恒以众生食及他味哺之，半年毛落，为人形。"后暂出门，忽复遇伥，以虎皮冒己。遽走入寺。皮及腰以下，遂复成虎。笃志诵经，岁余方变。自尔不敢出寺门，竟至死。"③ 这一则"人化虎形"的动物叙事比较特殊，加入了宗教成分并伴有高僧"禅师"出现，起到某种指点迷津的作用。

　　在当代动物叙事创作中，这些"得道高僧""仙人道士"转换为拥有生存智慧的老年智者形象，他们常常拥有神奇的感知能力与预言能力，如《银狐》中的老李铁喜、《黑鱼千岁》中的霍家老太婆、《狼图腾》中的毕利格老人、《鹿鸣》中的藏族老人嘉措次仁，《该死

---

　　① 《太平广记》与《太平御览》《文苑英华》《册府元龟》并列为宋四大书，可见其影响之深远。但需要指明的是，《太平广记》虽成书于宋初，但其中所收录的"动物叙事"并不指向宋代，而是包含了宋之前魏六朝志怪、隋唐时期传奇小说及笔记体等广阔的叙述范畴。

　　② 其中又以收录的中唐时期志怪小说集《广异记》（戴孚作）为最多，这部涵盖 20 卷的小说集堪称动物叙事的典范之作，包含了大量的动物变形主题故事，其中尤以狐、虎为最多，仅狐的故事就多达四十余条，并且《广异记》中的狐化形象首次摆脱了继往的负面妖化形象，具备了正面的人性化意义。显然，其在中国古代动物叙事发展历程中的重要地位是毋庸置疑的，这里暂且放到《太平广记》中一并论述。侯忠义先生在评价《广异记》中的"狐精"形象时特别写道："狐精形象成为妖怪类故事的主角，而且丰富多彩，富于人情味，这是本书的贡献。"详见侯忠义《隋唐小说史》，浙江古籍出版社 1997 年版，第 167 页。

　　③ 转引自夏秀丽《〈太平广记〉中的化身型虎故事》，《蒲松龄研究》2007 年第 3 期。

的鲸鱼》中的陆老头等。① 霍家老太婆在"儒"决定再次去河里猎捕大鱼之时，依托其自身丰富而幽深的生命体验与生存智慧，准确预感到可能出现的灾难后果，竭力阻止孙儿的捕鱼行为，并不听从劝阻的"儒"最终不可避免地迎来人鱼同归于尽的厄运。"得道高僧"的释义主要体现在对霍家老太婆这一表面看似愚昧落后的传统人物所饱含的生态智慧的诠释上，这一古老形象的因子也在现代伦理视域中焕发出别样的人性与智性的光辉。

　　总体而言，虎与狐狸的形象在《太平广记》中出现最多，但并不是唯一的意象呈现，对于其他动物，特别是昆虫类动物的描写也占据了一个颇为重要的话语空间②，且不乏佳作出现。《齐谐记》的《乌衣人》一篇讲述"蚂蚁报恩"的故事，篇幅较长，故事情节也很完整，小说中不仅明确交代了故事发生的地点（吴富阳县）和主人公（董昭），而且详细记述了董昭救蚁王的整个过程，董昭梦中聆听蚁王感恩之语："仆是蚁中之王也，感君见济之恩，君后有急难，当相告语。"在历经十年之后，梦中的听言终于应验，董昭遭劫遇难，其"取三两蚁著掌中语之"，果然再次于梦中听闻蚁王之言："可急投余杭山中。天下既乱，赦令不久也。"遂董昭终得救。这样一则完整的"动物报恩"母题的表述，没有了"动物化形"意象的呈现，却置换出"动物托梦寄语"的独特表现方式，加之文本正文间隔十余年的时间跨度，展现出丰富的时空背景，赋予文本较为鲜明的现代小说格局样式。"动物托梦"的叙述方式也在如《红狐》《鱼的故事》等多部当代作品中出现，成为作家们在进行"神话叙事"时所使用的一

----

　　① 《银狐》的情况比较特殊，这部作品本身也包含强烈的"人化动物"的叙述成分，特别是充当生活智者的老字铁喜的儿媳珊梅，被银狐妮干·乌妮格的狐气所感染，呈现出半人半动物的"人化动物"形象表征，这与《荆州人》的情节有几分相似。但与后者相反的是，小说中本应成为解救珊梅之人的智者老字，最后却被儿媳与美丽的银狐所感化，实则是达成了人与自然的和解，老铁子也就此获得生命的本真价值，这显然是对传统叙事方式的一种策略性的"背离"。

　　② 《太平广记》中昆虫类凡七卷（自卷四百七十三至卷四百七十九），收录的昆虫有近70种之多，其中蚂蚁类就有11篇之多，蜘蛛类也有7篇，还包括蚯蚓、蜜蜂、蝗虫、蛤蟆（以及一些生活中少见的异物）等篇目繁多，但都不出搜奇志怪之范畴，并且同样不乏"动物叙事"精彩佳作，具备较高的研究价值。

种重要叙事手法。

第三节 稳定过渡期：元明清观照社会 人生的"动物叙事"

中国动物叙事发展至元明清时代，进入了一个相对稳定的繁荣发展阶段，这一阶段的重要著作颇多，并多以鸿篇巨制的形式呈现出来，使动物叙事彰显出完整的近乎现代小说的叙事样式，同时思想与艺术的追求趋向于精深与浑厚的一面，动物叙事文本拥有了明确的社会人生的指向性，很好地承接了前代以《山海经》《搜神记》《太平广记》等为代表的"动物化形"精怪故事的讲述，并让更多的人开始了解并接受了这一特殊的叙事类型，诸如《西游记》《封神演义》《聊斋志异》等都堪称中国古代文学史上的名篇。对"神魔化"这一独特叙事方式的有效拓展，对现实社会人生的真切观照等，为当代动物叙事创作提供了难能可贵的叙事经验。尽管当代创作中有意淡化了魔幻与神化的因素，也渐渐远离"动物化形"的固有表述方式①，但究其精髓之处，依然彰显出某种潜在的影响因子：表达主题时所诉诸的思维理念，情节结构的设置安排，抑或具体艺术手法的运用等。

《西游记》是人们众所周知的中国古代小说杰作，其多次被重写、翻拍与戏仿的经历，也足以印证其在国人心目中所占据的地位，关于小说中孙悟空、猪八戒、唐僧、沙和尚等耳熟能详的形象早已深入人心。对于《西游记》各个维度的研究成果更是层出不穷，从民族文化融合的角度，从英雄原型的角度，也有从魔幻特质的角度进入……都取得了一系列具有洞见性的理论成果。然而，研究者却很少从"动物叙事"的角度展开对这样一部文学经典的探讨，毕竟小说中两位主人公孙悟空和猪八戒的形象都是"动物化形"的典型形象建构。以孙悟空为例，它既具备人性化与神性化的一面，同时，作为猴子的基

---

① 在中国当代动物叙事创作中，部分作品虽也涉及"动物化形"的部分情节设置，但难以充当整体叙事结构的中心，一般只是为特定的主题诉求服务而有所涉及。56 篇动物叙事作品中，也仅有郭雪波的《银狐》、贾平凹的《怀念狼》、陈应松的《猎人峰》等为数不多的几篇。

本物种属性也清晰可见——尖嘴猴腮，红屁股与拖着长尾巴，乃至呈现出的罗圈腿以及火眼金睛等诸多物种特性较为突出，特别是尾巴这一特殊意象，即使在它经过百般变化，始终都会留有尾巴并常常以此显露出破绽，尾巴已成为它作为猴子身份属性的一种特殊的标识。

而其他辅助形象包括东海龙王、牛魔王、白龙马、白骨精、蜘蛛精、黄狮精、玉兔精……诸如猴子、猪、牛、马、狐狸、熊、豹、蜘蛛、虎、狮、兔等自然界中的动物形象几乎都涵盖在小说中的人物形象身上，它们或者整体以人的面目出现，或者以"半兽半人"形象示人，面容可憎，抑或直接以动物的面目展现，如白龙马等。但这些"动物化形"形象系列几乎统统具备了人的思想与意念，以小说中的反面形象妖精为例，大多以吃唐僧肉为终极目标，实现长生不老的夙愿，当然也有报仇雪恨、意外交恶等情形的发生，虽然最终皆以失败告终，并在小说的结局之处常常被高人施法点拨，从而改邪归正、化为原形。单纯从妖精的维度出发，其叙事逻辑可以呈现为：由动物化形为初始——私下人间作恶（为师徒四人制造磨难）——恢复动物原形（改邪归正，一心向善），自动物始再到由动物而终，突出了动物意象在《西游记》中所占据的特殊叙事地位。并且在具体叙事串联上，皆有"动物救主""人兽相恋""两兽相争"等诸多传统母题情节的彰显。

《西游记》中"受难＋解救"的叙述模式架构全篇，并有效勾连出整部小说的事序顺序。同时这部小说又很好地承继了前代作品有关"动物化形"的表述类型，强化了魔幻与神秘的色彩。其"受难＋解救"叙事结构的呈现，包括主动受难与被动受难，以及解救与被解救的多种呈现方式都与当代动物叙事不谋而合。无论是野生动物题材抑或家养动物题材，当代叙事中实则大都褪去了固有类型中所刻意强调的魔幻因素，在守望自然生态与回应现实人生的叙事建构中不断强化着"受难＋解救"模式的书写意蕴。

《聊斋志异》在中国动物叙事历史发展中的地位非同寻常，它成书于清代，处在中国古代社会向现代社会的转型过渡阶段，从作品本身的意义来看，同样如此。《聊斋志异》具有几个十分突出的开创性意义：首先，它可以称为中国古代"动物叙事"的集大成之作，无论从思想诉求，抑或艺术表现层面都堪称经典之作，当然，这得益于前代动物叙事的类型繁衍与叙事传承，包含了古代动物神话传说、寓言叙事以及文言小说多个向度的潜在影响，特别像《搜神记》《任氏传》《太平广记》《西游记》等叙事上较为成熟的作品在题材、主题、形象塑造与创作模式等诸多方面对其影响较大。当然有传承就有创新，《聊斋志异》在立意与主题诉求上明显拔高，重心由单纯追求志怪奇幻，烘托神道迷信色彩转化为倚仗情理，反映现实人生内容，发掘深刻的社会意义，并奉献出一批有血有肉、重情重义的鲜活动物形象系列。同时，其存在本身也无形中提升了"动物叙事"的影响热度与类型地位①。作为同类"动物化形"的叙事题材，《聊斋志异》较之前辈作家相关创作最为成功之处在于选取动物形象时，一般都比较注重动物的生活习性与生存特质，有凸显的写实功能内蕴其中，以此为根基，再将其与所要扮演的人物形象的生存、身份、处境等合为一体，在充满魔幻味道的夸张叙述中平添了一份真实感与紧张感，塑造出来的动物形象也更加的丰满、逼真，同时映衬出人的品性特质中的某种典型性。

　　如《阿纤》一篇选择老鼠这一动物形象作为化形意象的叙述对象，小说中作为"老鼠化形"的主人公阿纤其生存状态处处都与老鼠这一物种本身生存属性一拍即合：鼠好积聚粮食，故阿纤嫁时尽米储粟以代嫁妆；鼠喜悄无声息地隐于洞穴之中，故阿纤也同样寡言少怒，昼夜绩织。当阿纤与三郎重见，只有付清房租钱才能脱身离开的情况下，阿纤竟"引三郎视仓储，约粟三十余石，偿租有余"。即使在二人回家之后，阿纤同样再"出私金，日建仓廪"，"年余验视，则仓中满矣"，都显示了喜好积聚粮食的一面。② 阿纤这一人物形象的塑造是丰满而美丽的，作者用笔之巧妙在于有效地规避了老鼠肮脏生厌的一面，并把它积聚粮食的生活习性做了正面的引导，成为阿纤

---

① 《聊斋志异》自问世以来三百年间广为流传，影响深远，曾被誉为"风行天下，万口传诵"的"一代杰作"，见冯镇峦《读聊斋杂说》，同样张冥飞在《古今小说评林》中也提到了《聊斋志异》的受欢迎程度，"几于家家有之，人人阅之"。

② 关于《阿纤》中阿纤与老鼠的生存生活特征相吻合的例子，参见陈炳熙《论古代文言小说中的动物形象》，《东岳论丛》1989 年第 6 期。

勤俭持家、温顺贤惠的美好人格的典范写照，这与老鼠原有的负面形象发生本质性的悖逆，达到有效的艺术反讽效果。

提及《聊斋志异》，显然无法回避蕴含其中的狐狸意象，作为文本塑造的核心意象，实则也是塑造最为成功、形象最为丰满的意象系列的展示。作品中小翠、青梅、莲香、青凤、婴宁、辛十四娘等"狐化形象"个个妖艳美丽、才智超群而光彩照人，她们自身的神异性与幻化功能的表现并不是作者所刻意追求的，而只是作为一种诉诸情感表达的手段，作者重心是让这些"狐化女性"彰显出人性的伦理质素，直指现实社会中种种矛盾冲突，在充满幻象、亦庄亦谐的幻化氛围中展现人性的光辉，折射世间人生百态，达到物性真实的本质性追求。难怪鲁迅如此评价其心目中的聊斋："花妖狐媚，多具人情，和蔼可亲，忘为异类，而又偶见鹘突，知复非人。"①《莲香》中狐女莲香为拯救被女鬼李氏"夙夜必偕"而病入膏肓、奄奄一息的桑生，不惜采药三山炼成药丸而舍命救之，显示了其温柔善良、以情为重的一面；《青梅》中青梅极力促成阿喜与张生的婚事，而自己甘愿"执婢妾礼"，以侧室自处，显示出狐女有情有义、贤德卓异的一面。这些由狐女形象所组成的动物意象系列，引领我们进入到一个真善美的人生境界，内蕴作者对美好人性与本真生活的向往。

蒲松龄在《聊斋志异·自志》中这样谈到自己的创作："集腋成裘，妄续幽冥之录；浮白载笔，仅成孤愤之书；寄托如此，亦足悲矣！"彰显出其基本的写作基调与情感寄托，除"续幽冥之录"的光辉使命，更要让自己的作品大大超越以往及同时代的作品，寄托孤愤悲戚的情感诉求，实则要建立在现实人生基础之上的价值追求，难怪陈炳熙做出此番评价："把那些非人的形象当作人来写，并赋予他们以常人之情，以幻化怪异为魅力，以讽时喻世为特征，因而能以超乎寻常的曲折瑰丽再现光怪陆离的社会人生。"② 实则与余集先生在《聊斋志异·序》中所提及的"书之恍惚幻妄，光怪陆离，皆其微旨

---

① 鲁迅：《中国小说史略》，人民文学出版社1989年版，第209页。
② 陈炳熙：《幻化怪异，喻世讽时——二论〈聊斋志异〉中的动物描写》，《南开学报》（哲学社会科学版）1994年第6期，第60页。

所存"① 的评价不谋而合，都凸显出作家在非现实的神话叙事中所寄托的孤愤悲悯的人文情怀与"托物言志"的情感诉求，饱含了广阔的现实情怀。

　　总体而言，《聊斋志异》中的"动物叙事"没有执着于对"动物化形"意象的一味展现上，也没有局限在有关动物的曲折离奇的情节讲述上，而是有着更高的价值追求，作者以其精准而又冷峻的笔触深入到对人情世态的洞察当中，展现出崇高的思想境界。作品所呈现出的文笔功力与社会现实意义，鲜明地镌刻上现代小说样式的印记，也是在固有动物叙事类型基础之上所做出的一次全面而稳步的提升，这种提升的意义在于其直接导向与当代叙事形成某种情感伦理与艺术形式上的内在维系。由此，一种真正具备现代叙事学意义上的"动物叙事"表述方式在现当代特殊的历史文化语境中早已呼之欲出。

第四节　成熟勃兴期：现当代动物叙事的诗性伦理抒写

　　中国动物叙事的真正勃兴，特别是逐渐引起学界的普泛关注与大众的青睐，要从新世纪以来《怀念狼》《狼图腾》《藏獒》《银狐》《中国虎》等长篇大作的"横空出世"算起，而在这之前的动物叙事创作同样可以从两个主体时间节点加以探讨。自文学进入现代（暂且以 1919 年的五四新文化运动为临界点）这一特殊的时间节点始，即进入到现当代文学史叙述框架与文化语境当中，"动物叙事"才真正从古典题材领域顺利过渡到叙事学意义上的现代文体领域，由此，具备了不同于古典样式的较为完备的叙述风貌与价值吁求。纵观整个中国现当代文学史，在纯粹文学的范畴里，对于动物的叙事，其所取得的成绩是有目共睹的，但也存在着一定的问题。一个尤为值得关注的现象是 20 世纪许多公认的写作名家都有意无意地染指了这一领域，创作大量耳熟能详的"动物叙事"文本，如鲁迅的《兔和猫》和

---

　　① 余集：《聊斋志异序》，《聊斋志异（会校会注会评本）》，上海古籍出版社 1986 年版。

《鸭的喜剧》、周作人的《百廿虫吟》、许地山的《蝉》、丰子恺的《养鸭》、沈从文的《牛》、萧红的《小黑狗》、老舍的《小动物们》及汪曾祺的《猴王的罗曼史》等作品。这些"动物叙事"大多把动物看作是人类社会的延伸，使动物成了一种典型的文化寓言，蕴含丰富的寓意与思想诉求：人道主义的表达，忏悔意识的流露，以及特殊时代语境中所赋予的浓厚的教化色彩、人本主义思潮的宣扬等①，均可划归为"寓言叙事"的范畴，动物形象的塑造成为一种潜隐的"象征符号"，承担了某些伦理化、意象化与意识形态化的文化认知功能，动物本身成了并不重要的外皮。

　　以鲁迅《彷徨》中那两篇以动物为叙述对象的小说为例，作者以人的角度叙述，在淡淡的哀愁中表达了由衷的爱意，其真实意图却是借这自然界中的生命现象，抒发对弱小者生命的同情以及所抱有的敬畏之心，对暴力的愤懑，表达出强烈的人道主义关怀。正如钱理群在分析《兔和猫》时所言："'生命'，正是鲁迅的一个基本概念。"②实际上，这似乎成了一个叙事的基本范式，现代文学中的诸多创作者，在"动物叙事"创作上基本都是延续鲁迅的笔法，多数以动物寄托爱憎，寓言化也由此成为最基本的文体选择，这也成为"动物叙事"进入现代以来一个最为显著的创作标识。由于附着过多的意识形态层面的精神负担，在当时特殊政治意识形态、民族战争时代背景制约下的用笔多呈现出急功近利的一面，表达人的爱憎，针砭时弊的现实审视，思维情感、价值判断等都表现得过于外露，动物形象难以呈现出鲜活而生动的本体存在价值。

　　不得不承认，现代文学时段中所呈现出的"动物叙事"作品多为缺少生命本体观照价值、格局较小的短篇之作，这难免不是一种遗憾，这也间接造成"动物叙事"这一创作思潮始终得不到文学史的，正视

---

　　①　对此的相关论述可参见唐克龙《中国现当代文学动物叙事研究》，南开大学出版社2010年版。在这部关于"动物叙事"研究的学术专著里，作者依托于宏阔的理论背景，比较深入地论述了动物叙事与人道主义、教化传统、"人本思潮"以及生态意识兴起等的关系，并指明了当代文学动物叙事的多重面向。
　　②　钱理群：《从〈兔和猫〉谈起》，《鲁迅作品十五讲》，北京大学出版社2003年版，第5页。

更促发其在很长时段内被划归到儿童文学的范畴内。相比于上述中国古代辉煌的"动物叙事"历史进程，在叙事学意义上的小说、散文等现代文体的包裹之下，从1919年新文化运动文学真正进入现代进程以来，经由战争炮火的洗礼，革命意识形态浓重的"十七年文学"直至延伸到"文革文学"结束、新时期文学的肇始这近六十年的时间进程里，"动物叙事"创作进入了低谷期，在特定时代背景下常常遭到作家的回避与无视，一般在此领域着力不多①。但进入文学新时期以来，"动物叙事"创作重新步入历史发展的正轨，既对中国古代传统的寓言型与写实型的叙事类型进行了有效的深化，同时也在"动物化形"这一动物幻化类讲述方式的基础之上形成了特有的"神话型"表述范式。

在寓言表述的维度上，近几年（特别是进入文学新世纪以来）中国作家的寓言动物叙事愈发显示出其独特之处，开始本能地上升到文化哲思层面的探寻，这显然有着悠久的历史渊源和叙事传统可循。具体展开其寓意指向又可以涵盖政治寓言、商业寓言、人性寓言及文化寓言等多个向度，而每一向度自身又内蕴作者独特的价值诉求，从而得以窥见寓言叙事所特有的叙事魅力。而无论哪一类谕旨，其所要传达的核心要义最终还是要落实在人性与人情上。新世纪以来两部长篇《狼图腾》与《藏獒》依托于完全陌生化草原环境来展开叙事，在具体动物形象塑造上更加呈现出陌生化的叙事选择，有效地对动物物种本性进行某种拔高、粉饰与适当夸大。如《狼图腾》中的狼与狼性已经与我们惯常理解中的凶残、贪婪与卑劣的物种属性大相径庭，甚至完全规避了其中恶的成分，取而代之的是胜似于人甚至连人都难于具备的美好品性的书写，包括某种坚韧、执着的品性，智慧与果敢的写照，狼身上的自尊、自爱与对自由本真的向往等诸多品性的勾连实则都是潜在地对一种美好人性的期许，作者的良苦用心与"借兽喻

---

① 总体而言，在浓厚的主流革命意识形态的笼罩与情感阴霾中，整个"十七年文学"与"文革文学"当中，动物叙事创作更是进入了一个低谷期，不但创作数量明显减少，真正有代表性的能体现出一定质量的叙事佳作难于寻觅，甚至相当一段时间呈现出完全延宕与停摆的姿态。而即使在有限的创作中，也都表达了强硬而突出的人类中心主义立场，诸如曲波、梁斌、李古北等知名作家作品中的动物叙事都不约而同地把动物视为一种工具性的辅助存在，动物本身几乎并不具备应有的生命价值与存在意义。

人"的美好愿望在此彰显无遗。同样,在《藏獒》中,杨志军则把叙事的重心放在那些形象鲜明且充满灵性的高原藏獒的"獒性"宣扬上,虽然这里并未如前者完全以悖逆性动物形象加以展示,但文本中的藏獒形象也完全披上人性的外衣,超脱了藏獒这一物种本体的种属范畴,同样达到某种夸大与拔高的境地。藏獒成为会思考的生灵,它们有自己的心灵空间、有思想、有明确的价值判断。

在写实叙事维度,内在传承传统动物叙事悠久的写实表述历史渊源的同时,近20年来伴随西方动物解放思想的勃兴,当代作家们开始从单纯地揭示人类的贪婪本性、对动物的戕害或人与动物的某种情感寄托,表达有关人性伦理与文化寓言的书写,而逐渐汇入世界方兴未艾的写实叙事潮流,即立足于对动物世界的细致观察与生动描摹,强化对于人类中心主义的强烈控诉与竭力反抗,动物作为一种同样高贵的生命物种其本真性、主体性在作家笔下得以确证。当代写实叙事的成功实践,标志着"动物叙事"自身叙事能力、表述策略、情节架构,特别是创作理念上的一次根本性的提升。写实叙事要求严格按照动物真实生存特征来规范所描写对象,依据生物社会的特点,着重刻画作品中动物主人公的个性特质,真实地表现各种动物形象的内心活动与灵魂世界,指认动物也是具有自身"内在价值"和生存权利的生命体。

如陈应松的《豹子的最后舞蹈》别出心裁地选择以动物作为叙事视角,依托"动物看人"的崭新角度,动物成为显在的叙述者,而作者则完全退居到幕后成为潜在叙述人,正如米克·巴尔所言:"不论在小说中,还是在现实中,一个人完全可能表达另一个人所看到的东西。"① 这里的"人"被置换成"动物",这种叙述视角的选取赋予动物与人类同样的生命、情感与思想,从动物的角度去体验人类社会,用动物的眼睛观察周围的环境,用动物的思维思考生命际遇与矛盾纠葛,进而营造出一种新奇而陌生化的审美效度。小说没有刻意强调豹子"斧头"的死亡过程,而是由作者巧妙地设置了一系列的困境将其逐步逼向死亡的深渊。在斧头"生命最后的几年里"先后遭

---

① 〔荷〕米克·巴尔:《叙述学:叙事理论导论》,谭君强译,中国社会科学出版社1995年版,第115页。

遇母亲、同伴、情人与情敌等的死亡，同时又面临火灾、自然生态的严重恶化，以及面对嗜血的猎狗雪山、草地，残忍的人类猎手老关及其子孙、凶恶的熊瞎子等，这些都一步步将"斧头"逼近最终的死亡境地。在趋于平静而自然的情节进程与孤独困窘的生存状态的把握上，"陈应松以一种充满厚重历史感的语调表现着苦难意识，突显苦难中的孤独，孤独中的恐惧，并表达了对苦难和孤独的神圣承受。就像西绪弗斯神话所告诉我们的，忍耐是命中注定，只要不放弃心中的那缕星光，终会获得拯救"①。作品在叙事结局的最终情感诉求上直接导向对灵魂救赎意义的昭示。

当代作家的"神话型"叙事表述，显然有着久远的神话传说和深厚的民间文学、动物叙事神话叙事历史渊源的有效给养，其在深承志怪之神韵的同时，又平添一份哲思在里面，使诸多文本渗透着较浓的理性批判精神，而其又建立在全球化这一时代背景下，因而思维层面上获得了更新的当代意识。由对神秘文化的深入体验和传神表现，深入到对中国人生、中国民族性、中国文化乃至人性奥秘的深层把握。当代的神话叙事在表述策略上实则更多附着在寓言或写实的叙事讲诉中，即通过神秘意象的选择、民间传说的采借与创化、宗教图腾神话传统的隐喻等诸多方式，其意义旨归却在"寓言"或"写实"，表达一定的价值观念与思想诉求。贾平凹的长篇《怀念狼》中诸多神秘意象来源于对商州民间传说的采集和创作，其中80%资料来自民间的口头传说，这也构成当代神话叙事的一个重要创作资源。对民间传说的汲取与运用，要加入作者独特的人生体验，通过艺术加工，才能彰显出其审美价值，贾平凹恰恰把这种民间传说融入深邃的审美生态意识和精警的民间理念当中，显示出其笔下"动物叙事"的特有魅力。

《怀念狼》中更是频频展现"人狼互化"的充满魔幻色彩的神秘叙事，形象地揭示了生态失衡给人类所带来的生存危机和精神危机，体现出作家独具匠心的对原始变形神话加以汲取与创造的能力。原始

---

① 蔡家园：《荒野中的求索与超越——略论陈应松神农架系列小说的精神价值》，《长江文艺》2006年第4期。

初民神话诸如帝女之化为精卫鸟，大禹之化为熊，庄子之化蝶，等等。"在这些奇形怪相的神话中，很显然地组合了三个观念，就是神、人、兽。所谓神，是人和兽的构成；所谓人，是同兽形而具神性；所谓兽，是共人形而可通神，三者混而为一，不知其名。"① 在原始自然伦理观的映衬下，从历史古籍里抽绎出美学血缘，使其神话叙事达到前所未有的高度。整部作品把叙述重心放在对压抑、悲壮气氛格调的烘托上，以具体描摹捕捉人的情感感受与心理压力来展开叙事构篇，那仅存的 15 只狼只起到叙事勾连的作用，其充满悖论性的死亡意义传达出作品本身所要呈现的生态反思层面的诉求。总体而言，对狼的"怀念"远远大于狼的"死亡"的叙事意义，其中虽然充满着悖论与荒诞的成分，作品结局与傅山等猎手一样呈现出异化表征的"我"，却发出"我需要狼"的呐喊，内蕴其中的浓厚的挽歌情结在此淋漓尽致地得以展现。

发展至今的中国"动物叙事"所展现出的完备的自我检视能力与不断适应时代发展要求的更新蜕变，让我们对这一古老的叙事类型的经久不衰、绵延不绝增加了一份更为确证的信念标识。不同的历史时代赋予"动物叙事"以不同的表现方式，又通过不同的艺术手段、表现策略得以实现，可以讽喻，可以象征，可以神化，也可以写实，烘托、表现现实人生。动物形象有正面也有负面之分，具体作品的题材选择、情感基调或讲述方式会有所差异，但本质上任何一部"动物叙事"作品实则都是在讲述人与动物之间的某种关联，其中蕴含着有关伦理、道德与思维理念上的诉求表达——为人类自身的繁衍、发展与进步不断探寻新的路径，寻找新的生命动力，彰显人类思维的智慧之光，更书写下人类渴望摆脱野蛮的永恒梦想。中国文学动物叙事在其漫长的历史传承与类型衍生中充分显示出自身博大的心灵容量，更以其特有的伦理品格与情感内涵，参与了人类渐趋体悟自身、走向文明的光辉历程。

如果说中国古代动物叙事创作自先秦两汉的初创期起直至元明清时期渐次步入稳定过渡期，无论先秦神话总集《山海经》、晋代干宝

---

① 温儒敏：《中西比较文学论集》，北京大学出版社 1988 年版，第 278 页。

《搜神记》、北宋初年的《太平广记》再到久负盛名的《西游记》《聊斋志异》等相关著作的问世，这一占据中国古代动物叙事发展脉络主线的事序基准，始终是以"神话"的方式紧紧勾连在一起的，即这些作品都不约而同地在运用"动物叙事"这一特殊的写作方式，其思考的落脚点始终放在人类与动物、神灵（神秘物象）间种种关联的探索上。这种"动物精怪变形"的叙述方式恰恰反映了古代人类的某些思维特征与情感诉求，寄托于神话或魔幻的方式来实现某种教育、训诫、规避与导引的意义，或倾诉，或省悟，或自审，或感受世态炎凉、体验人情冷暖，或针砭时弊、反映社会现实……均印证了古代人类思维当中所饱含的某些积极探索、自我深究与强烈的求知欲，更是一种借助动物来达成人类与神灵，即人类与现实人生、自然社会所可能达成的内在情感维系。

这一稳定而深刻的"动物精怪变形"讲述方式伴随"动物叙事"的历史传承发展至新世纪的今天，它的核心吁求方式并未发生本质上的变化，只是在现代思维包裹下，作品在艺术构思、表达形式、结构安排与叙事策略等层面均发生了某些转变，但真正的情感基质不但未有根本性变更反而进一步得到强化。所不同的是，褪去原有的神话光环，现代人类已不再相信所谓神灵、鬼怪之类的迷信观念，这本身是时代进步、理念更新的一种客观反映，当代作家们几乎不约而同地在文本中规避了"动物精怪变形"表述的直接呈现。当"神灵"的伟大光环褪尽其耀眼光鲜的同时，其最为真实的"人性""自然"与"生态"等伦理指向跃居到前台，一种最为现实与直接的诉求方式成为作家所依托的叙事选择，这和当下全球化的时代背景相吻合："'动物叙事'该种特殊的介入方式切入对当下人性迷失的探究，寄予了对理想民族性格的美好祈盼，更突现了人与自然和谐共存的生态主题。"① 该种情感诉求本质上依旧是借助于动物形象的塑造来完成对人类自身的审视，对与人类休戚相关的重要题旨包括生存、环境、命运、文明、种族等的积极探索的过程展现。除去动物形象在文本中

---

① 陈佳冀：《时代主题话语的另类表达——新世纪文学中的"动物叙事"研究》，《南方文坛》2007 年第 6 期。

所处的地位发生变化以外，无论是否继续享有神灵的庇护与垂青，无论是否拥有那些光怪陆离的"动物化形"故事的曼妙书写，不关乎叙事手法与艺术表达的独具匠心与否，本质上中国动物叙事类型的终极价值诉求是要回归现实人生的境遇。时至今日，同样曲折离奇、异彩纷呈的"动物叙事"类型创作正在当代作家笔下轮番上演，但却愈发展现出一份写实的沉稳、笔锋的锐利与思想的厚重，这才是中国动物叙事理应呈现给我们的叙事常态。

中　编

中国当代动物叙事的叙事语法

对中国当代动物叙事的叙事语法的研究实际是要用到普罗普的思路①，真正把中国的"动物叙事"当作一个类的"叙述故事"来看待，并进行细致的分析和描摹，建立具备深层结构的理论框架，在深入探析与发掘中找到"动物叙事"的理论原点所在。而这项工作的前提是必须进行必要的研究假设，要假定存在着作为一个特殊亚类的"动物叙事"，并着手进行对这些作品的情节间的比较，最终会得出一套形态学②出来，即按照组成成分和各个成分之间、各个成分与整体的关系对动物叙事进行有效而精准的描述。在相关类比当中，可以看到不变的因素和可变的因素，同时找到其中的规律。

诚如罗伯特·休斯所言，普罗普的研究"教我们在分析情节功能和人物角色时注意它们之间的精确的和细致的相互联系"。③ 这一研究的实现要倚仗于对角色功能、情节模式的研究，即运用角色的功能来研究动物叙事类型，它较类似于维谢洛夫斯基所说的母题或贝迪耶所说的要素概念。其实角色主要是相对于文本中的叙事主语而言，而功能则主要针对文本中的叙事谓语，二者之间的内在关联及所呈现出的逻辑规律则成为角色功能研究的主要指向。通过研究大致可以得到文本故事常常将相同的行动分派给不同的人物，而从中看到其中的不断的重复性及所内蕴的不变因素。

本编将尝试分别对动物叙事的角色、功能、形态进行细致的探究，特别要对角色的功能在动物叙事文本中充当了何种重要因素加以确证，是稳定不变的抑或可变而不稳定的。同时探讨已知功能项是以

---

① 普罗普的故事形态学研究方法应该称得上是文学类型学研究领域里最具代表性的，在系统而详尽地论述与分类比较俄国民间故事以后，他抽象出了一个近似于万能的可以涵盖所有俄国民间故事（特别是神奇故事）的公式表达。详见［俄］普罗普《故事形态学》，贾放译，中华书局 2006 年版。

② 关于形态学的概念与解释，吴秀明曾指出："形态学是西方专门分析艺术内部结构尤其是艺术文体或样式系统的一种现代理论。"这是相对比较准确的定位，直接指向了对客体内部结构的寻找与发掘，恰恰就是结构主义所言之确凿的"深层结构"，即要求透过表面的外显的形式技术层面而深入到内里对更为深层的结构研究，正是本书类型学考察的核心基质与总体思路的彰显。引文见吴秀明《论〈故事新编〉在历史文学类型学上的拓新意义》，《鲁迅研究月刊》1994 年第 3 期。

③ ［美］罗伯特·休斯：《文学结构主义》，刘豫译，生活·读书·新知三联书店 1998 年版，第 92 页。

怎样的聚合关系和何种排列顺序碰在一起的，是偶然的还是必然的。如果得出结论为它有着十分特殊的、专门的规律，要素的排列是严整一致的，并且排列顺序的自由度限于十分狭小的范围，这样就会呈现出很精确的范畴。接下来就可以进入到对这种排列顺序的同一性的详细考察中，寻找并追踪研究哪些功能可以划分出来并能具备相同的功能项。寻找具有相同功能项并能顺利、合理地纳入同一类型框架当中，是本编整体研究中的重要基点。因为在此基础之上即可创制出重要的类型索引来，并且这样的类型索引又是建立在准确的结构标识之上的，而不是那种很不确定的、模模糊糊的情节标志之上，这样显然更具说服力。在研究当中也将发现各种组合轴承，但细究起来，就会发现它们都同属于一个类型，这若干组合当中，只有一条轴承可以适用于所有的当代动物叙事文本，而其他的组合轴承都是它的亚类，类型同一性的阐释不但是本编的重点，同样也是本书的研究核心。

这种类型同一性的探讨与最后结论的得出又是个极其复杂而充满挑战性的难题，同时，如果这个结论成立并能得到足够合理而有效的论证，那么，它将产生一系列连锁反应，促使诸多问题的解决，更为重要的是在推导出一个完全统一的、适应于所有文本阐释的类型深层结构之后，本编的写作还远没有结束，并不会仅仅局限于对主述模式、叙事架构与功能形态的揭示上，因为动物叙事的叙事语法的研究还只是对当代动物叙事进行考察的一个过程、方法，而并不是目的。葛红兵对此有着清晰的认识："形态学的方法分析缺点就在只能看到简单的形式上的研究，诚如列维－斯特劳斯指出的一样，文本的分析乃是一个立体的结构，必须寻求其中的复合结构才能找出最终的规律和骨架。"[①] 依照此思路，笔者在研究过程中尽量避免这种简单化与形式化的表征，在借鉴与应用普罗普的方法与思路的同时，更要尝试

---

① 葛红兵、谢尚发：《形态学 结构学 类型学——小说类型学研究的几点思考》，《湘潭大学学报》（哲学社会科学版）2010 年第 1 期。

熔内容与形式于一炉，将语言学和人类学相结合的方法①，把这种对叙事的语言分析建构在人类学的基础之上，从而找到那个所得出的真理的源头，发现它的终极理论图式来解释这些现象，达成对当代动物叙事这一小说类型的独特而深入的理解。

---

① 斯特劳斯对普罗普故事形态学中的某些思路与方法进行了有针对性的批评，特别是在形态研究中内容与形式关系的层面，斯特劳斯并不承认内容与形式之间存在可理解性方面的差异和对立。他指出："形式和内容具有同样的性质，接受同样的分析，内容从其结构获得其实在性，称为形式的东西则是内容包括在其中的结构框架的'结构形式'。"同时在批评行将结束之时，他又义正词严地总论道："就口述传统而论，形态学是结不出果实的，除非直接或间接的人种史观察才能使它结出丰硕的果实。"这里的相关论断都在某种程度上指出了普罗普故事形态学研究中的一些不足与缺失之处，而斯特劳斯自身所进行的将语言学与人类学相结合的研究范式一定意义上对普的方式做出了很好的补充与完善。两处引文参见［法］列维－斯特劳斯《结构与形式——关于弗·普罗普一书的思考》，《结构人类学》，北京文化艺术出版社 1989 年版，第 130、140 页。

第三章 当代动物叙事的人物角色与功能形态研究

第一节 人物角色研究：叙事主语的角色担当与功能指向

诚如普罗普对千千万万个民间神奇故事的研究一样，之所以诸多故事异彩纷呈、纷繁复杂，其中一个重要的因素就在于每部作品中所塑造的千差万别的人物形象，他们拥有不同的性格、样貌、行为方式、心理特征、情感状态与思想面貌等，而这些共同构成了情节结构中的可变性因素。这点对于中国当代动物叙事而言同样如此，并且作为现代小说样式加之独特的题材选择，情况就更加特殊一些，其中不仅涵盖了诸多形象各异的人物，同时也给读者塑造了诸多个性鲜明又千差万别的动物形象。对于动物叙事文本而言，动物形象的塑造甚至起到举足轻重的作用。如果按照童庆炳先生的说法，小说中的人物通常被言说成由三个要素组成，分别为"深入细致的人物刻画""完整复杂的情节叙述""具体充分的环境描写"[①]，这里可以彰显出人物在构篇中的重要意义与突出的研究价值。同时，从叙事语法的角度而言，人物在篇章中的每一个句法结构里要充当主语与宾语的作用，特别是作为叙事主语的人物（抑或动物）直接指向与导引其具体的行动及一系列行为方式的发出，堪称角色功能的源头即充当施动者的意义指涉，普罗普虽然没有明确人物研究，但其实他的角色理论本身已

---

① 童庆炳：《文学理论教程》（修订二版），高等教育出版社 2004 年版，第 199—200 页。

经暗含了对人物的考察与排列，角色本身就是对人物的进一步概括与抽象。因此，对动物叙事故事形态学考察的一个首要研究基点就落实在人物研究上。当然，这里所谓的人物研究并不是传统意义上的对人物表现主题、人物贯穿情节、人物引发行动等具备普泛性研究意义的考察上，而是从叙事学理论的框架中去考察作品中人物，"人物在行动过程中获得了一种脱离了他们生存于其中的事件的独立性，可以在离开特定上下文一定距离时得到有益的讨论"①。这里的人物理论的考察重心就是要求跳出单纯作品中人物探讨的维度，而有意地拓展至叙述者、叙事主语与文本主人公等层面的探寻上。

一　两类"人+动物"主述逻辑关系的形象谱系与价值勾连

动物叙事的情况比较特殊，要明确与普罗普所研究的民间故事在本质属性上的区分，因此对待当代动物叙事这一完全彰显出现代小说叙事学意义的类型，其出发点从一开始就要区别于普罗普的研究方式，强调只是借鉴普罗普的某种思路作为切入类型学研究的一个角度，而核心目的还是希望在研究过程中形成属于笔者自身的一套关于"中国当代动物叙事人物角色研究"的言说与阐释系统。这里所谓的人物研究只是一个广义上的概念范畴，因为动物叙事本身与所有的小说类型都有一个本质上的区分，名为"动物叙事"，显然，就是有关动物的叙事讲述，那么动物必然在文本中占据一个相对重要的话语空间。因此，动物叙事中的人物研究实则要涵盖"动物"与"人物"两个维度，并且充当主人公的也未必就是具体的人物形象，可以是人物，更有可能是动物，也有可能由人与动物共同来担当，这样在接下来考察叙事主语的时候显然就要复杂得多。按照人物谱系的分布情况来看，当代动物叙事在主体上，又可拆分成两类主体人物与动物关系模式，即"猎人+野生动物（所要诱捕之猎物）"与"主人+家养动物（所心爱之动物）"，几乎所有的动物叙事作品中的中轴主体形象都不出这两类关系的展示。当然，在具体的各类形象的设置与铺排上

① 王先霈、王又平主编：《文学理论批评术语汇释》，高等教育出版社2006年版，第535—536页。

主要可以呈现为以下两种方式，详见表1。

表1 "猎人＋野生动物（所要诱捕之猎物）"的形象谱系

叙事文本	猎手	猎物	反面形象	旁观者（穿线者）	猎手辅助者
《四耳狼与猎人》	歪手巴拉丹	四耳狼	瞎子嘎拉桑，瘸子海达布	杭日娃	杭日娃
《七叉犄角的公鹿》	鄂温克少年"我"	公鹿	继父	继父	
《怀念狼》	舅舅"傅山"	十五只野狼	舅舅"傅山"及烂头等人	记者"我"	烂头
《银狐》	老铁子	银狐	村长胡大伦等	白尔泰	
《黑鱼千岁》	儒	黑鱼	法等	老太婆	
《最后一名猎手和最后一头公熊》	老库尔	瘸公熊	业余猎手	老库尔	努伲
《豹子的最后舞蹈》	老关（老）老关三儿子（新）	斧头	老关老关三儿子	斧头	雪山、草地
《巨兽》	父亲（老）年轻的猎手（新）	巨兽	村人	母亲，"我"	黑狗"春山"
《野狼出没的山谷》	老猎人（老）安嘎（新）	野狼	狼王达力及狼群	贝蒂	贝蒂
《红豺》	章武（老）栓狗（新）	红豺	老骠客栓狗	冬月	
《红毛》	中年猎手	红毛	中年猎手	红毛老田鼠	
《苦雪》	老扁	海狗	海子等	老扁	
《莉莉》	猎人	阿郎		莉莉	巴特

在上述表格中，主体人物形象系列由猎手、猎物、反面形象、旁观者与猎手辅助者五种组成，当然这种组合与排列也不是固定的，在具体的构篇之中情况会呈现出明显的差别，比如，这五类具体形象的充当者就会发生变化，可以由动物承担，也可以由人类承担。另外，除了猎手与猎物的形象相对固定一些，并且基本由人类主人公与动物主人公分别承担以外，其他的诸如反面形象、旁观者与辅助者等在各

自的篇章中都会有不同程度的缺失与省略，比如在《七叉犄角的公鹿》《黑鱼千岁》《苦雪》等小说构篇当中都直接省去了猎手辅助者的形象设置；而在笛安的中篇《莉莉》中，人物类型相对比较丰满，出现了莉莉、猎人、公狮子阿郎、猎狗巴特、驯兽师婴舒、女儿朱砂等，但这些形象均为正态的、善意的方式呈现，这里缺失了固有的反面形象一环，却与小说"只有爱，而没有恨"的整体感情基调一拍即合。还有值得注意的一点是，每一种具体的动物与人物形象并不是固定在一类形象设定内，比如《豹子的最后舞蹈》中的豹子"斧头"，既作为猎物而成为猎人诱捕、追杀的目标之一，同时它又以旁观者的身份见证了自己家族的灭亡过程，"斧头"的形象自觉地充当了两类形象类型谱系的价值意义；《怀念狼》中充当猎手身份的捕猎队队长傅山及队员烂头由最初的以寻狼、普查为名，进而转换成打狼、杀狼的行为实施，同时充当了猎手与反面形象两类叙事角色。

相比于"猎人 + 野生动物"的形象谱系展示，"主人 + 家养动物"的形象谱系几乎如出一辙，其具体可见表2。

表2　　　　"主人 + 家养动物（所心爱之动物）"中的形象谱系

叙述文本	主人	心爱的动物	加害者（反面角色）	旁观者（穿线者）	主人帮助者
《一只叫芭比的狗》	我们一家	芭比	哥哥	妹妹"我"	妈妈、爸爸
《驼峰上的爱》	小吉尔小塔娜	母驼阿赛	黄胡子	放驼人	大狗巴日卡放牧人阿杜
《一头叫谷三钟的骡子》	谷凤楼	谷三钟		看瓜老汉	
《父亲与驼》	父亲	老儿驼	父亲	儿女"我们"	黄骟驼
《退役军犬》	张三叔	黑豹	冯老八		黑豹
《清水里的刀子》	马子善老人，儿子耶尔古拜	老黄牛		马子善	儿子耶尔古拜
《感谢生活》	华夏雨	黑儿	罗家驹罗俊俊	作家"我"	黑儿

续表

叙述文本	主人	心爱的动物	加害者（反面角色）	旁观者（穿线者）	主人帮助者
《鹿鸣》	林明	峰峰及鹿群	追捕队，野食研究会成员等团伙	秀妮	黑豹，嘉措次仁，秀妮，麦琪，铃木老人等
《爱犬颗勒》	小周、赵蓓等年轻士兵	颗勒	司令员、冯队长等	少年军人们	
《梅妞放羊》	梅妞	水羊	抬粪男人		
《太平狗》	程大种	太平	嘴上栽花的男人等		太平
《老马》	爸爸	老马	爸爸	小小，妈妈	妈妈

在这一类型形象谱系中，按照上述的分析方式，我们可以清晰地得出如下结论：主人与心爱的动物这两类形象比较固定，每一篇章中都有固定的形象展示，并且更多是作为核心形象而着重塑造与描摹。因此，一般会分别由人类与动物主人公来各自担当；同样的情况，具体的形象设置不固定，某一类型在某些特定的构篇中会有缺失，同时在具体的形象分类中也会有所隐蔽而并不直接呈现出来。比如《一只叫芭比的狗》中的情况就比较特殊，芭比作为动物主人公，原本是全家人心爱的宠物，后来情况发生本质性的变化，当芭比失去往日的光彩而变得丑陋无比时，作为主人的全家人态度急转直下，哥哥直接成为芭比的加害者，最终让芭比死于非命，而其他家族成员"我"以妹妹的身份成为旁观者，爸爸、妈妈以某种默认与暗中教唆的方式实则成为哥哥的潜在辅助者，同样难辞其咎。这里的辅助者身份就相对比较隐秘，它其实是游离于加害者与辅助者之间。但更多的作品则是存在着重要项的缺失，如《清水里的刀子》中出现的形象表征总共只有马子善老人、儿子耶尔古拜与老黄牛三类，其中马子善与耶尔古拜又充当着同样的人物职能，即作为动物主人的形象出现，同时又都充当着最后杀死老黄牛行祭祀之礼的辅助行为，而老黄牛则是主人心爱之动物的最好表征，这里显然省去了加害者的角色设置。在"动物救主"的一类叙述中，动物主人公形象设置一般都会充当"心爱的

中国当代动物叙事的类型学研究

动物"与"主人帮助者"两种形象序列展示，如《感谢生活》中的"黑儿"、《退役军犬》中的"黑豹"以及《太平狗》中的"太平"等都是很好的形象表征。

二 动物叙事基础性角色标志的确立与探析

上述对两类人与动物主体关系的具体形象的展示，其实只是便于我们从更清晰的角度来认识当代动物叙事中复杂的人物形象与动物形象的分布谱系。通过上面的图表与具体的分析，我们可以厘清一些思路，确定这些小说中出现的动物与人——他们都在充当着什么样的角色与类型，这里自然而然地就引出了角色的定义。每一部作品中不同的人物形象与动物形象，性格各异、情况万千，这些都是明确的可变性因素，变化确实无处不在、无时不有，但基本的核心角色却是相对固定的，不会发生本质上的变化，这就成为我们分析当代动物叙事的一个核心研究基质。普罗普在《故事形态学》中指出"故事有七种角色"①，分别为：加害者、赠予者、相助者、公主及其父王以及派遣者、主人公、假冒主人公。这种角色分类总结是针对一般性的民间故事，而对于现代小说样式而言，动物叙事的情况更为复杂，从上面的分析中可知，寻找动物叙事中充当不变因素的角色类型似乎较为复杂，无论是"猎人＋野生动物（所诱捕之猎物）"抑或"主人＋家养动物（所心爱之动物）"所编织的两类形象谱系中，具体的形象之间发生替换、碰撞、颠覆与交融的情况居多，难以归类。但通过对比总结依旧可以发现一些相对固定的角色扮演类型，这将得益于我们将两个表格统归到一起后对两类形象谱系作细致对比与集中抽取，才会真正得出我们所需要的中国当代动物叙事中的具体角色展示。

首先，仅以猎人与主人这两种一般由人类主人公充当的形象设置着手，通过上面的表格可以看到，在这一形象谱系展示中包含着猎人（或行使猎人职能）的有傅山、歪手巴拉丹、老铁子、儒、老关、老库尔、古杰耶、章武、老扁等，而主人类（或充当主人功能）则包括老张、小塔娜、张三叔、"父亲"、华夏雨、马子善、程大种、林

---

① ［俄］普罗普：《故事形态学》，贾放译，中华书局2006年版，第74页。

明等，虽然分别执行猎人与主人的叙事功能，看似有着本质上的区别，但实则都有共同的角色担当，即在文本中充当"受难者"的角色功能。当然，这种"受难"是广义上的"受难"，一般表示陷入某种困境，或肉体、生理上的，或精神、情感上的，这"受难者"的角色充当几乎可以囊括所有的动物叙事作品。而在具体文本的情节设置与行为表征上，这种"受难"方式又有所区分，是可变性因素，可以是心爱女人离去的困惑（如《驼峰上的爱》中的放驼人、《生命之流》中的猎手"他"等）、政治迫害的苦难（如《感谢生活》中的华夏雨、《一个猎人的恳求》中的古杰耶等）、无猎可打的困惑（如《怀念狼》中的傅山，《最后一名猎手和最后一头公熊》中的老库尔等）、无法排遣的孤寂情感的困惑（如《画家与狗》中的华人画家、《莉莉》中的"猎人"等）。总体而言，陷困与受难的方式千差万别，然而作为"受难者"的核心角色却是固定不变的，即他们都会因为某种特定的原因（或者干脆略去原因）以某种特殊的方式呈现出身体生理抑或情感精神上的困惑，我们将其统归为"受难者"的角色范畴，但这仍然不是全部。笔者一再强调"动物叙事"区别于其他题材样式的根本之处也就在于此，因为动物叙事本身常常呈现出两类主人公的特殊情况，而动物形象总是与人物形象胶着在一起，或动物形象完全充当主人公，或与人类形象共同担当等。由此，即使"受难者"的角色形象大部分是由人类主人公承担的，但在诸多篇章中同样会由动物主人公来呈现。

　　在上面的表格中，我们可以看到在完全以动物作为主人公的当代动物叙事作品中，比如《豹子的最后舞蹈》《红毛》《狼行成双》等诸多篇章中，陷入困境充当受难者角色的皆由动物主人公形象来承担，如《狼行成双》中掉入陷阱无法自拔的公狼；《豹子的最后舞蹈》与《红毛》中面对着自己的族群、家庭成员逐个被毁灭的"斧头"与"红毛"的情感困惑；《苦豺制度》里那个无法忍受让自己的母亲豺娘去引诱野猪而身陷"抉择之痛"的豺王。还有一种情况更为特殊，表现为人类与动物齐受难，共同承担"受难者"的角色表征，如《最后一名猎手和最后一头公熊》中的老库尔与"瘸公熊"其实都面临着今非昔比、生态恶化、生存难以维系的生存困境；《莉莉》中猎人所承受的苦难可以理解，双目失明，孤独寂寞，最后他心爱的婴舒也离开了他，而其实小说中真正的主人公母狮"莉莉"更是面临着同样的抉择之苦，自己的母亲死于猎人的枪口之下，同时还要在自己的丈夫阿朗与猎人之间做出选择，到后来阿郎同样死于猎人的枪口之下，莉莉更是经受了最严酷的考验与"受难"。类似的作品还有很多，但这里只是强调"受难者"这一角色设定具体所指的核心形象会发生适当的变化，无论是动物或人，以及人与动物共享，这些均为可变因素，但"受难者"这一角色称谓是固定的，这些具体的人物形象与动物形象在行使其作为叙事主语的角色功能时，其功能与地位是不发生变化的。因此，这里可以首先确定一个相对核心的角色设置，即为"受难者"角色。

有了陷入困境与受难的情节安排，自然要给予解救（包括排遣、宽慰与松弛、舒缓等）的努力，这就需要解救者的适时出现，以提供某种转机和完善情节的需要，同时也是更高主题立意的追求与有效提升。对所选取的56篇动物叙事作品进行考察后不难发现，几乎每部作品都会提供出一种"解救者"的角色设置，我们依然试图从上述两个表格中窥见端倪。与"受难者"的情况相似，"解救者"的角色组成同样颇为复杂，在表格中所罗列的"所诱捕之猎物"与"所心爱之动物"两栏里，黑鱼、"瘸公熊"、银狐"妵干·乌妮格"、公鹿、莉莉、贝蒂、母驼"阿赛"、颗勒、黑儿、鲍蓓、太平、谷三钟等动物形象大多都充当了"解救者"的角色功能，这里多少可以窥见中国古代传统"动物救主"母题模式的传达①。但现代的"解救"母题并不是传统意义上的舍身救主，抑或直接表现在救与被救的具体行为方式上，这种"解救"意义的达成同样是宽泛与驳杂的，它可能是某种思想或行为上的瞬间触动，比如《七叉犄角的公鹿》中"我"被七叉犄角的公鹿顽强的生命力与不屈的精神所感染，而公鹿

---

① 《感谢生活》中的"黑儿"、《太平狗》中的"太平"、《退役军犬》中的"黑豹"、《野狼出没的山谷》中的"贝蒂"等几部写狗的动物叙事作品中，清晰可见中国古代动物叙事中一脉相承的"义犬救主"主题模式。这里是比较典型的由动物充当"解救者"角色的清晰写照，而这种"解救"也直接表现为现实行为表征上的不顾自身生命安危而救主人于危难之中，堪称"解救者"角色标识最为清晰显著的一类。

周身所散发出的力与美感，甚至换来了继父特吉扭曲人性的舒展，也间接"解救"了"我"经常被继父打骂的困境。

同样，这种"解救"也可能体现在某种潜在的精神触动与心理暗示上，如《怀念狼》中那被普查的 15 只野狼的逐一出现，对于傅山这个如今无猎可打而身陷软骨病等精神、生理困境的一代猎王而言，本身就是一次由内在心理暗示所达成的解救过程。因此，当 15 只狼被重振精神的傅山一一杀死之后，傅山等难免会再次陷入顽疾不能自拔。也有些作品中动物作为"解救者"的施救行为不单纯指向对人的解救，也包含了对动物自身的一种解救与为己正名的努力，杨志军的《藏獒》就是一个很好的表征。动物主人公冈日森格除了在行使其保护误入西结古草原的七个上阿妈孩子的职责，在与噶保森格、獒王虎头雪獒、党项罗刹等的相继交锋中，实则也暗含着一种自我抗争，在保护、拯救自己主人的同时也为自己获得应有的"正名"——作为雪山狮子的新獒王地位的确认。

类似的解救方式还有很多，这里还要强调充当"解救者"角色的并不仅仅是动物形象，有时亦可由人类形象承担，这本身与上述有关"受难者"角色的论述是相对应的。如《莽岭一条沟》中民间医生"老汉"出于医德对狼展开救治，老汉不自觉地充当了"解救者"的角色；《野狼衔来的月光》中佛成哥对狼崽的解救，像对待自己儿子一样精心地将小狼崽抚养长大；《苦雪》中老扁甚至不惜牺牲生命去挡住海子等业余猎手射向海狗的枪口。同样，既然"受难者"可以由动物与人来共同承担，正常情况下，"解救者"的角色有时也可以由双方共同来承担，例如《驼峰上的爱》中正是小塔娜与母驼"阿赛"无形中所结成的情感同盟最终感化并解救了陷入情感危机的、拥有权力的成年人——放驼人。总体而言，"解救者"这一角色显然是对应着"受难者"的角色设置的，二者相互呼应，暗含某种内在的因果关联与深刻的情感维系，这一组角色设置堪称是当代动物叙事中最为核心的角色标志。

两个最为主要的叙事主语已经确立，他们几乎可以涵盖猎人与所诱捕之猎物、主人与所心爱之动物的全部形象指涉，但除了这些固定的一般由人类主人公、动物主人公充当的核心角色之外，还有一些动物叙事角色标志需要抽取出来，它们以辅助的配角的方式呈现，或正面或负面意义表征，对于文本的情节推进与结构设置同样起着举足轻重的作用，那么，接下来的工作就是在"受难者""解救者"之后寻找其他的辅助性角色标志。

从上述图表的分类对比排列可以看出，在当代动物叙事两类主述形象谱系中，都一定会贯穿着某类辅助者的角色，这类辅助者可以是正面的，真正起到辅助、指导与帮助"解救者"完成解救行为的作用，我们称其为"＋辅助者"；而相反还有一种表面上的辅助，实际并未起到应有的作用，甚至有时会对"解救者"的解救行为起到某种反面的、阻碍的不利影响，我们称其为"－辅助者"。无论是"＋辅助者"，抑或"－辅助者"，他们的角色充当都不是固定由一个人或一个动物形象来参与进行的，有时可以一并涵盖多个"辅助者"形象谱系，当然辅助程度的高低、辅助力量的主次等依然可以有所区分。如《鹿鸣》中作为"解救者"的人类主人公林明受到的辅助就相对较多，既有那些善良而正义的人类形象，如直接以助手身份出现的女主人公秀妮，还包括嘉措次仁、麦琪、日本老人铃木等诸多人物群像，这里秀妮的形象设置显然占据了"＋辅助者"的核心地位，成为"主＋辅助者"，即主要的正面辅助者。

而动物辅助者也同样由一系列具体的动物形象承担，包括牧羊犬黑豹、王后、猎鹰和义马"一溜烟"等，如在《退役军犬》中，黑豹不自觉地充当了动物主体辅助者的角色身份；在《四耳狼与猎人》中，"＋辅助者"的角色身份由"杭日娃"这一人类形象独立承担，正是她私下对"四耳"的施救放生，客观上促成了后面以"解救者"身份出现的"四耳"对陷于危难之中的歪手巴拉丹的解救。以上两部作品中的辅助者都是以正态的、积极的方式呈现出来的，而在很多动物叙事作品中，这种辅助往往会以负面的形态给予展现。如《老虎大福》中"黑子"形象的设置就起到了"－辅助者"的角色作用，作为一只猎犬，面对老虎"大福"时表现出的却只有懦弱、恐惧的一面，二福与二福参对其辅助攻击能力的期许最终因其"临阵脱逃"而瞬间坍塌，这里的"辅助者"黑子没有起到任何正面的、积极的辅助价值，是较为明显的"－辅助者"角色设置；在《一只叫芭比的狗》中，爸爸、妈妈的形象都是充当典型的"辅助者"的行为表征，虽然没有实施具体的杀戮，"可是我，我母亲，我父亲，都是一副什么也没看见的样子"①，他们的默认间接允诺了哥哥接二连三的疯狂杀戮，直到后来对芭比痛下杀手。他们起到了纵容与教唆的潜在"辅助性"作用。这里可以清晰地得出结论，即"辅助者"角色（正态或负态）是当代动物叙事又一个重要的角色标志。

在"受难者"与"解救者"两类主要由人类与动物主人公充当的主体角色之外，其他角色成分显然要由文本中的一些次要人物形象与动物形象分别充当，即刚刚我们找到了"辅助者"这一角色设置。"辅助者"主要是针对"解救者"而言的，即"辅助者"的行为发出是要给予"解救者"一定的物质或精神上的支持与辅助性作用；尽管这种支持与辅助有可能是负面的、消极的，但强调二者之间的内在维系性是有必要的。这样，我们在考虑得出下一个重要的"角色标志"之前显然要把它与"受难者"结合起来加以考察，拥有了"受难"一般就会有"加害"，正是"加害者"角色的出现某种程度上促成了"受难者"的角色困境。当然，"加害者"的角色成分难以涵盖所有的动物叙事作品，相比于"受难者""解救者"和"辅助者"而言，它的角色普及性要弱化很多。因为文本中许多"受难者"的陷困方式与加害无关，如《清水里的刀子》中马子善在围绕杀与不杀的问题上陷入了某种抉择上的精神之痛，"他心里有什么东西在具有力度地纠缠着，又像是空空如也"②。对于老黄牛而言，他和他的儿子耶尔古拜都心怀不忍、暗含无奈之痛，小说通篇直接省去了"加害者"的角色设置。

但在大多数小说里，"加害者"的角色表征依旧十分明显，而充当者大多由人类形象担当，如《银狐》中村长胡大伦就是典型的"主加害者"的角色代表，其带领手下民兵团将银狐的巢穴毁掉，并将一窝狐狸连锅端掉，直接导致了银狐"姹干·乌妮格"陷入困境并被迫迁至古城。而《驼峰上的爱》中作为"加害者"的黄胡子仅

① 李浩：《一只叫芭比的狗》，《花城》2006 年第 2 期。
② 石舒清：《清水里的刀子》，《人民文学》1998 年第 5 期。

用10瓶二锅头就从放驼人手中换得母驼"阿赛"，之后对阿赛的毒打与残害，到妄图将其杀死，都彻头彻尾地显示了他的加害行径，也导致了矛盾冲突的开始。与"辅助者"的情况类似，充当"加害者"角色身份的并不固定指向一类人类形象或动物形象上，有时也会集中在同一作品中共同施加"加害"的行为。如《太平狗》中，施加给太平和主人程大种的加害行为，即是由动物形象与人类形象分别发出。太平面对的是屠宰场里养尊处优的城市狗们，包括苏格兰牧羊犬、八格牙鲁、杜宾狗等的加害行为；而主人则身陷黑心工厂不能自拔，面对嘴上栽花的人与哑巴等的加害，最后被折磨致死。

最后一项需要确定的较为固定的角色标志我们将其定义为"旁观者"，其中包蕴了牵连者、智慧者等内在的角色含义。"旁观者"角色的存在意义在于以第三方的形式目睹或见证"受难者"受难与被解救的过程，即见证发生型（可以是亲临，可以是听闻，也可以是转引等），如《银狐》中的白尔泰——亲临见证型，《感谢生活》中的作家"我"——听闻见证型等，都是典型的"旁观者"角色表征。从叙事学的意义上而言，"旁观者"的角色承担又可以由故事的讲述者来担当，一般呈现出由第一人称"我"展开叙述的方式，如《父亲与驼》中的儿女"我们"，《一只叫芭比的狗》中的妹妹"我"，《老马》中的小小"我"等，他们其实都自觉地充当了"旁观者"的角色，实则也是故事的叙述者与见证者。除此之外，"旁观者"角色还包含一种拥有"大智慧"的隐士高人"冷眼旁观"意蕴的叙事表征，这种特殊的"旁观"方式实则会给予"解救者"或"辅助者"以最大层面的暗示性作用，如《黑鱼千岁》中的"老太婆"，《鹿鸣》中的藏族老人"嘉措次仁"，《该死的鲸鱼》中的"陆老头"，甚至《红毛》中的"老田鼠"都可划归到"旁观者"的角色范畴之内。"旁观者"角色看似无足轻重、可有可无，但实际上它的意义却应当着重予以强调，无论在叙事构篇、结构串联抑或主题诉求的层面，都是"动物叙事"文本中所不可或缺的一类重要存在。

通过上述归纳，我们可以在林林总总、千差万别的人物形象与动物形象设置中，探寻出其所扮演的特定的角色身份，而当代动物叙事最为基础的角色标志可以归为以下五种，分别为：受难者、解救者、辅助者、加害者与旁观者。这五种角色身份几乎可以涵盖动物叙事中所出现的相关的人物与动物形象，这里按照同样的方式选取部分作品加以罗列，见表3。

表3 动物叙事的角色标志

叙事文本	受难者	解救者	辅助者	加害者	旁观者
《驼峰上的爱》	放驼人	小塔娜母驼阿赛	大狗巴日卡	黄胡子	放牧人阿杜
《银狐》	老铁子	姹干·乌妮格	儿媳珊梅	村长胡大伦	白尔泰
《鹿鸣》	峰峰及鹿群	林明	秀妮、麦琪等黑豹、猎隼、义马"一溜烟"等	追捕队，野食研究会成员等	草原神人嘉措次仁
《四耳狼与猎人》	歪手巴拉丹	"四耳"	杭日娃	瞎子嘎拉桑瘸子海达布	杭日娃
《野狼衔来的月光》	狼崽	佛成哥	母狼"红毛"	大门儿	母狼"红毛"
《红豺》	豺王及豺群	冬月章武	黄毛，黑毛	生父老骡客栓狗	冬月
《感谢生活》	华夏雨	黑儿	罗俊俊	罗家驹	作家"我"
《太平狗》	程大种	太平	姑妈	城市狗，范家一，嘴上栽花的男人等	太平
《最后一名猎手和最后一头公熊》	瘸公熊	老库尔	努伲（正）	业余猎手	老库尔
《父亲与驼》	父亲	老儿驼	黄骟驼	小儿驼	母亲，儿女"我们"
《老马》	老马	爸爸	妈妈（负面）	爸爸	小小"我"

三 公式的导出与动物叙事行动元模型的建构

通过表3可以清晰地看到五种角色不同的身份担当：有些具体的动物或人物形象可以充当不同的角色身份，同样同一角色身份也可以由不同的动物或人物形象来承担，当然，在一些动物叙事文本中或许缺失某个具体的角色设置，这在上述相关论证中已有所涉及。另外，受难者与解救者大体上会涵盖文本中的动物与人两类主人公形象，同时受难者与解救者也可能会由动物形象或人类形象独自承担，而文本中的次要的辅助性配角形象则更多地充当辅助者、加害者与旁观者的角色身份。具体说来，辅助者一般由猎人身边的猎犬，抑或主人的家庭成员，或与猎人、主人关系较为密切的人承担，这种辅助可以是正面的、积极的，也可能是负面的、消极的；加害者一般会由与猎人或主人关系并不密切甚至互不相识的人或动物承担，加害的目的都是出于某种特别的利益需求，或物质上的，或精神层面的；至于旁观者的角色身份则多以人类形象为基准，对于其他角色或角色的存在意义起到某种审视与导引性作用，并对动物叙事的情节推进也起到重要的助推作用。如果我们进一步对当代动物叙事进行更为精细的区分的话，显然还可以找到诸多其他的角色，但最为核心与起到基础性意义的角色，基本上由受难者、解救者、辅助者（＋／－）、加害者与旁观者这五种角色承担。这里，如果用一个具体的公式来表示动物叙事的叙事主语，我们暂且可以列出下列公式：

S（W）＝W受难＋W解救＋W辅助＋W加害＋W旁观

这则公式几乎可以涵盖动物叙事中叙事主语的全部主体性角色组合，也让我们看清了动物叙事文本中叙事主语所充当的角色成分以及它们之间相应的排列情况，各个角色标志又是相互影响、相互制约的，同时存在着某种内在的因果逻辑关联。一部优秀的动物叙事作品中一般都会由这五种角色成分展开构篇，当然，可能会产生某些夸张、变形与角色位移等形态结构上的相应变动，但总体的核心角色组合"W受难＋W解救"是相对固定的，并且会始终贯穿文本始终的叙事主语表达。五种角色身份的确定与最后动物叙事主语的表达公式的得出只是形态学研究的第一个维度。叙事主语的确定与归纳将有利于我们对动物叙事文本中叙事谓语乃至具体功能项的进一步探索与归纳。按照上述归类总结出的五大主体角色，其作为施动者必然相对应着具体的受动者（主体与客体），以及联结二者之间关系的具体行动方式与动作的发出。格雷马斯曾就此提出过"行动元"的概念，即

"主体/客体""发出者/接收者""辅助者/反对者"，他还在此基础之上建立了属于自己建构的施动者模型：

发出者——[客体]——接收者

辅助者——[主体]——反对者①

　　按照格雷马斯的思路，我们可以尝试把他的"行动元"概念与刚刚进行的人物与角色的考察联系到一起进行研究，动物叙事中的受难者、解救者、辅助者、加害者、旁观者这五种角色标志中，其和具体的人物抑或动物形象的关系组合是复杂的，有时一个人物（或动物形象）可以同时兼任几种角色，比如《父亲与驼》中的"老儿驼"实则既是潜在的解救者角色，又不自觉地充当了最后的受难者角色；《野狼衔来的月光》中那只懂得感恩的母狼，既是佛成哥出于无奈饲养小狼的辅助者，同时又见证了整个事件的全部过程，充当了文本中的旁观者角色。而另一种情况是一个角色同时由多个动物或人物形象来分别承担，或两类形象结合在一起共同充当同一角色标志，如《鹿鸣》中的辅助者角色就由动物与人共同承担，促成了林明保鹿放生之壮举；《太平狗》中，太平与它的主人程大种同时面临着多个"加害者"角色的加害行为的威胁，这一加害者群体的构成也涵盖了动物与人两类形象序列。这里要强调的是，如果说角色是对具体的动物与人物形象的抽象概括的话，那么格雷马斯所提出的"行动元"概念实则就是对角色的进一步细致的梳理与分类，更加趋于精细化与抽象化。"动物叙事"的叙事主语与诸多小说类型一样都可归结到"主体/客体""发出者/接收者""辅助者/反对者"的行动元模型范畴内。可以用下面的图表清晰地显示出行动元、角色与人物之间的内在关联：

---

① ［法］格雷马斯：《结构语义学》，蒋梓骅译，百花文艺出版社2001年版，第264页。

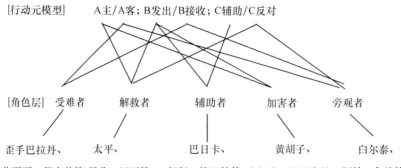

图 1

如图 1 所示，把具体的人物、动物形象与角色标志放到施动者模型中加以考察，可以发现由多个角色共同承担一个行动元的情况，如解救者与加害者共同承担"发出者"，受难者与旁观者共同承担"接收者"的行动元成分等。同时，也会出现一个角色同时担当多个行动元成分的情形，比如解救者的角色标志就可以同时担当"主体"与"反对者"的行动元成分。因此，最为基础的核心组合成分即是施动/受动，而在下面又分布着具体的角色层，当然，这一角色层相对比较固定，但在不同的叙事类型中具体数量会发生相应的变化，如在我们所研究的"动物叙事"创作中就共有五项承担，而在普罗普的俄罗斯民间故事研究中就变成了基本的七项。最为丰富的是最下一层的人物与动物形象层，该层种类繁多、样式各异，并具备各自的特殊性，具体的动物形象与人物形象可以呈现出不同的受难方式、环境背景、情感状态、心理变化等，人物、角色与行动元之间的关系可以一目了然。但这里要强调的是，笔者之所以引进格雷马斯行动元的概念，是要进一步深化对动物叙事中叙事主语的研究，按照格雷马斯的方式，我们得出了有关叙事主语的图表呈现，这将有利于我们充分认识叙事主语中的有限性与丰富性，可变性与不可变性因素，以及贯穿其核心的固定的行动元标志。

第二节 功能形态研究：叙事谓语的行动逻辑与价值规约

通过对中国当代动物叙事的叙事主语进行相对简单而清晰的整理、论证之后，我们可以确证当代动物叙事较为基础的五类角色标志，即受难者、解救者、辅助者、加害者与旁观者，并在此基础上论证了具体的行动元与角色、人物（动物）之间的基本关系，见证了"动物叙事"叙事主语自身丰富与充盈的一面（从具体的人物与动物形象上），同时也确定了其本身看似矛盾的有限性与单一性的一面（从角色与具体行动元指向上），看似复杂的动物叙事人物形象与动物形象序列，实则最后都统归到了"主体/客体""发出者/接收者""辅助者/反对者"的行动元模型当中。在"动物叙事"文本中则具体指向那五类角色标志，然而，他们在具体的文本结构、句法构成中只是作为施动者即叙事主语的成分予以表现，有了行为的发出者必然就会有具体的行为方式，这就涉及对"动物叙事"的叙事谓语的考察，将直接导向对每一类角色功能的系统归类，从而推导出最终的深层结构。在探究"动物叙事"文本的情节构成与叙事逻辑的基础之上，我们可以清晰地归纳出各类动物或人物角色的行动分布，抽象概括出各自的叙事谓语表达主要可呈现为以下行为指涉：

受难者的叙事谓语：误入他途，进入本不该属于自己的环境氛围（C）；"忍受"饥寒交迫，寻找新的精神家园（F）；"允诺"任务使命的完成，为自身留下"负担"（J）；"遗失"固有的美好情感，陷入悲戚与感伤（H）；"目睹"见证死亡的垂青，遭受巨大的精神打击（K）；寻找久违的"棋逢对手"，妄图"重塑"昔日辉煌（M）；陷入痛苦而艰难的"抉择"之困（O）。用公式表示为：

W 受难 = C 误入 + F 忍受 + J 允诺 + H 遗失 + K 目睹 + M 重塑 + O 抉择

从具体的行为指向上看，受难者所发出的动作行为主要包括"误入""忍受""允诺""遗失""目睹"与"重塑"几大主类，几乎可以涵盖受难者角色的全部指涉性行为内涵，当然，这些谓语在文本中的位置并不固定，不同的人物或动物身上所体现出的动作行为也不尽相同，有的人物或动物角色在某一行为指向上会相对突出，而其他行为方式则会有所缺失。同时，有时一个受难者角色可以同时发出多个动作指令，如《狼行成双》中作为受难者的公狼之所以会陷入绝境，即同时指涉两类谓语行为：首先是"忍受"，而后是"误入"，忍受极度饥饿与寒冷的生存挑战，被迫冒险进村寻找食物，"误入"的最终结局是不慎落入难以逾越的三丈多深的枯井殒命。"忍受"与"误入"的行为形成某种因果性的联系，正是有了"忍受"行为的导向，才导致"误入"的发生，暗含某种被迫与无奈的成分，但同时说明每一类叙事谓语有时并不是独立存在的，会存在某种内在维系，并可能在人物或动物角色一己身上发挥必要的作用。

石舒清的《清水里的刀子》中受难者角色的充当者马子善老人，则是牵扯到"允诺"与"目睹"两类核心性谓语行为，并且二者同样形成某种因果性的逻辑关系。马子善的"允诺"在于答应儿子耶尔古拜杀死老黄牛的要求，以达到为死去亡妻做厚重祭品（搭救亡人仪式之需）的愿望。而文本进一步强化的确是"目睹"功能项的实施及其所产生的连带性影响，即经由人类主人公马子善一再"目睹"老黄牛的从容淡定，不断反刍又拒绝吃喝，硕大的牛头意象的萦绕等，最终导引出新的功能项中困境降临方式的呈现。①

当代动物叙事中解救者角色的叙事功能项的表述实则是与受难者的表述逻辑相对应的，二者又相互呼应，潜隐某种内在的因果关系与深刻的情感维系。因此，与之相对应的解救者的叙事谓语分布情况可

---

① 特别在给老黄牛"行刑"前那一刻，小说中一段细节描写极具张力："他的鼻腔深处强烈地一酸，喉头处像硬硬地梗了一个什么硬物，他觉得自己的泪水带着一股温热迅疾地流下来了，他连忙转过头，有些跟跄地疾疾地走了出来，日头升高了一些，光星像凌乱的雪花那样扑面而来，他低下头像在风里面似地走着，上了高房子，麻雀吵得愈加热烈。他坐在炕边上，两手蒙住脸，感觉泪水在指缝里流出来了。他说不清自己为什么要流泪，更说不清自己为什么竟有那么多泪，似乎还有要哭出声来的欲望。""眼泪""日头""雪花""麻雀"等意象的有效运用，突出马子善此刻焦灼而不安的痛苦心迹，"顺着指缝流出的热泪"又凝聚着他的不忍与无奈，精准而生动的细节刻画，高超而细致的情感把握，让"抉择之痛"功能项意旨得以充分展现。详见石舒清《清水里的刀子》，《人民文学》1998年第5期。

展现为解救者的叙事谓语：艰难而执着的"寻找"（B）；搏斗、抗争，激烈的"对抗"（G）；主动地"接近"，拉近彼此间距离，增进感情（L）；以"联盟"的名义，共同促成解救的实现（T）；情感"感召"，唤回昔日的温情（D）；以死相对，"舍身"换得安宁与平静（I）。可用公式表现为：

W 解救 = B 寻找 + G 对抗 + L 接近 + T 联盟 + D 感召 + I 舍身

由于解救者的角色身份一般会由动物形象承担，所以具体的行为方式即相应的叙事谓语行动也一般由动物具体发出，而这里的动物行为显然做出一定的拟人化处理，一般呈现出与人类相同的行为方式，比如主动"接近"、与动物或与人达成某种"联盟"、舍身相救等。这些行为方式的发出一般都突出了动物与人的某种内在情感关系，与受难者的谓语行为发生直接或间接性的对应关联，如 H 遗失与 B 寻找，K 目睹与 D 感召等，当然，这种连缀关系的形成不是固定不变的，有时会发生某种变体甚至直接呈现出错位的关联。

以具体文本为例，《父亲与驼》中的角色成分较为复杂，受难者可以同时由父亲与驼先后承担，即老儿驼的"受难"在前，而父亲的"受难"在后。曾经功勋显赫的老儿驼如今衰老不堪，在与小儿驼的一场角逐之中败下阵来，遭受打击而陷入困境，现状惨淡，开始喜欢独处，至此，老儿驼形象充当了"受难者"角色。本想忍痛了断老儿驼性命的父亲，却始终难于下手，陷入"抉择"之痛，由原本的解救者转化为受难者，形成了角色转换。而当老儿驼悄然离家出走后，这种转换宣告彻底完成，"父亲"背负了巨大的精神负担，成为完整意义上的"受难者"角色，开始了他一生中最为漫长而执着的找寻过程。只有找到老儿驼，父亲的精神苦痛才真正能够得到治愈，无形当中老儿驼已然充当了潜隐的"解救者"角色。贯穿其中最为核心的情感基质即是父亲与老儿驼间相濡以沫二十年的深厚情感："老儿驼和父亲相随了二十多年，像一对患难的兄弟。没有老儿驼，父亲的生命就会有长长的一段空缺，那必将是令父亲难堪的一种苍白。"①

---

① 漠月：《父亲与驼》，《朔方》2003 年第 8 期。

　　具体展开来看，父亲与老儿驼充当"受难者"的角色身份时都发出 J 允诺行为，父亲的"允诺"在于帮助老儿驼解决生的年老体弱的痛苦，给自己心爱的老伙伴一个交代；老儿驼的"允诺"在于不能为主人更好地服务，难堪重任，给予主人一个完满的交代。而正是由 J 允诺的谓语行为发出，才让这种角色身份发生转换，之后双方各自的行为发生成为可能，即是 J 允诺相继诱发 H 遗失与 B 寻找的发生，H 遗失的发出由老儿驼的"允诺"促成，B 寻找的发出由父亲的"允诺"牵出，角色身份也发生了根本性的变更，但相互勾连的核心在于同时充当"受难者"角色的父亲与老儿驼的"允诺"谓语行为。详细的情形如下图所示：

$$
\left\{\begin{array}{c} \text{W 父亲} \\ \uparrow \quad \downarrow \\ \text{W 老儿驼} \end{array}\right. \rightarrow \text{J 允诺} \rightarrow \left\{\begin{array}{c} \text{B 寻找} \\ \downarrow \\ \text{H 遗失} \end{array}\right.
$$

　　拥有了"受难"，一般就会有"加害"的参与和施行，加害者角色在当代动物叙事中的出现也成为必然，正是加害者的加害行为的发出，才会在某种程度上促成"受难者"的角色困境。加害者的叙事谓语是动物叙事文本中仅次于受难者与解救者的重要功能指涉，可以涵盖"家养类"与"野生类"两大主述类型，特别在"野生类"动物叙事文本中最为常见。其分布情况主要表现为：设置机关、圈套，让猎物入网（R）；打击、报复，人身攻击，身心迫害（V）；牟取既得利益，满足某种需求（Z）；维护权威身份、地位，无理取闹，标榜功绩（Y）；同类异族所给予的围攻、追杀（S）。可用公式表达为：

　　W 加害 = R 设置 + V 报复 + Z 牟取 + Y 维护 + S 围攻

　　加害整体功能的推进与行为的发出者一般并不受固定形象设置的限制，既可以由动物也可由人类形象担当，有时还呈现出群体性特征，可由动物种群或人物形象合集共同承担。加害者谓语行为的有效介入，让文本具备了更加紧张而曲折的情节构成，同时，通过主行为加害的具体实施可以勾连出核心角色"受难"与"解救"功能的有效发挥，对辅助者与旁观者的登场也起到重要的铺垫作用，并为表现文本的主题诉求创造了先决条件。在五种基础的叙事谓语功能指涉中，尤以"报复""牟取"与"围攻"功能项最为重要，几乎散见于诸多动物叙事文本的功能项设置中。

"报复"功能项展现更多倾向于政治层面的暗喻，特别是新时期文学中表达对"文革"某种反思这一维度的作品最为常见，如《退役军犬》中冯老八之于黑豹，《感谢生活》中罗家驹之于华夏雨与"黑儿"等，都是出于某种"泄愤之需"、报复心理的潜隐功能的发挥。"牟取"功能项则更多指向商业利益的获得与消费主义的反思层面，突出为金钱、一己私利而见利忘义、穷凶极恶的行为表现。这一角色类型包含了"黄胡子""歪手巴拉丹""海子"等诸多业余猎手构成的加害者形象系列，还有如《鹿鸣》《中国虎》《猎人峰》等文本中呈现出的群体性加害者（犯罪团伙、盗猎集团等）表征。"围攻"功能项设置更多出现在野生类动物叙事文本中，在《藏獒》《野狼出没的山谷》《狼图腾》等作品中动物族群成为"围攻"功能的行使者，较为清晰地展现出致使受难者陷入危境的功能指涉。这里还需明确一点：加害者与辅助者、旁观者等角色身份的情况较为相似，其具体的谓语行为指涉并不是固定出现在每一部动物叙事作品中，很多文本会有意规避甚至完全略去加害者的行为功能指涉，如《驮水的日子》《巨兽》《梅妞放羊》《鲁鲁》《画家与狗》等。

辅助者的叙事谓语：临阵脱逃，胆怯恐惧而逃避辅助（E^-）；默认、教唆罪恶的降临（N^-）；协助完成，以具体实际行动达成既定任务目标实现（P^+）；掩护、保护，给予精神、物质上的全力支持帮助（E^+）；同情、感动，主动给予关怀与体贴，情感的慰藉（X^+）。可以用公式表达为：

$$W_{辅} = E^- 逃避 + N^- 教唆 + P^+ 协助 + E^+ 支持 + X^+ 同情$$

相比于受难者、解救者与辅助者这三类主体角色身份，辅助者与旁观者（次要人物或动物形象承担）处于相对次级的地位，在不同程度上起到辅助、完善主体角色丰富性的作用，而它们的谓语行为指向对于文本的构篇起到必要的辅助作用，客观上起到加速、延缓甚至阻滞情节发展的意义。上述五类主体辅助行为指向中既有"正辅助"行为，起到正面的积极性作用，同时又有"负辅助"行为，表面上实施"辅助"行为实则并未发生应有效度甚至起到负面的、消极的乃至完全悖反性的作用，并对受难者造成不必要的心理、情感与精神层面的负面影响。正、负辅助行为的发生都可由具体的动物或人物形象共同或分别承担。

如《老虎大福》中接受看管"二福"任务的土狗"黑子"在遇到老虎大福的那一刻表现出极度的懦弱与胆怯，甚至直接逃之夭夭，这让一直对其寄予厚望的二福爹极度失望。这里"黑子"的行为指向就体现出负面效度，具体的叙事谓语功能指涉呈现为胆怯、恐惧与临阵脱逃的 E^- 逃避表征。《驼峰上的爱》中带着光荣使命与主人小塔娜、小吉尔一同前去搭救母驼阿赛的大狗"巴日卡"，看似威武雄壮，在面对黄胡子挥动的哨棒时，便怯懦地夹着尾巴逃跑了，这与之前一直汪汪狂吠的它形成鲜明反差。当然，"巴日卡"这一负辅助者的行为表现又起到反衬"阿赛"勇敢决绝品格的意义。正辅助者的角色设置相对较为普遍，分布在诸多当代"动物叙事"文本的情节构篇当中，如《鹿鸣》《中国虎》《藏獒》等作品中都表现出以群体构成的辅助者角色的具体行为指向，涵盖了"协助""支持""同情"等功能指涉。如《鹿鸣》中对主人公林明的放生鹿群行为起到辅助作用的，即为人类与动物"辅助者"共同促成：秀妮、麦琪、嘉措次仁等人类形象以及黑豹、猎隼、义马"一溜烟"等动物形象，均起到了正面的、积极的助推作用。但辅助者与旁观者角色的谓语行为在情节构篇中所起到的意义并不显著，甚至诸多文本中直接略去相应的角色设置，因此，在本书的主体部分角色功能的研究中并未将该两种角色的谓语行为作为考察的重心。

旁观者的叙事谓语："倾诉"心扉，表达自己心中的所感所想（A）；冷眼"旁观"，见证事态发展，宣扬不满、恐惧抑或赞誉的情绪（Q）；高谈阔论，"发表"较为深刻而有意义的见解（U）。可以用公式表达为：

W 旁观 = A 倾诉 + Q 旁观 + U 发表

旁观者的角色行为谓语构成相对较为集中与固定，一般而言，由"倾诉""旁观"与"发表"三类主体成分构成，其中"倾诉"谓语又时常与"发表"谓语的行为功能合并在一起使用。"动物叙事"文本一般皆会突出旁观者角色所具备的生存的体验、人生的顿悟与生命的哲思，对于文本中的受难者乃至解救者而言，展现出一定的促其感受、领悟与觉醒的情感导向性作用，此种作用通过旁观者的"倾诉""发表"等具体功能行为的发出予以实现。如《狼图腾》中的毕利格老人、《鹿鸣》中的嘉措次仁、《银狐》中的老孛等都以旁观者身份充分地显示出他们在生态与生存启示层面的智慧。而《一头叫谷三钟的骡子》中的旁观者角色则由一个普通的看瓜老汉担当，他的"倾诉"与"发表"的谓语行为的发出，直接触动了正处在急切找寻之中的谷风楼的心底之痛，看瓜老汉的经验之谈却显示出某种生活真谛：

　　"牲口这玩意儿是通人气的。我这些年总结出一条经验来，宁和狗交朋友，也不和人交朋友……老哥，我说这话你别介意。"① 这种简单心里话的不经意流露恰恰说进了谷风楼的内心，产生强烈的情感共鸣，看瓜老汉作为"旁观者"的角色身份在此清晰展现。当然，旁观者的"倾诉"与"发表"功能并不一定完全落实在人类形象身上，动物形象也可以表达出同样的价值诉求，如《红毛》中老田鼠形象的塑造，特别在与红毛母子的对话中，直接"倾诉"出对于人类害人害己、终将自食其果的强烈控诉，这对于主受难者红毛自身的情感释怀起到重要作用。一般而言，大多数"动物叙事"文本中的"旁观者"角色还是停留在"冷眼旁观"这一层面上，这也是"旁观"行为本身最为贴合的字面理解，由文本中处于次要地位又与主述角色存在某种关系维系的第三方（一般为故事的讲述者或事件的直接见证者）承担，如《一只叫芭比的狗》中的妹妹"我"、《巨兽》中的子辈形象儿子"我"、《老马》中对爸爸心存芥蒂的"小小"等。作为目睹事件进程的见证者又作为情节构篇的讲述者，但却并不发挥推进情节发展与传达思想理念的作用，呈现出其特殊的存在方式，这也是该类旁观者"旁观"行为的典型表征。

　　通过上述对各类"动物叙事"主体角色标识的叙事谓语分析，可得出受难者、解救者、加害者、辅助者与旁观者各自的基础叙事谓语

---

　　① 白天光：《一头叫谷三钟的骡子》，《山东文学》2007 年第 9 期。

分布的排列情况，如果用一个叙事谓语排列方程式来表示整个当代"动物叙事"的叙事谓语分布状况与排列特征，具体公式可呈现如下：

$$
\begin{cases}
W\,受难 = C + F + J + H + K + M + O \\
W\,解救 = B + G + L + T + D + I \\
W\,加害 = R + V + Z + Y + S \\
W\,辅助 = E^- + N^- + P^+ + E^+ + X^+ \\
W\,旁观 = A + Q + U + （\cdots）
\end{cases}
$$

第三节　"动物叙事"功能项划分的思路、依据及考察基准

在上述一组直观而明晰的方程式排列中，可以清晰地看到各类角色身份其特定的主体性谓语行为的分布情况，各类叙事谓语又可根据每一个具体角色的功能状态来加以区别描述与分类总结。对"动物叙事"的功能形态研究正是依托上述叙事谓语公式的排列得以进行，它恰恰表明叙事谓语与叙事主语、角色的主体身份一样，对于文学叙事、文本内涵传达的显著价值。在对"动物叙事"进行功能项的有效排列与合理布局之前，结合其文本的特殊属性，有必要与普罗普依托于俄国民间故事所进行的功能项排列与分类方式进行一定的区分，按照符合当代"动物叙事"自身类型属性的特有归类方式，建立具有普遍阐释性意义的对"动物叙事"的叙事基本语法的深入研究。这里的"叙事语法"概念类似于托马舍夫斯基所定义的"主因素"："类别的特征，即组织作品的结构的手法，是主要的手法，也就是说，创作艺术整体所必需的其他一切手法都从属于它。主要的手法称为domiant（主因素）。全部主因素是决定形成类别的要素。"[1] 也与雅克

---

① ［俄］鲍·托马舍夫斯基：《主题》，《俄苏形式主义文论选》，中国社会科学出版社1989年版，第238页。

布森所论及的"主导"概念①有着相同的意旨。

普罗普的角色功能研究以俄罗斯民间故事为范本，民间故事与真正叙事学意义上的现代小说文本有明显的区分：民间故事的叙事构成较为简单、情节直白而单一，结构排列清晰而相对固定，事序顺序多以平铺直叙为主，变通性小，不变因素与可变因素较易于区分，相对而言，各故事种类中情节设置类同化突出，类型化表征清晰而明确。因此，普罗普在对所选民间故事进行 31 个功能项的排列与描述时，基本上严格按照事序发展（即故事情节推进）的具体进程排列，凸显出各功能项之间内在的逻辑关联性，起到相互呼应、共同完善故事情节发展的作用。当代"动物叙事"也可按照此种思路着手进行，然而功能项设置的具体情况与所依托的探求方式要有根本性的区分。

首先，关于"动物叙事"的概念界定及其范畴限定，实则拓宽了动物叙事题材领域与叙事文本指向。"动物叙事"文本可以呈现出两大主类的题材选择：野生动物类与家养动物类。野生类叙事重心在讲述野生动物与猎人（或行使猎人职能）、野生同类之间的某种相互依存关系，而家养类叙事则侧重于烘托家养动物与自己主人（或行使主人职能）、家养同类之间错综复杂的情感关联，二者无论在构篇方式抑或情节设置上都有明显的区别。另外，各类型文本中有的主述动物，重心在塑造与拔高动物的形象；有的则把动物作为一种陪衬，是烘托人类形象的一种客观媒介；还有的直接着力于表达人与动物之间的关系，或批判，或颂扬，但动物与人平分秋色，共同占据文本的叙述重心，文本中不同的角色身份也可能会发生某种变化，比如受难者的角色可能会由动物形象承担，又可能分配到人类形象上，而有时又会由动物与人类形象共同承担。在同一部"动物叙事"文本中，可能会连续出现角色转换的情形，受难者角色的担当可以在转瞬间由人类形象转移到动物形象身上，而角色与角色之间又可以同时发生某种

① 形式主义批评家雅克布森对"主导"概念作了大致相同的界定："在一部艺术作品中使焦距集中的那个成分：它统治、决定、改变其余的成分。是主导物保证了结构的统一。"雅克布森与托马舍夫斯基都认识到主导物在文学创作中的核心价值，更强调其对其他叙事成分的主导性作用，在此基础之上才能确保整个艺术创作的"结构的统一"。转引自〔美〕罗伯特·休斯《文学结构主义》，生活·读书·新知三联书店 1998 年版，第 137 页。

变更，如受难者直接转化成解救者或加害者，彼此间又可以相互反转。不同的叙事主体（人、动物或人与动物），抑或相同文本中不同的角色转换方式等都直接决定了小说构篇方式的不同，也同时赋予"动物叙事"文本本身情节构成的复杂性。

普罗普基于民间故事的类型划分方式根本无法完全落实到"动物叙事"研究当中，类型学研究在具体实施过程中要结合研究范例、文本情节结构的复杂性做出相应的变化。当然，依托于"角色功能"研究的总体思路依然是理应遵守的准则。诚如普罗普所言："角色的功能充当了故事的稳定不变的因素，它们不依赖于由谁来完成以及怎样完成。它们构成了故事的基本组成成分。"① 作为"稳定不变的因素"，"动物叙事"功能项的研究依旧是类型学研究的核心基点，它们作为"故事的基本组成成分"在整个小说构篇中起到举足轻重的作用。对功能进行细致而精确的研究，实则就是研究文本中相对稳定的叙事情态，只有抓住这些稳固的"不变因素"才能做到对当代"动物叙事"相关类同性的研究。本书在进行具有阐释性意义的功能项描述时所遵循的原则与亟须注意的地方，主要包括以下几点：

其一，角色功能的叙事逻辑设置按照基本的情节进程与节奏严格划分，从初始情境的发生（受难者陷入困境或矛盾的起因与前兆）始，困境与受难（或矛盾）降临的具体方式，解救者的解救过程以及反思性结局意蕴的最终达成，完全是严格按照文本情节结构的基本要素——事件的起因、经过、高潮到结局的事序顺序有效展开。当然，在具体文本的功能项设置中，可能会打乱这种线性的逻辑次序，如开篇即交代受困与所承受的相应打击等情形，再明确"陷入困境"的缘由，涉及倒叙、插叙等具体写作策略的运用，只和作者的讲述与构篇方式有关，并不妨碍四类基础性功能主项序列的呈现。有些文本则干脆直接省去功能主项中的一项，让读者无法窥到解救者如何具体实施"解救"的过程，实则是被作者有意隐含在其他功能主项的表述中，依旧可以潜隐地发挥其功能指向性作用。

其二，在对具体的功能项设置的描述中，鉴于"动物叙事"本身

---

① ［俄］普罗普：《故事形态学》，贾放译，中华书局2006年版，第18页。

复杂而丰富的情节结构，显然要做出有效的区分，即在核心角色受难者、解救者与加害者中做出有关动物与人的区分。如"初始情境"受困的起因与前兆当中，必须细化成两大主类，即动物受难者与人类受难者各自的受难情形，而且它们各自的功能分布并不构成必要的因果或时序联系，呈现出某种并列与对称的成分：动物受难者的主功能行为标志是"忍受""误入"与"目睹"；人类受难者的主功能行为标志为"重塑""遗失"与"允诺"。它们本身并不发生关联，前者主要指向以动物为主人公的叙事文本，后者则重心在讲述以人为主体的叙事文本，它们各自的功能指向又可在后续主述项中找到对应的情节衔接成分，催生出下一个情节结构中功能项的建构。如"初始情境"中动物受难者的"误入他境"功能项即由困境（或矛盾）降临方式中的"围堵之困"有效串联起来，接下来又过渡到"对抗的决心"功能项，以此类推直到结局功能项的出现。这样的功能项设置有利于找到"动物叙事"几条基本的情节主线的构成，对于探寻"深层结构"及其价值规约创造出必要的先决条件。

其三，功能项确立与描述的具体方式按照完整的句法结构，特别是兼顾"主语＋谓语"的方式得以进行。叙事谓语依旧是角色功能区分最为重要的标识，不同的功能项设置用不同的英文代码缩写，由于叙事主语一般要做出由人类或动物形象分别承担的区分，因此我们把人类主人公承担用英文 Wr[①] 表示，动物主人公承担则用 Wd 表示，指涉到人与动物两类形象的则用特定字母 Wr/d 表示；而叙事主语的功能行为代码则直接沿用刚刚确证的叙事谓语标识加以显示，如"解救者"角色的叙事谓语共包括 B 寻找、G 对抗、L 接近、T 联盟、D 感召与 I 舍身几大类别，其中最为核心的功能表征主要集中在 B、G、L、T 四类。而以人类（或动物）主人公经历"寻找"的跋涉这一功能项为例，由于其叙事主语可以由人与动物分别承担，那么，它的功

---

① 这里的字母"W"的选择是基于对"动物叙事"人物角色研究时所设定的"S（W）＝W受难＋W解救＋W辅助＋W加害＋W旁观"这一公式出发，由于功能项的描述一般涉及的叙事主语只会由受难者、解救者与加害者三类担当，因此，这里一概用字母"W"表示，而区分的重心则放在 Wr、Wd 与 Wr/d 的人与动物各自所属归类上，r 与 d 分别是人与动物拼写时声母的首字母，这样会更加便于区分而清晰明辨。

能项字母代码可表示为：Wr/dB；"联盟"功能项则直接要求动物与人共同承担，它的叙事代码则可表示为：Wr + dT。把关于具体功能项的文字表述简化为英文字母组合的呈现方式，实则是为了论述的需要，特别在功能项的罗列与描述后，根据各种不同的功能项的排列与组合情况，重新进行串联归类之后，依托于这样的字母公式直观地表达，便于我们更为精准地概括出"动物叙事"的情节主线、叙事语法以及深层结构。

其四，着重强调关于结局功能项的设置，"动物叙事"文本的结局均带有一定的反思性意蕴，其内在的带有阐释性意义的结局设置主要包括：动物与人相安无事、和谐共处、"动物之死"与人的"异化"三类。结局部分的情节功能项划分并未严格按照类型学中着重强调的角色行为（叙事谓语）的功能项排列，而是以是否具备阐释性意义的话语指涉层面予以排列。这样的功能项确立有利于表达潜在的结局设置所展现出的深层内涵，即在寻找同类功能项、立足于角色功能的行动指向与叙述逻辑的发掘的同时，更要兼顾每一功能项的情感内涵与价值规约。每一功能项自身以及与后续功能项之间，以及单一功能项在整体的情节构成之中其特殊的存在意义与叙事效度等，都需要在对各功能项的划分、确立与细究当中得到合理的回应。

基于上述的相关探讨，立足于精细化的文本分析，我们可以探寻出当代"动物叙事"最具标识性意义的 17 个情节功能项的分布与排列情况。

第四章　当代动物叙事情节功能项的分布、排列与细化

第一节　初始情境功能项设置：困境（或矛盾）的起因与叙事前兆

一　动物受难者陷入困境的起因与前兆

第一类，动物主人公（或动物族群）"忍受"饥寒交迫、无家可归的生存之困。（"忍受"生存之困，代码：WdF）

在这一类侧重于讲述动物的生存现实构篇的初始情境中，首先要交代的是动物（主体为野生动物 d＋）所面临与即将忍受（F）的生存现实境况的威逼，这类生存环境的威胁主要来自两类：一是自然的，二是来自人类的威胁，但总体上都可用"生存之困"来加以概括。动物叙事文本中有关受困于自然因素的初始情境主要可归结为饥饿与寒冷两大诱因，当然也包含着如天灾（如森林大火、山洪暴发等）、疾病、天敌等无法预知的毁灭性因素，基本上符合自然界中野生动物生命的生存现实。当然，在真实的再现基础之上更多的还是要突出动物物种自身的生命体验，以及细腻的情感描摹，如何让这种自然自在生存的举步维艰与生命之舟的无以为继得到有力的彰显，还是要借助某种寓言叙事的表述策略来得以实现，除了在诉求的具体方式、表现程度的轻重及谕旨的特定向度等层面有所区分外，这几乎成为该类动物叙事相对一致的叙事选择。而作为前兆与起因的有效设定，这种"生存之困"设置直接导引出全文的整体叙述逻辑。

《狼行成双》中表现得最为显著，文章开篇交代两只形影不离、前后相拥的公狼、母狼之后，随即就设置了它们所面临的天气情况："鬼在这样的天气里，也都把门掩得紧紧的，守着烧得炽旺的炭火，

死乞白赖地不出门。"① 这是一种俗称"鬼见愁"的天气，气温很低，能见度也很低，刺骨的寒冷加上凛冽的寒风与漫天飘飞的大雪。在这样极端恶劣的天气下，对于两只急需找食充饥的野狼而言无疑颇为艰难，天气因素由此成为它们冒险进村、身陷囹圄的间接条件之一。

而对于公狼、母狼而言，饥饿因素才是更为致命的，对于恶劣的天气，它们依旧可以呈现出"休闲的""漫不经心"的茫然无措的样态。但当饥饿彻底袭来时，它们才开始显得难于招架，这才是它们最终命运发生转折的根本动因，"命运就是在这里被改变了滑行的方向的"。② 母狼上次饱餐过一顿还是两天前捕捉到的一头鹿，而如今面临难以忍受的饥饿，丈夫公狼迫切期望找到可以果腹的食物，并做出一个将会改变它们命运的决定：乘着夜色进村去寻找食物。在"恶劣环境＋饥饿所迫"构成的初始情境之外，作者实则另外加入了新的可变性因素——公狼与母狼二者自身性格上的悲剧。在严寒与饥饿之下却异乎寻常地展现出两只野狼独特的个性，相继放跑兔子、岩鸽，而沙鸡根本无法进入视线，随后又拒绝群狼围捕羊群的决定……公狼的倔强、孤高与伟岸，母狼的好奇、灵秀与率真，成为作者着力刻画的对象。拟人化的性格魅力的刻意渲染，使《狼行成双》在初始情境固有的"忍受"（F）与"误入"（C）功能项设置之外，又平添一种无限"放大性格"的状写与描摹，从而生发出独特的叙事魅力。

而在《红毛》中，动物主人公红毛及其黄鼬家族所面临的生存困境更加复杂，几乎涵盖了所有可以预知的生存环境的威胁，同时包括人类威胁、饥饿因素（觅食之难）、天灾范畴、传染疾病等诸多原因。初始情境中首先提及的是红毛家族与猎手间的激烈冲突，猎手最终让红毛父亲丧命，双方从此结下深仇大恨。除了猎手的威胁，还面临饥饿与难于觅食之苦，急于为生病妻子觅食的红毛由于身体极度虚弱，相继错过田鼠与水中的硕鼠，觅食失败的同时也从母亲口中得知妻子感染天花不幸身亡的消息。在先后丧失了父亲、妻子之后，作者把围绕红毛所营造的悲剧氛围逐渐推向极致，以另一种生存绝境"天

---

① 邓一光：《狼行成双》，《钟山》1997 年第 5 期。
② 同上。

灾"的方式得以促成。在触目惊心的森林大火中，母子二人侥幸被毛毛细雨解救而得以存活，被迫迁徙家园。最终的绝境设置，作者选择了农药毒害的巧妙方式：田鼠吃过拌在种子里的农药，母亲又吃了田鼠后中毒身亡。亲人的相继离世使红毛成为典型意义上的孤独的受难者角色。

在看似丰富的生存困境的功能项设置中，除了领受到作者对动物死亡状态、生存境遇的淋漓尽致的书写，并借此预知动物生命在大自然中岌岌可危外，《红毛》本身并未提供多少突出的创新性价值可供参考。全篇用去近一半的篇幅去刻意渲染红毛家族成员所面临的生存绝境，而把初始情境的情节要素铺展得太开，却忽视了动物叙事所理应侧重的受难与解救之维，单纯夸张地渲染动物受难的过程，叙事上难以称得上完备，并且情节显得拖沓、松散。相比之下，《狼行成双》中清晰的"严寒＋饥饿"的困境设置，显得脉络清晰、自然而流畅。在动物忍受"生存之困"的情节功能表述中不乏作者崭新的着力点：立足于对处于困境之中的野狼个性特质及其情感状态的展现，而不是一味地渲染生存的艰辛与不易。

陈应松的《豹子的最后舞蹈》也同样设置了诸多的困境表征：包括自然与人为双重因素造成豹子家族的覆灭，面对猎人与猎犬的攻击，缺水与饥饿的侵袭，天灾森林大火的发生，吃毒鱼死亡等诸多层面的展示。然而，对于动物主人公豹子"斧头"而言，则特别强调了它所面临的饥饿与寒冷的生存困境，作为初始情境在开篇做出明确的交代："我渴望食物，以及在饱食终日中的温暖，这已经是我垂死挣扎的日期了，我的游荡步履蹒跚。我渴望着温暖……"① 这种对食物与温暖的渴求正与其孤独、悲戚的情绪结合在一起，拥有了具体而丰富的情感依托，这种生存困境的设置彰显出其存的特定含义。同样，在沈石溪的《苦豺制度》中，初始情境也侧重对饥寒交迫的生存环境的书写，豺群的状况不容乐观，在风雪弥漫的伽马儿草原上，"每只豺的肚皮都是空瘪瘪的，贴到了脊梁骨，尾巴毫无生气地耷拉

---

① 陈应松：《豹子的最后舞蹈》，《钟山》2001 年第 3 期。

在地，豺眼幽幽地闪烁着饥馑贪婪的光。队伍七零八落拉了约两里长。"① 最为直接的困境恰恰来自饥饿之感对豺群的侵袭，作为豺群首领的豺王索坨自然要肩负起带领族群寻找食物的首要任务，这也为后文其被迫陷入"抉择之困"的尴尬境地埋下伏笔。

动物主人公或其所处群体、家庭成员等面临某种生存困境，特别是饥饿与严寒等自然灾害的侵袭，几乎可以涵盖大部分野生类动物叙事的初始情境设置。当然，也有作品并未直接交代或仅仅给予一定文字上的暗示。如《最后一名猎手和最后一头公熊》中，虽未明确交代作为受难者角色的"公熊"所面临的生存困境，但在文本的讲述中，还是能明显感受到这种困境的存在，那曾经是"林中人，也是飞禽走兽的乐园"的如"森林的海洋"般的冻土原如今已是面目全非，原始莽林被砍伐殆尽。这对于猎手老库尔是一种沉重的打击，而对于"最后一头公熊"来说也同样举步维艰，间接表达出公熊所面临的艰难的生存境遇。从惯常意义上讲，对作为"受难者"的野生动物主人公（Wd）所处生存困境的揭示成为最为显著的一种类型表述方式。对于动物而言，面对这种极端残酷的生存困境，无论是最终摆脱、获救，抑或失败、死亡等，其在初始情境整体叙述格局中都无一例外地选择了默默"忍受"的方式。这正是笔者所概括出的"受难者"一个基础性叙事谓语（F忍受）的表达，因此，该功能项的公式表达也可具体呈现为WdF。

第二类，动物（或人类）主人公承担"误入他境"的尴尬与无奈之苦。（"误入"他境，Wd/rC）

"误入他境"是当代动物叙事中另一个颇为常见的初始情境功能项，与动物主人公面临相应的生存困境作为前提呈现一样，动物主人公有时在文本中会面临"误入"一个本不该属于自己的环境范畴，从而促发自身命运轨迹的改变，这也是一个典型的受难起因有效发出的表征。该功能项的设置本身并不一定是完全独立的，可以伴随其他功能项的发出进而展现出其自身价值。如《狼行成双》中虽然初始情境中主体功能项是"忍受"饥寒交迫的生存困境，在导引公狼、

① 沈石溪：《苦豺制度》，转引自季红真主编《中国人的动物故事》第二辑，南方日报出版社 2007 年版，第 80 页。

母狼开始滑向悲剧边缘的同时，文本也明确交代了"误入他境"所要承担的后果："对于狼来说，他们最不愿意与人类打交道，他们不愿意触及人类拥有的利益，如果不是为了报复，他们基本上不靠近人类居住的地方，他们因此而把自己限制在荒原和森林中。但是此刻他没有别的选择了。"①

王怀宇的《小鸟在歌唱》中，"误入他境"的情节设置体现在两只麻雀伴侣"错误"地选择了将鸟窝搭建在空调管道孔里："原来那个被房主人弃用的空调管道孔已经神不知鬼不觉地变成两只麻雀伴侣温馨的'家'啦！"它们的这种"误入"在不经意间与城市化建设的进程发生了某种微不足道的"碰撞"，暖房子工程的实施，即将堵死的空调孔道……对于那些正在成长中的麻雀而言，这一切似乎早已注定其难以逃脱的灾难性结局，作为整个过程的见证者、陈述者与旁观者的"我"，似乎除了内心的挣扎、无助的守望之外，再别无他求。

尽管"误入他境"的行为发出者一般以动物主人公担当居多，但也有作品中由人类主人公去承担，甚至会把动物与人一并纳入"误入"范畴，共同承担受难者的角色身份，陈应松的《太平狗》就是一个典型表征。在这篇声望极高的"底层文学"② 文本中，"误入"的行为由动物与人两类形象共同发出，人类主人公程大种的"误入"是出于靠体力劳动挣钱以养家糊口之需，而动物主人公"太平"的"误入"则是忠心追随主人而至死不渝的"误入"。他们皆从神农架的丫鹊坳深山中来到武汉，生存环境发生了根本性的改变，是典型的"他境"呈现。两种环境实则也是两种文化的代表：一边是作为文明与富裕的城市文化；一边是作为愚昧与落后的农村文化。"误入他境"的程大种本身属于他的固有环境——乡村文明，一旦进入城市改

---

① 邓一光：《狼行成双》，《钟山》1997 年第 5 期。

② 在展示生存困境与揭示生存苦难的一类动物叙事类型表达中，很多优秀篇章可以归入"底层写作"的叙事范畴，《太平狗》就是一篇极具代表性的作品。诚如陈应松所言："我想离开庞大、狂卷的时尚和主流生活，我去遥远的深山，与农民和牛羊为伍，与感动得令人热泪盈眶的事物为伍，我也同样怀有一个卑微的愿望：改变这世界。"（陈应松：《我们需要文学吗》，《文艺争鸣》2009 年第 2 期）显示出其强烈的深入底层的在场姿态与良苦用心。

变其所属的环境与文化范畴，随即变成城市文明的外来者，所不被接纳的异质者，这样的"他者"形象也注定了其最终的悲剧结局。程大种的"误入"最后被无情的城市文明所吞噬；而"太平"的"误入"却成为一种反抗自身命运的写照，在屠宰场为了争食和逃避死亡的威胁，它与诸多城市狗进行激烈的搏斗，最终大获全胜。对于"太平"而言，那种原始野性生命力的爆发，本身也是对自身命运与城市文明的一次顽强抗争。无论是人类受难者程大种的"误入—终遭吞噬"，抑或动物受难者太平的"误入—主动抗争"，实则都清晰地体现出初始情境设置中"误入他境"（C误入）的叙事功能指向。

《藏獒》中由动物主人公冈日森格与七个上阿妈的孩子两类形象共同承担"误入他境"的行为发出者。初始情境中实则已交代具体的历史背景：民国二十七年由于马步芳军队作祟，上阿妈草原与西结古草原结下永难释怀的仇恨。两种生存环境——上阿妈草原与西结古草原存在着水火不容的关系，里面隐含着潜在的历史遗留问题，这为"误入他境"的恶果埋下伏笔。相较于《太平狗》，这里的"误入"却是纯粹意义上的被动发出，人物老金是"误入"行为发生的直接诱因。正是他给了父亲被称作天堂果的花生，引起七个上阿妈孩子的浓厚兴趣，一路走一路吃，追随父亲误入西结古草原。而冈日森格作为七个孩子的守护神，自然也盲从地跟进西结古草原，也为后文叙事主体部分冈日森格顽强的自我抗争埋下伏笔。

王凤麟的《野狼出没的山谷》也在开篇交代出"误入"的背景依托，即对野狼谷的恐怖之处的描摹与渲染，展示出一个极其恐怖和残忍的环境氛围："白骨骷髅铺就的死神之谷，荒野密林中的'白虎节堂'。"① 而小说的特殊情节安排在于人与动物的"误入"是按先后顺序进行的，并且以相互追赶的方式呈现。在老猎人的追捕下，贝蒂率先误入野狼谷："贝蒂是在冬日一个风雪弥漫的阴霾天气里闯进野狼谷的，不，确切一点应该说是在一位猎人的追逐下逃到这里来的。"② 而在贝蒂之后紧追不舍的老猎人自然也无意间进入"野狼

---

① 王凤麟：《野狼出没的山谷》，《人民文学》1984年第9期。

② 同上。

谷",随即陷入不能自拔、无以为继的境地。对于这种"误入"文本中有较为清晰的刻画:"猎人又踏着没膝深的积雪,拨开零乱的荆棘,沿着那行他跟踪已久的足迹继续前进了。他万万没有料到竟误进了野狼谷,这是凭着敏锐的听觉认定的。"① 正是这先后"误入他境"的特殊情节安排,才让贝蒂在老猎人危在旦夕之际舍身救主的壮举成为一种叙事可能。由于受难者承担"误入他境"的尴尬与无奈之苦这一功能项的叙事主语可以由人类受难者(Wr)与动物受难者(Wd)分别或共同担当,它的叙事谓语则呈现为"误入"(C 误入)的行为表征,因此,这一功能项的具体表达公式则表述为:Wd/rC。

第三类,动物主人公"目睹"同伴或亲友之死的沉重打击。("目睹"亲友之死:WdK)

目睹同伴或亲友之死的沉重打击"初始情境"功能项,其存在与呈现可以有效勾连起其他角色的角色功能,对于解救者、加害者、辅助者等角色的行动指向均有一定的导引与维系作用。受难者遭受同伴或亲友之死的沉重打击,具体叙事谓语的发出为 K 目睹,即受难者角色一般为动物主人公所承担,会直接目睹、亲历其最亲近的亲人或同族友伴的死亡,而这种死亡悲剧的引发及其所产生的心理阴影一般皆由加害者的行为所直接(或间接)造成,而充当亲人友伴身份的动物形象则承担了次级受难者的角色,它们的遇难则会客观上促成解救(或辅助)的实现,并把主受难者(动物主人公)的受难程度铺写得淋漓尽致。《豹子的最后舞蹈》与《红毛》两部作品中均表现出这一"目睹"亲友、同伴之死的功能项,情节设置客观加剧了对动物主人公"斧头"与"红毛"受难程度的渲染,由自然到人为(同一猎人或猎人家族)的戕害与屠戮,这种打击对于先后行使"忍受""目睹"功能项的主受难者——动物主人公而言无疑是致命的,也是无法弥补的由身体到情感上的彻底毁灭,其悲剧性结局自然在预料之中。

还有诸多作品同样鲜明地呈现出这一功能项的有效设置,如李浩的《一只叫芭比的狗》在家养动物的范畴之内书写亲历、目睹亲友之死的情节功能。原本在家中享受顶级待遇的小狗"芭比",是作为

① 王凤麟:《野狼出没的山谷》,《人民文学》1984 年第 9 期。

家族一员的身份在和谐而愉悦的氛围里展现其角色形象的，然而，随着"目睹"功能项的意外出现打破了原有的静寂与祥和，芭比也开始渐趋转化为受难者的角色身份。在春暖花开的季节享受着恋爱幸福的芭比，却未曾料想这将成为其悲剧结局的导火索，恋爱的热望引发无数公狗的上门"垂青"与不间断吠叫，惹恼了正在备战高考的哥哥，于是芭比"目睹"了从第一只带黑色斑点的白狗算起，哥哥先后屠杀了第二只、第三只直到第四只狗时，甚至竟剥出一张完整的狗皮。这种"目睹"功能的间接表现就是芭比身上所发生的系列变化，从起初对第一只赴死之狗的狗肉不予理睬，"闭着眼像熟睡一般"，到后来"它显得更焦躁，更热烈，它的爪子将我们家的大门抓出了许多深深的痕迹"。① 特别当亲历第五只大黑狗惨死之后，芭比就此失去踪迹，芭比的离家出走客观上也是一种自我解救的方式，尽管其最终结局依旧难逃悲剧的厄运。

作品中"目睹"这一功能的实现，是以一系列的受难方式，不同的次级受难者（以死殉情的公狗）先后以遇难的方式实现。而这种遇难又是由作为"加害者"的哥哥与充当负面意义的"旁观者"角色身份的爸爸、妈妈共同"合谋"促成，直接造成主受难者芭比的离家出走，乃至最终的死亡结局。《莉莉》的初始情境中还是幼崽的莉莉亲身"目睹"自己的母亲死于猎人枪口之下，在她成长为壮年时又"目睹"到猎人对自己丈夫阿朗的伤害。但作品的特殊之处在于，受难者的"目睹"功能并不在于渲染受难的程度与勾连出解救的方式，而是意在为受难者与解救者角色身份的相互转化创造条件，为核心题旨"所有的灾祸都是因为眷恋，而所有的眷恋又都是因为爱"② 的传达而服务：用爱与眷恋来弥合人与动物间本不该拥有的仇恨。因此，文本表层承担"目睹"之痛的莉莉是受难者的角色担当，而收养并抚育莉莉长大、给予其关怀的猎人则承担解救者的角色。但深层叙事逻辑中，"目睹"亲人之死的莉莉心中并无仇恨，满含着深深的眷恋与浓浓爱意。对于眼睛失明、遭妻子婴舒遗弃的孤苦伶仃的

① 李浩：《一只叫芭比的狗》，《花城》2006 年第 6 期。
② 笛安：《莉莉》，《钟山》2007 年第 1 期。

猎人，莉莉选择陪伴在他身边，给予他温暖与爱，显然又扮演起解救者的角色。

在诸多以狼作为题材的动物叙事作品中，均涉及"目睹"亲友之死这一功能项的设置，如《狼行成双》《母狼衔来的月光》《生命之流》等。洪峰的《生命之流》中，"目睹"公狼之死的母狼在其内心深处埋下了强烈的复仇种子，直接导引出后来母狼伺机对猎人发动的致命攻击。在"目睹"公狼之死后，母狼并未逃走，"那狼不跑。它看着他，眼睛很悲伤。……他看见那狼用嘴巴将两只小狼劈倒。他听见小狼尖厉的叫声。他看见母狼咬住死狼的尾巴，拼命往后拉。它是想把它的丈夫带走"。① 母狼的全部念想都在解救小狼和拖走丈夫遗体上，当这种企图完全无法实现时，母狼只能强忍猎人的挑逗与侮辱，伺机寻找复仇良机，最终得偿所愿。《母狼衔来的月光》中作为受难者的母狼在"目睹"丈夫之死后，才做出一个大胆而莽撞的决定，在公狼殒命之处——生产队后面的森林里产下胎儿："它是怀着一个有些悲壮意味的使命来的，它要在这里，为死去的丈夫，也为自己产下腹中的后代。"② 这次抉择间接给她的孩子们带来灾难，她不得不又"目睹"心爱的孩子的死亡，唯有最后一只幼崽被人类主人公佛成哥保住性命，佛成哥收养了这只小狼，由此"初始情境"才宣告结束。而真正的故事核心即有关佛成哥、小狼与母狼三者间错综复杂的情感关联的讲述也由此展开。

二　人类受难者陷入情感伦理之困的起因与前兆

第四类，人类主人公面临无猎可打的尴尬境地，妄图"重塑"昔日辉煌。（辉煌的"重塑"：WrM）

在这一功能情节项中，一般指向"猎人 + 野生动物"的叙事范畴，即人类受难者身份由猎人（一般为人类主人公）承担，在特殊的环境因素制约下（主要指向生态环境的恶化），对于猎手而言诱捕猎物早已近乎一种奢望，特别是对于那些声名显赫、屡获战功的知名

---

① 邓一光：《狼行成双》，《钟山》1997 年第 5 期。
② 张健：《母狼衔来的月光》，《绿叶》1994 年第 1 期。

猎手们而言，这种无猎可打的尴尬境地势必会让他们陷入一时的精神困境。该功能项指向内心及具体行为指向上对"重塑"（M）辉煌的一种热盼，当真正遇到自己梦寐以求的可以"针锋相对"的最后一个动物对手时，这种"重塑"具备了现实层面的可操作性，并由此引出后续的情节讲述及相关功能项的呈现序列。在讲述有关猎人与所猎捕之猎物的叙事题材框架内，"重塑"功能项始终是文本"初始情境"中最为重要的叙事选择①。如《怀念狼》《红狐》《最后一名猎手和最后一只公熊》《银狐》等作品，都清晰地展现出人类主人公在面临无猎可打的尴尬境地后，妄图"重塑"昔日辉煌的迫切愿望。

贾平凹的《怀念狼》就是该类功能项设置的一个典型呈现。本是盛产野狼的商州，由于狼的肆虐与人的捕杀的两相较量，如今只剩下最后的 15 只野狼。"英武的猎手在他四十二岁的时候，狼是越来越少了，捕狼队一次次削减人员，以至于连他们也很难再见到狼了。"②英武的猎手"傅山"与他的捕狼队成员都面临无狼可捕的尴尬境地。面对这种情况，州政府不得不把狼列入保护动物的名单，并把最后的15 只狼作为拍照普查的对象，小说中的"我"与傅山、烂头一同负责起这项任务。事与愿违的是，曾经声名显赫的傅山为了重新证明自己作为捕猎队队长的存在价值，"重塑"昔日的辉煌，这种内在心理需求的驱使让这次行动发生严重的偏离，行动的过程背离了行动的目的：行动本以保护与普查之名，最后却猎杀了所有的 15 只野狼。围绕傅山所设置的"重塑"功能项的叙事效度，经潜藏在心底的情感驱动到付诸实践经历了一个酝酿积聚的过程，才渐进得以展现。主人公妄图"重塑"昔日辉煌这一功能项特殊性在于：虽在文本构篇"初始情境"中即已充分展现，但其潜在叙事效度的发挥会渗透到文

---

① 在"猎人 + 所诱捕之猎物"这一野生类动物叙事叙述框架中，从猎人的向度出发，作为初始情境的猎人试图重塑昔日辉煌的功能表述几乎可以勾连起叙事进程当中其他全部的功能项。当然，这里的"重塑"必须从广义上去理解，它既包括行为表征上的对自我身份的一种重新印证，也涵盖了一种由内在情感缺失与强烈的心理落差所造就的某种孤寂无助状态的摹写，并由此骤升出一股对猎物的急切渴求与热盼的"杀气腾腾"般的喷薄欲出之力。类型文本的趋于"血脉贲张"又充满矛盾、困惑之感的整体叙事基调也由这一较具普遍性的"重塑"初始功能项所奠定。

② 贾平凹：《怀念狼》，广州出版社 2007 年版，第 6 页。

本的叙事进程当中，彰显其重要价值。

《最后一名猎手和最后一头公熊》开篇即是冻土原今昔对比的描写：曾经真正的森林的海洋，那堪称林中人与飞鸟走兽的美丽乐园，如今早已成为过眼云烟，"现在，狩猎季节和非狩猎季节都一样，由于莽林的消失，在冻土原上已经无猎物可追，也就是说英雄无用武之地了"。① 文本直接呈现出英雄无用武之地，突出作为猎手的老库尔尴尬的生存处境，这位曾经的猎队毫无争议的首领，一直受到整个猎队的推崇与尊敬。如今猎队解散，老库尔已经再难觅曾经的辉煌，留在他身边的只有猎犬努伲和老马，凸显出孤寂、无助的英雄落寞情结。找寻针锋相对的对手、"重塑"辉煌自然成为他最大的心理期望。当冻土原上最后一头公熊出现时，这种愿望有了现实层面的依托。但在与公熊的角逐中，加害者业余猎手们的登场，让这种"重塑"愿望转化到惺惺相惜般的欣赏与由衷赞叹的情感状态中。

《银狐》中主人公老铁子同样承受无猎可打的落寞之感："坨子上幸存的动物也在挨饿，连年的枯旱，草木凋零，禽兽亡尽，莽莽百里沙坨也不会有几只活物存在。"② 对于打了一辈子狐狸的老铁子而言，遇到银狐就琢磨打死它，除泄愤之需外也与其对捕猎近乎偏执的热爱不无关系，本质上依旧是妄图"重塑"昔日辉煌的一种心理期待。这才有了下文银狐"姹干·乌妮格"的粉墨登场，以及由此引出的银狐与人类间所发生的种种神秘关联与激烈的人兽冲突。《猎人峰》情况与之相似，"重塑"功能表达并不明显，但它直接与神农架地区白云坳子生态环境恶化紧密相关：伐木工人进驻之后，千年的大树被拦腰锯倒，森林霎时变成空地，阳光挤进森林，动物死伤惨重，"一只豹子被人用石头砸死；一群鬣羚受不了人的追赶，冲下万丈悬崖……"③ "更有甚者，山洪泛滥、雪线抬高、气温飙升、凹上峣薄、泥石流横冲直撞。"④ 以一代猎王"白秀"为代表的猎人们自然也面临朝不保夕的生存现实，如今的白秀早已失去往日英姿，往昔的英明

---

① 叶楠：《最后一名猎手和最后一头公熊》，《人民文学》2000 年第 5 期。
② 郭雪波：《银狐》，漓江出版社 2006 年版，第 7 页。
③ 陈应松：《猎人峰》，上海文艺出版社 2008 年版，第 83 页。
④ 同上。

神武早已被人们所遗忘，在这样一个英雄末路的时代，在不断遭受别人的冷嘲热讽之下，"重塑"昔日辉煌的念想不断被强化伴随在白秀左右。

第五类，人类主人公"遗失"了依托于心爱动物的珍贵情感。（情感的"遗失"：WrH）

情感的"遗失"是当代动物叙事中以人类作为主体受难者角色的核心功能项之一，诸多动物叙事作品中都包含这一重要的功能指涉，尤以家养类作品表现得最为显著。在人与动物固有情感的长期积淀与维系下，突然直接（或间接）失去此种关联，对于原情感的拥有者人类而言未尝不是一次沉重的打击，而妄图重新找寻这份遗失的情感似乎难上加难。"遗失"功能项所指涉的一般都依托在人与动物（特别是主人与心爱之动物）的情感关系上，也只有在讲述有关主人与心爱之动物间丰厚情感的作品中，"遗失"的叙事功能指向才最为明显，也最能彰显其潜在的叙事意义。具体的构篇方式上，这类作品又有颇多的相似性与情节的一致性，以《鸟事》《父亲与驼》及《一头叫谷三钟的骡子》等作品表现得最为明显。

三篇小说中无论是老张与小八哥，父亲与老儿驼，抑或谷凤楼与骡子"谷三钟"，各组人物与动物之间的关系，实则都是"主人与心爱之动物"的关系组合，而他们之间各自的情感关联已不能用简单的好坏、喜恶来形容，而是近似于亲密无间、水乳交融的情感维系。三部小说同时表现出主人对心爱动物的情感甚至超过了自己的家人：《鸟事》中就明确交代"老张服侍鸟，比服侍老婆还要好。他天天清早起来，第一件事就是给八哥洗澡。他买最好的黄豆粉，在里面掺了蛋黄，搓成小丸子，亲手喂给它吃。"[1]《父亲与驼》中也直接提及"在我儿时的印象里，父亲对待他放牧的一群骆驼，远比对待他的儿女们要好得多。"[2] 父亲甚至直接把家里珍贵的"胡麻油"偷拿给几峰骆驼吃，显示出父亲对骆驼的偏爱。《一头叫谷三钟的骡子》中谷凤楼甚至直接给骡子起名为"谷三钟"，而他的两个儿子分别叫谷太

---

① 荆歌：《鸟事》，《花城》2008 年第 1 期。
② 漠月：《父亲与驼》，《朔方》2003 年第 8 期。

钟与谷乙钟，谷三钟则成为他的"三儿子"。三部作品几乎同时表达出这些心爱之动物在各自主人心目中的崇高地位，甚至是独一无二的存在，这种情感积淀渲染得越深，越有利于对"情感的遗失"这一功能项叙事指向的展现。

论及人类受难者的"遗失"美好情感功能项时，其具体的实现方式又有所不同，可以是动物的主动遗失，如《父亲与驼》中动物主人公"老儿驼"在与小儿驼的角逐中败下阵来，"老儿驼"的失败堪称惊心动魄，对于曾经远近闻名、辉煌一世的它而言无疑是生命中最为沉重的打击。自觉年老体衰、难堪重任的老儿驼含泪悄然离去，以主动离开的方式告别它的主人；《鸟事》与《一头叫谷三钟的骡子》则呈现为完全相反的情况，除了二者皆为被动"遗失"之外，两篇小说均未明确交代"遗失"原因，由哪一个具体角色来承担"遗失"的责任，而受难者却直接指向它们各自的主人。如白天光的《一头叫谷三钟的骡子》中每天几乎都和"谷三钟"形影不离的谷凤楼一次偶然的机会到香木镇给老伴儿买炸糕，由于禁止牲畜通行，便将骡子拴到树上请饭店老板"小姑娘"帮忙照看，可当谷凤楼买了十块炸糕返还时发现"谷三钟"早已不见踪迹，这种"被动的遗失"也为下文不惜一切代价拼命找寻埋下伏笔；《鸟事》中表现得更具戏剧性，因为尿急，老张把装着八哥的鸟笼挂在樟树上，到斜对面公共厕所去了一趟，前后不超过三五分钟的时间八哥却不见了，与《一头叫谷三钟的骡子》中"遗失"功能的设置颇为相似，并且都提供出负面辅助者角色，饭店老板"小姑娘"与"唐好婆"客观上都具备作案动机。更为主要的是她们作为辅助者完全可以避免"遗失"功能的发生，这里显然饱含着作者一定的批判倾向，但最终是为了促成受难者"遗失"固有美好情感功能项的有效推进。

除去这种鲜明的"遗失＋寻找"的主述模式组合外，还有诸多作品中也可以清晰地窥见到人类受难者"遗失"固有美好情感的功能项设置。如赵剑平的《獭祭》中，"为了和人争塘子"而触犯法律的老荒，被判三年徒刑，这三年里他最念念不忘的不是老婆、孩子，而是一直与他相依为命的水獭"女毛"，凸显出主人与所养动物固有美好情感的深厚。然而事与愿违，狠心卖房后买下老荒留下的渔船和

"女毛"的满水，将"女毛"视若命根，不惜以血本驯养，甚至到监狱请教驯养方法。在满水的苦心经营之下，"女毛"成为满水捕鱼的好帮手，随即满水也转化成为"女毛"的新主人，宣告原有的属于老荒的那份情感已经"遗失"，早已易主的"女毛"已经再也不认这个昔日主人。对于老荒而言，这种打击颇为沉重，之后他疯狂捕杀毛子已不再是单纯的生存之需，多了一种泄愤的变态心理的驱使，同时也预示出其即将面对的悲惨结局。

这里所谈及的"遗失"功能的发出依旧在人"遗失"动物的范畴内进行，即建立在主人与心爱的家养动物之间深厚的情感联系基础之上。还有一类同样是由人类主人公作为受难者角色，而"遗失"所指不再是自己所心爱的动物，而是作为自己至亲身份的人类形象，尤以妻子身份居多，强调对于妻子那份宝贵的固有情感的遗失。但该类"亲情的遗失"功能项在小说构篇中一般只起到某种侧面烘托与反衬作用，如洪峰的《生命之流》与冯骥才的《感谢生活》都是较为典型的文本。

《生命之流》中人类主人公作为丈夫的"他"，曾经在一次偶然的机会在雪堆里救出女知青，女人虽以身相许并为他生下一子，却在政治环境改变后偷偷跑回城（妻子自行离开→主动"遗失"），正是这种"遗失之痛"的打击，才有了"他"试图靠在山中打猎来弥补心灵的空虚，也才由人的生活线索自然转向与狼对峙的线索，猎人的爱与恨和母狼的爱与恨交织在一起。一方面是人类性与爱当中的某种冲突，另一方面是母狼对猎人的仇恨和对公狼、小狼的眷恋，这样的主题诉求皆由"人类受难者遗失固有美好情感"这一功能项串联起来。《感谢生活》中，曾经与主人公华夏雨相濡以沫、同甘共苦的妻子罗俊俊，却在"文革"狂潮席卷之下，在折磨、恫吓与误会之中毅然决然离他而去，给予主受难者——华夏雨沉重的打击："我想俊俊，愈来愈想。我怕她还在受折磨。她怨我、恨我都没关系。她不会真恨我的。只要她想到我们那些真诚的爱，不需要我再做解释，就会回来的。正像她说的，无论我怎样，她都跟着我，我深信！可是她为什么不来？我身边的所有空间，好像都为她而空着。我在为等待她而活着。"① 这一段心理独白清晰地展现出"遗失"固有美好情感的沉痛心理。该功能项的设置为后文动物主人公"黑儿"所给予华夏雨继续活下去的勇气，形成鲜明的对照，烘托出动物与人之间那种患难与共、亲密无间的深厚情谊。

第六类，人类主人公"允诺"使命、任务的顺利完成之限。（使命的"允诺"：WrJ）

在诸多动物叙事题材创作中，一个重要的功能项即作为潜在受难者的人类主人公所达成的一种允诺之"痛"，在具体的使命或任务（抑或某种口头承诺等）的实施上，作为受难者的人类主人公一般会承受到由"允诺"所带来的某种压力与窘迫，有效的解决方式付诸实践直至最后使命任务的顺利完成，其间内蕴诸多的艰辛与不易。初始情境设置中，人类主人公所"允诺"的使命之限并不受具体叙事题材的限定，在野生动物与家养动物两类主述类型中均较为常见，如《与狼》《鹿鸣》《驮水的日子》《一兵一狗一座山》等作品都具备一定的代表性。

娟子的《与狼》中充当人类主人公身份的边防战士曹东和梁辉，就是典型的"允诺"使命任务完成的角色担当，守卫边防是国家军队授予的崇高使命，驻守边疆、保家卫国更是边防战士心中的神圣职责。然而，驻守在西北荒无人烟的荒山中，不得不承担某种"允诺"之痛，那种痛苦主要体现为陷入孤寂而百无聊赖的情感困境，他们等待的只有每天的日出日落，那红漫了一切的残阳与骇人的孤寂之感。对于两个血气方刚的青年战士而言，一时难以适应。在承担"允诺"使命之限这一功能项的同时，其实也间接导引出打破这种宁静与孤寂的潜在方式的呈现，于是，当作为解救者的动物主人公母狼出现时，事情才真正出现转机；《一兵一狗一座山》的情节安排较为相似，驻守西北荒山的边防战士的角色身份置换为独守空山顶通信站的老兵形象，一样承受着那难耐的无边寂寞。这种"允诺"功能的发出连带着守卫国家安全的使命，八年如一日的坚守，看似单调而孤寂，但却

----

① 冯骥才：《感谢生活》，《中国作家》1985 年第 1 期。

中国当代动物叙事的类型学研究

内蕴一种强烈的情感震撼："这一兵一狗变成了这山的一道独特风景。"① 一兵、一狗、一座山的意象联结在一起，不正是暗示着一种在执着坚守中的忠诚品格，平凡老兵的坚守岗位，恰比狗还忠诚，比山还稳固，呈现出不平凡的人生境界与国家情怀。

温亚军的《驮水的日子》中同样是部队战士的人类角色设置，同样接受一定的使命，安排同样发生在某处荒无人烟的西部高原，只不过这次不是驻守边疆的任务之限，而"允诺"的达成是要完成调教犟驴"黑家伙"的任务，以完成八公里山路供水难的问题。"允诺"功能发生的前提是原负责驮水任务的下士竟是一个比犟驴还犟的暴脾气，忙活一整天才生拉硬拽靠众人帮忙驮回一天正常用水量的八分之一，这样，作为人类主人公的"上等兵"形象才呼之欲出，替换下士负责驮水的工作，担负起"允诺"使命完成之限的任务。他所面临的困境主要体现为：一方面，作为一名军人，服从命令是天职，必须尽可能完成上级交办的任务；但另一方面，他又必须得到犟驴的配合，否则完成任务无从谈起。在朝夕相处中，正是"黑家伙"与上等兵从相忌、相从、相依到相恋的态度变化的过程，达成了使命顺利完成的角色意义。

京夫的《鹿鸣》中人类主人公林明在毕业前夕毅然婉拒女友麦琪在南方沿海城市为他安排的高薪工作，坚决地接受了父亲临终的嘱托，让他像亲兄弟一般看护好头鹿峰峰，并对这一群来自野生、屡受迫害的鹿群实施放归自然行动。林明的"允诺"是接受父亲交托的光荣使命，正是这样的允诺让他在寻找放归地——原始森林的途中屡经磨难，面对来自四面八方几股邪恶势力的围追。但林明凭借突出的勇气与坚韧的毅力不断与磨难相抗争，付出了巨大的牺牲，让这种曲折艰辛的放归历程充满悲壮豪迈的意味。作品的特殊之处在于实现基础功能项"允诺"使命之限的某种反转，即随着与鹿群感情的不断升华，这种"允诺"实则已上升为林明对鹿群的一种欣赏与崇敬。鹿群世界里那种朴素的情感、野性生命的灵动，让他无时无刻不领略到生命价值的多元和物种生命的可贵。他把自己看作是与峰峰、鹿群完全平等的生命存在，并将彼

---

① 石钟山：《一兵一狗一座山》，《解放军文艺》2015年第11期。

此之间的关系视为一种互为依存、不可分离的伙伴关系。

还有一些小说这种"允诺"使命完成的功能项并不十分明确，却是一种潜在的重要价值指向，起到某种串联构篇的作用。如《该死的鲸鱼》中并未明确提及使命的相关允诺，但当这只鲸鱼被搁浅致死后，围绕如何处理这条"该死的鲸鱼"，全村人特别是村主任"我"陷入极度的困惑当中不能自拔。在陆老头"海神"之说的抗争下，由最初的瓜分吃肉的设想转化为鼎力相救、放归大海的努力，其实已经达成某种"允诺"使命之限，即试图让巨鲸重回大海的任务允诺，特别是负面辅助者渔政官员们的出现，更让这种使命之感上升到确凿的程度，"他们说这是一条成年蓝鲸，属国家二类重点保护动物，让它死掉是要犯法的，想尽办法也要挽救它。"① 潜在的使命之限强压在村主任"我"与全村村民身上，村民们费尽心思、倾其所能，依旧没有达成使命，之后建造牢固而庄严的鲸墓欲隆重葬之，却换来被鲸尸冲天的腐烂臭气熏得离乡背井的悲剧结局。

虽然多数允诺行为的发出者皆由作为人类主人公的受难者角色承担，但实则这一具体的发出者有时可以发生某种转化，由受难者转化为解救者。如《七叉犄角的公鹿》中为了给自己正名而做出"允诺"的鄂温克少年"我"遭受着继父特吉的打骂羞辱，本身充当的是受难者的角色身份。然而，在"允诺"这一谓语功能项的推动下以及后续情节演变中，"我"的形象经由解救者七叉犄角公鹿的某种潜在"解救"，即从这只死不屈服的公鹿身上获得了一份坚韧的力量，完成了自身迈向成熟的蜕变后，已实现由受难者到解救者的角色转变，即作为解救继父特吉扭曲灵魂的催化剂发挥其特有的角色功能。②

---

① 夏季风：《该死的鲸鱼》，《人民文学》2000 年第 7 期。

② 如果我们从"允诺"功能项叙事内涵的结局指向上看，做出允诺的结局不在于最终的使命与任务的完成与否，显然不是作者倾注的重心所在，并且多数作品中"允诺"的结局均呈现为失败或受阻的叙事表征。如《该死的鲸鱼》中在如何处理这只搁浅致死的巨鲸的任务指向上完全失败，间接造成全村人背井离乡的尴尬境地；《七叉犄角的公鹿》中有感于公鹿的力与美而陷入情不自禁欣赏、赞叹之中的鄂温克少年，自然也并未完成其对继父所做出的允诺之言。这些均凸显出"允诺"功能项特殊的叙事意义：重心在于由"允诺"的行为有效勾连出动物"自然而顺利"的出场并成功介入到使命的完成进程当中，其中，人与动物在这一进程里所产生的某种行为交集与情感关联——正面抑或负面，积极抑或消极，直白抑或隐晦，均成为作家所着力渲染的对象。

如上所述，围绕"人类＋动物"受难者角色所展开的初始情境功能项分布主要包括"忍受""误入""目睹"与"重塑""遗失""允诺"几大主类，几乎可以涵盖受难者角色的全部指向性行为内涵。当然，这些叙事谓语在文本中的位置并不固定，不同的人物或动物身上所体现出的谓语行为也不尽相同，有的人物或动物在某一方面会相对突出，而另一行为方式则相对缺失，同时，有时一个受难者角色可以同时发出多个行为指向。比如《狼行成双》中作为受难者的公狼之所以陷入绝境，即同时指涉了两类谓语行为，首先是"忍受"，而后是"误入"。忍受极度饥饿与寒冷的生存挑战，被迫冒险进村寻找食物，才有下文的不慎落入三丈余深的枯井而最终殒命。这里"忍受"与"误入"的行为形成某种因果关系。正是有"忍受"行为的具体发生，才导致"误入"的客观实现，其中暗含某种被迫与无奈的成分，但也确证了每一类叙事谓语有时并不独立存在，并可能在人物或动物角色一己身上发挥重要作用。

第二节　陷困过程功能项设置：困境降临（或矛盾发生）的方式表征

第七类，加害者"牟取"商业既得利益之需的压力强加。（"牟取"之利：WrZ）

对于动物受难者而言，困难降临的主要方式即为加害者为了牟取商业既得利益所进行的某种施压与迫害。诸多的动物叙事作品，包括野生动物与家养动物两类题材范围在内，都可清晰窥见这一"牟取"功能项的核心意旨。如《驼峰上的爱》中，加害者的角色身份由采购员黄胡子这一人物形象来充当，他实际上正是商业利益既得者的代表，在文本中充当恶的化身与具体"加害"行为的实施者，黄胡子用了 10 瓶二锅头从放驼人父亲手中换得母驼阿赛，成为引领整篇小说迈向情节高潮的导火索，这种建立在商业交换基础之上的潜在"加害"行为让母驼阿赛陷入困境，甚至面临着死亡的威胁。面对着不断引起骚动的母驼阿赛，黄胡子采用严惩首犯、杀一儆百的办法，首先对阿赛下手以震慑驼群，被打得遍体鳞伤的阿赛最后甚至被打瘸了一条腿，但阿赛依旧没有被制服，导致黄胡子不得不决定提前了结它的生命，而他思考的出发点依旧是商业利益的层面，"他打算明早趁凉快就宰了它，让其他骆驼载回它的驼峰、驼掌、驼皮、驼肉、驼骨架，洒点盐什么都损失不了。"①

显然，加害者黄胡子的一切行为都是以"牟取"既得商业利益这一功能项为依托的，而正是这一加害行为功能项的出现才有效串联起受困与解救的整个情节叙述过程。在《四耳狼与猎人》中，在满都麦的笔下这种商业化的灾难已经发展到无法抗拒的地步。到歪手巴拉丹等猎手的这一代已经完全遗忘了祖辈猎人关于保护生态平衡的捕猎禁忌，"那些因贪婪而眼睛发红的新老猎手们，为了野味和野生的皮毛，不再讲任何禁忌，见了就打，碰了就杀。"② 正是商业化、世俗化等新质因素的介入，才让这些新一代的猎手迷失了自身的生存方向，被利欲熏心所驱使，成为金钱与铜臭的奴隶，他们的捕猎方式均以不正当的违背本性的方式呈现出来。而女人杭日娃为了阻止巴拉丹杀狼剥皮而偷偷放掉小狼，这一辅助行为即是对商业化现实的一种控诉与反抗。

"牟取"功能项的设置在《猎人峰》中更加发挥到一种近乎残酷的极致，并在主要人物角色白大年的身上得以展现。白大年认定给政府献宝便可以换个媳妇的传闻，杀了一头豹虎杂交的产儿"呼"，甚至不惜挖掉侄子白椿的眼睛献给政府，最终他退变为野人也是一种变相的报应。白中秋也出于商业利益层面的思考竟然要用活口祭窑，甚至要杀掉他的父亲，这一系列的兽性恶行都串联在"牟取"功能项的内在驱动之下得以促成。而《中国虎》与《鹿鸣》中"牟取"功能项的设置较为相近，都是在各路反动势力的威胁与诱逼下得以展现，无论是前者中费尽心机、设套捕杀"祖祖"的残忍嗜血的偷猎分子，抑或后者中几股恶势力对鹿群的围追堵截、屠杀残害，其根本的出发点皆是站在满足商业交换既得利益的层面考虑。无论是最后一只华南虎"祖祖"或头鹿"峰峰"都拥有着自身得天独厚的商业价

---

① 冯苓植：《驼峰上的爱》，《收获》1982 年第 2 期。
② 满都麦：《四耳狼与猎人》，《民族文学》1997 年第 9 期。

值，正是出于"牟取"商业暴利之需才促发了诸多邪恶势力的追捕、猎杀之念。

在关仁山的《苦雪》中，"牟取"商业既得利益的功能项则体现在人类主人公老扁与海子的价值理念的对立上，这是以传统伦理与现代思维理念的冲突为基础的。海子属于浸染了现代文明的一代，也是受到现代商业理念"侵袭"的显著代表，他在传统伦理道德烈焰的炙烤和父辈的斥骂声中，正日益动摇着旧有的价值观念，否定旧有的人际关系原则。他卖掉了捡来的狗脐，买上了双筒猎枪，即使"喊海"而无人分吃他的狗肉，他也不以为然。他把狗肉卖给酒店、骑摩托、穿皮夹克、用枪械围猎海狗，是"换了脑筋"、懂得经营而生财有道的"现代人"，与始终恪守祖辈的捕猎理念"不下诱饵，不挖暗道，不用火枪，就靠自个身上的那把子力气和脑瓜的机灵劲儿"① 的老扁相比，已完全背离了传统的捕猎之道。而满水与老扁的这种对立，正体现了传统生活中真挚的情感与现代世俗生活中利益私有化的矛盾，赋予了深刻的历史反思，并彰显出应有的思考深度②。

"牟取"商业既得利益的行为发出者一般皆由加害者角色身份予以承担，上述提及的黄胡子、瞎子嘎拉桑、瘸子海达布、白大年、海子、业余猎手等人物形象都在各自文本中充当着加害者的角色身份，他们自私自利、利欲熏心，被金钱铜臭所腐蚀，为牟取巨额经济利润而不惜大肆猎捕、屠杀野生动物（特别是一些珍贵物种，如华南虎、峰峰、豹虎杂交的"呼"等），并背离传统捕猎伦理而依托不正当的诱捕手段，让这些动物主人公身陷困境难于自拔，成为文本中的"受难者"角色。而类型文本中的"解救者"角色自然由加害者的坚决反对者（一般为人类主人公）具体承担。"牟取"功能项在文本构篇中的作用十分显著，它促成了受难者与解救者角色之间内在情感维系

---

① 关仁山：《苦雪》，《人民文学》1991 年第 2 期。
② 这种情节设置的方式与叶楠的《最后一名猎手和最后一头公熊》较为一致，同样是面临业余猎手出于"牟利"之需所采取的非正当捕猎手段。猎手"老库尔"与业余猎手之间的对抗与矛盾的烘托也暗含着传统情结与现代理念的摩擦、碰撞。当然，这里"牟取"功能项的设置并不像《苦雪》中那样在整体叙事进程中占据核心性的主述地位，但依旧可以纳入该范围内加以考察。

的发生，并且直接把故事情节推向高潮。该功能项本身也融入了作家的某种情感价值判断，在表达出深恶痛绝之情的同时更暗含着对美好品质与善良人性的呼吁，赋予文本更高层次的伦理诉求。

第八类，加害者出于"泄愤"之需对动物或人的某种打击与报复。（"泄愤"之需：WrV）

"泄愤"之需（WrV）的心理阴影潜隐在加害者角色的具体行为指向上，往往表现为某种行为方式或情感伦理上的蓄意打击与报复，特别是政治报复的打击本身可以作为一个独立的功能项加以呈现，潜隐地表达出部分寓言叙事作品所内蕴的强烈的政治喻讽意味。有关政治的问题一直是文学作品中较为敏感又时常刻意回避的问题，通常情况下作者不会轻易地直抒自身对社会问题、政治观念的主观看法，而是以一种"旁敲侧引"的方式，通过意象选择或借助于具体的场景、对话等特殊方式潜隐地传达出其特定的隐喻意义。当然，这一般也仅仅停留在反思与倾诉的层面，作者一般不会对具体的政治事件或人物进行价值上的判定，因此，常常是借助于寓言表达的方式来隐晦实现不同层次的政治讽喻。从这一层面出发，当代动物叙事创作明显具备了得天独厚的题材优势，小说主体可以是动物，在动物的世界里没有特定的环境制约，动物本身又被作者赋予了极其充分的话语言说空间，拥有表达上的无限自由度，实则是借助于人与动物在文本中实现有效"联盟"的方式，达成某种潜在的默契度而有效规避政治化、意识形态化的天然屏障。

把政治寓言勾连到具体的动物意象塑造上，小说作者自然可以打破固有疑虑，畅所欲言并越发显得游刃有余，因此，通过对当代文学史上的诸多重要作品的阅读不难发现，主体在表达对特定时代背景下的政治反思，特别是在这一时代背景中人的情感、精神状态，人性所可能发生的某种扭曲、变形的叙事作品，往往在一些寓言型动物叙事创作中最见功力，它们也多以文学史经典作品的面貌呈现，如冯骥才的《感谢生活》、韩少功的《飞过蓝天》、严歌苓的《爱犬颗勒》等。这些作品多写作于新时期这一特定的历史时段之内，以表达对"文革"政治阴影下的某种道德、情感的反思与达成忏悔的情愫表达，重心在揭批人性的扭曲与变形及其所可能衍生出的虚伪、自私、卑劣、无情无义、公报私仇等负面伦理范畴，这些关乎人性的丑与恶的一般性伦理指涉常常成为"动物叙事"作家们所着力刻画的重心，而这一深刻讽喻意义的实现往往是借助于对作品中的主要动物形象的塑造与拔高，通过人性与动物性反差极大的品性比照得以实现。

与上一主述功能项"牟取"商业既得利益相对应，政治报复的出发点其实还是少部分人（如"文革"中的反面形象）利用特殊的政治大环境而完成自身的泄愤之需，以达到惯常状态下无法实现的打击、报复的现实期冀，因此，政治报复本身也可以归入泄愤之需这一主要功能项的架构之内，并且，这一类的作品多以新时期的小说创作为主，如《感谢生活》《爱犬颗勒》《退役军犬》等。需要指明的是，"泄愤"之需的功能项并不都是完全依托在政治报复这一客观背景下，还有大量作品是出于各自原因而直接表达出"泄愤"的功能指涉，更加清晰地指向了对受难者的某种损耗、迫害乃至致命的打击。

如《獭祭》中出狱后的老荒不被女毛相认，直接导致老荒某种变态心理的滋生。他不断地疯狂捕杀毛子，已不再是为了谋取生计，而实则正是功能项"泄愤"之需客观上起到促发的作用。主人公老荒在此刻充当着加害者角色的同时，也不自觉地承载了"受难者"的角色担当，正是这种出于报复的"泄愤"之需维系了这种转换的可能。洪峰的《生命之流》中有较为相似的情况，人类主人公"他"在对母狼进行戏弄与挑衅的同时，既充当了对母狼进行加害的加害者角色，又表明其陷入自我情感困境的"受难"状态。面临妻子弃他回城的情感打击，已打死过上百只狼的"他"并不急于打死母狼，而是踢雪块到狼身上，甚至还把一口烟直喷向狼的脸，意在折磨这只不能动的狼，"他要折磨它一番，直到烦了，再赏它一刀，出出这口鸟气！他愣了一下，猜不透自己为什么这么干。他觉得有一种东西促使他这样干。他说不清楚。"[1] 这里的"有一种东西"正是"他"的某种"泄愤"心理的内在驱使。当然，这种出于报复的心理状态并不是由母狼所致，母狼同样是间接的受难者，而是对妻子弃他而去的背叛行为的抗拒，同时也有对性爱之悦的惆怅和热盼，才激发出这种

---

① 洪峰：《生命之流》，《人民文学》1985年第12期。

看似莫名其妙的情感状态与行为表征，无形中也将自身渐趋推向悲剧的深渊。两部作品中的人类主人公都充当了双重角色身份，在实施"加害"行为、"泄愤"之需付诸实践的过程中，实则他们都不自觉地充当了"受难者"的角色身份。

在政治迫害背景下的"泄愤"之需功能项同样体现出其重要的价值。如《退役军犬》中曾经贼喊捉贼的冯老八被黑豹略施小计识破，由此给主人张三叔与黑豹均埋下了致命的隐患。"文革"的浪潮席卷龙王村，固有平静的生活被打破，曾经的小偷冯老八如今却当上了造反派头子，小人得志的他自然把枪口对准了张三叔与黑豹，其"泄愤"报复之需的心理得到充分展现。黑豹受到残酷的"政治"迫害，死里逃生，不得不躲进森林，屈居山洞，但它却始终不离开山庄，不离开自己的主人，千方百计地找寻张三叔，最后葬身于冯老八的枪口之下。文本中加害者与受难者的角色设置均较为清晰、明确，并且"泄愤"之需的功能项设置也直接贯穿全篇的情节进程。

但在《感谢生活》中，对于人类主人公华夏雨与动物主人公"黑儿"而言，该功能项的设置意义表现得并不十分突出。作品中加害者的"泄愤"报复的举动主要体现在罗家驹这一人物身上，同样是在"文革"发生前埋下了隐患，这可以从一些具体的情节设置中见出端倪。当崔大脚夸赞"我"的画盘作品是整个瓷区最佳的绝活时，已引起罗家驹的极度不满，嫉妒与怨恨的情绪随之萌生："罗家驹的脸好像涂了一遍胶，紧紧绷绷，故意不瞅画盘，似乎没当回事，当大家逗俊俊，不注意他时，他忍不住瞅画盘一眼。……直到走时，他脸皮也没松开，反正他心里不痛快走的。"[1] 此处的细节刻画已经昭示出某种暗示性意义，伴随华夏雨左右的"那种无名的忧虑""不幸的预感"果然如期而至。

无论是依托于政治迫害背景，抑或直接付诸"泄愤"之需的情感表达，都向我们展示了该功能项复杂与丰盈的一面。其特殊性在于加害者出于"泄愤"之需对受难者的某种打击、报复，但这一加害者角色的设置并不完全"固定"而可以发生某种转化。当然，加害者

---

① 冯骥才：《感谢生活》，《中国作家》1985 年第 1 期。

的角色构成一般皆由呈现负态意义的反面人物来担当，如胡大伦、冯老八、罗家驹等，他们都是文本中起到负面作用的次要人物，对情节进程的有效展开起到重要的助推作用。但有时加害者的身份也会随之发生转换，特别是由原本充当受难者角色的人类主人公予以承担，则难免会抹煞掉其原有的负面的、消极的角色意义，反而多了一层其他的价值诉求内蕴其中，如老扁、猎手"他"等形象的塑造就不再侧重于有关"加害"行为的善与恶的评判上。同样的情形也出现在受难者的角色设置上，正常叙事逻辑下遭受报复打击的受难者皆由人类形象去承担，然而有时也不乏特殊的情形安排。比如《退役军犬》中的冯老八对张三叔与黑豹的迫害，显然黑豹的"受难"程度更为突出一些（"泄愤"之需的核心施加目标正是"黑豹"）。《感谢生活》中虽然直接"受难者"为人类主人公华夏雨，然而，鉴于黑儿与"我"之间特殊的情感关系，当黑儿为救主挺身而出之时，也随即成为间接"受难者"而与主人公一同受难。《生命之流》中猎手"他"以加害者身份戏弄作为受难者的母狼，然而最终的结局却令人出乎意料，猎手"他"竟死于母狼之手成为完全意义上的"受难者"角色，这样的情节反转与角色设置的巧妙转换彰显出作家的别出心裁之处。

第九类，动物受难者遭到同类、异族的"围堵"攻击。（"围堵"之困：WdS）

"围堵"这一困境降临方式的功能项表达，更多是承接初始情境中"忍受"生存之困与"误入他境"的叙事进程，而贯穿起某种情节发展脉络的延续性，在时间进度上呈较为明显的正态顺序发展，让该类动物叙事的整体结构推进进程趋于完善。这一功能项一般更多指向野生类动物叙事作品，同时，来自承担"忍受"与"误入"所造成的直接（或间接）的极端后果，受难者（多为动物主人公）陷入来自同类或异族的围追堵截，身陷囹圄而情势危急，受难者面临着生与死的严峻考验，这时的解脱方式或是受难者自我抗争得以实现，抑或来自解救者与正辅助者的某种相助而顺利得救，也即是在面对"围堵之困"这一情节功能时，一般而言受难者都能得到合理的解决，最终化险为夷。而部分悲剧性的结局方式则为受难者或解救者中的一方不幸罹难，但这并不妨碍整体上继“围堵”之后下一个功能项的合理导出与有效推进，这将让文本的叙事脉络更加清晰流畅，并直接指向最后的解救的可能。如《藏獒》《狼行成双》《野狼出没的山谷》《太平狗》等都比较典型地体现出“围堵”功能项的价值指涉。

这其中又尤以《藏獒》和《野狼出没的山谷》最具代表性，在承担了“误入他境”的直接后果的同时，紧接着等待动物主人公“冈日森格”与猎犬“贝蒂”的是来自同类异族的“围堵”之困。显然，冈日森格是尾随着七个上阿妈的孩子“误入”西结古草原的。对于冈日森格而言，拥有保护自己主人的忠实愿望与光辉职责，由于上阿妈草原与西结古草原的部落世仇，冈日森格与孩子们一同陷入“绝境”。特别是冈日森格，要面对来自同类异族的“围堵”——包括部落的领地狗与身处异境的藏獒同类的联合围堵，为此付出了沉重的代价，它身负重伤、屡次与死神擦肩而过，但最后凭借自身的顽强生命力完成了卓绝的自我抗争，先后兵不血刃地战胜了强大的对手嘎保森格、獒王虎头雪獒以及党项罗刹（皆为“围追堵截者”），既保护了自己的主人，又被部落所认可，树立起作为“雪山狮子”的新獒王地位，更为主要的是，化解了两个草原部落间绵延已久的世族仇恨。

《野狼出没的山谷》中的猎犬“贝蒂”所呈现出的就不仅仅是勇敢与决绝的品性，让人倾慕的还有它为了主人慷慨赴死的那份忠诚与执着。文本中的“围追堵截”不只体现在动物受难者身上，人类主人公老猎手与贝蒂一样先后“误入”野狼谷，遭到了以达力为首的西伯利亚种狼的围堵，得益于达力对贝蒂的爱慕，贝蒂才安全脱身并在野狼谷留下来。老猎手在面对群狼围攻之时，贝蒂义无反顾地一跃而出挽救了老猎人危在旦夕的生命。随即“围堵”功能项再次出现，指向强行放跑了老猎人的贝蒂，它再次得到了达力的成功解救。文本中的“围堵”功能项已经先后三次得到清晰展现，其叙事效度也一直延伸到叙事高潮的部分。当年轻的猎手安嘎抢走了狼王达力与贝蒂的孩子后，整个狼群倾巢出动围堵瓦其卡村，情节随之推向高潮，当达力欲取老猎人性命之时，贝蒂再次舍命相救，并献出宝贵的生命，文本的情感诉求也得到了有效的升华。

也有的动物叙事作品中加害者的"围堵"功能并不是完全由动物或动物种群来承担，人类形象也同样可以充当并发挥出这样的叙事功能，但其类型表征不是十分明显。如《狼行成双》中先后经历了忍受饥寒交迫的生存困境与"误入他境"的功能指涉后，落入枯井的公狼与舍命搭救的母狼又遇到了两个少年的"围堵"，这样的打击更加致命，生存的希望也变得更加渺茫，小说的悲剧气氛得到全面的烘托，更为公狼、母狼最后双双悲壮的以死殉情做足了铺垫。

作为动物族群的加害者对受难者的"围堵"功能在多数"动物叙事"作品中也有清晰的展示，如《狼图腾》中狼群对人类的围攻，《猎人峰》中野猪群对人类的围攻等都较具代表性。这一功能项的设置确证了强加于受难者"困境降临"的诸种特殊方式，更进一步强化了加害者角色在"动物叙事"整体叙述格局中的重要存在价值。同时该功能项又起到有效串联构篇的作用，既衔接了初始情境中"误入他境"等功能指涉，又很好地开启了解救者实施解救的功能指向，并为最终的主题诉求的达成创造了先决性条件。

这里有必要强调"围堵"功能项在野生类动物叙事情节类型表达之中的重要意义，"围堵"功能项的行为受动者往往都指向了文本中的人类（或动物）主人公——受难者主体形象。也正是由作家笔下所倾力渲染的"围堵"受困之险象环生的情景设置，才让该类动物叙事文本焕发出应有的叙事效度，因为往往这一情节功能项的一经发生便会串联起两类主体形象——人类与动物主人公间的内在行为或情感上的勾连，并由其导引出"解救"诸功能项的付诸实践。至于针对"围堵"细节的刻画却一般不作为文本叙述的中心予以展现，读者在阅读过程中自然会随着作家的笔触将关注的重心倾注到"围堵"之后的叙事效果上。

第十类，人类（或动物）受难者自身面对的痛苦而矛盾的"抉择"过程。（"抉择"之痛：WrO）

"抉择"之痛，这一情感逻辑的表达一般指向作为主人公的受难者角色自身面对的痛苦而矛盾的抉择过程。这里实则强调了受难者（动物或人类主人公）的受难方式是由于受难者自身所发生的某些特殊情形促成，可以是内在萌生也可由外部条件促发，但通常这一情感逻辑的表达会略去加害者或其他第三类角色身份的介入。而文本整体情节结构完全由两类主体角色受难者与解救之间的相互关系构建起来，尤其强调对受难者角色自身心理、情感层面的矛盾与纠结状态的渲染。这里的受难者角色身份可由动物形象具体承担，也可由人类形象担当。从题材范畴来讲，"抉择"之痛类别的表述范式则同时涵盖了野生类与家养类"动物叙事"两类主述范畴，前者如《莉莉》《巨兽》《怀念狼》《苦豺制度》等；后者如《一只叫芭比的狗》《清水里的刀子》《老马》等。

在野生类动物叙事文本中，由于情节主线讲述的是猎人与猎物之间的某种错综复杂的情感关系，因此，"抉择"之痛情感逻辑的有效展现主要集中在猎人在面对自己的猎物时所产生的情感、心理层面的困惑——猎或不猎，杀或不杀，如何证明自己的猎人身份，如何重塑昔日辉煌、展现自身的存在价值与生命尊严……一系列的潜在问号和话语所指，往往对于猎人的精神与意志是一种沉重的打击。它可以让读者领略到"动物叙事"文本所可能产生的强大的情感张力，其作用甚至不逊色于猎人手中随时可致猎物当场毙命的"猎枪"，但这次枪口却对准了可怜而无望的猎手自身，散发出一种凄婉、惨淡的悲剧意味。

在《巨兽》中，神秘的深居于山林中的狂妄巨兽，堪称是真正意义上的山林王者，它吞噬了无数英武猎人的生命却依旧不依不饶地挑战一代又一代的新的猎手。父亲在侥幸被抬回村里的时候，命运却发生了根本的改变——从此陷入精神痛苦的折磨与摧残之中。这种"抉择"之痛其实并不仅是拜那只隐藏的"巨兽"所赐，也是父亲欲证明其作为猎手的存在价值，背负巨大的心理压力强加于自身，父亲的"苟活"成为全村人冷落与白眼的对象，甚至没有人去关注父亲的伤势情况，"爸爸再也没有笑过，他失去了他曾经有过的东西。"① 父亲这种精神上痛苦抉择的状态在文本中也得到有力的书写："他的两只大手抓进了自己的头发，要把它们撕下来一般；两颗泪珠——孩子头一次也是最后一次看到的，两颗玉米粒大的泪珠从爸爸那紧闭的眼皮

---

① 周立武：《巨兽》，《上海文学》1982 年第 4 期。

缝流下来。"① 曾经英明神武的一代猎手竟然流下了热泪,这是一种委屈而痛苦的内心焦灼之泪,充满了凄婉与不安的成分,父亲必须以慷慨赴死的方式才能重新为自己获得尊严,找回昔日的辉煌,这似乎是一种嘲讽。

《怀念狼》中曾经英明神武的捕狼队队长傅山面对着无狼可打的生存现实陷入巨大的精神困境,甚至莫名其妙地与其他捕狼队的队员一样患上软骨病,"那些曾经作过猎户的人家,竟慢慢传染上了一种病,病十分怪异,先是精神萎靡,浑身乏力,视力减退,再就是脚脖子手脖子发麻,日渐枯瘦。"② 这种匪夷所思的整体性"软骨病"病症的展现,除凸显出在人与狼这二维生态伦理关系维系中,人在无狼可打的情况下所呈现出的身体顽疾恰恰是"陷困"功能项的有效表达外,还反证了狼与狼群的存在之于人类的必要性③。

一次普查最后 15 只狼的机会让傅山重新振作起精神,也就此陷入"抉择之痛"的尴尬境地,特别是在保护狼与猎杀狼的双重意识(普查工作负责人、捕猎队队长的双重身份驱使)的胶着与碰撞之中,最后还是屈从了后者。正是狼的出现,让他恢复既往的生气与活力,当真正面对这些昔日对手时,傅山义无反顾地端起手中的猎枪,直至 15 只狼被完全赶尽杀绝之后,他失去了对手,也失去了真正的自我,竟至失态变疯,成为到处咬人的"人狼"。这是猎杀狼的直接后果,也是没有狼的惨痛代价。

野生类动物叙事文本中,还有一类"抉择"之痛的受难者由野生动物(一般作为主人公)自身承担,而这种痛苦而艰难的抉择过程的描述更加惊心动魄,恰因这里的动物形象已经披上了人性的"外衣",它们在以人类的方式去承受着莫大的心理苦痛,抉择的本身就

---

① 周立武:《巨兽》,《上海文学》1982 年第 4 期。

② 贾平凹:《怀念狼》,作家出版社 2000 年版,第 12 页。

③ 这本身就内含一种矛盾而纠结的情感状态:一方面从雄耳川村民的角度,对狼的恐惧根深蒂固、自古有之,所以要彻底地杀狼保家,以强大民意的舆论压力唆使傅山等猎手的灭狼行为发生;另一方面从猎手的角度出发,却就此失去了与绝佳的挑战对手——狼之间那种针锋相对的机会,固有的血脉贲张的原始生命力就此荡然无存,甚至瘫软、弱化到骇人的地步,这是灭狼的直接恶果的彰显。凸显出作家在艺术构思与伦理诉求当中对所谓的生态保护理念所持有的一种模棱两可的矛盾心态。

是对动物本性的一种生命写照，内含某种讴歌与赞颂的成分，如《莉莉》《苦豺制度》等作品较具代表性。《莉莉》的突出之处在于动物主人公母狮"莉莉"形象所散发出的美好人性的光芒，在作家唯美而感伤的文字格调中平添一丝怜悯与眷恋的情愫，此种阅读的直观感受来自"抉择"之痛功能项的有效设置。它甚至贯穿整篇文本的情节讲述，"莉莉"一生都处在深深的矛盾与痛苦的抉择之中，并与文本中的人类形象"猎人"发生紧密的关联，当中凝聚着浓浓的爱意与深深的眷恋。在野生的世界（回归森林与野性）与家养的世界（猎人温暖的家）之中，"莉莉"面临着最终的抉择。当它被猎人赶出家门回归森林后，认识了自己的丈夫阿朗，之后在阿朗与猎人之间的情感归属上又陷入深深的"抉择"之痛。身为狮子的它却选择了回到孤苦伶仃的猎人身边，只因它一直对猎人与猎狗巴特充满眷恋，即便最后婴舒抛弃了猎人而携带着"莉莉"的女儿朱砂一道离开，"莉莉"依旧选择了默默地陪伴在猎人和巴特身边。

《苦豺制度》中承续"初始情境"里豺群所"忍受"饥寒交迫的生存之困的功能项设置，紧接着所导引出的正是豺王所面临的"抉择之痛"功能的表达。是否要让自己的生母豺娘作为诱饵去解豺群的燃眉之急，令豺王处于极度的纠结与矛盾的情感困惑中。这是事关生死的艰难抉择，整篇文本的讲述正是围绕豺王的"抉择"之痛加以展开，大量的回忆性文字与细腻的心理描摹贯穿其中，充满了感动与悲壮的意味。把这样的情节结构拆分开可以呈现如下抉择过程中思维片段的分解：

初想阶段：以自己生母豺娘的生命来解豺群燃眉之急，以保全自己岌岌可危的王位，一种自私想法萌生，不过就此打住；

回忆既往：多个生命片段，母亲为自己曾不惜牺牲生命，强烈的母爱重新燃起，艰难的思想斗争，几经动摇痛苦不堪；

坚定信念：在经过痛苦而艰难的抉择之后，养育之情战胜了现实利益，豺王终于做出要亲自舍身引诱野猪出洞的决定；

心灵震撼：在最后一瞬，不可思议之事发生，豺娘忘记恐惧与惊吓，毅然扑向凶险的野猪窝，舍生取义，豺王仰天长啸……母爱的伟大与可歌可泣在此昭然若揭。

  "抉择"之痛功能项贯穿了小说情节叙述的始终，并成为作者所倾力表述的核心：即使母豺与母猪的拼命搏斗，也均是为了她们各自的孩子与群体，其实两位伟大的母亲最后的壮烈罹难，都是为颂扬母爱之伟大卓绝的主题而服务，这里清晰地印证出"抉择"之痛功能项的指向性作用。

  在以家养类动物为叙述主体的动物叙事作品中，则不像野生类动物叙事把"抉择"之痛功能项的表述重心放在猎人面对所猎捕之猎物时，所呈现出的某种精神、情感层面上的痛苦表达。这一"抉择"之痛的展现一般皆是主人公对于自己所养的心爱动物的某种留恋之情的抒发，特别是当被逼无奈、不得不亲自了结自己的"老伙计"性命之时，这种情感意蕴的传达则更加强烈。此时，主人（一般为人类主人公）与该家养动物（一般为动物主人公）实则会一同承担受难者的角色，显示出自身的无奈、困窘与痛苦的生存境遇。《清水里的刀子》《老马》《父亲与驼》等文本中都有较为明确的设定，皆为家养牲畜充当文本中的动物主人公。无论是《清水里的刀子》中的"老黄牛"、《老马》中的"老马"，还是《父亲与驼》中的"老儿驼"都即将面临死亡的垂青，处在受难陷困的境地。人类主人公皆由牲畜的主人承担——马子善、"爸爸"与"父亲"的形象设置也皆处在矛盾的"抉择"之痛中，这恰恰源于他们对所心爱的牲畜的深厚情感，也间接造成他们各自的受难程度甚至比文本中的动物形象更加严重。

  《清水里的刀子》中的情况较为特殊，老黄牛遭遇死亡来袭的原因，是源于回族人家为给亡人赎罪、搭救亡人的仪式，由此成为该种仪式的牺牲品。然而，对于这头在马子善老人家劳作了几十年的老黄牛，马子善与儿子耶尔古拜均陷入深深的抉择之痛中，尤以马子善表现最甚，"他心里有什么东西在具有力度地纠缠着，又像是空空如也。"[1] 这"用力纠缠着的东西"正是他对老黄牛的不舍与深深依恋的情感写照。而文本通篇的描写皆是马子善在事关生死的抉择之中闪现出的对牛的念想、怀恋与崇敬之情，对牛发自内心的赞美——那种

---

① 石舒清：《清水里的刀子》，《人民文学》1998 年第 5 期。

博大而宽容的心灵以及忠实、善良品性的崇敬。在这种充斥着强烈矛盾的情感张力的叙事讲述中，一股喷薄而出的沉潜于内心伦理视域的力道跃然纸上。

与《清水里的刀子》相比，《老马》《父亲与驼》的功能项设置方式更为接近，当然在《老马》中"抉择"之痛的功能意义的展现更为显著，并成为文本情节构篇的核心。而《父亲与驼》中则只承担导引的具体功能，重心却在接下来的"寻找"功能项的落实上。但在具体的面对死亡的原因上两部作品却出奇一致，即动物主人公"老马"与"老儿驼"都呈现出年老体衰、疲弱不堪的现状，对于这样的牲畜而言也许活着本身就是一种生存的负担，因此，解决它们无以为继的生命对它们而言未尝不是一种解脱。

但即便如此，小说主人公同样充当"父亲"身份的爸爸与《老马》中的父亲却都面临着难以下手的痛苦，《老马》通篇都焦灼在"爸爸"的如何不忍下手上，"爸爸"的痛苦与无奈、愤怒与暴躁等情绪都得到较为突出的彰显。他给老马喂酒、精心为老马铡草碾碎搅拌，和老马默默无语地对站着等一系列的细节描摹都暗含"抉择之痛"功能项的潜隐展现。而与《父亲与驼》不同的是，这里的"爸爸"最终还是亲手了断了老马的性命，"他长长的头发被风吹起来，像一蓬乱草一样颤瑟着。'爸爸，老马呢？'他没有回答，脸上没有一点表情。小小清楚地看见他鼻梁两边有两行清亮的泪水。他也会哭？"[1] 同样运用了"流泪"这一特殊的细节刻画，借以烘托动物与人类之间深厚的感情。然而在《父亲与驼》中，"老儿驼和父亲相随了二十多年，像一对患难的兄弟。没有老儿驼，父亲的生命就会有长长的一段空缺，那必将是令父亲难堪的一种苍白。"[2] 这种二十年相濡以沫的深厚情感，直接决定了"父亲"在杀与不杀上所陷入的抉择之痛，当"父亲"真正面对这只相伴二十年的老伙伴，试图了结它年老体衰的生命时，终究还是难以下手。这也促成了下文老儿驼的离家出走，以及"寻找"功能项的顺利开启。

---

① 郑万隆：《老马》，《人民文学》1984 年第 11 期。
② 漠月：《父亲与驼》，《朔方》2003 年第 8 期。

无论是从人的向度抑或动物的向度出发，"抉择"之痛功能项的表达几乎都称得上是当代动物叙事中最为倚重的叙事选择之一。不但在多数作品中具体的角色（动物或人）行为、情感表征上都呈现出较为明确的有关"抉择"之痛的话语表达，并且从"抉择"之痛所对应的情感范畴与心理状态来看，包括困惑、不解、纠结、无奈等实则都与当代动物叙事整体叙事格调的传达不谋而合。换句话说，当代动物叙事正是在一种充满矛盾与纠结的情感范畴之中，或直接诉诸表达，或借"动物之口"来传达一种人类对于自身诸多困惑与不解的探求，这也是作家自我真实心境的一种潜隐写照。

第三节　解困过程功能项设置：解救与人格完善主题的勾连

第十一类，人类（或动物）解救者艰辛而执着的"寻找"过程。（"寻找"的跋涉：Wr/dB）

解救者发出的"寻找"功能项对应的是受难者"遗失"固有美好情感功能项的受困表征，进而做出的某种补救性举措。执着的找寻与美好的期冀固然动人心弦，但结果却往往事与愿违，基本上所有的"寻找"努力最终皆以失败而告终。尤其值得一提的是，该功能项的具体行为发出者——文本中的主人公表面上看似充当着解救者的身份，实则无论主人公由动物抑或人类担当，均身兼了两种角色身份。在"寻找"遗失的心爱动物或自己朝思暮想的主人（充当受难者）的那一刻，主人公在主观意愿与行动指向上呈现为解救者的角色功能指涉。然而对于主人公自身而言，找寻过程中却承受着巨大的身体与心理上的打击，特别是急于找寻这份固有美好情感的强烈愿望，进一步强化了其突出的受难者角色表征。即从相处甚欢到不幸遗失，再到艰辛而执着的找寻过程，整个叙事流程当中，主人公形象实则一直在承担着受难者的角色身份。以人类主人公而言，《鸟事》中的"老张"、《一头叫谷三钟的骡子》中的"谷凤楼"、《父亲与驼》中的"父亲"形象等；以动物主人公而言，则以《飞向蓝天》中的"小白鸽"，《鲁鲁》中的"鲁鲁"等动物形象的塑造较具代表性。他们均是为了重新找回自己朝思暮想的老伙伴，而开启了一段艰难而执着的寻找历程，然而，最终等待他们的却是更大的精神打击乃至付出自身生命的代价。显然，"解救"最后彻底的失败性结局让这些找寻者承担了更大意义上的受难表征，这一特殊的情节安排也彰显出该解救功能项设置的特殊之处。

荆歌的《鸟事》中老张在发现自己心爱的八哥神秘失踪之后，几乎处于崩溃的边缘，这是"遗失"功能所造成的直接情感冲击，它让老张的人生走势发生了彻底的转变："他废寝忘食地寻，几乎走遍了城市所有的角落。他的眼睛，不仅盯着挂在屋檐下的鸟笼，他对小餐馆旁边蹲在那里杀鸡杀鸽子的人也特别注意。看到人家在给鸡鸭鸽子褪毛，他总要走过去，站在那里看。"① 这种着魔般的"寻找"细节的刻画是多数动物叙事作品所一以贯之的表达方式。同时，一般这种找寻都会呈现出时间上的延展性，并承受某种身体乃至精神上的沉重打击。老张就这样整整寻了一个冬天的时间，结果显然是依然难觅踪迹。而在寒风中吹得太久的老张感染了风寒，首先承受了身体上的打击，而更为严重的是精神上的某种"异化"。病好了的老张已完全失去了理智，不断地模仿八哥的叫声，在这种满含悲剧意味的"异化"情节安排中，人与动物间的至深情感早已一览无余。

《父亲与驼》中的"寻找"功能同样是小说构篇的主功能项设置，颇为相似的是，"父亲"的找寻同样呈现了漫长时间上的延续性。这显然是"父亲"一生中最为漫长和遥远的旅行，从夏天出去，到秋天回家，历经艰辛，而小说中对阔别整整一个夏天（《鸟事》中为整整一个冬天）的父亲的肖像描写更见功力，这是《父亲与驼》中一个相对较为突出的摹写，"脸上的颧骨成了刀棱子，身上的肋巴骨也一根是一根的很分明，像支撑着灯笼的那种篾条儿。曾经人高马大的父亲，变得小了轻了，正如母亲说的那样，瘦成一张纸了，被一股风吹进来，再来一股风就还能吹走。"② 作品类似对于父亲返家后的形容枯槁的细节描写还有多处呈现，都不约而同地凸显了"寻找"

① 荆歌：《鸟事》，《花城》2008 年第 1 期。
② 漠月：《父亲与驼》，《朔方》2003 年第 8 期。

行为过后父亲所承受的巨大身心压力，这里的受难者"父亲"虽然还尚未发展至精神"异化"的地步，但在脾气秉性上却有了明显的变化，他变得不讲理与霸道起来，这种变化通过肖像描写凸显出来，"父亲的眼睛原本是不大的，此时却大了，并且深深地塌陷进去，呈现出一片骇人的猩红。"①

　　相比于《鸟事》《父亲与驼》而言，这种艰难的"找寻"给人类主人公造成的后果似乎还尚未到无以复加的地步，然而《一头叫谷三钟的骡子》的作者则把这种悲剧性意味提升到更加触目惊心的程度——不再单纯地局限在身体、性格、情感上的莫名变化的展现，较之人的"异化"表征而言，也许死亡特别是为了自己苦苦找寻的动物而死，更加让人唏嘘慨叹，在颇为陌生化的情节设置中，这种烘托与渲染的力度较之上述两部小说更加震撼人心。作品中并未强调找寻时间的持续性与漫长度，仅仅交代了七天没有回家的谷凤楼在寻找途中失去踪影，最后找到的是八十公里外土塔山上的他的尸体。具有反讽意味的是，这里的"遗失"之物——谷三钟竟最终出现在乡派出所（应为报案后民警寻得）里，这似乎证明谷凤楼的"寻找"努力失去了其应有的意义，甚至还搭上了自身性命，有点得不偿失的味道，而这正是作者对固有"寻找"功能表述的一种创新性转换。最后，谷三钟显然也难逃被宰杀的厄运，它已与主人谷凤楼一样成了完全意义上的受难者角色。

　　而"寻找"功能的发出者并不一定局限在具体的人物解救者形象上，同样，反转过来，由主人所心爱之动物找寻自己主人的情节安排也颇为常见，一般也都呈现在家养类动物叙事中，并且同样感动人心。比如《鲁鲁》中同样承接了"遗失"功能项的情节安排，范家姐弟由于战事结束回北平之需，不得不"遗失"（含主动性）他们儿时最珍重的伙伴——鲁鲁，鲁鲁被送到了一位新主人唐伯伯家。然而，从与范家姐弟分手起，鲁鲁也开启了如同老张、"父亲"等找寻者一样的漫长而执着的寻找过程。从动物的情感视域出发，这种试图达成固有宝贵情感重新弥合的努力，更易令人为之动容，当然，这与

---

　　①　漠月:《父亲与驼》,《朔方》2003 年第 8 期。

狗这一动物物种的忠诚本性休戚相关。鲁鲁发疯似的寻找主人，时间竟然持续了长达半年之久，作品中也给予了明确的交代："可见他曾回去，又一次去寻找谜底。若是鲁鲁会写字，大概会写出他怎样戴露披霜，登山涉水；怎样被打被拴，而每一次都能逃走，继续他千里迢迢的旅程；怎样重见到小山上的古庙，却寻不到原住在那里的主人。"① 鲁鲁的这份执着与坚贞的品性在这里得到清晰展现。

相比于《鲁鲁》，韩少功的《飞过蓝天》中的"寻找"功能几乎贯穿了整篇文章的情节讲述，从初始情境中"遗失"功能发生起，即知青主人麻雀为了获得返城的机会而将心爱的小白鸽献给上级（"主动遗失"），注定了晶晶开始它一生最为漫长的找寻过程，它不远万里不屈不挠地要飞回到它朝思暮想的主人身边，心中只有一个"我要寻找"的声音在不停回荡，"对于晶晶来说，寻找成了性格和习惯，成了生命的寄托和生活的目的，为了不能忘怀的一切，它穿过了白天和黑夜，从远方飞向远方"②。正是这份坚定的信念与执着的情怀，让晶晶突破重重险阻，甚至爱情的失去、爱人的牺牲也都没有阻隔它返乡的决心。小说从开篇到结局，整体的叙事架构皆是围绕晶晶的"寻找"这一功能项展开，貌似成功的找寻结局却滋生出悲剧性的反讽意味，找寻行为的发出者最终殒命于被找寻者，这在类型表述中并不常见，此种情节安排让晶晶的形象更加具备了共鸣性的情感感召力。

第十二类，解救者所展开的激烈而动人心魄的"对抗"过程。（"对抗"的决心：WdG）

"对抗的决心"这一功能项的具体设置是"动物叙事"的解救过程与解困主题中最为核心的功能设置，它几乎贯穿了所有的动物叙事作品（尤其是以野生类动物为主体讲述的动物叙事作品）。同时，作为解救的具体实施功能之一，它又承接了多个功能项的情节发展进程，如"误入他境""目睹亲友之死""重塑辉煌""允诺之限"等，

---

① 宗璞：《鲁鲁》，《十月》1980 年第 6 期。
② 韩少功：《飞过蓝天》，《中国青年》1981 年第 13 期。

是整个动物叙事构篇中颇为重要的一环。① 而作为一个特殊的功能项设置，其本身又与历史发展脉络中的动物叙事固有母题类型的叙事繁衍颇为一致，即经久不衰的"动物救主"母题内涵的有效传达。"对抗"功能的发出者正是充当解救者角色的动物主人公们，它们为了保护、解救自己的主人才陷入惨烈而悲壮的对抗过程当中。《野狼出没的山谷》《退役军犬》《四耳狼与猎人》《叼狼续篇：猛犬血脉》《太平狗》等作品中都有该类"对抗"功能项设置的清晰呈现。前文已论及几部作品中相关的"初始情境"与具体"陷困"功能项的设置情况，最终均落实到"动物救人"的核心情节讲述，占据文本主人公地位的受难者与解救者角色自然由具体的人类与动物形象分别担当。一般为人类主人公陷入某种难以自拔的境地，面临着来自动物与动物族群的围攻，抑或人类加害者陷入某种生命威胁之中，而与人类主人公有内在情感关联的动物形象（多为主人与心爱动物之关系）在最危险的时刻挺身而出，以"解救"的名义给予人类主人公以最大可能的保护与解救，甚至牺牲自身的生命也在所不惜。

上述几部作品中，老猎人、张三叔、歪手巴拉丹、芒来与程大种都分别承担了主人公角色，但同时也都呈现出主人受难者的角色表征，其中各自所遭受到的困境降临的方式也各不相同。老猎人与歪手巴拉丹均是面临着来自野生动物族群的围攻，在面对野狼（狼王达力与公狼）的致命扑咬之时，展开了"对抗"功能的书写。《野狼出没的山谷》中，"它马上就意识到了将要发生怎样可怕的事情。只要瞬间的犹豫都会造成自己主人的死亡。它这一次没有丝毫犹豫，嗖地凌空跃起，闪电般地扑到达力身上，同它扭打在一起。"② 而《四耳狼与猎人》中"对抗"功能项得到了一定的淡化处理，母狼在处于发

---

① 这里尤其强调"对抗"功能项的设置在诸多作品中会起到构篇核心的作用，并常常同时开启多个功能项的叙事进程。"动物叙事"最突出的叙事特质即是对其自身所内蕴的矛盾性与冲突性的情节彰显，无论是野生类叙事抑或家养类叙事，当动物与人之间形成某种牢固的情感关联后，要进一步突出其核心主题诉求，都要借助对这种矛盾性与冲突性情节的烘衬，"动物叙事"文本自身的叙事张力也由此得以全面展现。"对抗"功能项的意旨空间因此得到作家们最大层面的努力开掘，足见其显著性地位。

② 王凤麟：《野狼出没的山谷》，《人民文学》1984 年第 9 期。

情期的公狼面前占据了主动，有效地阻止了群狼对巴拉丹的围攻，"当他睁眼看见身边黑压压的狼群，才猛然想起刚才的情景，突然意识到四耳狼毫不留情地击退扑向他的公狼。"① 显然已经交代出"对抗"功能的直观展现，并达成了对人类主人公巴拉丹的保护与解救。《叼狼续篇：猛犬血脉》中不慎从石墙上摔下的芒来处在被野猪攻击的危难之际，"特日克挡在了芒来前面。它不顾一切地从正面冲向了狂奔的野猪，其他的狗是不会以那样决绝的方式去攻击的。"② 此处，"对抗"功能的展现也是异常残酷的，突出的力量差距让特日克的解救努力付出了沉重的代价："它肩肋处被撕裂的伤口中，血正喷涌而出，于是，它那身高贵的银色皮毛就显得像阳光中的铜一样闪亮。它没有退缩，甚至懒得发出吠叫，只是四爪扒紧了地面，站得更稳，然后叼住了野猪的鼻子。"③

而《退役军犬》《太平狗》中"对抗"功能项的设置实则是对"动物叙事"历史传承中的"义犬救主"母题的情节再现。两部小说中的动物主人公"黑豹"与"太平"都表现出人性化的特征，充当解救者的角色身份，而主人公张三叔与程大种所面临的困境皆是人为原因造成的，即具体的加害者角色——冯老八与嘴上栽花的男人的加害行为。于是，"对抗"功能项的意义指涉也由此随即展开，黑豹的"对抗"体现在面对冯老八时的临危不乱上，"说时迟，那时快，黑豹不等冯老八下手，像一头猛虎朝冯老八一头撞去。……黑豹左冲右突出不去，它愤怒地直立起来，一次一次地朝门上撞去。紧接着，惊天动地两声枪响，黑豹又一次直立起来，摇晃了几下，重重地摔倒下去……"④ 在激烈的"对抗"过程中，黑豹为了主人献出了自己宝贵的生命；而在《太平狗》中太平更是屡次潜入黑心工厂妄图搭救自己的主人，更与嘴上栽花的男人、看门哑巴以及两条大狼狗展开了激烈的"对抗"，"哑巴没看清是什么，在那儿正搜寻着想看个明白，忽然一阵狂风，一个黑影罩来，他的腮帮子就被撕掉了一块，发出

---

① 满都麦：《四耳狼与猎人》，《民族文学》1997 年第 9 期。
② 黑鹤：《叼狼续篇：猛犬血脉》，《草原》2016 年第 2 期。
③ 同上
④ 李传锋：《退役军犬》，《民族文学》1981 年第 5 期。

'噼啦噼啦'的声音。"① 太平的这种对抗最终并没有挽回主人程大种的悲剧命运,但功能项的全部意义指涉已彰显无遗。

除了上述的"动物救主"的固有情节的"对抗"功能项设置,在部分作品中还可以窥见到人为了解救动物而被迫与加害者展开的对抗、厮杀,这里固有的角色身份发生了转移,人类主人公作为解救者展开了对动物主人公的保护与解救,同样是借助于"对抗"功能项的实施与发挥,如在《最后一名猎手和最后一头公熊》中,人类主人公老库尔的"对抗"主要体现在对业余猎手违背狩猎道德的卑劣行径的制止与打击上,当见到公熊被业余猎手设下的套子所伤后,老库尔与努伲的情绪发生了根本性的逆转,由最初的与公熊针锋相对搏斗的初衷转化为伸张正义保护解救受难的公熊,老库尔走到业余猎手面前,"劈头盖脸、咬牙切齿地咒骂他:'你这个连畜牲都不如的混蛋!'接着狠狠地打了他一耳光,打得他脸上的伤口鲜血迸溅。"② 随即,他又再次遏止了另一名业余猎手的开枪行动,并厉声阻止了他们对公熊的追击,进而保住了公熊的性命。

"对抗"功能还有一个特殊的意义指涉,即充当受难者身份的动物形象实现自我解救转化为解救者角色形象,更多地呈现为与自身命运的抗争,当然,这里的"对抗"功能多半含有无奈与被迫的成分,如《豹子的最后舞蹈》《红毛》《藏獒》《大绝唱》等都较具有代表性。《藏獒》中直接衔接初始情境中"误入他途"功能项而表现出的"对抗",主要体现在动物主人公冈日森格的自我命运抗争上,一次次陷入险境,生命垂危甚至身负重伤,但都凭借其自身的勇敢与顽强,屡次化险为夷,最后战胜了党项罗刹等所有强劲的对手,实现了自我意义上的解救;而《红毛》与《豹子的最后舞蹈》同样是在交代了初始情境中的"忍受"生存之困以及"目睹"亲友之死等功能项后展开倒叙回忆。动物主人公红毛与豹子斧头都面临着自身的生命困境,同时又都不断滋生着"泄愤"报复之需的功能指涉,由此,与致使它们家族几近灭绝的猎手们间的激烈"对抗"显然已在所难

---

① 陈应松:《太平狗》,《人民文学》2005 年第 10 期。
② 叶楠:《最后一名猎手和最后一头公熊》,《人民文学》2000 年第 10 期。

免。《红毛》中红毛用特殊的气味麻醉猎手女人的神经，任意地摆布她、折磨她，以报复猎手；而猎手对红毛的打击同样触目惊心："就在它伏身的刹那间，雷火在它头顶炸响。它抓住猎人装弹的空儿，勇猛地迎着猎人突围出去，从此，它的耳朵便永远留下了轰鸣声。"①最后"对抗"的结果理所当然地呈现为自我解救的失败，与它的家族成员命运相同，红毛也死在了猎手的枪口之下。

与上述作品相比，《大绝唱》的情况更加特殊，它的自我解救功能是由动物种族群体（河狸家族）共同承担的，而对抗者同样是以群体表征呈现的沙田村人，双方从相安无事到最后的剑拔弩张，暗含着某种无奈的成分在里面，但正是沙田村人的到来打破了九曲河固有的平衡，生存决定一切，为了争夺共同的生命资源——水，人与河狸才走到了势不两立的紧张状态。显然这里还是要把人类群体归为加害者一类，而河狸种群则同时充当了受难者与解救者的双重身份，正是人类的利己行径进一步威胁到河狸种群的生存，才唤起了河狸家族的自我反抗——誓死堵住大坝的缺口，"当它们的同类在狗的追捕下凄厉地尖叫时，它们仍然能够艰苦卓绝地砍伐树木。所以，当它们的家族成员在狗的咬啮下绝望地挣扎时，它们仍然能够奋不顾身地运送树枝。甚至，当它们的一母同胞被狗咀嚼得血肉横飞时，它们还是能够拼了性命地把树桩插入河底。"②

此处有关"对抗"细节的描写可以用悲壮来形容，河狸家族为卫自身家园的惨烈牺牲换回了表面的平静与安宁，但这已经不是三年前的自然，许多东西已经一去不复返了。文中"对抗"功能项的被迫发生是与保卫家园的使命紧密联系在一起的，当然，对抗的结局与大多数动物叙事作品一样呈现出浓厚的悲剧意味。总体而言，当代动物叙事中的解救者"对抗"功能的发出很少是主动性、带有积极意义的，多数暗含着无奈与并不十分情愿的意味，这里的"对抗"总是附着某些特殊的功能性因素的生发与铺排上，如"遗失固有情感""目睹亲友之死""保卫家园"等都可作为直接的动因诱发"对抗"

① 袁玮冰：《红毛》，《民族文学》2007 年第 4 期。
② 方敏：《大绝唱》，湖南少年儿童出版社 2000 年版，第 126—127 页。

功能的产生，其所蕴含的浓厚的悲剧意蕴又彰显出文本所特有的叙事张力。

第十三类，解救者之间以动物与人的名义达成的情感"联盟"。（"联盟"的名义：Wd + rT）

"联盟"功能指涉，并不是单纯意义上的动物与人的主动合作、"共谋"意义上达成的某种联盟，对其相应的理解应更加宽泛一些。首先，要明确"联盟"行为的发出者并不具备主观的预见性，无论是动物主人公抑或人类主人公，其具体的行为方式、思维模式一般都不会直接与"联盟"意愿的达成直接画上等号。而是在文本所设置的某种特殊情境与氛围烘托中，为了近似的目的诉求，愈发趋向一致的情感指向，渐趋达成了某种意料之外的"联盟"意义。它更似一种"默契"在不经意间的有效达成，以一种非主动而为之的偶然性因素所促发实现的一种功能诉求方式。无论是人与动物的联盟，抑或动物与动物的联盟，"联盟"功能项的叙事重心均不在具体的联盟方式以及发生因由、情景与具体状态的摹写上，并且类型创作中的"联盟"本身即强调了一种厚积薄发似的情感渐进转变过程的传达。因此，这一情感转变过程中所可能产生的正面价值及可以预期的审美效度成为该功能项的核心诉求所在。

动物与人物形象所充当的解救成分并不是很明确，也不固定，既可以体现为动物与人的"联盟"，达成对第三方——主受难者（以人类形象为多）的情感解救，如《驼峰上的爱》《四耳狼与猎人》《七叉犄角的公鹿》等；也可以由联盟双方在相濡以沫中完成一种任务或使命的允诺，当然它显然是承接了上述的"允诺之限"的情节功能项，如《与狼》《驮水的日子》等；还有一种较为特殊的情况是在动物与人的某种情感"联盟"，生发出一种内在心境、情感的勾连与美好人性的诗性书写，"解救"的意义在无形中被予以淡化，如杨庆邦的《梅妞放羊》等。实则除去上述第一种类型表述中的"解救"行为表征较明显外，其余两类"解救"行为的发出及其意义指向都较为隐晦，跃出固有的保护、搭救意义达成的层面，而深入到一种情感补偿层面的"解救"，达成舒缓、松弛与释怀等情感意蕴的传达。

按照上面的思考逻辑，我们先看第一种类型在明确的"解救"主题下"联盟"功能项所发挥的特殊效用，以《驼峰上的爱》《四耳狼与猎人》《七叉犄角的公鹿》三部作品为例，有一个共同的特质，即都通过人与动物的某种情感联盟，最终感化了陷入精神、情感甚至生命困境的主受难者，让他们重新振作精神找回人生的方向，得到真正意义上的灵魂救赎。《驼峰上的爱》中这种"联盟"主要体现在小塔娜与母驼阿赛的情感联盟上，这种"联盟"的实现并不是一蹴而就的，得益于小塔娜（作为主解救者）那善良而澄明的心灵世界。正是在这个纯洁而真诚的小女孩的情感感召下，奇迹般地治愈了因失去幼驼而性情暴虐的母驼阿赛，使其恢复精神的常态，并让阿赛从此有了爱与温情的依靠——将小塔娜看作是自己的孩子；同时，小塔娜的"解救"还体现在对因失去母亲而变得性情乖戾的小吉尔起到的情感感化作用，同样让其恢复了生命的常态。然而，这些都还不是小说核心"解救"主题的彰显，随着情节的推进包括加害者黄胡子的"牟取商业既得利益"等功能项的介入，让小说中真正的核心功能项：动物与人的情感"联盟"的达成与实现成为可能，这样的情节过渡也颇为自然流畅。①

　　在《四耳狼与猎人》中也有类似的"联盟"功能情节安排，正是在猎人歪手巴拉丹身陷狼群之围绝境中而不能自拔之时，四耳母狼的"对抗"性解围最终保全了巴拉丹危在旦夕的性命，而这里通过"对抗"保全性命只是表面的情节表现，内在串联起的实则是女人杭日娃与四耳狼的那种默契所建构出的情感"联盟"，即通过当年杭日娃暗中偷偷放掉四耳狼所实现的。从小说的终极意义上而言，女人与动物的此种"联盟"正是对人类一直以来疯狂虐杀、掠夺动物的卑劣行径的强烈控诉，反弹回人类自身，达成良心的谴责与生命本真的

---

　　①　正是从黄胡子手里成功营救出母驼阿赛后，情节进程也由此进入高潮之处。小吉尔、小塔娜、阿赛和大狗巴日卡闯进无水死亡区之后，四个可怜的生命没有了动物与人之间的物种差别，而是成为相依为命的亲密伴侣。早已疲惫不堪、伤势严重的阿赛竟"伸着长长的脖子，在汲取坑里的水，一次又一次地往那两个昏倒在沙丘上的孩子脸上喷洒……"驼峰上的爱感人肺腑，这种超人般的爱心与小塔娜的至真至纯的情感达成了天然的融合，动物与人的相濡以沫达成了最为有力的情感"联盟"。对于放浪形骸的母亲、阴沉暴躁的父亲，均以这种"联盟"的方式宣告了解救功能的达成，他们均重现了善良、澄明的心灵世界。引文见冯苓植《驼峰上的爱》，《收获》1982年第2期。

叩问，以实现自我灵魂的救赎。

在第二类的动物与人的"联盟"功能项指涉中，是直接承接着初始情境中的"允诺之限"的功能设置，进而展开的关于动物与人的某种内在情感维系（借助于联盟实现）的相互扶助、相互救助的人兽之爱的感动篇章的讲述。《与狼》中，接受驻守西北荒山任务之限的边防战士曹东和梁辉，等待的只有每天的日出日落与无尽的荒芜，在骇人的寂寞与孤独氛围中，直到迎来了母狼的出现，事情也才真正出现了转机。被狼群遗落的受伤母狼，那同样孤独无助的眼神和瘦弱的身躯，让两位边防战士感同身受，他们主动把食物放在屋外，直至调理好母狼病痛，母狼终于可以出发找寻自己的队伍，而临别时与战士们默默对视、遥遥相望，已经彰显出某种默契度的达成，特别是遇到新狼群出现后，在被另一只母狼追赶的同时，这只尾追的狼在战士的枪声中应声倒地，再次解救了危急关头的母狼；之后，当面对昏迷中的迷失战士之时，母狼毫不犹豫，勉强地拼着死命拖着他去找同伴，情感的蕴藉得到了有效的"回馈"，更书写了一场令人为之动容的人狼之间相濡以沫的情感故事，在这里动物与人的"情感联盟"宣告建构完成，"两个脆弱的生命互相对视着，在寒夜里，用真诚和友谊温暖着对方。"① 特别是在特定的西北荒山杳无人烟的客观环境衬托下，更加彰显出这种"联盟"的特殊意义，实际上边防战士与母狼以互助的方式达成的心理默契与情感"联盟"，客观上也是对自身孤寂无助的情感困境的一种自我解救。

《驮水的日子》虽然是主述家养题材类动物毛驴的故事，但在总体的构篇思路与"联盟"功能项的铺排上都呈现出异曲同工之处。如果说《与狼》中驻守使命之限串联起母狼与边防战士间"情感联盟"功能的达成的话，那么到了《驮水的日子》中就转化成解决连队供水难问题的使命之限，即要靠牦牛（后转化为毛驴）走八公里的山路驮水的艰难而重要的任务。正是这样的同样来自军营的发生在荒无人烟的西部高原上的任务允诺，为倔驴"黑家伙"与上等兵的出场与情感关联创造了先决性条件。人类主人公上等兵用一种看似最

① 娟子：《与狼》，广西人民出版社 2005 年版，第 120 页。

笨的方法与犟驴展开一场性格与意志力的较量，"在上等兵不愠不怒、不急不缓的调教中，心平气和得就像河边的水草。上等兵在日复一日的驮水工作中，感觉到驴已经真心实意地接纳了他，便对驴更加亲切和友好了。"① 当"黑家伙"能独自驮水上山时，待在河边的上等兵又望眼欲穿地盼着山道上"黑家伙"的身影出现，双方之间的这种情感的默契度也自然体现着"联盟"功能的实现与稳固，而最终的目标依旧是建立在为解决连队供水难的艰巨任务之上的，同时意味着这种情感"联盟"的实现本身，对于上等兵与倔驴而言也存在某种达成允诺之限的"解救"意义。

第十四类解救者主动"接近"以情感感召的方式唤回潜藏的温情。（"接近"的情愫：Wd/rL）

这一解救主题功能项的功能诉求较为明显，主体大多指向家养类动物题材作品，特别是侧重烘托人与动物之间的美好而深厚的情感，从现实层面而言，最能代表该类情感诉求的恰恰是狗这一形象的选择。作为日常生活中最为常见的动物物种，狗本性忠诚，活泼可爱而又惹人疼，并且在狗身上最有利于培养与主人之间紧密的情感关系，因此，当"接近"功能项诉诸实施时，大多数作家都不约而同地把叙事对象锁定在狗身上。这里狗的意象的选择已不仅仅是单纯作为宠物，抑或重要的朋友加以对待，而是成为主人生命中不可或缺的一部分，并且当主人出于无奈而不自觉地充当起受难者角色身份时，狗的形象会承担起解救者的身份而给予受困之中的主人以最大程度的情感慰藉，最终一般都达成了应有的"解救"效度，这一具体的解救方式正是通过"接近"的情感感召功能得以实现。

"接近"功能项多集中于一些以狗为书写对象的作品中，但其本身还可以涵盖更多其他主类形象选择的题材类型表达，比如《莉莉》就较具代表性。首先超越了固有家养动物的叙事题材范畴，莉莉本身就是一头野生母狮子，具备凶猛、野性的物种属性，这与一般意义上温驯、敦厚的家养动物选择基本划清了界限。但在作者巧妙的情节安排下，莉莉又有其特殊的身份属性，它虽来自于大自然，出生在野

---

① 温亚军：《驮水的日子》，《天涯》2002 年第 3 期。

外，具备了野兽的本性，但它是在文本中猎人的精心呵护下茁壮成长
起来的，因此，它又具备了家养动物的性格特质，特别是在和猎人与
猎狗巴特的长期交往中，得到了足够的爱与温暖的莉莉一时间竟遗忘
了自己的野性和仇恨。即使后来莉莉被迫重返森林，回到本应属于它
的领地，乃至与公狮子阿朗结合，依然对它的主人充满着眷恋。

　　当猎人以彻底的受难者角色身份予以展现时：如今早已双目失明
的猎人，又遭到了被妻子婴舒抛弃的打击，正是莉莉选择依旧留在他
的身边，如往常那般"接近"他给予情感上的慰藉，"莉莉当然知
道，他对她，永远有恃无恐。他可以说'莉莉你不要再回来'，他可
以说'莉莉是我杀了你妈妈'。他什么都可以说，因为，其实他清楚
得很，无论他说什么，做什么，他都不会失去莉莉。"① 只要莉莉依
旧"接近"他，待在他身边和他生活在一起，猎人就会重拾生活的
信心与情感的热度，与莉莉一同回到生命原初之点的猎人已得到了情
感补偿意义上的"解救"，重新回到平静而温润的人生轨道之上，这
恰恰得益于莉莉的"接近"与情感感召之力。

　　当然，"接近"功能项最主要的呈现方式还是付诸家养动物与自
己所"体认"的新主人间的情感积蕴的诉求上。这些可爱的家养动
物（一般以狗为主述对象）在结识了自己的新主人（人类主人公）
之后，便把它们的爱与温存无私地奉献给文本中的新主人（多为受难
者角色），这与动物的物种本性相关，但更多的却是内蕴作者强烈的
情感诉求，即在异类身上找寻那些在人间早已逝去的温情。而"接
近"功能项的设置恰恰是诉诸此种情感表达的最佳方式，动物对人的
这种带有主动性的"接近"，对于大多数身陷精神困境而无以为继的
人类受难者而言，甚至可以达到灵魂救赎的高度，实则也间接达到了
挽救生命并反喻人性的目的。《画家与狗》《感谢生活》中的人类主
人公华人画家"张道光"与"华夏雨"（身份也为画家）形象都是以
"受难者"角色呈现出来的，而受难的具体情况虽略有区分，但都面
对着现实境遇的某种打击而陷入情感困境。

　　《画家与狗》中华人画家正是陷入了孤独寂寞的无家之感的精神

———————————

　　① 笛安:《莉莉》,《钟山》2007 年第 1 期。

困惑，在国内异常知名的他如今在美国纽约却屡屡碰壁，他的绘画更是无人欣赏，在国外整整六年的时间"漫说成功，他连小小的得意也不曾有过"①，在此种境地下其心爱的太太耐不住穷苦日子，索性跟珠宝店老板走了，孤身一人、形单影只的华人画家在残酷现实的打击下患上了幽闭症，陷入难以自拔的情感困境。正是在这样的前提预设下，名为"鲍蓓"的狗的登场也呈现出呼之欲出之势，而作者在传达这种"接近"的感动功能意蕴时，刻意设置了一些"接近"屏障。在与"鲍蓓"打交道的过程中，先是彼此之间存有芥蒂、相互防备，后又慢慢地转向猜测与有针对性的试探，后才渐趋情感升华，开始对各自一方充满期待与向往，而最终径直成为彼此依托、相互信任的"伴侣"。张道光也逐渐恢复了对生活与艺术的感觉，甚至来源于"鲍蓓"所赋予的崭新的绘画灵感，最终为张道光带来了新的声誉。

同样的情形出现在冯骥才的《感谢生活》中，主人公华夏雨在极度严酷的政治打击下（"泄愤之需"功能项指涉），饱受身心的摧残，本已是痛苦不堪，而同样他的妻子罗俊俊在折磨、恫吓和误会中也暗自离他而去，这里的"接近"前提预设与《画家与狗》颇为相似，甚至动物主人公"黑儿"的出现也是以流浪狗的身份表征予以呈现，当然，作品直接把叙述的重心放在了"黑儿"的"接近"行为的传达上，特别是它在患难与共中所给予主人的那份勇敢地面对生存之艰难的勇气，成为作家所着重烘托的情感诉求。《鲁鲁》中鲁鲁的"接近"则略去了原有的表层解救的成分，与上述两部作品有本质上的区分。文本中充当鲁鲁新主人的范家一家人表面看并不像华人画家与华夏雨那样遭受突出的情感之困，但实则也潜隐着政治阴影笼罩下的情感打击（"二战"背景），而鲁鲁的"接近"是与其作为范家新成员被完全接纳并有效融入紧密相连的，这一功能项的实施对于范家而言也增添了难得的活气与生命的热度，更促成了主人与心爱之动物间的深厚情谊的形成。这里的特殊之处在于"接近"功能项所传达出的意旨核心是为了衬托出鲁鲁的形象意蕴，这与《莉莉》的情况较为相似，该功能项的具体实施正说明了刚刚承受"易主之痛"打击的

---

① 王瑞芸：《画家与狗》，《收获》2004年第1期。

鲁鲁依旧在努力培养着自己与新主人的情感。

"姐姐弯身抱着他的头，他舔姐姐的手。'鲁鲁！'弟弟也跑过去欢迎。他也舔弟弟的手，小心地绕着弟弟跑了两圈，留神不把他撞到。他蹭蹭妈妈，给她作揖，但是不舔她，因为知道她不喜欢。鲁鲁还懂得进屋去找爸爸，钻在书桌下蹭爸爸的腿。那晚全家都高兴极了。连菲菲都对鲁鲁表示欢迎，怯怯地走上来和鲁鲁嗅鼻子。从此鲁鲁正式成为这个家的一员了。"① 处处彰显出鲁鲁天真而可爱的性格特质，而作为正式的家庭一员被接纳才标志着"接近"功能项的开启，随后作品中用大量的篇幅讲述鲁鲁在范家的事迹，实则都是"接近"功能的一种换位表达，最终让范家人与鲁鲁之间的感情积蕴发展到一定程度，为后续的"遗失—寻找"功能项的呈现做出铺垫。

总体而言，当代动物叙事主体部分主要涵盖的四类情节结构：故事的初始情境、受难者"陷困"的发生、解救者"解困"（或矛盾缓和）的过程与带有忏悔意义的反思性结局。显然，这里对解救者的解救行动逻辑进行了较为详尽的论证，而这一研究也直接承续了受难者"陷困"情境发生的功能项设置，当"陷困"功能直接将文本中的危机感与紧迫感渲染到一种近乎极致的境地之时，文本的叙事张力伴随着"解救"功能的展开而得到有效的铺排。无论是"寻找的跋涉""对抗的决心"，抑或"联盟的旨意""接近的情愫"等行动逻辑的巧妙设置与逐层推进，均不难窥见作为一种独特的叙述类型，其创作者的创作理念与精巧的艺术构思。更为主要的是它将直接勾连起文本的叙事结局，并进一步预示着这种由"解救"功能所带来的反思性结局的某种不确定性，实则内含对自我伦理与情感意识当中的某个侧面的自审与潜在的话语评判。

第四节　叙事结局功能项设置：反思性结局　　　　意蕴的达成

中国当代动物叙事作品中最为常见的反思性结局功能项安排主要

---

① 宗璞：《鲁鲁》，《十月》1980 年第 6 期。

呈现为下述三种情况：动物与人的相安无事；动物由于某种特殊原因的死亡；人的某种情感异化乃至死亡。这三种属于动物叙事结局的特殊情节功能安排，实则包蕴了所有可能出现的叙事结局。无论是讲述主体为动物抑或叙述重心在人身上（也包含人与动物同为主述对象），而在承接各主体功能项的叙事指向上，同样可以显示出这三种结局安排特有的叙事效度，其最终的价值指向都内蕴某种反思与忏悔意识的传达。潜隐作家自身的情感体验的流露与价值理念的判定，这也恰恰诠释了当代动物叙事创作表面书写动物，讲述有关动物与人之间的情感纠葛，实则却无处不在彰显着人类的自我意识。当然，这种彰显是在对动物形象的生动描摹中被清晰勾勒出来的，特别是在每篇文本的结局讲述中，无论是人类主人公最后处于何种境地（"安然无事"抑或"精神异化"等），都由具体的动物形象塑造相连缀，并且二者之间的这种内在维系常常是清晰可见的。在对这种"内在逻辑关联"的有效把握基础之上，"动物叙事"的作者或是寄托情感的哀思，或表达对人、对物的深切感触，或借物喻人，褒扬或讽喻人情人性，或直接升华为对社会现实、人生境遇、生存现状等层面的体悟。作家的这种情感意识的张扬在各文本的反思性结局功能项设置中得到了最佳的呈现效度。由此，反观这三种特殊的结局构篇方式："动物与人相安无事""动物之死"与"人的异化"，足可以领受到动物叙事作家们的良苦用心与独具匠心之处。

第十五类，人类主人公与动物主人公"相安无事"，美好如初。（"相安无事"：XAWS）

在人类主人公与动物主人公相安无事、美好如初这一结局功能项设置中，情况呈现较为复杂：首先，该功能项的行为主体重心分配上一般以动物与人各占一半的成分居多，即重心在讲述有关动物与人之间情感关系的作品多表现为此种结局构篇。但从具体的题材类型来看，它又并不仅仅局限在家养动物类型（主述主人与心爱的动物之间情感维系）题材上，在野生动物类动物叙事作品中也较为常见，更多侧重在对人与动物和谐共处关系的情感诉求上，其中内蕴深刻的生态反思的意义。一般而言，这一结局功能项涵盖的叙事种类较多，并且是动物叙事作品中最为常见的结局表征，不受具体的动物叙事题材的约束，也不受动物或人在文本中所占据的主次成分的影响，散见于诸多动物叙事作品的结局设置中。

但在具体的"相安无事、美好如初"功能项里由于其涵盖的叙事成分较多，涉及的作品种类也较为驳杂，作为当代动物叙事最具代表性的结局功能设置，它本身又可以做出更为精细的划分，首先可以表现为字面上所理解的相安无事的表层意义：动物与人相安无事、美好如初、其乐融融的一派和谐情感状态，如《梅妞放羊》《画家与狗》《感谢生活》等；第二种"相安无事"功能项的情节表征体现在一个重归于好、最终达成和解过程的描述上，强调的是一个态度转变、情感向度发生调整的呈现结局，比如"满足的笑容""希望的曙光""行为的契合"等文本中特殊的意象选择都是典型性体现，代表性作品如：《银狐》《七叉犄角的公鹿》《最后一名猎手和最后一头公熊》《黑鱼千岁》等；还有一种同属于特殊的"相安无事"结局安排的构篇方式，它拥有具体的叙事指向即家养动物题材中的讲述有关主人与心爱家养动物间的情感蕴藉的结局方式，讲述人类主人公出于无奈，被迫与动物主人公依依惜别，承受难舍难分的"离别之苦"。在《鲁鲁》《驮水的日子》《藏獒》等作品中，都呈现出动物主人公与人类主人公所双双承受的"离别之苦"的沉痛打击，当然，这里的"离别之苦"仍然可以划归到"相安无事"的结局功能项叙事范畴之内。

第一种"相安无事"的功能项设置，着重强调动物主人公与人类主人公之间彼此相安无事、一派和谐共荣的关系呈现，主要是双方各自的情感积淀与生命依托依旧如往常般美好如初，并未发生根本性的改变，如《梅妞放羊》中，梅妞在接受"允诺之限"初始情境功能项设置的题旨之后，水羊则成为梅妞的全部念想（换花棉袄的"允诺"），在与水羊们朝夕相处、亲密无间的交往中，梅妞内心深处潜隐的母性意识焕发出来，由此，她获得了生命本真意义上的快乐，此刻，当初的"允诺"之限已显得不那么重要，重要的是梅妞自身心灵空间的释放与人性之美的彰显，这是在与水羊们的水乳交融的情感关联中自然达成的。因此，即便后来水羊生下羊羔，梅妞爹仅为她换回一只猪娃，并买来一块红方巾，对于梅妞而言其实已不重要，她依旧毫无怨言地沉浸在新一轮的放羊过程中。在印证了"知足者常乐"

的道理的同时，更是通过对梅妞洁白无瑕的心灵世界的抒写，彰显出对人的本真存在价值的肯定与赞美。

石钟山的《一兵一狗一座山》中当胡老兵在山上待满八年，于那年的秋天被宣布复员后，就开始承担起即将与老曼分开的"离别之苦"。本把老曼托付给连长照料，却万没想到在胡老兵走后的第二天，老曼便在上山的途中跑掉并重回到他的怀抱。难怪文末交代连长发了这样一份回电："老曼和你感情深厚，它跋山涉水能找到你，可见它的真诚，老曼归你养，一切顺利！"① 胡老兵的故事才就此画上了句号，由"离别之苦"到最终"一派和谐"的叙事结局呈现，恰与整篇文本所刻意勾勒出的"一兵一狗一座山"这样一幅简单、平凡又充满和谐之感的简笔画一拍即合，为单调而寂寥的山中岁月赋予了"别有洞天"的韵味。

在《银狐》《七叉犄角的公鹿》《最后一名猎手和最后一头公熊》等作品中则又呈现为另一种"相安无事"功能项的价值表征，即都强调一种"重归于好"并最终达成和解的情感态度转变的过程，而在叙事结局上又都呈现为人类主人公与动物主人公和谐共处、相安无事的特殊设置上。叶楠的《最后一名猎手和最后一头公熊》中一心要与公熊决一雌雄的猎手老库尔，却在加害者——业余猎手们的意外介入下，特别是在公熊勇敢断腿的不屈行为触动下，彻底改变了原有初衷，由单纯地渴望寻找对手、战胜对手到对对手的由衷赞美，那种对于光明正大、针锋相对的对垒的强烈期冀，转换成付诸对瘸公熊的舍命保护的行为指涉，小说结局之处的巧妙安排，凸显一种对人兽和谐共处的美好情感的向往，"在老库尔跑到瘸公熊跟前，连枪都没下肩，瘸公熊也没去撕老库尔，他们，包括那条狗，三个紧紧地拥抱着、喊叫着、跳着，就在太阳从他们背后升起的时候，他们都消失了，像是沉入地层以下去了"。②

在这种由动物与人重归于好所达成的"相安无事"结局功能项表述中，无论作家所勾勒出的奇幻画面与此种结局是否具有现实层面的

---

① 石钟山：《一兵一狗一座山》，《解放军文艺》2015年第11期。
② 叶楠：《最后一名猎手和最后一头公熊》，《人民文学》2000年第10期。

中国当代动物叙事的类型学研究

可操作性，作家的良苦用心在此和盘托出：人与动物其实同样面临着困境，他们一同处于失去生存家园的悲惨境地，曾经那美丽的冻土原如今已是面目全非、满目疮痍，而人与动物共同的心灵创伤更加触目惊心，竟依靠对方的"施舍"与"怜悯"才能找寻内心当中尚存的一丝温存，饱含对乱砍滥伐破坏生态平衡的卑劣行径的强烈控诉，人与自然的和谐共荣才是解救人类心灵创伤的一剂最有效的良药。

"离别之苦"功能项主要表现为文本中享有主人身份的人类主人公与动物主人公（主人心爱之动物）之间所不得不面临的一份别离之苦。其功能所属依旧可以划归到人与动物"相安无事"的范畴之内，当然，这里的"相安无事"却是以痛苦与不忍的情感状态呈现的，文本周身所散发出的是喷薄而出的深深的眷恋之情，在结局功能项中以"离别之苦"作为表征的尤以《鲁鲁》《驮水的日子》最具代表性。《鲁鲁》中的"鲁鲁"作为小说中处于绝对核心地位的形象设置，在文本结局构篇中也特别强调鲁鲁的特别感受，这里范家人特别是范家姐弟虽然充当着主人身份并行使了解救者的角色功能，但也成了辅助完善鲁鲁形象的一个必要补充，因此，《鲁鲁》中在表达"离别之苦"结局功能项时有意强调鲁鲁的情感感受以及行为举止上所发生的某些变化，反衬离别之苦的深刻影响。

在持续近半年之久的"寻找"功能项设置完成之后，小说情节随即过渡到结局部分，返还唐家的鲁鲁虽然渐渐平静下来，但俨然已经是另一副模样。而小说中最后的"离别之苦"正是通过具体的"瀑布"意象以及鲁鲁看似异常的行为彰显出来："唐家人久闻鲁鲁的事迹，却不知它有观赏瀑布的癖好。它常常跑出城去，坐在大瀑布前，久久地望着那跌宕跳荡、白帐幔似的落水，发出悲凉的、撞人心弦的哀号。"[1] 鲁鲁与范家人最后的一次相聚也正是在这观瀑亭上，这里自然地勾连起鲁鲁与范家一家人之间的深厚情感积蕴，而那"悲凉的、撞人心弦的哀号"正是鲁鲁所承受的"离别之苦"情绪的彰显，文本也由此散发出一种悲戚、哀婉的味道。

《驮水的日子》里这种依依惜别的"离别之苦"功能项设置更加

① 宗璞：《鲁鲁》，《十月》1980年第6期。

· 160 ·

具有代表性，它更多地呈现在对离别双方的心理影响与情感煎熬上，对于即将离开高原去军校的上等兵而言，其内心承受了莫名的苦痛："他这样说时，心里一阵难过，为这早早到来的他和'黑家伙'的分手，几天都觉得心里沉甸甸的。临离开高原去军校的那一段日子里，他一直坚持和'黑家伙'驮水驮到了他离开连队的前一天。他还给'黑家伙'割了一大堆青草。"①上等兵对"黑家伙"的依依不舍在这样的细节刻画中彰显无遗。当然，相较于上等兵的不舍之情的抒发，最动人心弦的细节描摹与情感寄托依然体现在动物主人公"黑家伙"身上。

　　"等他恋恋不舍地背着行李要走时，突然听到熟悉的铃声由远及近急促而来。他猛然转过身，向山路望去，'黑家伙'正以他平时不曾见过的速度向他飞奔而来，纷乱的铃铛声大片大片地摔落在地，'黑家伙'又把它们踏得粉碎。上等兵被铃声惊扰着，心却不由自主地一颤，眼睛就被一种液体模糊了。模糊中，他发现，奔跑着的'黑家伙'是这凝固的群山唯一的动点。"②"黑家伙"的这种果敢与决绝的气度在此得到了有力的书写，而这恰恰是承受"离别之苦"所体现出的行为指涉，那种把纷乱铃铛声"踏得粉碎"的狂迷和"飞奔而来"的决心反衬出人类的某种渺小与卑微。

　　《驯牛记》中关于"离别之苦"的结局书写，得益于儿童视角的选择，情感的抒发更加涤荡人心。小说并未一味停留在同类题材创作中人道主义关怀的表达上，而是以贯穿全篇的细腻而生动的写实书写，浸润出对生活的理解与独特体验。公牛"包公"的故事也融入"我"的成长历程当中，在无奈承受了与"包公"的分离之苦后，"那以后很长时间，我都会想起包公，想象它的结局，或者回忆我们在一起的点点滴滴。每当这时候，我就躲在屋后关过它的柴棚，在遗留着它的臭烘烘的气味里啜泣——不仅仅因为悲伤，其中也掺杂成长的迷惘与恐惧。"③作品平添了一份特别的纯真与忧伤之感。伴随着

---

①　温亚军：《驮水的日子》，《天涯》2002 年第 3 期。
②　同上。
③　陈集益：《驯牛记》，《文学港》2016 年第 8 期。

传统农耕社会的渐趋远离，在"驯牛"这一愈发少见的写作题材中，更显示出作品的难能可贵之处。

第十六类，动物主人公带有某种积极意义的"遇难"。（"动物之死"：DSW）

动物叙事虽明写动物实则写人，重心在表达人的某种情感价值诉求，然而动物形象却是作者所着力烘托与渲染的对象，一部动物叙事作品的成功与否在很大程度上取决于其中动物形象塑造的力度与准度。无论是家养动物抑或野生动物，不同物种种类、生活习性与情感状态，在对情感诉求的表达层面所起到的作用基本是趋于平衡的，即均在功能项叠加呈现直至导引出最终的反思性结局之时，才会让动物形象塑造的全部意义指涉得以彰显，更以一种特殊的功能情节设置的形式呈现出来。而最为常见的结局功能项设置呈现为小说中的动物主人公带有某种正面意义的不幸罹难，我们将其简称为"动物之死"功能项。

这里的"动物之死"涵盖较为广泛，既可以是凶猛异常的野兽，也可以是娇小可爱的小动物，但它们的死都由某种特殊的原因促成并彰显出一定的意义指向，这恰恰是人的情感伦理当中的某种换位表达，寄托着作者悲天悯人的叙事情怀，对人间道义的执着守望，在真、善、美的伦理内涵中拔高"动物之死"的特殊意义指涉，把人性、人情的最本真的东西和盘托出地呈现给读者。也许只有借助"动物叙事"的表述方式才能达成这种呈现的力度，特别是"动物之死"的情节设置更让这种强烈的情感共鸣达到一种近似极致的地步。如果我们进一步对"动物之死"功能项进行深入的论证，这种共鸣之感也会愈加强烈，在不断拉近读者与这些可爱而纯挚的动物形象间的无形距离的同时，更多的是对它们身上所流露出的那种人性、人情之美的由衷赞美。

爱情是诸多文学作品中一个颇为常见的永恒主题，而在历朝历代的中国动物叙事的繁衍进程中，该主题类型更是占据了一个颇为重要的叙述空间，特别是在"动物变形"类精怪故事讲述中更是屡见不鲜。虽然在中国当代动物叙事中爱情主题不再受到特别的关注与青睐，但其依旧在部分作品中展现出特殊的情感意蕴，特别是与"动物之死"情节功能项发生某种特殊的关联，即动物为了守护坚贞的爱情而壮烈罹难的书写让我们体会到爱情的至死不渝。《狼行成双》中先是陷入枯井之中的公狼，面对着母狼为救自己而不断与两个少年周旋，它做出以己之命换母狼一命的决定，那种维护可贵的狼性尊严的心理驱使下，公狼竟以自行了断的方式在枯井中结束了自身性命，"他是撞死的，头歪在井壁上，头颅粉碎。脑浆四溅。那只冻硬了的野羊，完好无损地躺在他的身边。"①

紧接着本可全身而退的母狼却并未就此"苟且偷生"，而是同样以慷慨赴死的方式直接迎向两个少年的枪口，那一刻母狼所展现出的那份平静与淡定更加让人肃然起敬："她的目光像水一样的平静，悬浮于上的雾气正在迅速散开，成为另外一种样子，一种纯粹的样子。她微微地仰着她的下颌，似乎是轻轻地叹了一口气，然后，她朝井台这边轻快地奔来。两个少年几乎看呆了，直到最后一刻，他们其中的一个才匆忙地举起了手中的那支枪。"② 公狼、母狼的先后以死殉情，生死相随、山水相依，让"动物之死"的情节功能得到了最为酣畅淋漓的书写。

《獭祭》中当老荒捕杀最后一只男毛，手捏其尸体正要剔剐之时，女毛为夫雪耻，义无反顾地扑向了老荒。同样是对伟大忠贞爱情的书写，最终女毛以"动物之死"的方式悲壮地为男毛殉葬，小说尾段的描写震人心魄："她斜斜地站了起来，长长的躯体，仿佛连接住云天，叽叽呜呜的呻吟，仿佛细细绵绵的诉说。不过瞬间工夫，她便沉重地倒了下去，那只男毛从她的背上翻落下来，并排着躺在他的身边。大石堡上，也就燃烧起两团火焰来了。"③ 这里的"动物之死"除表达出坚贞爱情之美的情感诉求外，更平添了一份对永恒生存结构的期许，内蕴浓厚的动物保护的生态理念：滥杀动物，破坏生态环境，不只是人类反感，连幸存的动物也要给滥杀者以仇报。

与爱情主题相对应的同样动人心弦的情感诉求无疑是亲情主题

---

① 邓一光：《狼行成双》，《钟山》1997 年第 5 期。
② 同上。
③ 赵剑平：《獭祭》，《山花》1988 年第 6 期。

的书写，"动物叙事"作品中常将这种亲情之爱的渲染预设到具体的动物形象身上，并以"动物之死"结局功能项的表达加以烘托。如《苦狍制度》中狍娘为了自己的孩子与整个种族群体，忘记了本应有的惊吓与恐惧，义无反顾地扑向那足以让自己殒命的野猪窝。此时出于亲情、为了保住自己的孩子岌岌可危的王位，狍娘早已将生死置之度外，它的全部念想只有如何以自己的性命诱野猪出洞，解救狍王的"抉择之痛"与种群的"生存之困"。小说正是通过"狍娘之死"结局功能项的情节设置，让这种建立在动物生存法则之上的伟大母爱的讴歌得到有力的渲染，也实现了由物及人的检视力度①。

如上所述，"动物之死"情节功能项可以呈现为多种表征方式，与爱情、亲情、保卫家园等多个主题紧密相连，然而这些都还不是最为常见的表现形态。"动物之死"最具代表性的功能表征体现在衔接"目睹""围堵""对抗"功能项的讲述，展现动物与主人之间情感关联的类型表述中，其中包括前文提到的"动物救主"类结局设置的情节安排，如《退役军犬》《野狼出没的山谷》《驼峰上的爱》等；还有重心在"动物之死"对主人的情感触动上，如《飞过蓝天》《跪乳时期的羊》《清水里的刀子》等；而像《一只叫芭比的狗》直接以"动物之死"去审视人的灵魂、揭批人性丑恶的作品并不多见，但它显然也是"动物之死"功能项的一个显著表达。

"动物救主"类叙事作品中《退役军犬》较具代表性，黑豹在经历"对抗"功能项的情节铺垫之后惨死在冯老八枪口下："黑豹的身

---

① 《大绝唱》中"动物之死"结局的书写更加荡气回肠，其特殊之处在于：首先是为了保卫家园、争夺共同的生命资源——水，人与河狸才走到了剑拔弩张、针锋相对的地步，而人作为后来者打乱了九曲河两岸动物的生态平衡，作为原住者的河狸显然成为正面意义的代表；其次，这里的"动物之死"是指向动物种群的集体遇难，整个河狸家族全部遭遇不测，悲剧意味更加强烈而震撼。诚如文本中所言："这是一次数量充足的捕猎，几百只河狸供应几十只狗。这是一次不公平的游戏，一方只能做另一方的食物。这是九曲河上最重大的牺牲，不是个体，不是家庭，也不是家族，而是整整一个种群的生命。"动物种群为保卫家园而做出的集体牺牲，正是对人类中心主义的强烈控诉，在与万物的和睦相处中共同构筑理想的家园、共同唱响理想的生命之歌才是作者与读者的情感共鸣所在。引文见方敏《大绝唱》，湖南少年儿童出版社 2000 年版，第 127 页。

体还在抽搐，它的眼里闪射着留恋的、兴奋的光芒，因暴怒而竖起来的颈毛还直立着，鲜红鲜红的热血正从伤口里淌出。"① 黑豹之死夹带着挑战强权的味道，而更主要的是黑豹的死是由那些麻木不仁的盲从者把远门堵死而间接造成的，否则黑豹完全可以乘着把冯老八撞倒之机夺门而去，这里"死亡"就附着了更多的讽刺意味，借"动物之死"表达人的麻木不仁的劣根性及病态情感，在一定条件下就会恶化为势利主义，变为可怕的"墙倒众人推"，沉痛的教训足以引起人们的沉思，黑豹的含冤而死无形中也阐明了其深刻的警示性意义。当然，表达黑豹忠贞、勇敢与坚韧的品性，特别是为了主人而"舍生取义"的崇高精神，依然是"动物救主"主题最为常见的诉求表达。在这一点上，与《野狼出没的山谷》《叼狼续篇：猛犬血脉》中贝蒂与特日克之死的情节安排如出一辙，二者的形象塑造也在慷慨赴死的情感铺垫下达到极佳的书写效度，对自身主人的那份浓烈的情感尤其清晰明辨，正得益于"动物之死"的特殊情节功能的安排。

《驼峰上的爱》是一篇相对比较特殊的作品，它虽然也以"动物救主"的方式来充分表现"动物之死"的功能指涉，但重心却在深厚情感的烘托与内在灵魂的救赎之上，小说中母驼阿赛为了挽救小塔娜与小吉尔奄奄一息的生命，竟不顾自身安危凭借最后的气力分秒不停地从沙坑里吸水来给予他们维持生命的养料。"它几经努力才弯回了头，挣扎着睁大了眼睛，温柔地望着两个即将苏醒的孩子，用尽最后一点力气亲昵地叫了一声：哎……便僵化在那里一动不动了。母驼阿赛，永远永远地跪卧在这漫漫的黄沙上了，但放驼人却载回了它驼峰上深沉的爱。"② 对于阿赛之死的描写已经把全部的情感指涉和盘扎出，更为主要的是母驼坦然赴死的行为方式让小说中的主受难者放驼人的灵魂得到解救，同时他的妻子——放荡不羁的娇小女人也在这种强烈的道德感召下找回了昔日的温存。

郑义的《远村》虽然不能完全归入"动物救主"的叙事范畴，

---

① 李传锋：《退役军犬》，《民族文学》1981 年第 5 期。

② 冯苓植：《驼峰上的爱》，《收获》1982 年第 2 期。

但动物主人公"黑虎"依然体现出了该类型的某些动物所特有的美好品性，这里勇敢、忠贞与坚定成为对其最佳的注解。为了向捕杀了福金伯家的驴的豹子讨还血债，黑虎与杨万牛连同其他牧羊犬同豹子进行了殊死的搏斗，最终虽然取得了胜利，却付出了惨痛的代价——"黑虎"的壮烈牺牲点燃了文本的叙事激情，黑虎爱憎分明、忠贞不渝与果敢刚毅的品性在此得到了淋漓尽致的展现。当然，这里的"动物之死"其实依然是附着在人类的某些利益诉求下才得以达成的，黑虎的死也与作为人类主人公的杨万牛（人类的出发点：保护驴不再受到伤害）不无关联，而文本结局设置中也刻意凸显了这一潜在的自责性的话语表达，通过杨万牛对待死后的黑虎的态度上得以彰显："黑虎死了，他不让人们吃肉，也不让剥皮。求老木匠做了个小木匣，在黑虎死的五凤岭上刨了个深深的坑，掩埋起来。"① 这里表达出对黑虎之死的敬畏与留恋之情，但更主要的是勾连出人类如何对待物种生命的生态伦理层面的思考，如何站在动物的角度去体认物种生命的伦理道德与生存权利，这些都赋予了文本特有的叙事深度。难怪曾道荣先生直言："在作者的眼中，黑虎早已不是一个畜生，而是一个跟他并肩战斗了一生的战友，是另一个鲜活的生命个体，它有资格享受'道德顾客'的待遇。"② 正是从尊重物种生命与生存权利的向度出发的。

　　在家养类动物叙事题材作品中，由于其主述的核心是有关主人与心爱之动物深厚情感的书写，情感的烘托自然也成为该类型叙事的核心，往往把这种情感的渲染发挥到近似极致的地步，而这更多是要依靠动物形象的塑造来得以实现，于是更多作家把"动物之死"作为一个重要功能项呈现在该类动物叙事的结局设置上。也许没有什么比死更能打动人心并博得足够感动与怜悯的目光了，作者的用意恰恰在

---

① 郑义：《远村》，《当代》1983 年第 4 期。

② 在此基础之上，曾道荣进一步提出："从这个意义上说，作者似乎已经走出了戒备森严的动物叙事人类中心主义的城堡，开始从动物的利益为出发点来思考问题，这是 20 世纪 80 年代以前的作品所做不到的。"结合本书前文对动物叙事历史传承与类型衍生中有关当代部分的论述，这一结论可谓切中肯綮。详见曾道荣《动物叙事：从文化寻根到文化重建》，《文学评论》2009 年第 5 期。

此，借助"动物之死"来达成对核心情感诉求的拔高，最终达到感化读者、提升思想品格的目的。《飞过蓝天》中小白鸽"晶晶"极具反讽意味地死在自己苦心寻找的主人手里，而这种死亡本身更加体认了"晶晶"顽强的生命意志与忠贞的情感内核，更有着对生命的不可预见性的某种深刻的哲思。《清水里的刀子》则采取了一种相对较为平缓而安静的方式来叙述老黄牛的死，就像老黄牛这一物种本身的品性状貌一样。小说甚至直接省去了杀牛的整个过程，人类主人公马子善选择有意回避的方式摆脱了本应承受的"目睹"之困，而"动物之死"叙事功能的展示借助于"硕大的牛头"这一意象得以展现。

"他觉得这牛是在一个难以言说的地方藏着，而只是将头探了出来，一脸的平静与宽容，眼睛像波澜不兴的湖水那样睁着，嘴唇若不是奢在地上，一定还要静静地反刍的。他有些惊愕，他从来没有见过这么一张颜面如生的死者的脸。"① "硕大的牛头"意象的刻意安排，在于凸显死后的老黄牛所保有的那一副平静而宽容的姿态，有效回应了贯穿全篇的"静静地反刍"细节描摹。对死亡的特殊预见与感知，对死亡来临时所抱有的那份从容与淡定，反衬出人类自身的渺小。

相比于上述作品中"动物之死"的内在情感触动因素，即对该动物的主人所产生的某种精神层面的潜在影响是诉诸表达的重心，这里的死都呈现出某种正面的、积极的意义，同时所涉及的动物主人的形象（受难者角色身份）也是从正面意义加以展现的。而到了《一只叫芭比的狗》中"动物之死"的情形发生了根本性的变更，动物主人公芭比依旧承担主受难者的角色，然而作品中作为芭比主人的"我们一家人"则彻头彻尾地成为反面人物，完全充当起加害者的角色身份。同时作品中"芭比之死"的特殊情节安排已不再是惯常"动物之死"功能表述中所着力表达的情感诉求，而是直接深入到对人性之恶的揭批，人性的虚伪、冷酷与残忍的一面得以深入的挖掘。结尾处的描写可谓神来之笔，"拉开一半窗帘，我看见阳光灿烂的院子。那只叫芭比的狗还在那里瘫着，它肮脏，丑陋，百无聊赖。它紧闭着已

---

① 石舒清：《清水里的刀子》，《人民文学》1998 年第 5 期。

经失去的双眼。"① 这种梦魇般的虚幻描写，让小说多了一丝似梦非梦的魔幻味道，那只被"哥哥"谋害致死的芭比，依旧回到了这个令人毛骨悚然的阴森家庭，以一种"阴魂不散"的方式顽固存在着，并始终以它那锐利而坚定的目光，审视着家庭里的每一位成员，不时地提醒着人性的丑陋与肮脏②。

第十七类，人类主人公带有某种负面意义的"异化"（甚至死亡）。(人的"异化"：RYH)

作为动物叙事反思性结局中"异化"功能项的设置也是颇为常见的类型表征，这里的功能行为发出者一般由作品中人类主人公形象承担，从角色配置的角度这一类形象皆承担主受难者的角色身份。他们的这种行为乃至情感维度上的"异化"表征实则都由作品中的另一类主体形象——动物主人公直接或间接引发。无论是家养类叙事抑或野生类叙事，"异化"功能项的设置均强调在激越而悲壮的叙事格调中达成某种反讽意蕴的价值诉求，引发读者强烈的情感、道德与心理共鸣。这里谈及的"异化"，范畴较为广泛，可以是具体行为方式上的某种怪异、荒诞的表征，或固有性格特征上的某种转变，也可以是情感状态上的某种失常乃至"变态"，等等。总体而言，都表现为主人公自身发生的一种特殊的"变化"，包含了身体形貌、行为方式、性格特质与情感状态等多个层面，并且在具体的文本设置中又会把这种"变化"的程度渲染到十分剧烈的地步，将人与动物之间的某种情感关联淋漓尽致地加以展现。

《苦雪》中，人类主人公老扁所坚守的传统狩猎理念与以年轻一代海子等为代表的用枪猎捕的现代理念发生激烈的冲突，在经过"对抗"功能并始终劝阻不成的情况下，随着大冰海上的枪声不断，老扁

---

① 李浩：《一只叫芭比的狗》，《花城》2006 年第 6 期。

② 有关"芭比之死"的悲剧结局设置也印证了车尔尼雪夫斯基对悲剧本质的认定，即指向悲剧主体的苦难或死亡："这苦难或死亡即使不显出任何无限强大与不可战胜的力量，也已经完全足够我们充满恐怖与同情。"正是在这种"恐怖与同情"相交织的复杂情感积蕴中，让我们体悟到作品的悲剧意蕴与伦理情感的升华。实则在《红豺》《大绝唱》《苦豺制度》等诸多"动物之死"结局功能项的设置中都有十分清晰的展现，也彰显出其所特有的叙事魅力与审美效度。详见车尔尼雪夫斯基《生活与美学》，人民文学出版社 1957 年版，第 33 页。

已经开始彰显出明显的"异化"表征，这主要体现在情感状态与行为方式上，"老扁病了，昏昏沉沉躺在炕上，面黄，腮凸，眼窝深陷，蒙了一层雾翳的老眼看啥东西都晃出重重叠叠的幻影。村里老少来看他，扶他坐起，也仍旧呆呆的，极似一位坐化的高僧"①。老扁的这种"异化"行为的发生是直接与海子等对海狗的不断猎杀相维系的，暗含着老扁对其一生的对手海子的无比尊重与珍视之情，而"异化"功能随之继续升级加温。为了保护自己曾经猎捕一生的对手老扁甚至不惜舍命堵枪口，悲壮地死于海子等的枪口之下，以死亡为代价的"异化"行为，呼唤生命所理应获得的尊严，烘托出老人心灵的高贵。文本中为了突出这一"异化"功能表征，刻意强化了这种"异化"具体细节的摹写，老扁在影影绰绰之中竟然幻化成一只"瘦小的白海狗"形象，它"仄仄歪歪躲闪着枪口朝着人斜冲过来"②。既突出了主人公老扁与海狗形象的内在情感维系，也让文本的悲剧意味更加浓烈地书写出来。

漠月的《父亲与驼》里同样把侧重点放在了对身体形貌与行为方式上的"异化"强调，寻找老儿驼失败归家的父亲俨然已是彻底换了一副模样，曾经人高马大的父亲如今已是骨瘦嶙峋得形同一张白纸，文末更是用了大量的篇幅在肖像描写中去着力渲染父亲的这种变化，包括成了刀棱子脸的颧骨，身上一根根十分分明的肋巴骨，同时，父亲对母亲和我们儿女一直保持着缄默，"像一个哑巴"一般都突出了父亲所承受的找寻失败的巨大苦痛，特别是小说结尾之处对父亲眼睛的描写更加凸显出这种"异化"状态的触目惊心，"父亲打起遮天蔽日的呼噜，直到第二天傍晚的时候，才睁开眼睛。父亲的眼睛原本是不大的，此时却大了，并且深深地塌陷进去，呈现出一派骇人的猩红。"③"骇人的猩红"的眼睛意象的摹写显示出作者的叙述功力，衬托出父亲身上的"异化"程度之深，而对于所遗失的心爱动物老儿驼的深厚情感与自责之痛都清晰地展露出来。同样的"异化"

---

① 关仁山：《苦雪》，《人民文学》1991 年第 2 期。
② 同上。
③ 漠月：《父亲与驼》，《朔方》2003 年第 8 期。

情节设置在郑万隆的《老马》中有着几乎相同的呈现方式，这里暂不赘述。

结局设置当中情感状态的"异化"表征在鲁敏的《铁血信鸽》中表现得最为突出，"信鸽"意象的一次次出现，不断扇动的翅膀，让一直心有"野兽"、追求生存"意义"的老穆重新焕发起生命的激情，彻底与这慵懒而驯化的处境、无可寄放的绝望之灵魂断然诀别，作者在全文行将结束之时，以一种不乏戏谑与嘲讽的语调编织出这样一幕极具夸张的异化景观："有个身穿睡衣、微胖的中年男人，如跨越某道鸿沟般跃出人世的阳台，继而往侧上方飞去，他肥大宽阔的肉身，在风中缓慢而沉重地飘动、上升，直至化为一只怪模怪样的灰色大鸟，其情状，超逸尘世，美不胜收。"① 此处，人的意象与动物的意象模糊在一起，其强烈的隐喻意义与情感暗示早已不言而喻；而在文非的《百羊图》中，更是将这种模糊的人与动物意象叠加的方式直接置换为现实版"羊人合一"的残酷游戏化的展示。为了哄得有权势者老爷子的欢欣，让已死去的"扁脸"复活，养羊人"驼子"最终甚至不惜上演了一出以人扮羊角斗的好戏："到后来，扁脸变得十分笨拙，毫无还手之力，步态也现出异样，踉踉跄跄竟然前蹄离地立了起来。在遭受了一次最为猛烈的撞击后，扁脸发出了一声区别于羊的惨叫声。"② 文本中对"驼子"这种羊人不分的尴尬情状的展现，将权力、金钱驱使下人的异化状态清晰地展现出来，这种人不如畜的境地的书写，将丑陋、邪恶与无奈、悲怆裹挟在一起，赋予了作品别样的深度与警悟。

"声音的余响"应该算是"异化"功能项里另一个比较常见的结局情节设置，它主要体现在小说中的人类主人公在经受沉重的情感打击之后，以某种拟声摹状的方式重现动物主人公的固有发声方式，而又以人类自身的自然行为状态作为基础的表达基质，则凸显出"异化"的浓浓味道，而内蕴其中的却是一种深深的怀恋与痛苦的愧疚之情。《母狼衔来的月光》《鸟事》《红狐》等作品中都有类似的功能情

---

① 鲁敏：《铁血信鸽》，《人民文学》2010 年第 1 期。
② 文非：《百羊图》，《特区文学》2015 年第 12 期。

节设置，《鸟事》里在经历"遗失—寻找"之痛的老张身上，最大的情感诉求必然是对自己遗失了的心爱的八哥的深切怀念，那么主人公的"异化"必然勾连到具体的八哥的行为表征上，而这种"异化"正是通过文本中的核心意象八哥会学人说话并惟妙惟肖这一特质凸显出来的。老张在自己的屋子里模仿昔日的爱鸟八哥的声音，"他把自己的嘴尖起来，尖得就像鸟嘴一样，嗓子也故意挤小了，'早晓得这样，'他的声音，和八哥鸟完全一样。他学得真像啊！"① 而后跑到弄堂口大香樟下再次模仿八哥发出刺耳长啸吓得行人躲避退让的老张，已经完全"异化"成八哥的样貌情状，而这又是通过"声音的余响"呈现出来的，也把主人对自己遗失的心爱之动物的深深怀恋之情跃然纸上，催人泪下。

如果说《鸟事》中的"声音的余响"的异化功能主要付诸表达深深怀念的固有情感感怀上，那么《红狐》中人类主人公金生的"异化"则完全来自一个穷途末路的猎人与红狐之间同病相怜的深切感觉，狐狸虽然被金生开枪打死，然而金生自己却幻化为红狐，陷入悲哀与无奈之中，"村长芒加把金生抱在怀中。金生想说话，一用劲，人们却听到狐狸的哀哀叫唤。"② 模仿狐狸声音所发出的"声音的回响"已不再是寄托于金生对红狐形象的怀恋，而是一种深深的哀思，是对"无猎可打"的英雄落寞的时代境遇的一种无奈表达。之所以"异化"成红狐的声音状写，正是得益于与红狐的同病相怜，红狐面临的也正是生存环境遭到损害，自身年老体衰、落魄不堪的情感状态，因此这里把人物形象以异化的方式与动物形象的塑造成功勾连在一起，正是要突出这种落寞而凄惶的情感诉求。

这类功能设置到了张健的《母狼衔来的月光》中，主人公的"声音的回响"异化功能不再付诸到模仿与重现的情感表达上，而是用人类自身唱词的方式凸显出来，突出主人公复杂而纠结的情感困境。当母狼叼着一团火的小狼冲进林中引发了森林大火之后，小说的结尾这样写道："人们后来说，连里着完大火的当天夜里，后半夜了。

① 荆歌：《鸟事》，《花城》2008 年第 1 期。
② 阿来：《红狐》，《西藏文学》1994 年第 1 期。

佛成哥在唱，唱得很悲戚。女哭男唱，佛成哥唱了。有人听到了那唱词：'扭回头，我勒住马，再望上一眼，望一眼我那嫩嫩娇生……'"①这里佛成哥的异化唱腔实则是来源于对曾经与母狼、小狼之间的那种微妙的情感维系的怀念，但更多的却是一种愧疚的复杂情感的真实写照，"望一眼我那嫩嫩娇生"直接指向了对小狼的情感抒发，特别是经历了由亲手养育到小狼逐渐长成的整个过程的佛成哥，其痛苦之情显然在此已烘托到一种极致的地步，"异化"的情感指涉也得到了最为有力的书写。王怀宇的《小鸟在歌唱》中，对人类的破坏和杀戮表现出忏悔之感的主人公"我"："好像染上了一种幻听的毛病，尤其在夜深人静之时，总能听见小鸟们在'嘤嘤嘤嘤'地低声歌唱。"②也是"声音的余响"异化表征的一种客观展现，饱含着对人性中一种反思本能的否定。

上述章节的相关研究是按照笔者特殊的考察角度所进行的对 17 个功能项的总结与阐释，基本可以涵盖当代动物叙事所可能呈现出的全部主体情节的可能，反映出其整体的构篇方式与情节结构构成。研究得出了当代动物叙事的四类主体情节结构：故事的初始情境（灾难前兆）、受难者遇困（或矛盾）的发生、解困（矛盾缓和）过程与带有忏悔意义的反思性结局安排。从文本的构篇上来看，基本上是按照事件的起因、发展、高潮到最后结局的正态叙事逻辑排列的。因此，一般意义上而言，第二部分与第三部分即遇困与解困的情节构成基本上会成为当代动物叙事的"重头戏"，处在核心的地位同时也占据了更多的文字表述空间。而有关初始情境及反思性结局的讲述一般都会一笔带过，不作为情节构篇的主述成分，但却常常彰显出其特殊的功能价值，有时其所扮演的角色甚至可能比处在中心地位的两类功能主项更为重要。

以"动物叙事"反思性结局这部分为例，无论是人与动物的哪种结局方式有效组合，都会在很好地为全篇有关动物的讲述进行收尾之时，表达出某种或反思、忏悔，或向往、期冀等带有昭示性与自审性

① 张健：《母狼衔来的月光》，《绿叶》1994 年第 1 期。
② 王怀宇：《小鸟在歌唱》，《作家》2016 年第 5 期。

的情感指涉，而这些又往往通过特殊场景的设置、相关意象的勾连或具体形貌样态的描摹、精妙细节的刻画等多个向度得以促成。实际上，读者可以从当代"动物叙事"的这种结局功能项设置中窥探到作者的构篇思路，包括他们的个人情感指向、心理状态以及思维理念等层面的相关指涉，这是结局功能项所具备的特殊意义。无疑让我们更加接近了"动物叙事"的本质：所谓的"动物叙事"实则即为人的叙事，叙述与倾诉的主体依旧是人，作者的情感指向、价值判断内蕴其中，其真正反映的正是人类自我意识在动物身上的潜隐显现，而它又以一种集体无意识的方式沉潜在中华民族有关动物思想的整体表达当中。

第五节　当代动物叙事的深层结构与价值规约

一　"深层结构"：叙事方程式的导出与确证

当代"动物叙事"四大主述情节功能所涵盖的 17 个功能项并未严格依照具体的事序顺序排列，但实则各功能项之间的内在逻辑关联与价值指涉的承续性均暗含其中。例如"寻找"的跋涉（Wr/dB）这一"解困"功能项设置，特别强调其与"初始情境"中人类受难者情感的"遗失"（WrH）功能项的逻辑关联性，特别是价值指涉的承续性上，可以排列到一个主述序列当中，无论《鸟事》中的"老张"、《一头叫谷三钟的骡子》中的"谷凤楼"抑或《父亲与驼》中的"父亲"，三位人类主人公都在"遗失"心爱动物这一功能项发出后，开启了解困阶段艰难的"寻找"功能项的叙事进程，最终反思性结局的导出不约而同地指向"人的异化"（RYH）功能表达，这样该类主述情节模式可用公式表示为：Wr/dB→WrH→RYH。依照此种思路，对 17 个情节功能项进行细致的对比与排列，不难得出在家养类动物叙事中，"遗失"功能项实则还对应并开启了"接近"功能项的有效设置，最终结局一般指向"人与动物的相安无事"（XAWS），与之对应的排列公式为：Wr/dB→Wd/rL→XAWS。

上述两类家养类动物叙事在"初始情境"的功能设置上较为相

近，都以"遗失"固有美好情感作为行为指涉，而在接下来的情节推进与合理构篇过程中，却彰显出本质性的区分：在"遗失＋寻找→人的异化"主述序列中，强调人与动物在文本中同等性的话语地位，而表述的重心在于人，最终价值指向涉及人类主人公所发生的某种精神、情感、行为等的变化；在"遗失＋接近→人与动物相安无事"主述序列中，一般表述的重心在于动物，主述动物主人公所具备的重要品性，特别强调其对于人类主人公形象塑造的特殊反衬性意义。

野生类"动物叙事"中每一功能项的设置涵盖了更多的情节功能的表述，甚至兼顾了四大主类中情节构成"初始情境"、陷困、解困到反思性结局导出的事序进程，凸显出野生类叙事较之家养类叙事情节的丰富性与曲折性，这也是野生叙事往往易于吸引更多读者目光并迅速流行于市场的一个重要原因所在，如《狼图腾》《藏獒》等作品。野生叙事备受关注的原因更多是源于其作为一个成熟的小说类型，在追求陌生化过程中不断实现自我突破和自我否定，在保持其主导类型形式与内部结构完整性的同时彰显自身的独创性价值。基于上述 17 个功能项的排列与诠释，可把野生类"动物叙事"的主述模式同样用两类公式予以排列：一类为由"误入"他境（Wd/rC）功能项诱发而陷入"围堵"之困（WdS），动物主人公经历艰难而激烈的"对抗"过程（WdG），最终献出宝贵的生命（"动物之死"：DSW），用公式表示为：Wd/rC→WdS→WdG→DSW；另一类行为诱发一般由人类主人公发起，妄图"重塑"昔日辉煌（WrM），因而陷入某种"抉择"之痛（WrO），人与动物间展开相应的"对抗"进程（WdG），结局呈现为人的"异化"（RYH）或"人与动物相安无事"（XAWS），用公式表示为：WrM→WrO→WdG→RYH/XAWS。需要明确前一类主述类型，其主体在讲述野生动物，无论是人的误入抑或动物的误入，也包括双双误入的情形，如《野狼出没的山谷》《藏獒》等，陷入"围堵"之困后的奋起反击一般皆是由动物发出，或是自我抗争，或是为了人类而展开对抗，最终凸显的重心均在动物形象自身的品质颂扬上，最终"动物之死"结局的设置皆着意于该点；后一主述类型中主体讲述的是人，一般为充当猎人身份的主人公担当，与棋逢对手的动物形象展开激烈对抗，最终置换出的是一种被感化与震撼的情感触动，指向人与动物、人与自然的和谐表征。另外，诸如"忍受"生存之困、"目睹"同伴亲友之死等功能项均可归入"误入+围堵+对抗→动物之死"的主述序列当中，由于发生在"误入"功能项之前，显然具备了"初始情境"的意义，但由于其出现一般都较为零散不具备典型性，因此不作为主述情节功能项设置加以对待。

还有一类叙事模式可以涵盖家养与野生两类相对独立的题材范畴，即由人类主人公发出"允诺"使命之限，而这种允诺（WrJ）行为发出后一般会导致两种"解困"进程功能项的实现：一为动物与人情感"联盟"的方式（Wd/rT）；一类属家养叙事范畴的动物主动"接近"的方式（Wd/rL）。最终结局指向皆为"动物与人相安无事"（XAWS），用公式表示为：WrJ→Wd/rT + Wd/rL→XAWS。该主述类型在"动物叙事"中的落实并不具备四大主类中的那种普泛性，但在价值指向上却孕育出同样的伦理诉求。因此，我们也把该表述类型作为一个重要的考察对象加以对待，它与上述四类主述模式共同呈现出当代"动物叙事"的类型化表征。看似纷繁复杂、异彩纷呈的当代"动物叙事"创作，在无限可能的情节结构与叙事进程当中，我们找到了最为基础的核心主述模式的表达，在此基础之上可进而得出当代动物叙事的主导叙事品格和独特类型特征，确立动物叙事的本体观。将"遗失+寻找""遗失+接近"与"误入+围攻+对抗""重塑+抉择+对抗""允诺+联盟/接近"几类主述情节模式连缀在一起可用公式表示为：

$$
S（D = 动物叙事）=\begin{cases}（Wr/dB→WrH→RYH\cdots\cdots）\\（Wr/dB→Wd/rL→XAWS\cdots\cdots）\\\quad\quad\quad\downarrow\\（Wd/rC→WdS→WdG→DSW\cdots\cdots）\\（WrM→WrO→WdG→RYH/XAWS\cdots\cdots）\\\quad\quad\quad\downarrow\\（WrJ→Wd/rT + Wd/rL→XAWS\cdots\cdots）\end{cases}
$$

在有关当代"动物叙事"的整体结构公式表达中，我们可以清晰看到几条明确的类型主述脉络，并且情节安排的特殊性、事序顺序的连贯性与结构进程的关联性等都得到了有力的彰显。无论是家养叙事，抑或野生叙事，以动物为主人公或以人类为主人公的表述方式，几乎所有的"动物叙事"文本皆可纳入这一公式集合的叙事范畴中。那么，依托于上述的考察思路，我们进一步对刚刚所得出的主体情节结构表述范式进行更为深入的细究，不难发现仍然有更为核心的深层结构内蕴其中，进而可以把这一集合性的功能结构表达公式化繁为简，用一个更为明确而固定的深层叙述框架来统归当代"动物叙事"全部的叙事可能。

上述公式表达中无论是"遗失"（WrH）、"误入"（Wd/rC）抑或"重塑"（WrM）、"允诺"（WrJ）功能项的发出与具体推进，实则都是导引人类抑或动物主人公陷入困境（身体或情感上）的根本动因所在，即在任何当代"动物叙事"文本中，作家们都会让自己所倾心塑造的主人公经受磨难、陷入某种身体或情感、心理上的困境，当然，这里的受难（或"陷困"）表述是从广义上予以理解的，它涵盖了 17 个情节功能项当中诸如对于自身生命的困惑（如《清水里的刀子》等）、身体陷入顽疾（如《怀念狼》等）、情感上经受纠结之痛（如《巨兽》等）、遭受动物族群的围堵（如《野狼出没的山谷》等）、心爱之动物难于寻觅的痛楚（如《飞过蓝天》等）等诸多情节表征。尽管在具体文本中其表现与传达的方式、诉诸的手法与策略不尽相同，但受难（或陷困）的情感诉求与价值指涉始终是最为核心的功能表达。

笔者选择用"陷困"这一动宾词汇来界定"动物叙事"深层结构当中的第一大功能指向。"陷困"二字，拆分开来由"陷入"与"困境"两个词语分别担当，这一动一名两类不同的词汇属性既拥有各自的叙事范畴，同时也凸显二者之间前因后果的内在逻辑关联。"陷入"强调动作与具体行为层面对受动者（主体角色"受难者"）所施加的内、外在压力，"困境"则强调此种施加所造成的直接（或间接）后果，包括身体、精神、心理、情感与伦理等多个层面，其潜隐传达出的却是一种现实层面可以依托的强烈的困惑与焦灼之感，包裹着彷徨、无奈、纠结、无助与感伤等多种错综复杂的情感体验。这种情感体验实则是人类有关动物的历史想象与神话述说中所潜隐的集体无意识的情感结晶，凸显出"陷困"这一核心功能结构所蕴含及其可能达成的情感指向与价值规约。

无论是"寻找"（Wr/dB）、"接近"（Wd/rL）抑或"对抗"（WdG）、"联盟"（Wd/rT）在文本事序顺序中处于高潮部分的功能指向，均落实到"解救"行为的发出与最终"解救"（正态或负态）结局的达成上。如果说动物叙事文本的"初始情境"的诉求重心在"陷困"功能的凸显的话，那么，随着情节进程的有效推进，叙事结构的高潮部分承续"陷困"功能的表述则落实到"解救"功能项的叙事逻辑中。当然，达成"解救"的具体方式不尽相同，直接的对抗、情感的接近与补足、以找寻的方式实现等，并且"解救"行为的发出者并不局限于具体的人物或动物形象，有时可以依托动物与人"联盟"的方式达成。在具体解救行为的可行性、有效性与必要性上不同文本也诉诸着不同的表述范式，并适时地融入作家的创作理念与情感诉求：本身持怀疑和否定的态度，实则并不抱有任何"解救"达成的期许，如《怀念狼》《巨兽》等；有积极的带有某种情感期待与心理暗示的表达，如《最后一名猎手和最后一头公熊》《银狐》等；还有直接以一种平常心的姿态不明确予以判定，暗藏某种"解救"的玄机，如《梅妞放羊》《清水里的刀子》等。

"解救"叙事逻辑中可以融入各种具体可感的情感范畴，包括执着、念想、眷恋、憧憬、信念、崇敬与景仰之情、对未来的美好向往等积极的、正态的呈现；也可为完全相对立的悔恨、迟缓、恐惧、彷徨、压抑、落寞、纠结、对自身存在价值的怀疑、对愿望达成的自我退缩等消极的、负面的情感诉求。因此，具体文本中呈现出赞美、颂扬与批判、贬斥两类偏于极端又相对立的表达，并且这两类情感范畴的呈现方式实则均统归在"解救"功能项的叙事逻辑之内，并与"解救"所可能达成的结局方式直接呼应。无论是"人与动物相安无事""动物之死"抑或"人的异化"等带有情感指向性的结局安排，实则都承担了上述积极或消极意义、正负两级的双重话语指涉，这三类基础性的结局功能的表达最终均聚焦在"反思性结局"潜隐表达上。

按照上述对当代"动物叙事"类型主述功能结构的细化分析，不难得出更为深层的具有统归性质的基础叙事逻辑，即由事件的起因、发展（经过）、高潮直至结局这样的线性顺序排列，这一核心的深层结构可表达为："陷困"＋"解救"→反思性结局的勾连。具体展开，取每一核心功能表达的首位拼音字母，因为其具体行为的发出者、施动者皆可由人类或动物形象分别（或共同）承担，那么"解困"功能项可用公式Wr/d"XK"来予以诠释，而"解救"功能项则可用Wr/d"JJ"表示，这里的引号，意在强调"陷困"与"解救"各自特殊的意旨空间与价值指涉，是具备丰富的情感与伦理视域的类型叙事最具标识性的表达。在此基础之上，所勾连出的反思性结局功能项则可用"FS＜?"表示。这里的"＜?"，是要凸显出此种"反思"内蕴的无限性与不确定性，并且"反思"的指向性本身是不明确与模糊的，无论正面抑或反面的结局方式实则都暗含作者的某种情感困惑，作者也未尝期望仅仅依托"动物叙事"文本的写就即能实现对自身乃至人类整体困惑的解答。因此，"动物叙事"的叙述重心不在于对"解救"效度的明确答复，而是在一种反思性结局及其所形成的叙事氛围中勾连起某种共鸣性的忏悔与自省的情感意识，引领读者进入带有深思与反诘意味的自我探求与情感体验之中，饱含着对一种所期冀的理想生命状态与生存样貌的憧憬。具体而言，中国当代动物叙事的深层结构可用公式表示为：

$$S（D=动物叙事）=Wr/d"XK"＋Wr/d"JJ"→"FS＜?"$$

"动物叙事"深层结构公式"陷困＋解救→反思性结局（不确定性）"的得出，对于我们探讨这一叙事类型的艺术风貌、叙事成规、伦理诉求及价值旨归等提供了重要的评判标准。特别是在这一深层结构涵盖下的主体功能表述其特有的价值规约及内蕴在文本背后作家潜隐的思维意识与情感诉求的呈现，是深层结构研究中更为重要也是不容忽视的一环。笔者将有针对性地从深层结构的情感逻辑、叙事旨归以及主述模式的维度进一步深入下去，直接将研究视野拓展至有关作家的自我意识的彰显，内在伦理视域的判定，特别是"动物叙事"

类型所潜隐的带有人类普泛性的集体无意识的情感呈现。这将与下编中"动物叙事"神话历史根源的考察达成有效的关联，指向有关中华民族思想意识的某个侧面的揭示。

二 "陷困＋解救→反思性结局？"的情感逻辑与叙事旨归

对中国当代动物叙事的相关研究不难发现，其基本的事序顺序与情节进程实则都遵循着"陷困＋解救→反思性结局？"这一深层结构公式的叙述逻辑。当然，有时势必会发生某些变体、转换与位移的情形，如具体叙事手法的运用、表意策略的选择、角色类型的界定、初始情境与结局铺排的方式等层面。但作为核心的深层叙事语法结构，特别是其潜隐的价值规约作用却按照固有的方式横亘其中，且始终在动物叙事诸文本中发挥着其突出的功能导向性作用——潜隐传达出作家的一种情感困境，更进一步升华为带有普世性的涵盖整个人类视域，乃至民族（国家）概念指向的"困惑"。所谓"动物叙事"，实则是隐藏在文本背后的作家本人的"叙事"——"它构成了作家对客观世界与人的一种把握方式"①。"动物叙事"实则关乎到人伦、道义、礼节、生命、灵魂、民族等多个伦理向度。当然，在具体文本表述中由于皆冠以"动物"之名，因此，这种多维度、多侧面的揭示自然也附着在有关动物话语的讲述之中。落实到具体叙事的层面，可以从不同的角度、进入方式来加以展现，如由文本中具体的动物意象（多承担主人公角色）直接发声以代言，即通常所定义的"动物视角"的有效选择；也可以由隐藏的作者与文本中的动物意象共言之，以动物与人作为双重叙述重心的方式予以呈现；还可以由作者借助文本中的人物形象（作为主人公或旁观者、见证者角色）直接进行表述，人类视角的选择与直接诉求表达也是颇为常见的叙事选择。

毋庸置疑，无论哪种讲述或"叙事"方式，实则都必须关乎动物，与动物的命运遭际密切相关。确切地说，无论哪种困惑与矛盾情感的具体展开实则都与文本中动物形象的塑造紧密勾连在一起，即使这一意象在文本中并不占据主要的话语空间，如《巨兽》《红狐》

---

① 钱理群：《人与兽》，《心灵的探索》，河北教育出版社2001年版，第216页。

《怀念狼》《清水里的刀子》《铁血信鸽》等。这恰恰与中国最古老的原始思维方式与情感基质不谋而合，从本原意义与发生层面上予以探讨，原始人类最初的恐惧、不安与慌乱，源于对变幻莫测的自然现象、对人类自身以及诸多不解之谜的种种困惑。这种困惑建立在恐惧、担忧与难以名状的情感逻辑之上，而对其有效的回应与解答却只能被寄托在"万物有灵""动物崇拜"等朴素情感的传达中。由此，衍生出各氏族、部落之间的动物图腾神话与动物自然神话，"神话反映了人类的本质，以及人类原始的情感、本能、直觉和渴望的精髓。"①"渴望的精髓"正是原始人类探寻自身信仰维度，渴求被庇护、被解救的一种期许与热切向往，它显然已作为一种集体无意识的情感基质沉潜在人类朴素的思想意识深处，并一直发挥着其潜隐的价值导向与规约性作用。纵观中国文学中动物叙事漫长的历史传承与类型衍生的进程，实则皆是在"人类—动物—神灵（自然）"内在的三维关系中所进行的自我阐释。"人一半是动物性的，另一半是神性的，神性的力量把我们往上拽，动物性的力量把我们往下扯，人一生的过程就是在这种痛苦的撕扯中挣扎的过程，这就是人生的真实写照"②。尽管具体的诉求方式与创作手法不尽相同，但这一"自我阐释"的核心依旧是人类在其所处的各个时代与历史语境中所面临的共通性的情感困惑，以及伴随而来的纠结、矛盾与不安的心境写照。

进入当代文学的叙事范畴，这种"自我阐释"的意愿似乎更加急迫与强烈，恰恰因为当代人类所面临的困境不比他们的先民少，他们的挫败感、恐惧感、无根感，彷徨、纠结与无奈的心境……诸种充满现代意义上的"困惑"之感在"动物叙事"作家笔下均得到清晰的展示：对当下所处生存环境"无以为继"的困惑，对固有美好、本真之品性渐行渐远的困惑，对自身命运遭际难以把握的困惑，对情感深处人性之恶的幽深的困惑，等等。种种展示被置放于关乎"人与动物"的情感逻辑关联当中，以人与兽、人性与兽性、人情与兽情交相

---

① Carl M. Tomlinson and Carol Lynch - Brown, *Essentials of Children's Literature*, Boston, MA: Allyn and Bacom, 2002, p. 103.

② 赵林:《中西文化分野的历史反思》，武汉大学出版社 2004 年版，第 13 页。

呼应的方式，特别是对其内在的伦理、情感视域的观照当中得以彰显。"动物叙事"的话语表述实则正与当下全球化的时代语境相吻合，"原来人与大自然、人与人以及人与神之间比较亲密的关系全面断裂"①。在这样一个秩序混乱又浮躁喧嚣的世纪里，呈现给我们的既是一个物质文明急剧膨胀与高度发达的时代，但同时又是一个精神严重失衡、人文精神迅速下滑的时代，正如史怀泽所言："我们的灾难在于：它的物质发展过分地超过了它的精神的发展"，"在不可缺少强有力的精神文化的地方，我们则荒废了它。"②"荒废"恰恰指向了现代人精神世界的沦陷、道德伦理的丧失。也凸显出在日益加剧的生态危机这一严峻事实面前，自然生态的失衡更加可怕的地方在于它已深深渗透进人的伦理视域，更把人的这种精神衰微与病态推进到一种触目惊心的地步，暴殄天物、纲常混乱与畸形消费等都是它的具体表征，而这些均成为当代动物叙事所要面对与积极回应的重要题旨。这个时代对于当代人而言充满太多的变数、尴尬与难于把握的玄机，也随即留下了诸多的不解与疑虑。

　　正是基于这样的时代背景与现实层面的价值依托，当代动物叙事创作积极介入到对这种困惑与失衡的伦理情感状态的揭示中。当然，它们又不仅仅停留在单纯的揭示层面，还以各自特有的叙述方式试图达成灵魂"解救"意义上的目标，即指向深层结构中"解救"功能的价值规约与意旨空间。对于解救意义的达成及其所可能产生的效度，不同作家的笔下也必然凝聚着不同的诉求方式。有的作家对其抱有明显的怀疑精神，展现出某种僵持、观望的态度，并不期望、也不抱有足够的信念达成真正"解救"意义的实现，赋予文本一种悲戚的暗含某些无奈成分的叙述氛围，如《怀念狼》中以一种近乎戏谑、反讽式表述（由"护狼"转向"杀狼"）凸显出对于所谓的挽救物种生命、实现生态保护的一种不信任的游离态度，"狼与人相辅相成、

---

　　① 汪树东：《生态意识与中国当代文学》，中国社会科学出版社 2008 年版，第 5—6 页。

　　② ［法］阿尔贝特·史怀泽：《敬畏生命》，陈泽环译，上海社会科学院出版社 1995 年版，第 44—45 页。

相依为命。狼的悲剧性命运的结束其实就是人的悲剧性命运的开始。"① 鲁敏的《铁血信鸽》中那只尾部带有叉形黑色花纹的鸽子的突然出现，不经意间激荡起穆先生潜藏已久的对平庸生存方式的厌弃与反思："鸽子那赌命般九死一生的惊悚激情，正是他最为渴求的但永不企及的寄托。"② 最后，他毅然选择做一只真正的铁血信鸽，从阳台上纵身空中飞行而去。显然，一只出人意料的鸽子并未能真正"解救"穆先生的困境，对于我们这个时代是否还可以回归这种精神与意义的家园，作者打下了一个大大的问号。

还有的作家在文本讲述中索性堵死了实现解救的可能，并把原有的困境设定引领到一个更为残酷而悲惨的地步，将这种悲剧意蕴的传达渲染到一种近乎疯狂而极致的境地，其中凝聚着作家强烈的愤慨、贬斥与自审之情。如李浩的《一只叫芭比的狗》中最后历经磨难、失魂落魄的芭比，原本抱着这一家人可以痛改前非的心愿才重返家中，可等待它的却是惨死于哥哥之手的悲剧结局。这里不但对芭比的"解救"路径被作者无情地堵死，即使原本可能呈现出的这一家人的自我救赎，也经由作者借哥哥之手彻底封存。陈集益的《驯牛记》中，原本童年快乐成长、被爱包裹的"包公"，威风凛凛、刚直不阿的个性却不断遭到压制，在驯服与反驯服的痛苦挣扎中，以解救者身份出现的爷爷的驯化行为，只是让"包公"无奈地沦落为甘于奉献、低头卖力的劳动者，最终依旧难逃被宰杀的命运。正如文本中的父亲所言："做牛耕田，做狗守门，牛迟早要被卖或者累死的!"③ 作品借助牛的意象表达出强烈的人道主义情怀，在充满童真的叙事格调中传达出强烈的批判意味，直接宣告了作者对所可能达成的"解救"意义的规避与拒斥。文非的《百羊图》中文末的描述似乎也已说明一切："我嗷的一声，奋力一跃，失去魂魄的躯壳如同离开了枪膛的子弹，向已经抡起了羊鞭的女人射了出去……"④，"失去魂魄的躯壳"

---

① 高玉：《〈怀念狼〉：一种终极关怀》，《四川大学学报》（哲学社会科学版）2002 年第 5 期。

② 鲁敏：《铁血信鸽》，《人民文学》2010 年第 1 期。

③ 陈集益：《驯牛记》，《文学港》2016 年第 8 期。

④ 文非：《百羊图》，《特区文学》2015 年第 12 期。

已形象表明文本中所列之诸种人物正面临的精神困境。"百羊图"正似"百人图"，从老板、到我、老鬼再到养羊人"驼子"各色人等与羊无异，为博得老爷子的开心，费尽心机，丑态尽显，最终所有自我"解救"的努力只能证明：权力、金钱竟可使人异化到人不如畜的地步，难免不让人唏嘘慨叹。

　　威廉·鲁克特认为肩负生态责任的文学研究是文学研究者"作为人类一分子的根本"①。动物叙事作家正肩负起了这样的责任，在他们的作品中不间断地在探求解救人类生存困境的路径与可能，并努力达成"解救"条件、场景设置与叙事进程等最佳的呈现方式。内蕴其中我们也可窥见作家们矛盾与纠结的情感困惑，在具体的情节进程中时常会呈现出举棋不定、错综复杂的叙述状态。或是动物所面临无以为继的生存困境，或是人的某种身体与精神上的二维之困，抑或人与动物的双重困惑，作家在高潮阶段及最后结局导向上都不约而同地表达出对"解救"之可能的一种美好向往。最为常见的方式是直接以动物作为主人公，展开相应的"解救"行动并呈现出相应的解救效度，"动物报恩"类作品中大多均可归结至这一叙述逻辑当中，特别是自古以来的"义犬救主"母题的表述更具有代表性。一般而言，该类表达范畴之中受难者与解救者的角色担当十分清晰，由人类主人公担当受难者角色，而解救者自然由颇具侠义风骨的动物主人公来承担，具体困境呈现方式也较为简单与固定，一般均是受难者遭受"围堵"之困，陷入危难紧要关头，而此时解救者"从天而降"，有如神助，拯救受难者于"水深火热"之中，解救者往往为此付出自己宝贵的生命，达成最终的情感升华。如《退役军犬》《野狼出没的山谷》《太平狗》《四耳狼与猎人》等作品均可纳入这一表述范畴之内。

　　满都麦的《四耳狼与猎人》的情形相对特殊，情节设置更具创新性意义。"歪手巴拉丹"（陷入"围堵之困"）的被"解救"并未完全依托于惯常叙述模式中"义犬"（置换成野狼形象）的横空出世与

---

① 　William Rueckert："Literature and Ecology：An Experiment in Ecocriticism"，*The Ecocriticism Reader：Landmark in Literary Ecology*，ed. Cheryll Glotfelty and Harold Fromm. Athens：The University of Georgia Press，1996，p. 113.

仗义相救，显然作者讲述的重心不在于此。我们可以关注其中的一个辅助者角色功能的设置——女人"杭日娃"偷偷放生这一行为指涉，虽是一笔带过却蕴含着特殊的叙事追求与丰富的意旨空间：一方面，作为一条重要的叙事线索串联起整篇小说的情节脉络，并为高潮部分"四耳狼救主"这一核心场景的书写创造了先决条件，成功地以第三方（辅助者角色）的行动逻辑有效串联起报恩行为的最终达成；另一方面，"杭日娃"这一形象的成功塑造，虽寥寥几笔却具备突出的叙事效度，她的善良与美丽正反衬出"歪手巴拉丹"的丑恶与肮脏。文本的"解救"功能的发出已不再单纯依托于动物主人公"舍身救主"这一较为常见的表述范式，而是以动物与女人某种潜在的"联盟"方式得以促成。自身生命的被解救倒在其次，对于巴拉丹而言，情感与人伦体悟上的"痛改前非"才是作者关注的重心所在。

除去"报恩"叙事中明确以"动物救人"的方式达成对"解救"意义的传达外，更多给予"解救"愿望达成与可行性预设的动物叙事文本还是多以一种潜隐方式予以展现，而具体的呈现方式也均有各自的别出心裁之处。如《最后一名猎手和最后一头公熊》《银狐》等立足于生态思想传达的作品中，"解救"意义的呈现指向了人与动物、人与自然所能达成的和谐与沟通上。从最为基础的动物伦理与生命价值的维度，作者给予同样处于困惑（皆为失去赖以生存的家园，包括现实层面的生存家园与伦理层面的精神家园的双重失落）的人与动物某种昭示性的"解救"意义的实现。

两部小说中无论是公瘸熊与老库尔，抑或银狐与老铁子，作为最后一只留守动物与"最后一名"曾辉煌一时的猎手，实则都承受了巨大的生存压力与生命困惑——既有无处安放精神家园与难觅对手重塑昔日辉煌之痛，也有生命方向的迷失与情感压抑之困。无论哪种困惑表征，动物抑或人的向度，归根结底其罪魁祸首正是生态环境的屡遭破坏与物种生命的濒临灭绝，这一"指控"的核心又恰好反弹给人类自身。作为人类一员的作家以文本中主人公的名义主动向动物角色靠拢，并且与其发生某种深刻的情感关联、转化，最终精心营造出动物与人和谐共处的叙事场景：《最后一名猎手和最后一头公熊》中老库尔与公熊、猎犬"努伲"亲密无间地共同消失在人们视线以外，

《银狐》中老铁子也和他苦命找寻一辈子的银狐达成和解，并与儿媳珊梅、白尔泰一起留守在黑土城子。人与动物实现了真正意义上的和谐与沟通，并且这种"解救"意义的达成均远离现实世俗社会的场域，只有在纯粹的大自然环境乃至某种"世外桃源"般的景象勾勒中才能真正实现此种"和谐大观"，无疑暗含了极其辛酸与无奈的情感范畴。但总体考究两部作品，最终还是昭示出某种对"解救"与和谐状态达成的憧憬，这与《豹子的最后舞蹈》《红毛》等"挽歌"类作品在"解救"功能总体导向上有着明显的区分。均从各自文本讲述的开篇，即已堵死了"解救"行为的全部叙事可能，也不难解释作者倒叙手法有效运用的叙述逻辑："解救"在这里成为一种奢望、一种臆想、一种连作家自己都断难确认的"梦中呓语"。这种残酷、无望而偏于冷色调的叙事格局显然与《银狐》等作品形成强烈的反差。

生态旨归的层面作者把"解救"意义的达成付诸动物与人的和谐表征的呈现上，诸多作品在以各自特有的叙述方式表达着对不同症候下"解救"达成的意愿与效度，如《梅妞放羊》《清水里的刀子》等。《梅妞放羊》整体叙述格局中似乎并未预设出"陷困"的功能表征，而是以一种饱含愉悦之感的叙述格调来抒写"梅妞"善良而纯净的母性之爱，直接以人性与动物性的完美融合来表达生命的本真意义。作家赋予此种生命状态以温暖、澄清的意蕴，依托一种充满善意而纯净的心灵世界的诗意化呈现去对抗这个日益功利化与世俗化的社会，给予现代人心灵、品性与伦理视域的超脱。作品虽然叙述重心不在动物，并且在情感诉求上也不似其他同类型作品那样一针见血、爱憎分明，但在并不光鲜的外壳下却包裹着深厚的情感内核，即以一种波澜不惊的叙述语调勾连出带有强烈问题意识的价值指向，并恰如其分地落实到有关主体动物形象的有效把握上，彰显出叙事铺排的高明之处，《生命之流》《驮水的日子》《该死的鲸鱼》等都是典型性文本。

总体而言，从作家的角度对于"解救"所可能达成（直接与潜在）的真正意义，无论是将信将疑，抱有怀疑、谨慎乃至惶恐不安的情态进行书写，如《怀念狼》《鲁鲁》《鱼的故事》《铁血信鸽》等，还是完全意义上彻头彻尾地进行规避、拒斥与有意阻断，表现出一种厌恶、痛恨并具有强烈自审意识的情感诉求，如《一只叫芭比的狗》《飞过蓝天》《狼行成双》等；抑或满载着希望的曙光，以一种极其饱满的热度与满心憧憬的方式，附着于信念与力量的标识，如《驼峰上的爱》《感谢生活》《画家与狗》《梅妞放羊》等，都凸显出一个带有共通性意蕴的伦理诉求，即与所设置的"陷困"核心功能项对应，在给予"解困"功能项的价值诉求上作家自身陷入某种困惑与犹疑的情感状态，特别在有效诠释"解救"行为的意义指涉上常常举棋不定、无所适从。无论是怀疑谨慎、不轻易断言，或是充满憎恶、试图全面否定，抑或是以宽慰的胸怀达成解救意旨等，都足以见证"动物叙事"作家所秉持的严肃而执着的写作姿态。他们从未放任自流地随意预设一个简单的叙事结局，而是以各自特有的表述方式凸显现代人类所面临的种种困惑，并且这种揭示已不仅仅局限于动物形象展示的维度，往往能借此深入开来，由动物伦理的基础向度——物种生命本性的观照勾连出各个现实层面的情感范畴与价值认同。

这其中包含最基本的动物物种保护、原始野性的复归、平等地位的赋予、尊重生命生存权利等多个叙事向度，其本身也是对中国动物伦理思想发展至当代诸多重要题旨的有效诠释，更是对西方现代动物解放运动及其思潮在文学领域的一个积极的叙事回应。围绕着动物伦理诉求发散开去，看似动物毫无疑问地成为文本价值诉求的依托重心，但实则真正地被保护与受到应有尊重，重拾野性魅力与原始本性的释放，获得合理而平等的地位，等等，这些美好的诉求与愿望的达成，重心或者说内驱力直指人类自身，由此，人物形象的塑造也成为关乎"动物叙事"作品成败与否的重要一环。生存家园遭到摧残、物种濒临灭绝、生态平衡屡被破坏、自然环境日益恶化等问题，实则均指向了人的向度，人类始终是难辞其咎的罪魁祸首，生态环境的问题更多触及的是"人态"的问题。据此理解当代"动物叙事"所表现出来的强烈的困惑、无奈与不安的情感状态，就拥有了更为现实的依托与凭证。

一个"病态社会"的主要症候就是："为人们提供了丰富的生物

需要，但却使人的精神需要挨饿。"① 在动物叙事作家尖锐而深刻的笔致当中，凝聚着政治意识形态附着下人性的扭曲与变形，有着商业利益（消费主义）驱使下人性的自私、贪婪与奸诈品性的彰显，有着无处找寻对手，难再以疯狂猎杀为荣的猎手的哀歌，有着不断毁灭与杀生之后的痛苦呻吟，有着无处寻觅固有情感的患得患失，有着"触景生情"借动物展开人生玄机的追问，有着爱恨情仇熔铸之下生命本真意义的探寻……这些无一例外地都指向了人的向度，带有强烈的人类自审、忏悔与自我训诫、剖析的情感表征，动物伦理有效地融入了人的伦理，准确地说，是有关人的伦理诉求占据了叙事表达的核心，并成为"动物叙事"作品的主旨诉求所在。动物的问题实则正是人的问题，动物的困惑也即是人的困惑，人的问题解决了，人能够真正意义上给予自己所面对的诸多困惑（主要是情感、伦理层面）一个完备而合理的解答，那么，动物所面临的问题实则也就不攻自破了，而所连缀的自然生态平衡与精神家园重建等诸种问题也可迎刃而解了。

---

① ［奥］路·冯·贝塔朗菲等：《人的系统观》，张志伟等译，华夏出版社1989年版，第28页。

第五章　中国当代动物叙事的
　　　　　　主述模式

　　对中国当代动物叙事的功能形态、多重行动元及其叙事方程式进行系统的分析与归纳之后，可以着手进行下一步对动物叙事"主述模式"部分的考量。按照情节功能项的具体分布与排列情况，特别是不同功能项按照事序结构所形成的特定的排列组合方式及其所内蕴的特殊价值指涉，就决定了不同的主体性叙事语法规则的萌生。依据此种思考逻辑出发，在看似异彩纷呈的"动物叙事"类型创作中，根据功能项排列当中事序结构与单一文本的叙述形态所形成的不同的对应、组合关系，可以从纷繁复杂的诸文本中探寻出四类最为基础的主述模式表达，它们分别蕴含着不同的价值指向与特殊的伦理视域。这是我们划分与阐述主述模式的一个重要基点：并不仅仅局限在对各模式表达中具体叙事语法的考察，除去事序结构、角色功能、语法规范及情节铺排等形式层面的细化研究外，也要兼顾对其情感范畴、伦理诉求及作家创作理念等思想内容层面的探讨。主述模式的考察是类型学研究当中另一个颇为重要的研究维度，既可以达成对"叙事语法"层面的情节功能及深层结构等研究结论的进一步深化，又为下编"神话历史根源"这一偏于发生层面的研究奠定理论基础，并提供出重要的伦理指向性意义。

　　具体而言，当代动物叙事的四类基础主述模式呈现为："寻找"模式，无法弥合的情感遗失；"挽歌"模式，难以抗拒的生存绝境；"报恩"模式，忠义之魂的生命写照；"标尺"模式，评判丈量的伦理尺度。当然，也有相关的创作会以类型变体或某种位移的方式呈现，但其内在的逻辑架构、情节主线及价值诉求等依旧会在主述模式框架内按部就班地进行，只是在某些可变性因素的有效增加与减少、抽离与转换，渲染与烘托的方式方法等层面才会彰显出个中差别，但无关类型模式总体表述的大局。同时，必须明确的是，四类主述模式的具体呈现方式也不是一成不变的，各个模式之间可能会有交叉与重叠的部分，并且有些具体的创作在类型界定上是相对模糊的，但其总体的叙述逻辑依旧在"陷困+解救→反思性结局?"这一动物叙事深层结构的叙事架构之下，并不会影响到类型整体的情感指涉的传达。

第一节 "寻找"模式：无法弥合的情感遗失

"遗失+寻找（接近）"的主述表达模式是中国当代动物叙事创作中一种颇为常见的叙述类型。"遗失"是主体，强调某种珍贵情感的遗失，无论是人类主人公遗失了依托于动物的那种宝贵情感，抑或动物主人公遗失了依托于人类的特殊情感寄托，这一主述类型大多发生在家养动物身上，一般叙述方式上与情节功能的事序顺序基本一致，不会有太大的变动或出奇的情节结构安排。该类型动物叙事强调的是平实与自在的娓娓道来，用笔主要着力于情感诉求，特别是附着在对人与动物之间美好情感的烘托上。一般而言，从情感基调上确证它的叙事功能，实为诉诸人类带有普泛性标识意义的有关爱与恨、痛与怨、悔与恋等情感状态的书写。直到失去了才知道后悔，但也无法弥补那曾经拥有的美好情感，它直接表达了人类对美好情感的积极追求与热切向往。伴随的主体情感范畴具体可包括悔恨、抱怨、痛心、沮丧、珍惜、眷念、依恋等，因此，该类型动物叙事作品的笔调是细腻而婉约的，充盈着感伤与忧郁的情愫，并且常常导引读者于悲伤、难耐的境地，从而在强烈的情感共鸣中体会到珍惜现有宝贵情感的意义。

这个类型的动物叙事作品通常呈现出如下几个特点：（1）一般严格按照上述提及的情节功能的事序发展顺序排列，即遗失—寻找（接近）—人的异化（人与动物相安无事）这样惯常的逻辑顺序构篇，第三人称是最为常见的叙事人称选择，结局多以偏悲剧性的表达呈现。（2）一般无明确的反面角色呈现，作品中涉及的人物较为有限，占据主体讲述地位的只有动物主人公与人类主人公（家养动物与其主人）两类主体形象，并常常设有第三方的旁观者（与主人公有某种关系维系）进行讲述、发表看法或形成角色对比等辅助性作用，有时也承担某种反面意义的角色效度。（3）无论是动物抑或人的遗失（被遗失一方），都有某种无奈与被动甚至偶然性的成分附着其中，遗失一方都是间接的"受害者"，将被迫承担寻找固有美好情感的行为指涉。（4）人类或动物主人公寻找逝去的固有美好情感的主要方式一般呈现为：历经千辛万苦、跋山涉水，不达目的誓不罢休的决绝态度，但这种虔诚而执着的寻找本身就是带有虚妄的"毫无希望"的找寻过程，最终均以失败的结局而告终。（5）在遗失与寻找（接近）的过程当中，表达人与动物之间所可能形成的深厚而真挚的情谊，更凸显出人类要懂得珍惜现有美好情感，在爱与恨的情感诉求中做出属于自身最佳选择的核心题旨。

在所选材料当中，"寻找"类叙述模式的代表性作品可以列举出如下几部：《鲁鲁》《飞过蓝天》《老马》《獭祭》《驮水的日子》《父亲与驼》《与狼》《一头叫谷三钟的骡子》《鸟事》。除去《獭祭》《与狼》之外，以上作品都属家养动物类的叙述范畴，讲述的是发生在主人与其所养动物之间的情感关系；从具体的创作时间与发表数量来看，"遗失＋寻找"这一动物叙事类型多出现于21世纪以来，有具体的时代背景因素可循。伴随着全球化的迅速弥漫，当代中国的物质、科技、生存方式等诸多层面都发生了显著的变化，更为主要的是，中华民族固有的民族心理结构在全球化的新浪潮中得以重塑，而当下社会人与人之间的情感淡漠、隔阂，已成了不争的事实。这一类动物叙事作品的大量出现，其核心所标榜的"寻找"主题正是对当下人间所缺失的弥足珍贵的美好情感的一种祈盼，基本符合了当下的时代背景并且彰显出其特有的叙事意义。

但作家在寄托这种"寻找"的急迫的情感表达时，内心又充满着矛盾与纠结。一方面，主观心理上万分期待找寻到这份遗失的美好情感，满怀热切的向往，无论是动物"寻找"人类抑或人类"寻找"动物，作家创作理念当中都暗含着对人与动物和好如初、其乐融融的美好图景的勾勒；另一方面，恰恰也是一种碰壁之后的无奈与失落的心境表达，社会现实的残酷与无情，促使作家对这种"寻找"的过程与结果又充满了疑虑，他们并未抱有足够的信心去展现出一种"寻找"成功后的喜悦姿态，甚至将其置换为一种似乎永远不能完成的任务。最终的结局设置显示出作家在现实面前做出的妥协与让步，把这种思想的包袱抛给读者——承受这种"逝去的终不再来"的遗失美好情感的心理重负。因此，对于这一主述模式而言，"寻找"的结局即幻化成为一种虚妄，更像是一种无望的挣扎与苦难的担当，作品的整体讲述也呈现出一种较为哀婉与忧伤的叙事格调，悲剧意味十足。

一　"逝去的终不再来"的事序意义结构及其变体

"遗失＋寻找"类动物叙事的基础逻辑第一个模式表征呈现为明确而连贯的情节功能事序结构，以第三人称的口吻展开叙述进程，而具体的情节讲述皆呈现出"逝去的终不再来"的典型意义结构。或以人类形象作为承受遗失之痛的直接受难者，并承担具体的"寻找"行为的发出与实施，而经受残酷甚至致命的打击，寻找以失败而告终，这是该类意义结构的一个主体表征方式，如《一头叫谷三钟的骡子》《父亲与驼》《鸟事》等；或以具体的动物形象为叙述的出发点，承受相应的遗失之痛，并担当找寻遗失的主人（既往深厚情感）的光荣使命，其结局同样会以尴尬的失败而告终，如《飞过蓝天》《鲁鲁》《驮水的日子》等；再有一类比较典型的"逝去的终不再来"的意义结构表达，主要体现在"遗失＋寻找"功能主题的衍生性表达"遗失＋接近"类型上，即文本中没有十分明确的"寻找"意义的直接表达，但依然可以清晰地体悟到"寻找"这一核心概念在文本中所起到的隐性作用。一般而言，多以人类主人公逝去了某种强烈的情感依靠为主体，而寄托到人与动物的某种"接近"（主动、被动地位可以相互转换），客观上达成"寻找"意义的实现，当然，这种"接近"的结局又同样以令人惋惜的悲剧性意蕴呈现，如《与狼》《獭祭》等。

对比上述三类比较有代表性的"逝去的终不再来"的意义结构表征，可以清晰地发现其由"遗失固有美好情感"到带有主动性的"寻找"（或"接近"）最后以找寻失败为悲剧结局的事序顺序。在

《父亲与驼》中，作为远近闻名的驼倌，父亲如今与老儿驼一样，都已尽显苍老衰败之状，然而父亲对驼群特别是这只功勋显赫的首领老儿驼依旧保持着紧密的情感维系。在一次与小儿驼的角逐中老儿驼败下阵来，如此沉重而痛苦的打击让其不堪重负，老儿驼选择了主动离去（"遗失"），父亲从此踏上了一生中最为漫长和遥远的"旅行"，当然，最终找寻失败返还家中的父亲俨然已是换了一副模样。两部文本在事序结构的安排上呈现出异曲同工之处，相较于《父亲与驼》中父亲对老儿驼的找寻，谷凤楼对爱骡"谷三钟"的找寻被烘托到更加残酷的境地，不但找寻的结局失败，主人公谷凤楼也最终惨死于山中。

在以动物作为核心角色与找寻主体的类型表达中，事序顺序依旧较为固定。以韩少功的名篇《飞过蓝天》为例，小说中的动物主人公小白鸽晶晶被想返城的知青主人送给了他的上级，小白鸽就此遗失了与主人之间固有的美好情谊，这里的遗失呈现出了被动与无奈，而小白鸽就此承担了找寻这份逝去的情感的光荣使命，在历经千辛万苦甚至放弃了自己的爱情、牺牲自己恋人的残酷代价之后，最终迎接它的却是自己主人血淋淋的枪口。《飞过蓝天》相比于其他该主述类型的作品，虽然在本质上传达的依然是"逝去的终不再来"的意义结构，并且在事序顺序与情节推进上并未有太多特异之处，但把叙述的重心放在找寻的过程中，突出找寻之路的艰辛与不易，烘托主人公所遭受的磨难与坎坷，几乎占据了整篇文本的核心部分，这样的作品并不多见。同时，把遗失之前人与动物情感经历的交代——我们称为"初始情境"的部分直接省去，也是该部作品对固有类型的创新之处。

在完整表达由"遗失"到"寻找"直至找寻失败的事序结构的发展逻辑的同时，一些作品会以比较复杂与潜隐的方式在固有类型情节之中发生较为突出而显要的变体，虽然依旧传达的是"逝去的终不再来"的意义结构，但作品的叙事基调与价值指向已在潜隐地发生某种根本性的变化。在赵剑平的《獭祭》中，"遗失＋寻找"的主述模式并未发生根本的变动，情节展开的初始情境依旧是人类主人公与动物主人公之间的深厚情谊，即作为原主人身份的老荒和一直与其相依为命的女毛（水獭）曾经拥有的深厚情感。然而，"为了和人争塘子"而触犯法律的老荒，被判三年有期徒刑，这客观上已经完全呈现出"遗失"固有情感的模式范畴，小说中"寻找"主题依旧明确，后来刑满出狱后的老荒，为了女毛不知廉耻地上了满水的渔船，试图找寻那份逝去的人与动物之间的昔日真情，当然，这种找寻同样以失败告终。

但细究起来，会发现《獭祭》中那种"迫切"的反类型因素的呈现似乎较之《飞过蓝天》更加突出。与《飞过蓝天》颇为相似的是，《獭祭》也省去了作为主人身份的人类与其所养动物之间深厚情感的烘托，基本只是一笔带过，并不是作者吝惜笔墨，而是另有所求。如果说《飞过蓝天》把叙述的重心放在作为动物主人公身份的小白鸽"晶晶"苦苦找寻的艰辛征途上，进而赞美动物的美好品性，把执着、坚韧而忠贞的真性情烘托到了一种极致，实则是有一种对比的成分暗含其中，借此表达出一丝对人性的不满，更多的是要寄托于借具体的动物形象来预设出一种美好的人性模式，其重心依然潜藏着对人与动物之间美好情感的深切向往及人间真情永存的可能性诉求，本质上还是典型的"遗失＋寻找"意义结构的呈现。那么，《獭祭》则表现得更为大胆，甚至连"找寻"的过程都一笔省去，这种本应呈现在文本中的"叙事"重心，则由"主动接近"到"疯狂复仇"来实现"找寻"所应呈现出的叙事意义，这是作者的一次大胆尝试。作为小说的主人公老荒，刚刚出狱的初始是抱着要找寻与迫切得到的愿望而接近女毛的，可易主的女毛早已不认昔日的主人，这显然是作者一种异乎寻常的反类型设置。一般而言，在"遗失＋寻找"动物叙事类型中，动物主人公与人类主人公之间的情感蕴藉是丝毫不会发生变动的，基本上可以用"坚如磐石"来形容。而作品在接下来的叙述中此种人兽情感的维系已经完全支离破碎，甚至由爱生恨，双方皆剑拔弩张，以"仇恨的火种"替代了理应呈现的"寻找"遗失情感的执着之情，叙述的格调也急转而下，文本处处渗透着忧伤与哀婉的味道，呈现出一派压抑与烦闷的叙事氛围。文本的叙述重心完全放在对某种被异化的"仇恨"状态的表述上，人兽双方的情感表达方式发生了根本的位移，老荒以疯狂泄愤的方式滥杀毛子，正是彻头彻尾的报复性变态心理的宣泄，直到处理最后一只男毛尸体之时，女毛为夫报仇，誓死冲向老荒，最终以殉葬的方式结束自身生命，在激烈的人兽冲突之中结束了通篇讲述。

在小说结尾部分，当老荒和满水亲身目睹女毛为死去的丈夫所做出的特异举动之时，"两个男人怔怔地看着，被一种古老而又新奇的东西镇住，整个身心在无边的肃静和无限的永恒中起落、沉浮"①。这样的描写颇见功力，在勾连起读者的无限遐想的同时更提升了作品的思考深度，但从类型学的角度考察，它同样传达出"逝去的终不再来"的意义指涉。相比于固有叙事类型中重在呼唤人间真情，吁求美好人性的主题诉求，这里更多的是一种内在的深刻反思与自省，并且不单纯局限在人与人之间、人与动物之间的相互沟通与体谅上，更主要指向了整个自然界，拥有了生态层面的价值依托。人情与兽情的有效弥合，是作品所潜隐的对远古图腾文化中人兽之间永恒生存结构的向往。

二　辅助（旁观）者角色身份的意旨、转换与情感位移

"遗失＋寻找"类动物叙事基础逻辑的第二个模式表征主要呈现为辅助性角色标志的合理介入，该类"找寻遗失的美好情感"作品都有十分鲜明的辅助性角色，他们一般都会以旁观者（见证者）的身份呈现。如《一头叫谷三钟的骡子》中的女老板、看瓜汉；《父亲与驼》中"我们"的儿女、母亲；《鸟事》中的唐好婆；《獭祭》中的满水；《鲁鲁》中的姐弟等。这些旁观者角色的存在意义在于见证或亲历遗失与找寻的整个过程，虽然都发挥着旁观与见证的偏于一致性角色功能，但需要指明的是不同的旁观者在文本中充当不同的角色意义，具体而言是可以按照遗失之前（相濡以沫）、遗失当头（遗失过程的见证）到找寻过程（人类或动物主人公发出）的事序顺序加以区分，如《一头叫谷三钟的骡子》就是一个很好的研究范例。

这部短篇小说当中，充当旁观者角色的人物形象较多，又分别承担了不同的叙事意义，如在遗失之前，见证谷凤楼和骡子谷三钟之间相濡以沫的人物角色是谷凤楼的老伴儿和他的两个儿子，作为见证者

---

① 赵剑平:《獭祭》,《山花》1988 年第 6 期。

的他们共同见证并参与了围绕骡子展开的"起名风波"，把骡子看作是自己的第三个儿子，并起名为"谷三钟"，这显然引起了作为旁观者的老伴儿和两个儿子的强烈不满，也突出了谷凤楼对于这匹骡子有些近乎偏执的疼爱，人与动物之间的美好情感就在这些旁观者极度困惑与不满的反差之中不动声色地反衬出来。

随着小说叙事进程的展开，原本波澜不惊的情势急转直下，旁观者的人物角色也发生了身份的转换与情感的位移，这个时候由遗失之前的情景设置转移到遗失当头的叙事呈现，旁观者的角色形象由与谷凤楼素不相识的饭店老板和女服务员来承担。如果说之前的旁观者身份只是单纯地表达出不满与不解的排斥情绪，是作为妻子与儿子身份的惯常性情感使然，只是单纯地承担见证、旁观甚至是某种对比、反衬的叙事效度，凸显出谷凤楼与骡子间亲密无间的情感，这里旁观者的叙事效度发生了明显改变，在见证骡子"谷三钟"遗失的同时，也默许了其自身所具备的潜在"犯罪"动机，在文本中已经通过女老板几次打断女服务员的谈话凸显出某种不良动机的可能。当然，这里陌生化"旁观者"角色的设置，作者并无意探讨关乎其善恶评判的问题，也并不着意于追究盗骡行为的具体责任人，而是为了彰显现实社会的人情冷暖与世态炎凉，更在于反衬谷三钟"遗失"时周遭冷漠的氛围。

这里的设置方式与《鸟事》如出一辙，同样的多类型的旁观者角色设置，由遗失之前的与人类主人公异常亲近的老张的妻子和儿子承担，产生某种对比、反差的叙事效果，而在遗失当头起到见证旁观作用的依旧是亦正亦邪的陌生化形象设计，这里饭店女老板与女服务员的角色功能换由香烛店的唐好婆承担，作者同样没有交代遗失的具体行为实施者，也没有特意去强调这些旁观者角色的善恶好坏，而有一点却是贯穿全文一再要予以强调的，即人类主人公对于其所遗失之动物的深厚情感。相同的下跪细节的刻画可见端倪，《一头叫谷三钟的骡子》中再次返回那家饭店的谷凤楼"一进饭店的门，就给年轻的女老板跪下了，连磕三个头，说，大侄女儿，把那头骡子还给我吧，我给你五百块钱也认。这头骡子可不是一般的骡子，它可是我的三儿子啊。谷凤楼的举动让小饭店里的人哭笑不得"①。在《鸟事》中也有相同的细节刻画，"老张不肯起来，还给唐好婆磕头。他一磕头，把玻璃柜台撞碎了。咣啷啷的一声响，吓得唐好婆差一点跌倒在地上。一阵风过来，把柜台里的一些纸钱卷了出去，风吹得纸钱像黄叶一样满地翻滚"②。谷凤楼和老张有些歇斯底里的疯狂举动，让常人难以理解，因为该种举动是由动物引发的，是对与自己朝夕相处、情如父子的动物的深切怀念与极度悔恨之情的外显，实则这种无法理解的情感体验正凸显了当代人心的冷漠与世态的炎凉，人与人之间的真实情感尚且难以寻觅，至于人与动物之间这种近似于父子之情的描摹，实则也是在呼唤人间真情的重现。③

如果说在遗失之前到遗失当时充当旁观者的人物角色设置是为了凸显文本中人类主人公与动物主人公之间的深厚情感，在见证动物莫名遗失过程的同时，把情节逐步引向叙事的高潮，即勾连出寻找功能项的正态发散与合理实现。那么，见证主人公（人类或动物）艰辛找寻过程的旁观者一般都会出自作者的独具匠心的巧妙设计，而其更多的叙事意义在于串联出小说的主旨诉求，引向整部文本情节表达的中心，当然，这又往往通过旁敲侧引的方式得以实现，也有很多该类型叙事文本往往省去找寻过程见证者的旁观者角色，而由找寻者叙事主人公自行承担，如刚刚提及的《鸟事》《父亲与驼》《鲁鲁》等。该种表达最具代表性的依然是前文提及的《一头叫谷三钟的骡子》。

主人公谷凤楼在找寻心爱骡子"谷三钟"的途中偶遇看瓜老汉，同样属于陌生化的形象设置，起到了举足轻重的旁观者的核心作用。他的存在意义其实已不在于见证谷凤楼找寻自己"三儿子"的迫切之心，而是勾连出文本所要传达的主旨诉求，同时也巧妙地衔接起前

---

① 白天光：《一头叫谷三钟的骡子》，《山东文学》2007 年第 9 期。

② 荆歌：《鸟事》，《花城》2008 年第 1 期。

③ 《鸟事》中一个特别的细节描摹尤其值得考究，为了找寻挚爱的八哥而狠命磕头的老张，与柜台里那随风飘散的纸钱意象，形成了鲜明而强烈的对比，实则正是一种用美好人心与人间真情对抗金钱、利欲等世俗之物的象征表达。唯有人间真情才是当下人的真正所需，而其他世俗之物只会顷刻间随风而散，荡然无存。这里成功地显示了"遗失＋寻找"类动物叙事意在借助人与动物之间美好情感的书写来呼唤人间真情。

文对"人骡之情"的强烈烘托与骡子遗失后谷凤楼表现出的行为异常的刻画。这里的旁观者角色功能实则是通过具体的对话描写得以实现。在最为平实的一般性对话中孕育着生活的大道理，在平静而自然的讲述中流淌着有关人性人情的生命体悟。看瓜老汉之于他的爱狗"小癫子"，恰如谷凤楼之于他的爱骡"谷三钟"，两人都在各自心爱的动物身上找到了情感的慰藉，这多少有些反讽的味道，却很容易得到普泛读者的情感认同，因为某种程度上他们确实见证了现实与生活的常态。

三　统归化"终"：类型化悲剧结局的三种叙事指向

在"逝去的终不再来"的基础叙事逻辑表达程序之下，一个重要的核心字眼必须予以强调，就是"终"字的潜在叙事逻辑表达，这个"终"字实则是直接指向故事讲述的叙事结局上的，它强调了动物叙事诸文本中注定呈现出的悲剧性结局设置，即无论以动物主人公抑或人类主人公展开找寻的叙述起点，其最终的结局是完全一致的，即承担"逝去的终不再来"的强烈情感打击，承受遗失自身心爱之动物（或人类）的悔恨与愤懑之痛。虽然找寻类动物叙事诸文本其"终"字的总体性意义指涉即悲剧性结局基本一致，呈现出类型化的结局意义表征，但具体的设置方式还是能够彰显出其潜在的叙事结局差异性，这里有作者意图表达某种情感诉求的愿望使然，同时也是类型化叙述中蕴含的一种反类型意义表达的叙事策略的无意彰显，即是本文所要强调的"遗失＋寻找"类动物叙事基础逻辑的第三个模式化表征。在普泛性的主人公找寻失败悲剧性结局指涉中，具体的设置方式可以呈现在以下几个层面：一为找寻失败后的主人公受到强烈的精神刺激，呈现出某种异化性的行为、心理表征，如《父亲与驼》《鸟事》《獭祭》；一为主人公找寻途中不幸遇难，以自身的死亡宣告找寻的失败，如《飞过蓝天》《一头叫谷三钟的骡子》《与狼》；一为承受找寻（分离）之痛，未做出具体的结局方式的特殊渲染，如《驮水的日子》《鲁鲁》。而每一类具体的结局设置方式，在追求该类型动物叙事所要传达的"逝去的终不再来"的核心题旨的同时，又在各自的讲述方式中流露着不同的意义诉求。

主人公呈现出某种异化性的行为、心理表征，是"遗失＋寻找"类动物叙事最为常见的结局设置方式，当然这种"异化"行为的强调多出现在人类思想行为的具体表现上，因此，该类型结局方式一般出现在以人类为主人公的动物叙事作品中。异化的发生一般皆由于思想、情感上受到某种异常重要的客观事件的沉重打击，造成巨大的精神创伤而无法弥合，而这种打击必须是痛彻心扉的，甚至是近似于致命性的，才足以导致"异化"现象的产生，这就突出了人类主人公在遗失其心爱之动物后所承受的巨大的心理、情感上的压力，而陷入难于自拔的境地，彰显出人与动物之间的情感至深。

《父亲与驼》中父亲的异化体现在整整一个夏天的苦命找寻失败后举止神态上的莫名变化上，"瘦成一张纸"的父亲，哑巴一样沉默寡言，加上那呈现出"一派骇人猩红般深深塌陷"的眼睛，不禁让人产生一丝恐惧之情。但实则这种"异化"样貌的描写，正是作者所着力倾诉的一种对父亲所具备的坚强韧性与意志力的张扬，固然逝去的终不再来，但父亲的努力与执着恰恰是对一种固有美好情感的坚守。有关父亲的"异化"描写让我们看到了人类所能呈现出的美好品质，这里无时无刻不渗透着一种希望、一种力量、一种重塑美好情感的意愿；《鸟事》中对老张的"异化"描写则抛弃了神态肖像的部分，放到拟声化的表达之中，老张在自己的屋子里不停地模仿着八哥的声音。老张与八哥之间的深厚情感正是建立在对其声音的模仿之上，由最初的简单字句到背诵唐诗这样一个过程，正是二者之间情感累积不断深化的过程。因此，找寻失败后的老张把这种强烈的怀念之情幻化到自己的模仿拟声之上，实则暗含着自身已经与八哥融为一体、永不分离，在老张的心中，八哥即是老张，老张即是八哥。

对比两部文本，不难发现在看似悲剧性的"异化"结局设置中，却都给予人以坚守与执着的信念，固有珍贵情感虽已不幸遗失，但在人们内心当中却依然残存着希望，尽管异常渺茫，但这依旧是一种力量，它昭示着一种真挚的爱与情感的长存。从类型学的意义上考察，"异化"结局的设置实则是要指引给人们一种信念与希望的力量，而并不是单纯地导向悲剧性结局的痛苦表达之中。那么在第二类"死亡"结局的设置方式中，其背后蕴含更多的是反讽意味的传达，是对人情、人性的某种揭批。当然，有些作品可能也寄托了对某种美好情感的向往，但重心却始终在比照与反衬中表达讽喻的决心，这与"异化"类的主旨诉求方式是全然不同的。

《一头叫谷三钟的骡子》中谷风楼在找寻途中不幸在林中迷路，最后葬身于此，小说出彩之处在于死后的谷风楼在村人眼中发生了根本性变化，谷庄人从此不再嘲笑谷风楼，原本皆耻笑谷风楼认瘸骡为自己三儿子的谷庄人，如今被其执着的信念与坚强的韧性所感动，开始念及他过去的善举，足以反衬出人情的冷漠与变幻莫测，作者的嘲讽之意尽在其中。在其小说行将结束之际，被重新找回的谷三钟却成为了其主人谷风楼的祭品，被谷乙钟杀害后送到香木镇卖了一百五十块钱。这里的反讽意味更加浓厚，谷风楼苦苦找寻的心爱骡子，最后竟然会和他落得同样下场，找骡的结局不但造成了自己的不幸，又间接地成为致爱骡于悲惨境地的"推手"，下此毒手的又恰恰是他的儿子谷乙钟，最后蜘蛛山树林里不断回荡的那瘆人的"三钟、三钟"的叫声，正是对人性之恶的一种强烈控诉。

娟子的《与狼》中同样是要"寻找"，虽然不再是寻找自己的主人，而是昔日的那对老朋友——边防战士曹东和梁辉，但这次的苦苦找寻等待的却依旧是死亡的讯息，如今的哨岗早已是物是人非，固执的母狼最后却死在了同样在履行守疆职责的新边防战士的枪口之下。这里动物主人公找寻的死亡结局虽然未发生在被找寻者本人身上，但作为替换者并行使同样职能的新边防战士却成为了无可奈何的"替罪羊"，然而透过这表层的替换之需，实则作者内心当中暗含强烈的讽刺与批判的意味，狼可以同人做朋友，甚至某些时候可以患难与共，但狼始终无法和整个人类做朋友。这里批判的笔触依旧指向了人类自身，人与动物间能否消除壁垒、保持亲密关系的维系，实则重心还在于人类自身，但往往打破这种既有关系，甚至令其加速恶化的依旧是人。

而在《驮水的日子》《鲁鲁》中，它的叙事重心呈现在对"接近"的情感把握上，即当人类主人公与动物主人公真正消除隔阂达成接近之后，又即将面临分离之苦时，双方所能承担的巨大的心理、情感之压力。那么在表现这种即将面临的由接近到无奈分离的尴尬结局之时，这里的叙事策略一般都表现为比较常态的动物与人的依依不舍、难舍难分的氛围渲染上，尽可能把这种气氛渲染到一种极致，以至于达到足以感动人心甚至令人潸然泪下的地步。该类结局方式虽然也属悲剧结局范畴之内，但较之前两类结局方式，一般都比较平缓、温和，多呈现为动物主人公与人类主人公的相安无事，虽然有意规避了"死亡"或"异化"的残酷结局，但那种跃然纸上的浓浓的分别之情，也同样能感动人心。两篇小说的故事结局虽然都借助于离别之痛来着重表达动物与人之间的深厚情谊，并不约而同地把烘托这份情感的重心放在了具体的动物形象身上，无论是飞奔而来的"黑家伙"，还是凝望哀号的"鲁鲁"，其实都从一个层面反衬出作家对人类自身情感、品性的某种"不信任"。人的情感永远不及动物的情感真切动人，这也是诸多动物叙事作家选择以动物形象作为文本叙事中心的动因所在。

第二节 "挽歌"模式：难以抗拒的生存绝境

中国当代文学"动物叙事"中另一类主述模式的核心情感基调即是来自各个小说文本中所共同着力渲染与倾诉的"挽歌情结"，这一情感宣泄的基点正是源于自古以来一脉相承的动物物种保护的传统创作母题，它实则是把关注的重心放在人与动物、人与自然的关系上。如何理顺二者之间本应呈现出的正态、常态的共融关系，如何真正达成现实意义上的和谐共荣，这其实只是一个简单的对自然规律该如何遵守的问题，但对于行为与思想的约束者——人类自身而言，却是一个最难以回答的问题，或者说是最难于付诸实践去解决的问题。而难于解决的关键恰恰在于人类在思想意识上一直无法达成一致的共识，在动物物种保护的问题上、在维护生态平衡的方式方法上、在关于人在"人—动物—自然"这一三维关系维系中所理应处于的准确位置问题上，从古至今，人类一直以来都是困惑与无奈的，又带着一丝悲情与伤感的成分。

历史的履历发展至当下社会，一个日益严峻而残酷的现实已经摆在人们面前，生态环境已经遭到前所未有的破坏、诸多动物物种正在濒临灭绝的边缘，大自然正经受着人类史无前例的鞭挞与摧残。海德格尔的经典论述得到最佳的印证与诠释："人不是存在的主人，人是存在的看护者。"① 这里的"存在"，无疑就是现实存在中的大地、自然与生态层面的话语指涉，生态问题从未像当代社会这样如此深入人心，人们已经开始深刻地警醒、反思，并积极寻求解决问题的途径，表达忏悔与救赎的决心。思想之先行者的当代作家们更不会坐以待毙，他们以决绝的勇气去正视这一严峻的生存现实：在其所精心塑造的动物主人公身上，正是要呼唤这样一种"挽歌"情结②，这"挽歌"之于读者而言就是一针强心剂，是在极度的触目惊心、悲恸欲绝中找寻警醒、自审与新的希望与光明之所在，以求重新看护与守望人类的生命家园。因此，这一主题叙述类型在总体情感表达上是趋于悲剧性的、伤感而悲戚的，但其内核却是坚定而决绝的，充满着力量与希望之曙光，这正是类型叙述"挽歌"表达的真正旨归所在，足以见证该类动物叙事文本所特有的思考深度与叙事张力。

一　"挽歌"叙事的情感范畴、形象逻辑及类型特质

如果说"寻找"类动物叙事主述模式其情感内涵主要诉诸爱与恨、痛与怜、悔与怨的表达上的话，那么，"挽歌"类动物叙事作品更多是传达出一种生与死、存与亡、兴与衰的复杂情感体验，这也间接决定了该类型创作所具备的某种特殊的思考深度，特别是被赋予了某种哲学层面的价值依托。因此，在具体的叙述表达上，较之"寻找"类叙事略显感性、饱满而丰沛，"挽歌"类动物叙事作品则显得

① ［德］海德格尔：《路标》，孙周兴译，商务印书馆2000年版，第403页。
② 从作家的维度出发，也许蒙古族优秀作家郭雪波的话最具代表性："面对苍老的父母双亲，面对日益荒漠化的故乡土地，面对狼兽绝迹兔鸟烹尽的自然环境，我更是久久无言。我为正在消逝的科尔沁草原哭泣。我为我们人类本身哭泣。"这段带有深度忏悔意识的刻骨铭心的自审性情感表达无疑代表了该类动物叙事作家整体付诸挽歌表达的创作初衷与伦理指向，它也可以看作是挽歌类表述模式的主体价值诉求的最佳诠释。该引文出自郭雪波《大漠狼孩》，中国文联出版社2003年版，第380页。

沉稳、理性而练达，同时并不太侧重于某种特殊叙述技法的运用。另外，"寻找"叙事更多的是把叙述的重心放在主人与家养动物身上，这与其主旨需求及情感基调紧密相关，有利于烘托人与家禽、家畜之间的美好情感，而在表达关乎生与死的生态哲思与情感需求，展示大自然中动物所处的难以抗拒的生存绝境时，则自然而然把叙述的重心转移到生存举步维艰的野生动物身上。当然最后的"挽歌"主题呈现也显然要依托于致使动物濒临绝境的人类形象的出现，在这里主人身份转化成依托于大自然的猎人身份，正是在猎人和与其针锋相对的猎物之间展开了有关生与死、存与亡的惊心动魄的"挽歌"叙述；如果试图找寻两类主体叙述模式的某种相同之处，不难发现在"找寻"模式中，家养动物的"遗失"，无论主动或者被动，客观上都与小说中的人类主人公（主人身份）发生着某种千丝万缕的关联，当然，这对于抒发人与动物之间的美好情感更加有利。而在"挽歌"模式中情形相似，即无论是野生动物或者猎人充当小说中的主人公，野生动物陷入生存绝境、面临死亡威胁的直接或间接因素都是由猎人身份者一手造成的，某种程度上，猎人与主人一样依旧是文本中的"罪魁祸首"，这也从一个侧面印证，在两类动物叙事作品中人类角色的形象设计始终是一个关键性的串联因素，这个人物——"他"，无论是主人或猎人身份，都将决定着文本本身所能达成的叙事张力与情感效度。

　　"挽歌"类叙述模式的代表性作品可以列举出如下几部：《红狐》《狼行成双》《最后一名猎手和最后一头公熊》《怀念狼》《大绝唱》《老虎大福》《豹子的最后舞蹈》《鱼的故事》《黑鱼千岁》《狼图腾》《中国虎》《困豹》《银狐》《红毛》《鹿鸣》等。在这些作品中，它们在主旨诉求与情感传达上是一致的，都在"挽歌"情结所营造的伤感、哀戚氛围中展开各自的情节叙述，最后达成对濒临灭绝的动物物种保护的警醒与自审。但如果从叙事语法的层面理解，又具体可以分为两类相对固定的叙述模式：当文本的叙述重心倾向于故事中的人类形象，即以猎人角色身份出现的人类主人公为叙述的原始起点，展开有关其与所猎捕之动物纠葛关系的讲述，按照前文的公式归纳为：$WrM \rightarrow WrO \rightarrow WdG \rightarrow RYH/XAWS$；反之则以文本中的野生动物形象为主人公与叙事的逻辑起点，从而展开相关的故事讲述与情节铺排，可用公式表达为：Wd/rC→WdS→WdG→DSW。两类故事讲述方式的表述顺序虽然有着明确的区分，但在本质性的类型表达上，无论是以人类形象展开叙述，从身份重塑到陷入抉择之痛，再到展开对抗；或是以动物形象展开叙述，从忍受苦痛（或"误入他途"）到身陷围困，再到进行对抗，最终对抗部分一般都成为各自文本中的高潮部分，也是作者倾注重心讲述的核心场景。至于最终的三种结局可能："动物之死"（DSW，动物叙事最多的类型化结局选择）、"人的异化"（RYH）或者"人与动物的相安无事"（XAWS），实际上也都指向了对挽歌情结的直接或潜隐式的深情表达，从而也借此展开了人与动物的某种生与死、存与亡、兴与衰的逻辑关系的哲思探求。在此基础之上，统归两类叙述表达模式，"挽歌"类动物叙事主述模式所具备的类型特质主要为以下几点。

（1）该类动物叙事的事序顺序并不完全一致，基本上是按照两类叙事向度纵向排列。人的向度：妄图达成身份重塑—陷入抉择之痛—对抗展开—人的异化/相安无事，如，《怀念狼》《最后一名猎手和最后一头公熊》《银狐》等；动物的向度：忍受苦难（"误入"他途＋"目睹"亲友之死）—陷入围堵之困—对抗展开—"动物之死"，如，《豹子的最后舞蹈》《红毛》《狼行成双》等。

（2）一般在文本中都会预设鲜明的反面角色，从人的向度出发，以猎人身份作为文本中人类主人公的，反面角色一般都由人类形象承担，阻挠、妨碍甚至损害猎人正常行猎（或保护猎物）的反面行为指涉。从动物的向度出发，则一般由文本中的动物主人公同类（或具体的人类形象）充当反面角色，它们常常将动物主人公逼上绝路，甚至给予致命一击，往往充当"动物之死"的罪魁祸首。

（3）除去反面角色，"挽歌"类型叙事作品中，一般重要人物角色较少，只有"受难者＋加害者（即为反面角色充当）＋解救者"的基础角色类型，不像"寻找"类动物叙事设置如此清晰的旁观者（见证者）角色形象。

（4）该类型叙述模式的故事结局一般都是悲剧性的，最为常见的是"动物之死"与"人的异化"两种，也有如《黑鱼千岁》中的人与动物同归于尽的结局方式，但一般作者不会一味地把读者引向悲戚乃至绝望的边缘，而常常在文末留有余地，即冠之以光明与希望的尾巴，让我们对动物物种的未来境遇抱以期冀。

二 "陷困＋对抗"的叙事逻辑解读与"挽歌"价值导向的索引

如果我们结合上述类型特质的有效归纳，进一步更加精细地对挽歌类动物叙事加以系统的概括与考察的话，不难发现，其基础的叙事逻辑也是十分清晰可辨的。首先，无论是从人的向度出发，或以动物的向度为轴心，尽管表述顺序不尽一致，但两类挽歌类叙述表达依旧可以归纳出一条类型化叙事线索："陷困＋对抗"是其最为基础的公式表达。当然落实到各部作品就会呈现出完全不同的表达策略，比如从动物的向度出发，陷入困境的原因会有明显的差异，可以是误入他途之因，如《藏獒》中动物主人公冈日森格就是跟随着七个被"父亲"的天堂果所吸引的上阿妈孩子误入西结古草原，才惹祸上身屡次陷入绝境；也可能是生存之困使然，饥寒交迫常常是一个基础的动因，如《狼行成双》中那对共同生活九年恩爱有加的伴侣——"公狼"与"母狼"，正是出于觅食之需才冒险进村以致陷入绝境。同样在《豹子的最后舞蹈》中，豹子"斧头"之死的罪魁祸首既不是人类也不是满目疮痍的生存环境，而恰恰是"皮枯毛落，胃囊内无丁点食物"这样的极度饥饿使然。

从人的向度出发，则又可以呈现在主人公陷入"抉择之痛"上。比较明显的是小说《怀念狼》中，以原"捕狼队"队长身份出现的傅山在打狼、杀狼与护狼、保狼这样的原则性问题的立场选择上，陷入了深深的抉择之痛，最终行动的结果背离了行动的目的，这也间接导致了其自身最后的人格与精神的双重危机；在《最后一名猎手和最后一头公熊》中，陷困的原因则落实到主人公的妄图重塑昔日辉煌上，曾经德高望重的猎队首领老库尔在面对那头冻土原上难得一见又与其惺惺相惜的老公熊时，同样陷入了某种抉择之痛；《红狐》里妄图重塑辉煌的猎手金生在面对最后一只早已近暮年、老迈不堪的"红狐"之时，竟萌生出一种同病相怜的末日情感，自然也陷入了情感的纠结与抉择之中，而这也最终导向了金生自己"幻化为红狐，哀哀嚎叫"的"异化"表征，挽歌情结在此彰显无遗。这里，主人公（动物或人类）陷入困境的原因可以各不相同，陷困的具体呈现方式也各有所表，比如可以是陷入围堵之困，或呈现出心理、生理上顽疾之痛等，但"陷入困境"这一叙事情节的设置却横亘在每一部该类型的动物叙事作品当中，发挥着其核心性的勾连主旨诉求的重要作用。

同理，当我们在考察该类型动物叙事的基础表述顺序之时发现，"对抗"与"陷困"一样都是必不可少的核心情节设置，而往往"对抗"的作用更加明显，它可以直接把整篇文本的叙述进程推向叙事的高潮，往往对抗激烈程度与残酷程度的渲染与勾画，会成为挽歌类动物叙事作品出彩与否的一个关键性因素，因为这种"对抗"程度的描摹本身就是指向对难以抗拒的"挽歌"情感的潜隐烘衬上。因此，挽歌类动物叙事作家们几乎不约而同地把讲述的重心放到了"对抗"功能项的表达上。对抗的方式主要可以呈现为以下几种：

一为人与兽斗，典型的如《黑鱼千岁》中主人公儒与黑鱼的对抗，对抗过程的描写体现为水中优劣势的互相转移，充满了自然的美感与伟力，作者有意剥离了惨烈、残酷的一面，独具匠心之处清晰可见；《大绝唱》中的"对抗"则与《黑鱼千岁》恰恰相反，作者正是要倾尽全力烘托这种战斗的激烈、惨痛与残忍，因为这是种群与种群之间的战斗，是为保护自己家园与外敌入侵者间的斗争，同时它又是一场力量悬殊而异常惨烈的斗争，将人与河狸的对立、对抗推向了极致，整个九曲河弥漫着冷峻与死寂的血腥气息；还有如《老虎大福》《豹子的最后舞蹈》《红毛》《怀念狼》等作品，其中的对抗主体都落在人与兽身上，并且对抗的结局几乎都是以人的胜利为代表，动物一方则大多付出了自身生命的惨痛代价。

二为人与人斗，这种"对抗"表面看与动物主人公并无根本性联系，但人与人"对抗"的基础导火索依旧是保护动物的出发点，一切皆由动物引发。这类"对抗"的描写似乎更加惊心动魄，同时"对抗"场面也更加宏阔壮观。《中国虎》中，围绕着中国虎的保护，考察组、偷猎分子、特种部队之间略显复杂的对抗关系，被作者描述得扣人心弦又荡气回肠，在这组"对抗"关系的展示中，中国虎的聪明、机智，考察组的大胆、无奈，盗猎者的狡猾、残忍，特种部队的强大、勇敢等，都淋漓尽致地得以呈现；同样，在《鹿鸣》里，肩负放归使命的林明也是为了"峰峰"等鹿群的安全经历了与几股邪恶势力的对抗过程，同样是围绕着保护与被保护展开了"对抗"情节的铺排，并做到了近似极致的烘托与渲染。小说《最后一名猎手和最后一头公熊》中的对抗最终的重心同样落在人与人斗上，但较之前两部作品又有明显的区分之处：《中国虎》与《鹿鸣》中从开篇即已把对抗的阵营区分得泾渭分明，围绕保虎与杀虎，保鹿与杀鹿，进而展开激烈的对抗过程，全篇几乎都是在围绕着"对抗"来展开情节的叙述，而《最后一名猎手和最后一头公熊》中的对抗则是先后发生了某种位移，由最初预设的本应呈现出的人兽之斗，即老库尔与"瘸腿公熊"之间的光明正大、针锋相对的对垒博弈，在业余猎人的干涉之下，转化为老库尔与业余猎人之间的对抗，由人与兽斗到人与人斗的有效转化突出了其情节铺排的特异之处。

无论是"陷困"情节的有意设置，或者"对抗"情节的强烈烘托，其实这样一条基础的类型化表述顺序的排列都是要重点指向最后的"挽歌"这一核心的价值诉求，都在于着力呈现动物所处之生存绝境的举步维艰，动物的命运维系始终都是作家关注的焦点与叙事的重心，"陷困"体现的是动物自身生存环境的艰难与困窘，"对抗"则最终意在烘托出动物所处的无奈、无助之悲戚境遇。野生动物物种所不得不面临的毁灭之殇，几乎千篇一律地引向死亡境地的悲惨命运，而这死亡的气息又渗透在整个文本悲婉、哀伤的叙述格调当中，同时，这种被动死亡也往往呈现出某种无奈、伤感般的必然性征兆，因此，在大多挽歌类题材动物叙事中作家为动物所精心安排的最终死亡结局往往成为一种可以"心安理得"、平静接受的对象。死，成为一种必然，更像是一种超脱，其实这种情感信息的传达却恰恰是震人心魄的，当死亡已经呈现出一种麻木不仁、无以为继的态势，反衬出了真正实现自然生态平衡、保护濒临灭绝动物物种形势的严峻与艰难，这里包含了人类的困惑、不解与无奈等多种错综复杂的情感诉求，但更多的却是作家倾尽全力所发出扪心自问的泣血之声。"挽歌"表达的是一种现实，一种可怕的现实困境，它关乎生存、命运、族群与时代，在满怀深情地凭吊、缅怀面临生存绝境动物物种的同时，之于人类自身，更像是一种叩问、一种警醒、一种自审，一次痛彻心扉的关乎灵魂之路自我救赎的美好展望。

三　"挽歌"意义的结局构想：注定的死亡与超脱的情感预设

当我们在论述与概括挽歌类动物叙事的这一核心基础叙事逻辑特征之时，这种死亡气息浓重的叙事结局同一性、系统化的正态排列分布，共同指向了近似相同的普泛性价值意义诉求：死，成为一种必然，更像是一种超脱。这里其实也从侧面显示出挽歌类动物叙事作家的某种悲天悯人的叙述情怀，笔者一直认为该类型动物叙事是诸多动物叙事类型表达当中最具有大气魄、大视野的创作类型，也恰恰在这里得到最有力的彰显。在某种近似平静而安详的死亡气息的描述中孕育出不平凡的情感积淀，进而彰显出叙事的力度，把挽歌情结最为淋漓尽致地展现，正是该类型动物叙事作家的高明之处。当然，具体作家的叙事手法不尽相同，比如这里所强调的死亡结局虽说为类型常态，但也并不是所有的类型作品都是以此来表达"挽歌"情结，人与动物的相安无事这一结局方式也会出现在该类型的叙述表达之中。

所选材料中的《银狐》与《最后一名猎手和最后一头公熊》就属于此类。但这里的"相安无事"其实依旧是带着"隐号"的潜隐表达，作者所预设的这种人与兽均安然无恙的"美丽景观"其实更像是一种托词、一种幻想、一种欺骗，因为在现实层面上这种和谐结局的达成是根本难以实现的，于是，作者又幻梦般地把这种"相安无事"引向了虚幻当中的"世外桃源"，作家的情感态度其实依旧是怀疑、焦虑、忧患与无奈，而其背后的潜在叙事动机依旧指向了"死亡"的符号意义。

如《银狐》中为我们勾勒出一幅"世外桃源"般的美好画卷，这里作家所架设的天堂不再是虚幻而无望的，而是实实在在存在于大漠中的黑土城子。小说的结局白尔泰与铁木洛老汉最后都决定留下，与珊梅一同在银狐的呼号下，奔向大漠深处的黑土城子。文本当中这样描绘这一壮观的场面："而前前后后三个人影，相互追逐着，迈动轻松愉快自由活泼的步伐，向那只神奇而美丽的银狐和其身后瑰丽诱人的王国——大漠走去。于是，人与兽都融入大漠，融入那大自然……"① 带有指向性的"黑土城子"这一理想的家园栖居地，脱离了现实人类所赖以生存的现实环境，更准确地说，是远离了有人类存在的地域疆界。这种幻想中的人兽共融才真正具备了存在的土壤与有效的屏障，而这种"相安无事"的存在方式其实暗含着"死亡"的潜在话语意义。只是这种"死亡"的意义更加倾向于正面、积极的情感传达，"人与兽融入大漠，融入那大自然"② 这样的话语表达其实早已囊括了"挽歌"类叙事所共同追求的核心题旨。当然这也只是作家的一种情感寄托，一种在作家看来难于实现又迫切期冀的美丽梦想，无形中平添了一丝哀婉与悲戚的成分。

更多的作品一般不会如此别出心裁地刻意转移"死亡"的结局指向，它们大多以直面死亡的方式来达成小说的叙事完结，但在具体的死亡方式与景致安排的呈现上又有各自不同的诉求方式。有些作品不刻意回避，而是直接承续"对抗"情节的讲述，把重心放在对抗过后动物死亡惨状的描摹上，《老虎大福》中动物主人公大福的死就是突出一例。大福是被村人用乱枪打中跌落悬崖而死，而这里对残忍的渲染却是通过对于死后的大福尸身的处置上，这恰恰是作者的别具匠心之处。村人残忍地将其开膛破肚，瓜分一空，这样的残酷场景对应着大福临死之时"那双清纯的，不解的，满是迷茫的眼睛"③ 更是将这种残忍与冷酷推向极致，这种死亡结局的安排更多的是对人类罪行的强烈控诉与批斥；《大绝唱》则以九曲河畔河狸家族种群的集体覆灭宣告了"挽歌"情结的悲剧性表达，"这一天，九曲河上游大坝的缺口还是被堵住了，不是被树桩和胶泥，而是被堆积如山的河狸尸体！"④ 河狸家族为保卫家园而视死如归的精神在这里得以烘托，而对于打乱了两岸生态平衡并导演了这场疯狂杀戮的人类而言，无疑是一种泣血的震撼与警示。相比于那只心存不满与疑惑的老虎"大福"而言，这里作家所安排的死亡结局里，更平添了一份悲壮、激昂，动

---

① 郭雪波：《银狐》，漓江出版社 2006 年版，第 310 页。
② 叶楠：《最后一名猎手和最后一头公熊》，《人民文学》2000 年第 10 期。
③ 叶广芩：《老虎大福》，太白文艺出版社 2004 年版，第 22 页。
④ 方敏：《大绝唱》，湖南少年儿童出版社 2000 年版，第 127 页。

物有时是要发出属于自己的强硬的"声音"的，即使是死亡，也赋予了动物一种特有的力量，这大概正是动物叙事作家所刻意追求的一种叙事效果。

除了用力于对死亡状态的描摹与刻画，更多的动物叙事作品并不刻意去渲染对抗与死亡的残忍之处，而是渐渐把"死亡"的节奏放缓，在有效减弱、淡化"死亡"的悲剧性意义的同时实则把"挽歌"情结以更加强烈的话语方式呈现出来，这恰恰是动物叙事作家的高明之处。比较有代表性的如在《怀念狼》中就干脆省去了十五只狼残酷死亡过程的描述，完全可以用"一笔带过"来形容作者特殊的叙事安排。作者把叙述的重心皆放在了对压抑、悲壮气氛格调的烘托上，以具体描摹捕捉人（尤其是傅山与"我"）的情感感受与心理压力来展开整体的叙事构篇，之于动物特别是那仅存的十五只狼只起到了叙事勾连的作用，其充满悖论的死亡意义恰恰是要传达出作品本身所要呈现的生态反思的主体价值诉求。

《豹子的最后舞蹈》中同样没有刻意去强调豹子"斧头"的死亡过程，而是巧妙地设置了一系列的困境将其逐步逼向死亡的深渊。作者赋予了斧头以反抗求生存的欲望，与生命抗争的伟力，它屡屡化险为夷、冲破难关，可最终却充满戏谑性地死在一个手无寸铁的年轻姑娘手中，该种强烈的叙事效果反差的营造，恰恰是要最大限度地烘托出"斧头"所处的尴尬境地——周遭可怕的生态困境与生存险境，"挽歌"情结的传达也自不待言。整个叙述流程意在引导读者去见证"斧头"如何一步一步走向毁灭的过程，让读者自然而平静地去接受"死亡"这一结局安排。与其他多数"挽歌"叙事作品一样在最终结局导向上直指灵魂救赎意义的昭示。①

总体而言，"挽歌"类动物叙事较之其他当代动物叙事的主述类型如"找寻"类、"报恩"类、"标尺"类等具备了更加突出的价值

---

①　诸如上文提到的《最后一名猎手和最后一头公熊》《银狐》中叙事结局安排上直接呈现出人与动物走向和谐共荣的理想结局，而像《大绝唱》中有关"每当夜深人静的时候，就能听见那坟里传出温馨、祥和、安宁的歌声"的结局描绘以及《黑鱼千岁》中"死了的儒和鱼被麻绳缠在一起""而躺在棺材里的儒始终面带笑意"的意象勾勒等，实则都暗含对实现人与自然和谐统一的美好愿望的祈盼。

导向性意义，文本蕴含了深刻的现实关怀意识与浓厚的时代价值，特别是纳入"人与自然"这一生态主题的框架下来展开情节逻辑的讲述，在"陷困＋对抗"的基础叙事结构的导引下，进而完成带有升华与超脱意味的"挽歌"性悲剧结局的书写，这其中凝聚着对动物物种生存权利与命运遭际的忧思，对合理建构人与动物和谐关系的良苦用心，更寄托着强烈的树立生态文明观念的迫切呼求，这些无不凸显出"挽歌"叙事以悲悯宽广的人文情怀将人类的忧患意识推向艺术的诗性高峰，其在类型创作整体格局中占据着举足轻重的地位。

第三节 "报恩"模式：忠义之魂的生命写照

有关当代动物叙事主述模式的探讨中，笔者已找到并系统论证过"找寻"类与"挽歌"类两大主述模式的类型特质与叙事语法规范，而二者的主体情感指向也是清晰可辨的，"找寻"类动物叙事立足于探寻人间真情的传达，把情感的重心诉诸在爱与恨、痛与舍、悔与怨的复杂体验当中，这种情感的表达是浓烈而炽热的；"挽歌"类动物叙事则多以一种相对沉稳、练达的叙述格调向读者传达了一种哀伤而凄婉的末世情调，这里面充斥着关于生与死、存与亡、兴与衰等多个向度近乎形而上的价值探讨。当然，二者的出发点与落脚点依旧落在了人与动物的关系维系层面，只是前者的重心放在了人或动物的情感体验当中，人类形象往往能够占据文本叙述的中心；后者则把叙述的框架延伸至自然、生态的层面，立意与情感诉求都上升到一个更高的层面，重心往往倾向于动物、自然的层面，关于人与动物、自然三维关系的共鸣性思考当中，达成反思与自省的意义。

这里笔者所要总结与归纳的动物叙事另一主述模式——拯救"报恩"类动物叙事，相对于前两类而言，明显地加强了动物形象在整体文本叙述中的核心性地位，动物成为作家所着力塑造与尽情讴歌的主要参照系数，该类型叙述模式在当代特别是进入新世纪以来，显然已不像上述两类动物叙事模式类型那样应者云集，大概是当代作家们深感这一叙述类型承载了太多的历史传承的意义，很难在面对历史上佳作不断的境遇下做出真正带有创新性的回应。但毋庸置疑，"报恩"

类动物叙事在当代依然是不容忽视的一类重要的叙事存在，依然有作家愿意挑战自身的原创能力，希望在固有类型模式中做出有益的探索与崭新的尝试，诸如《母狼衔来的月光》《野狼出没的山谷》等佳作的问世都很好地证明了这一点。

一 "报恩"模式的情感范畴与叙事逻辑

"动物报恩"作为中国文学发展历程中一个非常重要的母题，其源头可以追溯至原始民族、民间故事与神话传说中的精彩演绎。而从叙事学层面予以界定，其以完备的叙事形态得以展现最早可以发现于东晋干宝的《搜神记》①，此后在文学史的发展履历中皆有所涉及，诸如宋代《太平广记》，到明代的《西湖二集》，再到清代蒲松龄的《聊斋志异》等，可谓不胜枚举。对"广施恩泽""知恩图报"等共同情感与伦理道德的诉求上，儒家与佛教的思想是趋于一致的，"滴水之恩，当涌泉相报"这样的道德法则与主题诉求更是在历朝历代的文学创作中屡屡呈现，并且名篇佳作不断，其中"动物报恩"母题则尤为突出。置于其中，更多的"动物报恩"母题在讲述过程中选择了以狼与狗的形象为主，特别是内化出的"义犬救主"母题的相关书写更是在历朝历代广为流传，诸如《搜神记》中的《义犬冢》、《搜神后记》中的《杨生狗》、《虞初新志》中的《义犬记》、《聊斋志异》中的《义犬》等，都是比较具有代表性的作品，正如《聊斋志异》作者蒲松龄所言："呜呼！一犬也，而报恩如是，世无心肝者，其亦愧此犬也夫！"② 这一论断，堪称千百年来中国动物叙事"义犬救主"母题中最为基本的情感诉求。蒲松龄在其创作中时常"将无情无义之人与有情有义之物对照，甚至发出了'人有惭于禽兽

---

① 仅仅在《搜神记》卷二十中就充斥着大量的动物报恩类故事讲述，其中涉及龙、虎、玄鹤、黄雀、蛇、龟、蝼蛄等具体动物形象的塑造，如：李信纯所养义犬火中舍命救主；"杨宝"条载杨宝救黄雀之后，黄雀化身黄衣童子送白环四枚；"苏易"条载苏易帮牝虎生产后，虎再三送肉于门内等。

② 蒲松龄：《聊斋志异》（会校会注会评本），张友鹤辑注，上海古籍出版社1986年版，第125页。

者矣'的沉痛感慨,表达了作者内心的极度悲愤与无限失落。"①

寄托于具体的动物形象来达成对这一传统价值理想的情感寄托,并借此展开某种训谕与批判的意义,与传统"动物报恩"母题的创作相比,当代叙事成分中逐渐淡化原始的宗教因果报应观,赋予这种"动物叙事"的方式以新的生命伦理与美学价值。与其他当代动物叙事模式类型如"找寻""挽歌"叙事把叙述的重心落实到人与动物情感关系的层面,尤其侧重凸显作为人类一方的情感触动、心理变化与清晰的伦理感受相比,"报恩"类叙事则明确了动物一方在文本整体情节结构中的主述性地位,其所表现出的品行与壮举也成为作者所着力赞美与讴歌的对象。对《藏獒》《母狼衔来的月光》《太平狗》《莽岭一条沟》等重要作品的相关研读,不难发现,这一类型表达其形象主体多以狼与狗为主,正如上述蒲松龄的论断,该类型模式正是要达成对于动物忠义品性与美好情感状态的诗性书写。"报恩"类作品即旗帜鲜明地表明其文化与人性的立场,内蕴作家"以兽喻人"的良苦用心,动物形象也随即成为文本中独一无二的核心形象。

在全球化浪潮迅速席卷的当下,"传统人文价值在崩裂,伦理道德秩序在失衡,理想精神在退化"②。忠肝义胆、重情重义、知恩图报等曾经对人类崇高品性的评价越来越难于寻觅,取而代之的是知恩不报、背信弃义、以怨报德等诸多负面的定位,由此形成了鲜明的比照。这种比照,更多的是一种无奈、一种失落,乃至一种惋惜、一种愤恨,多种复杂情绪相交织的现代人类只能把这种尚未泯灭的希望因子寄托在"动物叙事"这种独特的表达方式上。借助对于那些近乎"完美无瑕"的动物形象的肆意拔高与尽情赞美,来达成道德审判的标尺价值,进而明确人性的本真、良知与道义。由此,在具体文本中也形成一种决绝的大义凛然的风度,引导读者在异常明朗而激昂的叙事格调中领略忠肝义胆的快意洒脱。当代"报恩"模式其中一个重要的叙事逻辑是承载传统"义犬救主"的母题表达,即当昔日恩人

---

① 彭海燕:《〈聊斋志异〉中的鬼神报恩》,《黑龙江教育学院学报》2012 年第 6 期。
② 陈佳冀:《时代主题话语的另类表达——新世纪文学中的动物叙事研究》,《南方文坛》2007 年第 6 期。

陷入危机与困顿而无以为继时，动物角色往往不惜一切代价拯救恩人于危难之中，甚至付出宝贵的生命，其叙事节奏更为激荡而剧烈，如《四耳狼与猎人》《退役军犬》《野狼出没的山谷》等；另一叙事逻辑则以一种生活化的常态形式，在人与动物朝夕相处的情感关系中渐趋展现出潜在的拯救意蕴，平凡、自然与朴素的叙事状态之中，凸显血浓于水的情感力量，焕发出沁人心脾的美好人性的光辉，如《感谢生活》《莉莉》《爱犬颗勒》等。两类叙事逻辑，虽然在叙述格调、结构铺排、情感蕴藉与价值规约等层面有所区分，但都承载了"受难＋解救"的主述框架。动物对人类的那份特殊的情感表达，动物角色身上所展现出的美好品性与伦理视域，均成为共同追求的价值诉求。

二　"陷困＋解救"：主述模式的架构及其情感逻辑的生发机制

"动物报恩"母题的当代叙事建构实则较为完备地遵循着"陷困（受难）＋解救"这一主述框架，其中虽然也孕育着某些类型变体与位移的成分，如在具体艺术手法的运用、表述策略的转换以及结局构篇的出奇制胜等层面达成某些反类型的叙事呈现，但这一最为核心的深层主述结构，特别是其所达成的价值规约的效度，始终不会发生根本的改变，依旧发挥着其强大的诗性伦理与文化内涵的导向性作用。包括"报恩"叙事在内的诸多动物叙事类型表达，实则都潜隐作者的一种困惑，关于生存、现实、人性与民族（国家）的诸种困惑，关乎人伦、道义、品格、生命、心灵、民族、自然等多个伦理向度，并努力给予解答和拯救的尝试，其中蕴含望求达成自我人格、品性的修复与完善，以及被压抑、扭曲的心灵情感空间的释怀与常态恢复。

从具体的结构框架层面，落实到"报恩"母题的类型表述中，其角色担当较为固定。一般由人类主人公充当受难者的角色，被动地处于"陷困"或受难的境地，而动物主人公担当解救者角色，充分发挥"解救"功能的逻辑意义，作为结局的叙事表征，则引领读者对动物性与人性的某种批判性反思，尤其在人兽对比的叙事内核下着重于对动物美好品性的渲染与烘托——几乎成为该类型表达中所共同选择的话语方式。具体"陷困"方式的呈现也较为一致：一般都是受难者角色遭受围堵之困，陷入濒临危难的紧要关头，呈现出百感交集的复杂心理情绪与情感反思的一刻，解救者角色及时现身，如从天而降神助一般，誓死帮助受难者解围，乃至付出自身的生命，达成情感的升华。诸多重要作品如《退役军犬》《野狼出没的山谷》《太平狗》与《四耳狼与猎人》等都可统归到这一表述范畴。总体而言，在"报恩"表述略显粗糙、简洁与单线条的叙述格调中，却包裹着强烈而炙热的情感内核，诸多问题意识的生发更是直逼人心，展现出了其突出的类型特质与独特的叙事魅力。

正如上文对形容报恩类动物叙事的情感范畴的归纳，可以具体使用到包括忠诚、坚贞、决绝、果敢、慷慨、坦荡、淡然、大义凛然、至死不渝、刚直不阿等色彩鲜明的词语来加以形容。细究开来，不难发现这些词语其实都可以完完全全落实到文本中动物主人公的角色呈现，而与文本中的其他角色，包括人类主人公、辅助者角色（正态或负态）、加害者角色等几乎毫无干系。并且相应的情感逻辑的展开也几乎都围绕动物的"忠"与"义"等核心字眼进行，实际上这种生发机制的铺设和进程都在不经意间拔高着动物自身的形象特质，加深其在文本叙事中鲜明的性格标识，其出发点在于激发出内在情感、价值上的共鸣与特殊的叙事效度。

如李传锋的《退役军犬》中动物主人公军犬"黑豹"，几乎具备了上述所有情感功能指涉：狩猎战果辉煌、屡破奇案、时时以义字当头。在"龙王村"，它俨然已经被幻化成一条神犬的象征，行使着护佑乡村安宁、保佑一家平安的使命。然而，突如其来的政治风暴，让形势瞬间发生逆转，"黑豹"与其主人一起遭到迫害，死里逃生的它无奈躲进森林，却始终念想着自己的昔日主人，千方百计返回村子寻找张三叔，最终惨死在冯老八枪口之下。结局部分尤其渲染了黑豹在对抗冯老八时所展现出的决绝姿态，"说时迟，那时快，黑豹不等冯老八下手，像一头猛虎朝冯老八一头撞去。……黑豹左冲右突出不去，它愤怒地直立起来，一次一次地朝门上撞去。紧接着，惊天动地两声枪响，黑豹又一次直立起来，摇晃了几下，重重地摔倒下去……"① 对黑豹的临危不惧与舍生取义的书写让"动物报恩"母题模式的呈现得到有

---

① 李传锋：《退役军犬》，《民族文学》1981 年第 5 期。

力的情感升华。

这样的叙事逻辑十分简单与流畅，黑豹在文本中是当之无愧的叙事核心，即使作者有意突出作为反面角色的冯老八形象，精心设计由其勾连起全篇的情节冲突，但都会给人以一种牵强附会的感觉，即冯老八包括另一位正面人类角色张三叔的形象，都在"黑豹"的突出气质光环下黯然失色，读者的阅读期待完全是被"黑豹"的命运遭际所牵引，紧随黑豹的一举一动并见证它一步一步走向"神坛"，其最后的慷慨就义为"义犬救主"母题的讲述画上圆满的句号，更让这一形象在读者心中完成最终的"神塑"定格。值得确证的是，诸如《退役军犬》等作品，在传达方式与具体表现上难免呈现出某种粉饰与夸大，甚至蓄意拔高的成分，但对于主题表达的内在要求与创作理念的有效彰显而言，无疑也是作家们一种良苦用心的展现，着力于动物品性的歌颂，又显得过犹不及，力度与火候常常难于把握，应当可以给予理解。至于所造成的动物形象反差巨大、铺排不足，人类形象过于脸谱化、解救与死亡的达成过于牵强等诸多不足，足以证明这一看似叙事情节最为简单的主述类型，其构篇、讲述、情感逻辑展开等层面的诸多不易，也是作家们所要汲取的经验与必要认知所在。

这里有必要与其他类型做出简要的对比，以"挽歌"叙事为例，其情感范畴可以指涉到无奈、悲戚、沮丧、纠结、凄凉、苦痛、绝望等较具悲情与无望色彩的形容词汇，总体呈现出"挽歌"叙事所特有的讲述氛围，即对于动物而言的最后的"挽歌"情结的悲情讲述，它直接决定了类型文本所一致呈现的悲剧格调与哀婉意蕴。同样是文本中动物主人公面临着生死存亡的境地，两类叙事却形成鲜明反差，"挽歌"叙事所表达的末世情结中动物的最终命运堪忧，实则大多由人类主人公一手酿成，即人致动物于危难甚至死亡之境地；"报恩"叙事则恰恰相反，呈现的是动物为救人而陷于危难甚至死亡之境地。前者叙述的重心在于人类本身，文本中人物角色主要作为倾诉者特别是被批判与抨击的对象，作家们常常将其归咎为促成动物面临无家可归，乃至生命堪忧、种族毁灭的罪魁祸首。人类的自私与虚伪、残忍与冷酷、嗜血与荒谬等种种情态均成为"挽歌类"作家着力渲染的地方，相比于"报恩"叙事单纯执着于动物角色的讲述方式，显然容易驾驭了许多。例如，可以在人性的邪恶一面中加入"改邪归正"的因子（《银狐》等），或用文本中的反面角色来反衬正面角色（《最后一名猎手和最后一头公熊》等），或加剧渲染动物所濒临的生存绝境（《豹子的最后舞蹈》等），都可以让固有类型得到有效的叙事提升，实则也反衬出"报恩"模式书写的不易，特别是在情节构思的出奇性、角色形象的情感勾连以及有关动物形象塑造"度"的把握上，更具有挑战性。

三 "报恩"表述中的角色认同、担当与细化价值分类

在上述研究基础之上，我们深入到对"报恩"类动物叙事具体角色设置的探究之中，不难发现其所呈现给我们的第二大基础叙事逻辑特征，即角色设置的清晰可辨性。一般而言，该类型的角色组成与"挽歌类"较为相似，主要由受难者、解救者与加害者三类主体角色构成，分别由具体文本中人类主人公、动物主人公与反面人物形象（或动物形象）承担，而每一种角色在类型文本中所充当的叙事意义较为固定并且直接地呈现出各自的存在价值，比如以充当受难者的人类主人公为例，其受难的过程自然是叙述的重心所在，但前提是讲述其如何施恩于动物主人公。由此，其角色意义也正是通过"施恩（或亲近）＋受难＋被解救"的逻辑顺序得以呈现。而这里的"施恩"又可细化为主动与被动两类。

如《四耳狼与猎人》中人类主人公"歪手巴拉丹"的施恩就属于被动一类，那三只尚不足月的小狼崽儿，是在巴拉丹完全不知情的情形下，被其妻子杭日娃趁巴拉丹出猎的机会，打开篱笆斗胆放生的。事后才得以知晓的巴拉丹将杭日娃打得眼冒金星脸发烧，更强调了这种"施恩"的被动性与意外成分，但按照后续情节的发展，这种意料之外的被动"施恩"方式却同样产生了应有的效度，最终挽救了巴拉丹肮脏而卑微的生命。从文本的终极意义上说，是对人类一直以来对动物的疯狂虐杀、掠夺等卑劣行径的控诉，最后反弹回人类自身，达成良心的谴责与生命本真的叩问。"被动施恩"有时往往又会以一种极其特殊的方式呈现。《野狼出没的山谷》中原本老猎人与

"贝蒂"的关系呈现出配合默契的猎人与猎犬的和谐关系表征，即主人与心爱之动物的亲密关系。那么，在正态叙事逻辑中的这种一般性交往情境的展现，老猎人之于猎犬"贝蒂"应是一种主动施恩的过程。然而，一次偶然的经历让原本的和谐态势急转直下，一次出猎当中贝蒂对熊的怜悯就此被视为一种可耻的出卖，让老猎人无法忍受，从此中断了固有的情感维系，实则发生了根本性的转变，即由"主动施恩"转换为"被动施恩"，这里带有强迫性的被动成分。这种强迫分离的方式客观上加强了诠释"施恩"行为的叙事力度，为最后贝蒂不顾自身安危挺身而出，不计前嫌的忠义品格的彰显奠定了基础。

在大多情形下，施恩的方式还多是以正态的、积极的方式呈现在该类型叙述当中，比如养育之恩的直接呈现，《太平狗》中主人程大种之于坚韧与刚毅的"太平"，《莉莉》中的猎人和猎狗巴特之于天真而纯情的"莉莉"，《爱犬颗勒》中少年军人之于聪明而善良的"颗勒"等，都存在着养育栽培与精心照看的情感维系，这种施恩是在日常生活的日积月累中逐渐培养起来的；相对应的另外一种主动施恩的呈现方式，则为搭救之恩，如《莽岭一条沟》中医术高超的老汉对于陌生野狼的接骨搭救，《驼峰上的爱》中小塔娜与小吉尔对陷于黄胡子之手的母驼"阿赛"的搭救，《退役军犬》中张三叔也堪称黑豹的救命恩人；更多的类型文本则选择了"养育＋搭救"相结合的施恩模式，包括上述《驼峰上的爱》《退役军犬》等文本均有着清晰的展现，而在冯骥才的小说《感谢生活》中，主人公华夏雨对那只无家可归的流浪狗"黑儿"的收养与抚育，到二者间相依为命、共渡难关的美好情感的抒写，实则都贯穿了"养育＋搭救"的道德馈赠的美好呈现。同样在张健的《母狼衔来的月光》中，"佛成哥"仁慈而善良地保住了最后仅存的一只小狼，并将其抱回家中抚养，在日积月累中逐渐培养出一种深厚情感，甚至时常由此联想到自己日思夜想的儿子，佛成哥对小狼的解救与精心养育，并一路见证小狼的苗壮成长着实让人动容，同时又有效勾连出母狼母爱之深的情感描摹，这样的施恩方式的设置可谓恰到好处。

正如前文所言"报恩类"动物小说最能彰显其类型特征的地方就在于其对"受难＋解救"场景的生动描绘与有效把握，与预设的初始情境中的"施恩"步骤相似，受难与解救的叙事逻辑也表现得相对纯粹与简单，并且往往在平凡中孕育着强烈的情感诉求。从人类主人公的角度出发，其受难方式一般呈现为生存困境与情感困境两类，尤其以前者居多。具体而言，一般呈现为人类主人公遭受动物族群的围堵，面临着生命的危在旦夕，如《四耳狼与猎人》与《野狼出没的山谷》中，人类主人公巴拉丹与老猎人都遇到了狼群的围攻，并且形势岌岌可危，眼看面临着死亡的威胁，然而，这里的解救者——动物主人公"四耳狼"与"贝蒂"实则都身处狼群之中，是围攻的参与者。并且值得强调的是，《野狼出没的山谷》的受难情境设置显然要更为复杂一些，上述的陷入群狼围困的死亡威胁只是文本情节叙述中的第一次受难呈现，显然并不是作者所倾注的重心，而二次受难表现得更为紧迫，氛围也渲染得更加浓烈，不只是老猎人本人连同整个瓦其卡村都陷入狼群的围困当中，人兽混战的惨烈场面几乎被渲染到了极致，这在该类型"动物叙事"当中并不常见。老猎人最后在面对头狼"达力"生命危在旦夕之际："它这一次没有丝毫犹豫，嗖地凌空跃起，闪电般地扑到达力身上，同它扭打在一起。"① 贝蒂不假思索地对老猎人展开了二次解救。这里其实又穿插进了达力、贝蒂、老猎人之间错综复杂的情感纠葛，凸显出作家独具匠心之处。当然，最后贝蒂的抉择证明"报恩"才是横亘在其脑海中的第一要义，自然也与该类型叙述的主题追求达成一致。②

同样在《太平狗》中太平对主人程大种的施救，《驼峰上的爱》中母驼"阿赛"对小塔娜与小吉尔的施救等，也都属于面对生存困境的解救，只是这里不再是处于被动物族群围追、堵截的情境，程大种身陷黑心工厂，而小塔娜与小吉尔则误闯入无水死亡区，共同面临着死亡的威胁。总体而言，人类主人公面临生存困境是最为常见的一种类型表征，虽然呈现方式会有所不同，但其终极指向依旧是：昔日

---

① 满都麦：《四耳狼与猎人》，《民族文学》1997年第9期。
② 总体而言，王凤麟的《野狼出没的山谷》无论是"二次危难"与"二次解救"的巧妙设置，抑或是人兽情感、兽与兽情感的细腻勾勒与描摹，主轴线"贝蒂"对昔日主人老猎人浓浓恩情贯穿终始，乃至文本倒叙联结插叙的特殊的叙事结构并置等，无论从哪个层面，都不难求证这是一篇在固有动物"报恩"类型模式下一次大胆的创新与尝试。

的恩人处在生命危在旦夕的境地，而不忘旧情、知恩图报的动物主人公不惜一切代价展开解救。这与陷入情感困境的受难表征方式在主旨追求上颇为一致，比如《感谢生活》中的人类主人公华夏雨在"文革"的疾风暴雨席卷下，作为"反革命知识分子"的他，身心受到严重的摧残，而更加让他陷入精神绝境的是几年来精心绘制的画盘被逼着一个个亲手砸碎，原本深爱着的妻子在经受折磨、恫吓和误会中也离他而去，只有黑儿一直陪伴在他身边，正是黑儿的出现与陪伴才让华夏雨有了"感谢生活"的由衷感叹："我，我应该感谢谁呢，生活真是好极了！它不会叫你绝望，总会给你喘息的空间，总会给你转机，给你补偿，给你希望，给你明天、后天和宽阔的未来；在你一片迷茫时，从你脚尖铺展开一条路来……"① 这里空间、转机、希望与未来的情感指涉实则都来源于这条叫作"黑儿"的狗，正是黑儿的存在，让华夏雨对自己的生活与未来都充满了无限期待。

四　"报恩"的隐性代价：悲剧性结局的正态指向

"动物报恩"母题的当代书写中另一突出的叙事逻辑在于其结局安排的特殊性，笔者将其定义为带有悲剧色彩的正态而积极的结局呈现。悲剧色彩主要体现在作品中经常会以牺牲一方（以"动物主人公"居多）的代价来达成"报恩"主题的实现，而最终结局却是意料之中的人类主人公最终被解救抑或人与动物从此相安无事地生活在一起，这里从拯救报恩的意义达成与取得的积极效果来看，其结局色彩已经超脱了悲剧的固有氛围，而表现出积极的值得期待的"正态"价值指向。当然，如果单纯从动物主人公的维度出发，那么毫无疑问又可将其归入悲剧的叙述范畴，这是该类型叙事中一个突出的结局表征。一般而言，动物为解救昔日的恩人而不幸罹难的结局是该类型当中最为常见的一种安排，留给读者的余音是人类主人公所陷入的深深自责与懊悔等错综复杂的情感状态，无疑会激起读者的情感共鸣，紧随文本作者的脚步展开对一种崇高的道德理想的推崇与追寻，在其所

---

① 冯骥才：《感谢生活》，《中国作家》1985 年第 1 期。

精心编织的关乎"忠"与"义"的诗性书写中，达成对自我道德品格的一种提升。

"报恩"母题作品所呈现出的"动物之死"的特殊结局安排，实则是要表达一种特殊的悲剧美学意蕴，正如邱紫华所言："悲剧美就是指主体遭遇到苦难、毁灭时所表现出来的求生欲望、旺盛的生命力的最后迸发以及自我保护能力的最大发挥，也就是说所显示出的超常的抗争意识和坚毅的行动意志。"①"报恩类"叙事正是有效地将这种"超常的抗争意识和坚毅的行动意志"附着在"动物救人"的行为表征的渲染之中。而这种悲剧结局的勾连显然要比单纯的叙事主体遭困而自救的安排具备更加突出的审美效度。

对于小说中的主人公而言，忏悔与深深的自责是最为常见的结局表现方式，在满都麦的《四耳狼与猎人》中，被四耳狼的"舍生取义"行为所深深感动的巴拉丹，在满眼泪水与深深的懊恼之中，获得了生命的顿悟，关于人、动物、自然等生态伦理层面的哲理性思考，文本在带有深刻的忏悔意识的情感基调下，凸显了四耳狼拯救"报恩"所达成的特殊的叙事效度。《野狼出没的山谷》中对于贝蒂的死，老猎人更多的是心存感动与深深的敬畏，当然，也有一丝的悔恨与自责的成分在里面，毕竟正是在自己的逼迫之下才造成了贝蒂与自己的"分道扬镳"，就此由狗的世界进入到狼的世界。而文本最激荡人心之处是以老猎人为代表的猎手集体对贝蒂的缅怀，"沉默许久，所有的猎手把枪口都指向了天空。一阵震耳欲聋的枪声划破了黑暗的夜幕，在辽阔的荒原上空久久回荡着。"②这里除了缅怀、感动，更多的是崇敬与仰慕，这一声声发自于猎手们响彻天际的枪声足以认证贝蒂的果敢与坚毅，能得到瓦其卡村猎人集体的悼念，已经足以说明一切。恰如这"久久回荡的"枪声一般，小说在不动声色的近乎"只言片语"的结局描述中却将整个文本的叙事效度显露无遗。诸如《驼峰上的爱》《退役军犬》等作品中母驼"阿赛"与黑豹的死也都

---

① 邱紫华：《悲剧精神与民族意识》，华中师范大学出版社2003年版，第4页。
② 王凤麟：《野狼出没的山谷》，《人民文学》1984年第9期。

呈现出了相同的叙事效应①。

在《感谢生活》《莉莉》中则以人与动物相安无事的结局方式来传达相应的类型意义，这里的受难解救的意义有所淡化，却常常在淡雅的叙述格调中孕育出特殊的情感慰藉。如笛安的《莉莉》的结局就是在一种舒缓而惬意的氛围中静静展开的，并且与一般的类型叙事不同，这里无关乎小说中的人类主人公猎人与动物主人公莉莉，而是以串联起他们彼此之间情感维系的猎犬巴特的自然老死而结束全篇讲述。死亡结局却全无残忍与冷酷的味道，巴特的死印证了莉莉必将永远陪伴在孤单而无助的猎人身旁，这是相守一生的爱与眷恋。小说以一种看似与类型叙述并不相干的第三方介入（自然死亡）的结局方式，把主人公"莉莉"所要承担的拯救报恩的责任与丰富的情感积蕴，和盘托出地展现出来。

在《感谢生活》的结局设置中同样呈现出第三方的有效介入，与《莉莉》中的巴特一样，这里的第三方——作家"我"是作为倾听者与见证者参与了通篇有关华夏雨对自身遭遇的回顾。最后的结局处更是让"我"直接展开对华夏雨所代表的一类默默忍受苦难而执着生活的平凡中国人的讴歌："他们……他们真像一个个奇妙的魔术袋，生活把一件件粗的、硬的、尖利的，强塞进去，不管接受起来怎么艰难，毕竟没把它撑破，最终还是被他们默默地消化掉了。他们的双眼，他们的心，还是执着地向着生活！"②赐予他这种勇气与信念的正是文本中的动物主人公"黑儿"，这里的潜台词也是在抒发着对人与动物相安无事且相濡以沫共同面对未来的美好畅想。

总体而言，"动物报恩"母题模式至今已经呈现出一种相对完备的叙述态势，目前相关创作及其所达到的叙事效度就是最好的明证。诚如梁玉金所言："报恩小说中宣扬真诚、友爱、重情重义、善始善

---

① 陈佳冀：《和谐表征·正态死亡·人本异化——中国当代动物叙事结局功能项类型设置探析》，《河北师范大学学报》（哲学社会科学版）2013 年第 5 期。该文对《驼峰上的爱》《退役军犬》等动物叙事文本的结局安排有较为详细的分析与论证。

② 冯骥才：《感谢生活》，《中国作家》1985 年第 1 期。

终的道德理想已经成为中华民族薪火相传的精神财富。"① 当代"报恩"母题的诗性书写无疑让这一份历史承传中的宝贵"精神财富"更加灼灼闪烁。发展至当下的"动物叙事"创作可以用蔚为大观与异彩纷呈来形容,乌热尔图、郭雪波、满都麦、雪漠、陈应松、叶广芩等诸多优秀作家加入到这一叙事阵营中。这些作家的相关创作有意无意,都不可避免地呈现出某种类型化的叙事表征,"文学作为没有形状的幽灵存在于作家的内心意识中,通过作家的无意识、作家对周围世界的敏感性以及作家的感情投入的联合作用而投射到作品上。正是这些东西使得诗人和小说家在寻找词汇的斗争中逐渐形成了形式、躯体、运动、节奏、和谐与生命"②。从创作者的主体内心意识的维度,也可窥见其背后所蕴含的深层原因与有迹可循的发展脉络,只有对其加以深入的研究,才能得以揭示事情的真相。特别是"动物报恩"母题其内在突出的历史传承与伦理价值的接续性中,作家的"无意识呈现""对周遭世界的敏感性"以及"感情投入"等多个维度的相关把握,具有突出的研究意义。

第四节 "标尺"模式:评判丈量的伦理尺度

如上所述,"寻找"类、"挽歌"类与"报恩"类这三类当代动物叙事主述模式在主题诉求、情节结构以及叙述风格等多个维度,都有其各自的类型特质与独特的叙事追求。"寻找"叙事立足于人类脆弱的情感基质,在人与动物朝夕相处中探寻人间难以寻觅的真情与温存,在"遗失+寻找"的叙事架构中彰显其独特的审美效度与情感诉求;"挽歌"叙事则立足于大自然的外部环境,对生命濒临绝境的动物物种及其族群发出震人心魄的哀歌与怒号,在充满悲情化的叙事格调中暗含着强烈的讽喻与批判意味,寄托作家对人与动物和谐共处的美好向往;"报恩"叙事高举忠与义的伦理大旗,呈现出一份决绝

① 梁玉金:《中国古代灵异报恩小说的文化学分析》,《青海师范大学学报》(哲学社会科学版)2011年第1期。
② [法]卢梭:《论人类不平等的起源和基础》,李常山译,商务印书馆1962年版,第71页。

而大义凛然的风度，在"危急关头，义字当先"的情感诉求中展现忠肝义胆、知恩图报的快意与洒脱。简言之，"寻找"类重在抒情，"挽歌"类意在忏悔，"报恩"类则集中于赞誉，而本节所要探讨的当代动物叙事第四类主述模式——"标尺"模式，则更多聚焦于衡量与评判的层面。立足于对人性的善与恶、美与丑、正与邪等关乎伦理道义的对照与评判，既暗含对人性之恶的潜隐与幽深的揭批，也有对人性本真之善与美的颂扬，而往往文本中的动物形象的塑造会成为表达此种情感寄托、充当道德评判的最佳标尺。

一　"标尺"模式的情感指向、价值判定与类型特质

提及"标尺"类动物叙事，顾名思义，重在"标尺"二字，强调的是一种评价、衡量及判定的标准与尺度，而这种"标尺"的意义正是从该类型文本中善与恶、美与丑、真与伪的两类极端叙述的冲突与对比中彰显出来，是一个关乎道德与伦理的核心价值评判准则。诚如陈应松在谈及自己创作《猎人峰》时所言："我在这部小说中，就是要探讨人与兽的关系。人究竟是个什么玩意儿，动物究竟是个什么东西。"[1] 由此引申出该类型动物叙事的特殊类型内涵，即呈现为两类叙述的极端，或者极力刻画人性中向善、向美的带有突出积极评价意义的一面，在一种自然、朴素而流畅的叙述语调中勾画出臆想中的近乎完美的人性世界；抑或深入到对人性之恶之丑的揭示与批判上，在一种偏向阴郁、躁动与压抑的叙事氛围里尽情彰显险恶人性的卑劣低微。这两类极端叙述中实则往往蕴含着有明确针对性的比较，而更多附着的是以"人性"与"兽性"，即文本中具体的人物形象与动物形象各自所展现出的品性特质之间的比较、对照。作家一般会在文本当中呈现给读者一个潜在的评判与界定的标尺，当然，作家自己不会直接地参与到关乎好坏、善恶、美丑等的评定中，而是留给读者满怀"兴"味地借助于两类偏于极端的类型叙述模式体悟"标尺"的真实判定意义。尤其值得强调的是："标尺"的真实意义诉求，并

---

① 谢锦、陈应松：《人兽博弈的思考——关于长篇小说〈猎人峰〉的访谈》，《小说界》2008 年第 1 期。

不仅仅停留在一般的评价与衡量的层面，而是透过这一衡量的标杆，达成过滤、疏浚与净化的价值功能，最终实现一种行为、情感与伦理上的道德认定与价值导引，剥去邪恶、丑陋与肮脏的外壳，以最大的可能试图达成真正的具备美好人性光环的终极意义指涉。

在对"标尺"类动物叙事的类型特质的研究中，不难窥见，如果用具体的形容词汇来突出其特殊的情感基调，就会呈现出泾渭分明的两极界限。常常有美丽、善良、单纯、真挚、执着、热情等充满善意与褒义色彩鲜明的词汇，也会有与之对立的一组色彩阴暗的带有贬义意蕴的词汇，比如丑恶、卑劣、奸诈、自私、狡诈、凶残、狂妄等，这些呈对立方式排列的反差强烈的情感表达方式，共同呈现在"标尺"类叙事中，促成其在叙事格调与表意策略上的驳杂与丰富。可以尝试以下列作品作为本节探讨的核心依托，按照具体的发行与出版的时间排列分别呈现为：《巨兽》《七叉犄角的公鹿》《生命之流》《苦雪》《梅妞放羊》《清水里的刀子》《该死的鲸鱼》《红豺》《妆牛》《一只叫芭比的狗》《苦豺制度》《铁血信鸽》《驯牛记》等。研读这些作品，不难发现，一个最为突出的特质就是这些小说本身讲述过程中以及在最后的结局走向上都意在引导读者去思考与判定某些东西，实则就是"标尺"模式在暗中起着潜在的作用。这种潜在的并不十分清晰的评判意义的达成客观上促进了文本的思考深度，使该类型创作表现出与其他叙述类型卓尔不群的思想追求。

因为叙述的重心在于导引评判、认定与反思中达成"标尺"性的意义诉求，那么它的叙事题材比较宽泛，不会如"寻找"类与"挽歌"类那样旗帜鲜明地划归到某种叙事阵营当中。其叙事的范畴既可以指向野生动物题材带有某种原始与野性味道的情节设置，又可以在家养类动物叙事含情脉脉与"杀气腾腾"的矛盾对立氛围中展现情节的进程，并没有具体而明确的题材限制。同时，文本中既可以以动物作为真正意义上的主人公，甚至完全由动物来承担全部角色设定，文本中干脆略去人物角色的存在可能，如沈石溪的《苦豺制度》等。又可以以人类主人公作为叙述的重心，前提是必须与文本中的动物角色发生某种关系维系，另外也有人与动物并重共同承担叙事主体的形式。

　　在具体的叙述方式与格调追求上，呈现出更为错综复杂的一面：完全侧重于一种充满美感与诗意的缓缓诉说式讲述方式，如《梅妞放羊》等；满溢阴暗、悲戚情感氛围的偏于残酷的话语呈现，如《一只叫芭比的狗》等；充满困惑、疑虑与诸多"不确定性"的客观而冷静的表述方式，如《巨兽》等；也有充满荒诞意味，基调凝重而压抑的较为哀婉的叙述方式，如《该死的鲸鱼》等。类似的情形还有很多，该类型诸多作品都有其独特的叙事方式与格调追求，这显然与其他主述模式相对固定的表述方式有着明显的区分。当然，宽泛而驳杂的题材选择、不做限定的叙述中心与特立独行的叙述格调，并不会影响到该类型动物叙事整体叙事格局与审美范式的连贯性，通过对其类型特质的详细归纳与分析，不难窥见其中的玄机。具体而言，评判的"标尺"类动物叙事所具备的类型特质主要可以呈现为下列几点。

　　（1）标尺类动物叙事几乎都遵循了"作出决定＋陷入纠结"这样一个基础的叙事逻辑，即文本中无论是动物抑或人作为主人公都会不约而同地面临某种抉择，而且这种抉择可能是正确的，也可能是完全错误的。随之而来的就是陷入某种矛盾与纠结的情感状态，一般而言，该类型作品都会有针对性地烘托一种令人感到困惑的叙事氛围，来突出抉择与纠结的叙事逻辑，这实则也很好地与关乎道德评判的"标尺"意义达成有效的统一。（2）从人物角色的功能配置来看，正如前文所提及的两类叙事走向与情感表征的对立，即正面与反面意义的承担都异常鲜明与清晰，那么其具体的角色担当也相对泾渭分明，主要由两类角色形象承担，即正面角色与反面角色，并且常能形成有效的行为、状貌与品性的对比，由此达成标尺性评价意义，因此，标尺类动物叙事角色配置相对简单，形象分明，这与上述整体叙事基调较为一致。（3）强烈的批判意识是该类型动物叙事一个最为突出的类型特点，当然，这主要从其思想的传达与情感的诉求上着眼。一般而言，标尺类动物叙事作品都会在文本的叙述脉络中渗透着浓重的批判意识，并且这种批判的力度是可以用"力透纸背"来形容，其他的类型叙述也有批判，而且可能会用力很深，但批判往往不会成为文本诉诸情感的重心，这与标尺叙事是有本质上的区别的。（4）当标尺类动物叙事立足于对道德准则与伦理情感的衡量与评价之时，作者叙述的重心往往倾向于批判的层面，这样，这种标尺的意义实则会有几分倾斜，即向着正态的积极的方向转换，导引文本的结局朝着悲剧性的方向迈进，因为往往这种偏于悲戚的结局方式更能凸显出批判的力度，对善良而正义的伦理道德作出积极回应。故该类型动物叙事作品不约而同地选择了悲剧的结局作为最终的叙事选择。（5）标尺类动物叙事既没有挽歌类与报恩类叙事中精彩而激烈的对抗场面的渲染，也没有寻找类动物叙事含情脉脉、令人动容的情感极致的抒发，而是以一种比较平缓与沉稳的笔触用力于沉静的思索当中，思考与批判成为其最为突出的叙事意旨。

二 标尺的伦理逻辑："抉择 + 纠结"事序情感结构的表达

按照前文所述类型特质的有效分析，具体展开对"标尺"类动物叙事基础叙事逻辑与叙事语法的论述，首先第一点需要明确的是其"抉择 + 纠结"的叙事结构在类型表达中的特殊呈现方式①。该类型的各个文本中几乎都会有主人公面临某种抉择而需要做出决定并且陷入矛盾中的情感状态之中的清晰呈现，而这里的表征方式又是各有分别的，有的着力于人面对动物时杀与不杀的情感抉择。如石舒清的《清水里的刀子》中由回族人家"搭救亡人"的仪式，勾连出人类主人公马子善老人要宰杀与其相濡以沫几十年的老黄牛待客仪式的情节讲述，也正是在对老黄牛的杀与不杀的情感抉择中，马子善陷入了艰难而痛苦的抉择之中，最终这种抉择与纠结却促成了关于生命意义的玄思与对老黄牛平静而淡定的姿态的赞美。换句话说，也正是在杀与不杀的情感纠结状态中，彰显出文本的评判尺度。阿来的《红狐》

---

① 这里凸显了"纠结 + 抉择"的情感结构在标尺类动物叙事伦理诉求中的价值，这种难于抉择与陷入情感纠结的状态的摹写，有利于审判与衡量的"标尺"意义的最终达成，并彰显出足够的思想厚度与艺术感染力。但正如上一章节对当代动物叙事情节功能项中的"抉择之痛"（WrO）功能表征所做出的详细论证，无论是着眼于人的向度，抑或动物的向度，这种情感状态的烘托与书写都并不仅仅局限在单一的主述模式当中，而是横亘在诸多叙事类型表述中，串联起由陷入情感困境到"解救"行为的付诸实践，以至最终达成解困效度的情节结构（直指深层结构的意义指涉）。

中人类主人公金生在面对曾令自己瘫痪三年之久的昔日仇家——那只已近暮年、老迈不堪的红狐时，却心生一种同病相怜的落寞之感，在杀与不杀的抉择中同样陷入困顿与纠结的情感状态。

围绕人类主人公（一般以"猎人"或"主人"身份出现）对所心爱之动物抑或所猎捕之动物的杀与不杀的抉择之痛，是标尺类动物叙事中最为常见的表达方式。当然，还有诸多作品呈现出其他特殊的表征方式，比如《巨兽》中，面对是否该重新返回山林之中勇敢迎接巨兽的挑战，令作为父亲的猎手陷入一种无比纠结的情感状态之中。文本中孩子视角的展示更加淋漓尽致，"他来到这个世界里的第一个感觉便是迷惘，无边无际的迷惘。此后，便是无能为力的自卑感。他模糊地感到，爸爸被一种庞大的东西压得透不过气来。"① "庞大的东西"恰恰是有关存与活、生与死的被动抉择，父亲竟然被推到必须以死亡的方式来证明自身存在价值的风口浪尖，这未免过于残酷也愈加令人（特别是对于一个孩子而言）不解，这里的"纠结＋抉择"的逻辑架构的展示显然被赋予了深刻的道德评判意义，后文长大成人的儿子以某种"弑父"意义的完全对立的行为表达，完成了彻底意义上的反叛与正名，凸显了作者价值判断的某种倾向性，对这种被扭曲的英雄主义的道德谋杀实现了彻底的批判。

如果说《巨兽》中的动物形象完全以一种不在场的方式呈现，带有某种虚幻与神秘色彩的话，那么在夏季风的小说《该死的鲸鱼》中似乎更加重了这种神秘莫测成分的渲染，甚至多了些荒诞的色彩。这里的动物形象是以一只死亡的没有任何"话语权"的搁浅的鲸鱼为主体，它的叙事功能与完全不在场的"巨兽"在内核上是一致的，都准确而生动地勾连起对"纠结＋抉择"叙事结构的深入展示，并且加重了文本的思考深度。与《巨兽》中那只令"父亲"陷入深深的纠结与困惑当中的巨兽相似，这只搁浅致死的巨鲸，也同样带给人类巨大的抉择之痛与强烈的精神压力，并且是直接指向了包括村长沅云龙在内的全体村人。整部小说的构篇都是围绕如何处理这条巨大的鲸鱼之躯进行的，因此在叙述过程中一直是处在矛盾、焦灼与纠结的情感氛围之中，显得异

---

① 周立武：《巨兽》，《上海文学》1982 年第 4 期。

常阴郁、压抑与急迫。在传达这样一个看似简单而偶然的事件中，却非常自然地让人们陷入困惑与纠结的尴尬境地，促使读者对这一看似简单的处理搁浅巨鲸的事件进行复杂化和深刻化的思考。其内里所潜藏与渗透出的情感信息，与其说是一条死去的鲸鱼成功地摧毁了一个渔村，还不如说是人类对自身命运的恐惧瓦解了自己的生活。

上述所选择的文本皆以人类主人公的抉择与纠结的情感展开叙事进程，而在一些同类型动物叙事创作中，也会出现动物主人公面临抉择的情况。比如李浩的《一只叫芭比的狗》，芭比在不断目睹同伴死于"哥哥"手中的惨状后，陷入了情感的困惑当中，一面是宠它、爱它的自己的"主人"一家，另一面是自己的同类——那些对它有好感的公狗们。是继续留在家中"见证"类似虐杀悲剧的发生，还是彻底离开这片伤心之地摆脱此种可怕的境地，芭比最后做出了离家出走的决定，然而，在历经磨难之后饱经摧残的芭比还是回到了这个地狱一样的家中，它内心当中的痛苦与难以割舍的矛盾情愫更加不言而喻。《苦豺制度》中对此表现得更为极端，并且完全借助了动物形象心理独白的方式得以实现，全篇的情节构成都围绕"痛下决定＋内心纠结"这一叙事逻辑展开，即豺王是否愿意以牺牲自己的母亲来解决豺群的燃眉之急。文本本身"标尺"意义在此也早已彰显，后来母豺为了自己的孩子而舍生取义的英勇行为，充分印证了母爱的伟大，也显示了作者的批判立场。

三 倾斜的力度：价值批判与思考导向的深度勾连

《苦豺制度》中由悲剧性的结局方式导引出明确的批判性指向，这也恰恰是接下来要予以论述的标尺类动物叙事的第二大逻辑结构特质，即在该类型动物叙事中，作家情感指向与道德判定一般在作品结局的有效导向与价值认同中会得以全面呈现，而这其中往往包含着作家强烈的批判意识与对一种积极向上的情感意义的向往。这种勾连方式的达成，是依托一种相对平缓与深沉的笔调来得以实现的，并彰显出思考与批判的力度。这种结局方式的出现与批判意识的有效达成，正是在上述逻辑特点陷于纠结状态并作出抉择的基础之上得以实现的。一般而言，主人公在举棋不定、矛盾纠结的状态下所做出的最后决定，无论正确与否、意义大小，都会在最终的叙事结局中引出作家对某种行为方式与情感状态的价值判断，并以一种充满隐喻意义的反讽方式得以呈现。

《驯牛记》的结尾处"我似乎听到了晨雾中隐约传来了哞哞声，声音拖得很长、很长……那一定是包公发出来的。"① 这一细节的描摹，无疑起到了震人心魄的叙事魅力，在暗示包公即将面临的被宰杀的悲惨命运的同时，也把批判的锋芒直指人的情感认知的深处。儿童视角的选择有效冲淡了情节本身所可能带来的紧张感，人道主义精神的熔铸让"标尺"的评判意义愈加清晰地得以展示，彰显出"标尺"叙事所追求的揭批人伦的力度与深度。当然，在该类型其他作品中也呈现出相同的价值诉求，并且批判的指向与进入的角度又以多种特殊的方式呈现出来。如《红豺》中，反面角色老骡客精心设计的"千斤榨"陷阱，不仅没能为他捕获到猎物，反而断送了自己儿子的性命。这个一直以残害自然生命为己任的刽子手到头来却杀死了自己的儿子，无疑具备了深刻的反讽意味。除了通过老骡客所代表的贪婪且残忍的人类劣根性而深入到对人性之恶的批判外，更是借助红豺的惨死，来预示与警告着人类以自我为中心践踏自然的时代必将灭亡，人类与自然关系由和谐走向瓦解的裂变史也在此得到了全面的展示。该文本实际上有效结合了"挽歌"与"标尺"两类主述逻辑，但在批判的力度与情感传达的深刻性上，都更加凸显出其强烈的标尺性评判意义。

在《该死的鲸鱼》中，面对那只引起弥天奇臭的搁浅致死的巨鲸，全村人陷入了艰难的抉择与痛苦的纠结当中，村人关于如何处置费尽心机，由最初的鼎力相救，到之后的隆重厚葬，最后都无济于事，全村人被它那冲天的腐烂臭气熏得背井离乡，一条死鱼就这样轻而易举地摧毁了一个村庄。小说结尾以村主任"我"的视角远眺曾经的故乡，"一刹那，我觉得南岛的整个形状就像那条该死的鲸鱼，横卧在茫茫的大海里，而那座灯塔，就像鲸鱼奋力喷出的水柱，令人触目惊心。"② 村庄的意象已完全被作者臆想当中"该死的鲸鱼"所

① 陈集益：《驯牛记》，《文学港》2016 年第 8 期。
② 夏季风：《该死的鲸鱼》，《人民文学》2000 年第 7 期。

取代，鲸鱼所带来的心理阴霾深深镌刻在村长及村人心间难以磨灭，而这种所谓的"触目惊心"，实则正来源于人对自身偶然性命运的难以把握的一种恐惧，也正是这种恐惧与无奈、犹疑与慌乱瓦解了自身的心理防线，也彻底摧毁了自己本应幸福而平静的生活。

上述作品在叙事结局的有效设置与情感导向上显然都清晰地呈现出其强烈的批判意识，它也基本代表了标尺类动物叙事占据主体的主题表现形式。但这里也有必要对一些并不按照类型常规来架构的作品加以阐释，同样可以窥见其深刻的评判意识与道德准则的界定。以《清水里的刀子》为例，这部小说的结局并未把重心落在类型叙述中侧重伦理批判的层面，而是一种反思与忏悔意识的凸显，从主人公马子善的角度则更多的是一种肃然起敬的钦佩之情，死去的老黄牛依然"颜面如生"的脸庞其实无时无刻不在提示着对生命、死亡的一种情感认知。那张颜面如生的脸庞深深地镌刻在读者内心的情感波澜中，正酷似一杆标尺衡量出人在面对生与死时所应秉持的心态，这里重在告知、劝慰与指引，而不在批判、审视与否定。

《铁血信鸽》的结局部分，那只尾巴上带有黑色叉号的"铁血信鸽"竟历尽艰难险阻后奇迹般地从玉门关飞回自己的小巢；人类主人公穆先生最终也义无反顾地选择追随自由飞翔的鸽子的脚步，纵身跃下阳台，竟幻化为一只带有血性并象征着宏大自由的信鸽。此刻，动物意象与人的意象巧妙地重叠在一起，"一只尾部带有叉形黑色花纹的巨大鸽子正忽近忽远地盘旋着，徘徊复徘徊，像要在最后的道别之前，唤醒这仍在沉睡的红尘，并致以苍凉的祷告。"[①] 这"苍凉的祷告"不正是作家鲁敏对当下现代人正在经历或即将经历的精神困境的隐忧与哀悼吗？究竟附着于何种目标认定与价值认定，方能对付这不悲不喜、不高不低的生活状态，摆脱内心的茫然、困顿和不知所措，文本的批判锋芒与思考深度借助于"标尺"叙事的维度清晰地予以展现。

四　正与反：角色担当的对立、转化与有限消融

分析标尺类动物叙事的第三个逻辑结构特点主要着眼于其具体的

---

① 鲁敏：《铁血信鸽》，《人民文学》2010 年第 1 期。

人物与动物的形象塑造上，而核心的出发点还是从其所承担的角色意义入手来加以考察，具体而言，标尺类动物叙事的角色分配比较固定，一般都会明确出现动物主人公与人物主人公两类基础形象，并分别承担正面与反面意义的叙事角色。在大部分的文本中，会诉诸两类固定角色类型的比较，从而彰显出前文所提到的批判与思考的功能指向，这里也有特例性的存在比如沈石溪的《苦豺制度》就完全舍弃了人类形象的角色意义，而一并代由具体的动物形象来承担，豺王在这里更倾向于呈现反面的角色意义，而母豺则是作者颂扬与讴歌的正面形象，也正是在某种对比与参照中，彰显出文本的批判意识与思考深度。相较而言，刘庆邦的《梅妞放羊》则表现得更为极端，小说中虽然也主要由动物与人物两类形象来承担具体的叙事意义，但这里水羊与梅妞的形象有效天然融为一体，文本完全剥去了其他恶的与不洁的反面性存在，而单纯执着于人性善与美的勾勒。当然，即使潜在的恶的因子伺机滋生，比如抬粪男人的调侃的情节安排，实则也都完全融化在梅妞单纯而真挚的品性当中。

事实上，在大多数类型创作中，还是基本依照标尺类动物叙事的角色设置方式而有效铺排的。比如，《苦雪》中的老扁与海狗的形象设置，《一只叫芭比的狗》中的芭比与我们一家人（哥哥作为主体），《清水里的刀子》中的马子善与老黄牛，《生命之流》中的猎人"他"与母狼，《该死的鲸鱼》中的巨鲸与全村人（以村长"我"为主体），《巨兽》中的猎手"父亲"与巨兽，《妆牛》中的田丰收与奶牛"梵高"，《红豺》中的冬月、红豺与老骡客、野猪，等等①。几乎每一部标尺类动物叙事中都贯穿着明确而清晰的角色类型，两类形象又显然承担着对立性的正反角色的比照功能。当然，这里所谓正与反以及对

---

① 标尺叙事中直接呈现出较为明确的正、反角色意义担当的作品以《红豺》最为典型。善与恶、美与丑的对照展现凸显在文本的叙事进程当中。其中，冬月与红豺代表着善与美的一面，作者刻意强化了冬月与红豺之间的水乳交融般的情感关系，代表了山民对红豺——这一野性生灵所特有的朴素的崇敬之情；与之相对的老骡客、野猪等形象则成为荒淫无耻、卑劣肮脏的丑恶面的代表。小说的叙事范畴并未局限在划分敌我阵营的二元对立上，而是巧妙地设置了小骡客"拴狗"这一形象，穿插在美丑、善恶之间起到最佳的"标尺"性衡量与评判价值。相比于同类型题材作品中大多直接放弃或有意模糊此种正反对比、反差鲜明的角色设置，《红豺》称得上是一个特立独行的存在。

立的成分只是相对而言的，它不会像挽歌类与报恩类动物叙事那样直接分成泾渭分明的两类阵营，并且付诸激烈的冲突与对抗，甚至往往以一方死亡的惨烈代价来达成角色意义的呈现，以绝对的正面与反面的角色区分与对抗来表现类型的总体价值诉求。

标尺类动物叙事的这种正反角色的设置是有明确的区分性的，可能充斥着某种对抗性成分，比较类似于挽歌类动物叙事由猎人与所猎捕之动物分别承担正反两类角色意义，但这里几乎都会省去其间的激烈对抗过程，并且几乎不会发生明显的身体冲突或直接的对抗，而是把情感表达的重心放在其中一方的反思之上，这恰恰是由标尺类的类型特质决定的。《苦雪》中老扁与海狗的对抗意义直接转换成老扁对海狗拼死的保护，老扁在海子等业余猎手的卑劣行径的触动下倒是获得了某种生命的感悟，这种感化与思考的意义才是作者所要倾诉的重心，而角色之间原本可能的对抗性正反价值诉求也有效发生了位移，当亲身目睹海子等业余猎手以不光彩的手段对海狗惨下杀手之时，"老扁心头涩涩地空落，不知怎么鼻子就酸了，眼窝也有泪纵横。他用力把无名的酸气压回去，挤进心的底层，然后狠狠揪了一把鼻涕，喘喘而去。"① 这里实则把老扁内心的苦痛与强烈的不忍之心淋漓尽致地彰显出来，在传达出"作家强烈的生态责任感与忧患意识"② 的同时，也印证了老扁自身所发生的潜在的情感位移，角色功能也进一步实现了有效的转化，到后文不惜以自身生命去保护海狗、捍卫真正猎手的荣誉，把这种角色功能的价值转换与伦理情感的烘托发挥到了极致，赋予了文本生态启蒙与道德感召的意义。

除了在猎人与所猎捕之动物两类形象设置中来凸显正面与反面角色对比性叙事意义的同时，在家养类动物题材当中，正反意义的凸显依然十分明显地呈现在文本的讲述进程之中，在主人与其心爱之动物裂变的情感关系维系中得以全面彰显。《一只叫芭比的狗》中，芭比与作为主人的我们一家人原本是和睦而幸福地生活在一起的，而发生

---

① 关仁山：《苦雪》，《人民文学》1991 年第 2 期。

② 郭茂全：《狩猎文化的式微与狩猎文学的勃兴》，《大连理工大学学报》（社会科学版）2010 年第 3 期。

的哥哥虐狗杀狗事件让原本一派和谐的景象被彻底打破，由此，"芭比"与"我们一家人"所承担的正面与反面的角色意义开始逐渐彰显出来，并且随着情节的不断推进而愈加突出。特别是离家出走归来后的芭比最后惨死于哥哥手中的悲剧结局的设置，更让整篇文本的正反比照的标尺成分彰显无遗。

　　陈应松的《猎人峰》① 对于人性的善与恶的评判标尺意义的彰显更加深入内里，且全文的整体叙事格调几乎可以用阴郁与惨烈来形容，整个白云坳子以白秀为核心的几代猎人在与自然的冲突之中所构建的人文生态满载着矛盾与纠结、迷失与无助、疯癫与血腥的残酷气息。正是在白家全体人员的命运维系与情感纠葛当中，把各式各样的人性之恶书写得淋漓尽致。小说的叙述主线围绕白秀与白椿这两代人及其所代表的两种历史现实的比照中得以展现，也可以看作是正反面角色担当间的潜隐的比较。一代猎人白秀所代表的是逝去的、僵死的、与自然为敌的历史，早已付之东流；而白椿则以双目失明的隐喻在黑暗中印证新的光明世界的驾临，是作家付诸现实理想与情感寄托的核心象征意象。白椿的方式正是以自身的善与真来"评判"这充斥在山林间无数恶的肆虐与欲望的放纵，这里的善与真也成为一种带有真理性质的具有至高无上权力的评判准则，小说的标尺意义也在这种对"给出现实生活以严峻的审判"② 以及人性之恶的深入揭批之中得以彰显。

---

　　① 《猎人峰》这部小说较为特殊，本身具备"挽歌"叙事的诸多表达元素，包括对神农架这一精神家园生态失衡状况的隐忧述说，在贫穷闭塞的白云坳子里野兽成精、人性变异，而欲望奢念四处萌生凸显出由自然生态到人文生态的全面失衡。文本渗透了强烈的回望丛林、寻觅生存家园的伦理诉求。然而，其叙述核心立足于批判现实社会中人的异化，在人性与兽性近乎疯狂的自虐、转换与对抗当中，达成对人性之恶的批判与审视，寄托实现灵魂救赎的希望曙光，故此处笔者还是倾向于将其归入"标尺"类动物叙事表述范畴之内。

　　② 张艳梅：《〈猎人峰〉：奇异的精神之旅》，《当代文坛》2009 年第 5 期。

下 编
中国当代动物叙事的神话历史根源

中国当代动物叙事发展至今已经渐趋呈现出一种相对完备的叙述态势，并越来越引起普泛的关注与大众的青睐。当代作家们正在尝试从不同的层面与进入角度去勾勒、描摹属于他们心中的独特的动物形象，当代动物叙事的蓬勃、繁荣，是与他们的不断努力与践行密不可分的。然而，貌似五彩斑斓、异彩纷呈的当代动物叙事类型，却都贯穿着内在的逻辑关联性与情节结构出奇的一致性。当然，这不是仅仅从情节、母题、细节等单一向度出发而言，透过对这些作品的精细化的形态分析，不难发现，无论作家有意无意，都不可避免地陷入某种同化陷阱的尴尬与困窘。出现这种同质化的表征，并不意味着当代动物叙事创作出现了集体滑坡的局面，这显然是不负责任的一种浅薄论调。相反，其背后却蕴含着深层的内里原因与有迹可循的发展理路相维系，只有对其加以深入探讨，才能得以揭示事情的真相。正如荣格所言，动物的主题通常是人类原始本能的本质性象征①。左右当代作家整体创作思维与"动物叙事"主述模式的潜在动因，正是源于有关中华民族所固有的出于"原始本能"的一种动物伦理观念，"万物有灵""动物崇拜"等情感基质的传达及其一脉相承的悠久神话叙事传统。这让我们不得不打开一个真正的论域，关于中华民族对动物的认识，到底经历了怎样的过程，它在通过具体叙事展开的时候，其历史的源头到底指向哪里，这些无不依托于对动物叙事创作神话历史根源的考察。

影响文学发展与现状的因素有很多，创作主体、流通渠道、受众层次、意识形态、周遭环境②等，但其中一个最为基础与偏于核心的要因是文学的原始发生，即探讨"文学的起源与演化"③。这一质素一直以一种

---

① ［瑞士］卡尔·荣格：《荣格自传——回忆·梦·思考》，刘国彬译，生活·读书·新知三联书店 2009 年版，第 136 页。

② 笔者在《当文学遭遇"流言"——对当下文学症候之一种的反思与深究》中，从文学与"流言"的关系层面，对文学的周遭环境进行了系统的论证，并尝试从秩序、格调及立场等角度探寻出合理的应对策略与解决方案，引文见《文艺评论》2009 年第 4 期。

③ 葛红兵在论述小说研究所需要一个完整的类型学时，具体提到确立小说谱系、对文学多样性的认识和保护、探讨文学的起源和衍化、各类之间的关系等重要维度，其中不难发现建构一个完善的小说谱系学、使小说研究充分科学化，不容忽视的一个环节即是对起源意义、发生层面的研究。详见葛红兵《小说类型学的基本理论问题》，上海大学出版社 2012 年版，第 42 页。

价值规约的方式沉潜在有关文学的话语讲述中，有时甚至会左右作家的构思角度、叙事策略乃至文本的整体面貌。对每一种文学类型的原始发生与创作源头的探寻，成为文学研究当中一个无法回避的重要题旨，"动物叙事"更是如此。文学的源头是原始神话传说，由此所形成的神话原型母题至今依旧会不时地在文学文本中彰显其存在的"踪迹"，而落实到具体的动物叙事文本，这种影响似乎更加突出。动物叙事创作自古就拥有着最为古老的叙事传统与人类集体经验的积累，凝聚了中华民族传统动物伦理思想与理念的结晶。从最为原始的渔猎时代的动物神话，又经历农耕时代的动物寓言，一般的动物童话讲述以及各个部族间种种关于动物传说的流变，逐渐过渡到当代动物叙事相对完备的叙述形态。在这一路数的传承与发展过程中，逐渐形成趋同化的象征意蕴、意象选择与情感积蕴，而情节结构上的类型化表征愈发突出并日趋完备。现代叙事学意义上的"动物叙事"创作正来源于对原始神话母题及其所蕴含的表述模式的保有与沉淀。

第六章 神话象征母题的繁衍：自然意识与人的自我意识的外显

第一节 原始动物神话的派生形态：动物图腾神话与动物自然神话

论及动物神话历史根源，显然要对"神话"一词加以简单的词源意义上的理解与阐释。作为舶来品的"神话"一词，在希腊语系中具体指向"关于神祇和英雄的故事、传说"，对此，茅盾曾经有过颇为通俗的理解与定义："神话是一种流行于上古时代的民间故事，所叙述的是超乎人类能力以上的神的行事，虽然荒唐无稽，可是古代人民互相传述，却信以为是真的。"① 茅盾指出神话的某种特征即它的神秘感与超现实性，但言及"荒唐无稽"，显然还停留在对"神话"一词最为朴素而通常意义上的理解。随着现代批评理念的逐步更新，"神话"已然具备了更加复杂而深邃的意义指涉，某种意义上它成了"信念"或"规范"的同义词，有时它甚至被视为高过哲学，人们认为它具备更加深远的现实意义，从而一跃成为更高的真理甚或是等同为拯救人类的代名词而为世人所牢记。那么，由此延伸开来，原始动物神话显然也具备了更加深远而切实的研究意义。

原始动物神话是如何产生与发展起来的呢？神话是人编造的，原始动物神话也自然是由当时的原始人群体创造出来的。不可否认，原始人的思维能力还十分低下，但他们却有着难能可贵的求知欲与探索欲。当

---

① 茅盾：《神话研究》，百花文艺出版社1981年版，第3页。

然，这也是由他们所处的生存环境与现实境遇所决定，自身面对的大自然诸多不解之谜及巨大的生存压力，迫使他们不断地尝试着寻求解答的路径与精神的慰藉，然而这之间的探寻之路却无比的漫长，很多时候成为无法实现的空中楼阁。异常怯懦、空虚又时常伴随着莫名恐惧感的灵魂渴求得到解脱，他们以一种近似于心理安慰的方式幻想着拥有突出的强力，一种可以超越世间一切的隐喻性存在便由此构想出来，那便是借助于某种具体的形象或纯粹的幻象世界来予以表达。动物、植物、日月、山川等都成为这种"具体的形象"的意义指涉，具备了完整意义上的象征与隐喻的功能。笔者所言及的原始动物神话也借助于动物这一具体形象所指而达成一种隐喻性的超现实存在，它的具体存在形态基本上由动物图腾神话与动物自然神话两个层面所涵盖。

一 动物图腾神话的伦理情感释义

就图腾神话而言，图腾一词（Totem）最初来源于印第安奥吉布韦人的方言，意即"他的亲族""兄妹亲属关系"或者"他的亲属"①，是"个人保护者或守护力量，属于作为个人的人"。② 具体说来，图腾是人类童年幻梦时代的普遍文化心理现象，是人类最初萌生的朦胧自我意识的凸显。作为最古老的信仰和仪式体系，图腾本身即是一个由神话观念、信仰和祭祀、仪式等组成的繁杂的情感体系，标志或象征某一群体或个人的一种"特定的物类"③，原始初民相信各氏族与某种生物或无生物具有某种特殊的天然亲缘关系，故将该自然物视作本氏族的保护者和象征物，受到全体氏族成员的顶礼膜拜与特殊爱护，并以此作为团结与力量的情感标识。"图腾作为原始部族感情认同与精神信仰的对象，不仅成为该部族心目中最神圣和最美好的象征，也成为维系部族成员的纽带。图腾具有认祖与标识的功能。"④ 其中，以动物作为图腾更

---

① 李景源：《史前认识研究》，湖南教育出版社 1989 年版，第 163 页。
② ［法］让·谢瓦利埃、阿兰·海尔布兰特：《世界文化象征词典》，湖南文艺出版社 1992 年版，第 106 页。
③ 中国百科大辞典编委会编：《中国百科大辞典》，华夏出版社 1990 年版，第 135 页。
④ 顾军：《图腾的功能与图腾崇拜》，《北京联合大学学报》（哲学社会科学版）1999 年第 1 期。

是最为常见的一种。在我国原始动物神话中，龙和凤这类被虚构的动物意象成为耳熟能详的图腾动物表达，作为华夏共同的祖先——龙成为中华民族最具代表性的图腾样式，龙图腾崇拜文化在我国更是沿袭了几千年之久，古代帝王常常以"真龙天子"自居，足见这种图腾文化的影响至深。至今，在华夏大地上中华民族仍然被冠名为"龙的传人"，而人们更是常常以"东方巨龙"而喻国，代表了一种崇高景仰与虔诚祈盼的情感成分；同样，凤鸟也被称为夷人部落联盟的图腾。

　　鉴于中国众多的民族组成与纷繁复杂的氏族部落的构成、分布，中国原始动物神话中的图腾意象呈现也并不局限在龙与凤这样加工、虚构的形象造型上。各种各样、五花八门的包括实体呈现与虚拟架设的动物形象所构筑的图腾符号分布在各氏族部落之间，成为充分认证彼此之间的带有某种虚幻与神秘色彩的血缘与亲缘关系的标识。例如，瑶族人认为他们的图腾祖先是被称作"龙犬盘瓠"①的狗，时至今日，其服饰依旧保留着诸多模仿狗外形的习俗；牛图腾则是傣族最早信奉的图腾意象，傣族关于人类起源的神话《葫芦生蛋》就是原生态的牛图腾神话，也证明傣族先民在探索人类自身起源问题时把牛视为人类的始祖②；蒙古族之于马图腾，赫哲民族之于鸟图腾等也都是十分鲜明的例子，形象地诠释了中国原始氏族部落的图腾信仰及其所饱含的动物崇拜情结。当然，这种动物意象的勾勒与描摹也潜藏着原始民众自我意识的表达，其中包裹着恐惧、惊悚、无奈、祈求庇护、崇敬与景仰等多种错综复杂的情感标识。难怪弗雷泽在《金枝》中直言"原始人按照自己的形象创造了神"③。动物图腾神话正突出了原始人自我意识外化的形象表征，实则已经被幻化并塑形为具备某种神性的特质。

　　随着原始动物图腾神话的进一步发展，图腾动物意象直接嫁接到对氏族祖先的"神塑"上，一些半人半兽、人兽同体的怪异形貌出现在

---

　　①　干宝《搜神记》卷十四中收录了有关人犬婚配的犬祖神话，其主题正是讲述了盘瓠与公主婚配而生蛮族的故事，它也进一步见证古代少数民族中所保有的狗崇拜的现象。

　　②　刀承华：《傣族文化史》，云南出版社2005年版，第257—258页。对傣族的原始神话《葫芦生蛋》有较为详细的记载与相关论述。

　　③　[英]詹·乔·弗雷泽：《金枝》，徐育新等译，中国民间文艺出版社1987年版，第384页。

始祖诸神的描摹当中。如女娲、伏羲、轩辕等人面蛇身的形象塑造，《山海经·大荒西经》郭璞注："女娲，古神女而帝者，人面蛇身，一日中七十变。"[1] 难怪鲁迅先生会有此论述："凡北山之首，自单狐之山至于提山，凡二十五山，五千四百九十里，其神皆人面蛇身。"[2] 恰恰突出了这种人面蛇身、人兽同体造型的普及性。同时，这种人兽同体造型方式付诸神祇形象的表述方式又不仅仅局限于中国，古埃及神学体系中的墓地守护神阿努比斯为胡狼头人身；尼罗河神赫比乃虎面人身；女神巴斯泰勒则是猫首人身；古希腊民间文学中植物神狄俄尼索斯化形成山羊与公牛形象施恩于人类谷物种子，等等，类似的例子屡见不鲜，从中都不难窥见原始人对动物的这种极端崇拜与虔诚信仰。除了人兽同体的表现方式，在原始动物神话表达中还可呈现为人与动物互变，人兽交感结合的话语表达，前者如《玛夫卡》中人与熊的互变，《鳌花姑娘》中的人鱼互变；后者则更多体现在氏族祖先的诞生上，如炎帝是女登交感神龙而生，尧则是庆都与赤龙合婚而生。这些无不凸显出人与动物的某种交感意识的内在情感寄托，实则也是人的自我意识外化的一种产物，只是更为极端地发展到"神化"的层面，从另一个侧面则衬托出原始人类对于自身认识与自我能力的不断提升。

二　动物自然神话的伦理情感释义

动物图腾神话某种程度上渗透着人与动物的交相呼应的情感认识，凸显人的自我意识的外化。而动物自然神话自身也孕育着动物与大自然的内在共融与情感互渗的成分，也是原始人类关于大自然感性认识的一种外化呈现。大自然的力量伟绝而不容侵犯，它常常让原始人类无所适从，在日积月累的对峙与不堪一击的脆弱打击面前，人类自身也遇到随之而来的种种困惑与自我怀疑，一种伴随着恐惧、无奈又充满好奇与莫名崇拜之情油然而生。对每一次突如其来的大自然的灾难与打击，都急切地希望探寻到最完善的解决方法，他们急于认识自然、解释自然、改造自然，并适时地发现每一次自然现象的发生似

---

① 转引自何星亮《图腾与中国文化》，江苏人民出版社 2008 年版。
② 鲁迅：《鲁迅全集》（第 6 卷），人民文学出版社 1981 年版，第 69 页。

乎都有迹可循，它正是与无数的动物形象一一对应。于是，一种最为朴素的原始自然观念便在原始人纯粹而简单的记忆里构想出来，他们心中所雕塑的自然神灵成为与动物形象所紧密维系的特有形体，或完全兽形，或人兽合体，或几种动物异类合体，形式多异，但大多终归都会落实到动物的具体形态上，例如《大荒北经》中有关"人面鸟身"的海神的记载："北海之渚中，有神，人面鸟身，珥两青蛇，践两赤蛇，名曰禺强。"其他如：雀首鹿身豹纹蛇尾的风神、人首龙身的雷神、人首兽身的火神等都是显著的例子。

这些被夸张变形的动物形态所附着的自然神灵形象无时无刻不在印证着原始人类对大自然变幻莫测的超然之力的莫名崇拜之情。其内在情感的传达是纠结而矛盾的，表现出错综复杂的一面。既体现原始先民对大自然的无比顺应、崇敬与妥协的一面，有感于大自然的神秘莫测的超然伟力，原始人一时显得无所适从而束手无策，他们祈求大自然高抬贵手、施福于己，内心潜隐与大自然和谐共处的心理期待，这些以人与动物组合形态呈现出特立独行的自然神祇形象无疑成为最好的沟通纽带；另一方面，潜藏于原始先民心中的情感逻辑则是以一种完全相悖逆的方式呈现，是对大自然莫名施压于自身的灾难、祸乱与诸多困惑的强烈不满、愤懑甚至憎恨的情感表达，由此衍生出一种化被动为主动的积极挑战与抗争的成分，妄图挑战大自然变幻莫测之力所构筑的权威，并让大自然就此臣服于人类，凸显出原始先民与大自然相对抗与冲突的情感诉求。[1]

这些最早的自然神祇意象的建构深刻地表明，原始先民内心当中所潜藏的对动物的某种依恋、崇敬与信赖，是他们心灵深处面对自然时对自我力量与情感诉求的外化显现。在人类苦苦挣扎于渴望

---

[1] 正如马克思所言："任何神话都是用想象和借助想象以征服自然力，支配自然力，把自然力加以形象化；因而，随着这些自然力之实际上被支配，神话也就消失了。"十分准确地凸显出原始神话的具体思维形象萌生与原始群体内在的一种内驱力，即征服与支配自然伟力（这里只谈及到了相关的一个重要维度）的内在必然维系与情感勾连，当人类的进化与完善发展至完全可以具备相应的支配、驾驭能力之时，这种依托于自然的原始神话讲述与幻想形式自然也将退出其曾经辉煌的历史舞台。引文见《马克思恩格斯选集》第2卷，人民出版社1995年版，第113页。

摆脱自然束缚、祈求战胜自然、改造自然的最初阶段，他们都不约而同地把对自然的恐惧、崇敬、愤懑、宣泄等诸多复杂情感投向了动物。同时，原始人的这种朴素、单纯而直露的幻想方式并不应仅仅理解为自然伟力的某种代表，它更象征人类原初生命意识的内在张扬，这些生动的神祇形象的构建也承载着人类的精神与情感的希望曙光。在之后的历史发展与情感传承中，动物也由此一跃成为中国人获取情感慰藉、心理支撑与寻求原型护佑的主要依托对象。难怪美国心理学家杜·舒尔茨会这样指出，在原始人看来，"既然人被看作是通过不断变化和发展的进化过程而从动物来的，可以断定人和动物的一切方面，包括心理和身体方面，都有一种连续性。"①确切地说，这些图腾神话与自然神话中的诸多动物意象正是人类普遍心理与集体意识的折射产物，这种原型意象也渐趋成为"一种典型的、反复出现的意象"②在有关人与动物的故事讲述中不断被强化与写就。

　　动物既作为动物图腾神话中氏族祖先的形象出现，又可以作为原始动物自然神话中的自然神祇的形象得以展现，但动物都不是一个具体存在的生命实体，它只是代表一种潜在的想象，一种思维的隐喻与象征，更确切地说，是一种意象性的主观存在。其全部意义指涉都沉浸在原始人类的幻想、观念传达与情感寄托当中，是思维外化的产物，在不自觉地充当工具与载体意义的同时更主要负担着剔除自身达成另一类事物意义的隐喻功能，这种隐喻功能的话语逻辑附着在具体的动物意象身上得以全面展现。而其本身又涵盖了如上文所述的动物作为人的自我意识与自然意识的外化，所分别形成的人的象征与自然的象征两类最具典型性的原型基质。这两大范式的原型基质及其所诱发的特殊的母题模式的传达，沉潜在千百年来有关动物的历史讲述与叙事传承之中渐趋完备，乃至建构出当代动物叙事所特有的诗性伦理与审美效度。

------

① ［美］杜·舒尔茨：《现代心理学史》，杨立能等译，人民教育出版社 1985 年版，第 133 页。

② 叶舒宪：《原型批评的理论及由来》，《文艺报》1987 年 6 月 27 日第 3 版。

第二节　动物作为自然的象征母题：人与自然和谐与冲突的现代外显

自人类"昂首阔步"地迈入现代社会以来，由于之前在改造与征服自然过程中自身行为的不断失控和无序，人类所赖以生存和发展的生态环境遭受严重破坏，人类与大自然的矛盾日益激化。当不断地遭到大自然的无情报复与沉重打击时，人类才开始对现代性和人类中心主义进行相应的反思和批判，"要把人类在共同体中以征服者的面目出现的角色变成这个共同体中的平等的一员和公民。"① 寻求可持续发展战略，以重新调整和确定人与动物、人与自然之间的关系，已成为时代的共鸣。在这一形势下，对人与自然关系的反思与重新认证，保护生态，尊重生命，构建和谐社会，成为当下刻不容缓的时代主题之一。反映到文学领域，就是大量生态文学作品的出现，适时地做出有效的回应与热忱的呼吁，包括《怀念狼》《大绝唱》《狼图腾》《中国虎》《银狐》等在内的诸多动物叙事创作，构成生态文学中一股不容忽视的力量。显然，仅从生态视域内考察，动物叙事的重要性早已不言而喻，但作为生态文学的一个重要组成部分，动物叙事是如何具体介入并展开它有关人与自然关系的动情讲述，又是如何达成其深刻的思想价值诉求，它的价值依托与情感指向最终落实在哪里，这种深层生态意识的追求与揭示又是以何种方式实现的，诸多带有指向性的重要题旨有待我们去检验答复。动物自然神话历史观念的潜隐诱发与现代思维理念的熔铸，或许可以给我们提供某些启示性意义。

一　人与自然视域下的"动物叙事"：动物原型意蕴的现代阐释

对新时期以来反映人与自然关系的当代动物叙事作品进行考察，可以发觉文本中所依托的动物意象总是表现出原始自然神话中动物神祇的某些特有的象征性功能指向——几乎千篇一律地呈现为备受崇敬

---

① ［美］奥尔多·利奥波德：《沙乡的沉思》，侯文惠译，经济科学出版社1992年版，第201页。

的光辉的正面形象。具体而言，这些文本中的动物形象塑造总能表现出特殊的性格魅力与决绝的精神气度，它们富有灵气，充满野性的魅力，或呈现出某种超乎寻常的神力，而作为接受者、参与者与欣赏者的人类则会呈现出两种情感态度：一种是对动物所表现之力发出由衷的赞美与钦佩，这是一种完全发自内心的、不假思索的深度崇敬，最终指向沟通与和谐；另一种是对这种伟力的极端恐惧、蔑视与挑战，以达到某种证明自身价值与存在意义的目的，最终指向冲突与对抗。这两种矛盾的情感表征恰恰体现了原始先民面对大自然时的错综复杂的情感状态既苦苦挣扎希望摆脱自然束缚，又常常处于无可奈何的尴尬境地；既迫于大自然神秘莫测的力量而莫名崇拜，又不甘心于完全听任大自然摆布，妄想超脱甚至探寻出战胜自然的强大力量。

作家们不自觉地将这两种相悖逆的原型象征情感渗透到具体文本中，正如日本民族学家大林太良所言："神话不但向人们说明已经存在的现象，并使他们能够理解它，而且还要用一次性上古的起源时间提出依据并证明这些现象，从而使人们的日常行为必须严格遵守神话中规定的行为规范。"① 神话所具有的决定性功能就恰恰体现在它的"说明"与"证明"的功能上。动物自然神话对当代动物叙事作品的规范性意义在于，作家们会不自觉地将这两种相悖逆的原型象征情感渗透到文本中作为自然母题，即人与自然的沟通与和谐；人与自然的冲突与对抗。两种表达方式从不同侧面证明作家潜意识里对原始自然神话的默认与遵守，但这种"严格遵守的行为规范"又不是完全被动的，证明的本身也会融入作家的个人情感与价值判断，这使动物叙事具备了更加丰富与深刻的现代意蕴。或者更确切地说，当代动物叙事是作家们借助古老而悠久的自然神话展开的有效的价值重构，无论是沟通与和谐，或冲突与对抗，在现代生态理念的烛照与人类生存现实困境的威逼下，当代作家们更多地选择了剔除原有动物神话理念中对大自然蔑视、恐惧，试图战胜自然的成分，而迫切地表达了恢复大自然本性、拯救自然、与自然和谐共存的生态意图。即使动物象征意

---

① ［日］大林太良：《神话学入门》，林相泰、贾福水译，中国民间文艺出版社 1989 年版，第 35 页。

象具体指向冲突与对抗，其最后隐含的结局也会落实到对文本中人类角色及其挑战自然与违背自然行为的批判上，总体原则依旧是对动物及其所象征的大自然伟力的颂扬——促使人们去热爱生命、尊重生命，保护大自然，遵守古老的生态习俗与悠久文化传承，克服现代性与科学实用主义、技术主义的弊端，挽救日益严峻的生态环境，达成对灵魂与现实生存境遇的双重救赎而指向人类光明的未来。这正是两种表面悖逆的母题意蕴下"动物叙事"文本所追求的共同主题。

在原始动物自然神话的映射与反衬之下，这一类动物叙事一般具备非常明显的同质性因素。即以动物作为自然的象征，冲突与和谐的表征追求最终都落实到人与自然这二维的辩证关系上。即叙事情节围绕着有关人与自然关系的讲述展开，情节的设置一般发生在大自然场景中，接近于偏远的乡村、草原和郁郁葱葱的原始森林等，而远离现代文明与城市文明的喧嚣、嘈杂，这是对那些固有的人们所熟悉惯常的场景的陌生化选择。这样的场景相对人烟稀少，民风淳朴，有古老习俗传统或民间信仰融贯其中。而动物与人两类主人公则在这样的场景设置中分别承担着不同的角色功能与行为指向。

一般而言，充当受难者与抗争者角色的动物主人公一般会由野生动物承担，作家更多是选择那些凶猛、有攻击性并具备某些智慧的野兽，如狼、虎、熊、狐、豹等，它们在生理与心理上都具备了挑战人类的某些先决条件，有与人类针锋相对、势均力敌的资本，作家如此设置动物形象完全是基于其对展开激烈冲突、对抗情节的安排；同样，作为冲突的发起者与对抗者的人类主人公则一般由猎人（或行使猎人职能的角色身份）承担，他们实施诱捕、追踪、猎杀、保护、赎罪等行为，在矛盾与痛苦的情感纠结中做出某种正确或错误（相对于动物的情感态度而言）的抉择，以造成最后有影响力的正反结局指向，本身也是一种矛盾性与悖论性的存在。总体而言，参与对抗的双方——动物与人类主人公，无论出于何种原因、何种目的，都充当正面积极意义且具有某种昭示性作用的角色价值诉求，而与之相对的起反作用的是那些辅助角色如牵连者或加害者，一般会对文本所预设的情节进程造成某种消极、反面意义上的阻挠。这些角色的介入加剧了冲突、激化了矛盾，对于主题深化而言，也是一种最为有效的补充。

　　指出动物自然象征类的当代动物叙事与中国原始自然神话观念的某种内在维系，并结合现代性及其衍生的现代理念与科学思维对这一古老的动物原型意蕴进行新的解读与阐释，在当代生态思想蓬勃发展的今天，具有特别的时代意义与人文价值。动物作为自然象征这一原型意象所呈现出的两大母题类型是：人与自然的和谐与沟通；人与自然的冲突与对立。它们各自的主述模式、所遵循的基本叙事语法规范，及其背后的文化意蕴与价值指涉等，都成为不容忽视的研究重点。

　　两大母题类型几乎囊括了所有关于动物作为自然象征的叙事文本，前者如满都麦的《四耳狼与猎人》、叶楠的《最后一名猎手和最后一头公熊》、乌热尔图的《七叉犄角的公鹿》、关仁山的《苦雪》、笛安的《莉莉》等；后者如谭甫成的《荒原》、陈应松的《豹子的最后舞蹈》、叶广芩的《老虎大福》、赵剑平的《獭祭》、袁玮冰的《红毛》等。一个显著的标识在于：众多少数民族作家的创作构成当代动物叙事的重镇。如李传锋为土家族，乌热尔图为鄂温克族，阿来、扎西达娃为藏族，叶广芩、关仁山、袁玮冰等为满族，满都麦、郭雪波等为蒙古族，他们一直致力于具有浓厚民族色彩、地方习俗与历史风貌的创作与展示，包括民间资源的汲取、神秘气息的营造、叙事场景的设置、民族历史记忆的挖掘、重塑民族信仰的渴求等层面都赋予了当代动物叙事卓尔不群的话语优势①。

　　两类主述模式又有着诸多的共性因素存在：一般都会以某种野生动物（以动物家族或者仅仅单一形象展现）与人类主人公共同承担叙述主体，人类主人公大多以猎人的面目（或行使猎人职能的人物）予以呈现，讲述他们之间所发生的某种"难以割舍"的猎与被猎的逻辑关联。由于动物角色出场时常贯以突出的象征意蕴加以呈现，因

------

　　① 这些少数民族作家的精彩创作给予当代动物叙事一种特有的异域风情与诡异神秘的民族文化气息，在可看性、耐读性与受众度等诸多层面都为动物叙事类型创作加重了砝码。更为主要的是，这些少数民族作家将自己民族特有的文化内涵与情感积淀借助于动物话语的方式不加隐晦地和盘托出，无疑拉近了与普泛大众的情感距离，对于人们进一步了解、领悟与深入汲取少数民族特有的伦理品位与文化养料，达成最大程度的价值体认，奠定了坚实的情感基础。

此，作品在具体讲述与铺垫过程中，经常会编织出浓重的荒诞与虚幻的叙事氛围，如《巨兽》《该死的鲸鱼》《鱼的故事》等作品。还包括均有意淡化具体的社会背景与文化意义，人物性格指向单一，一般只承担抓捕与猎杀的功能，同时，总体的叙述基调基本定位在寓言讽喻的层面，呈现出叙述简单、直白而流畅的表述风格，作家在艺术构思、叙述手法与情节铺排等诸多方面不断尝试增强作品的可读性的同时，更突出指向了其象征与隐喻功能的潜隐表达。

二　沟通与和谐：动物作为自然象征的情节母题模式

作为一种古老动物原型象征意象的外显，对其象征功能的理解才是该类型动物叙事研究中的重心所在，正是倚仗象征功能的具体所指才衍化出上述两类内涵表征，更凸显出两个层面的不同属性，甚至是完全对立、排斥与悖逆的。人与自然的沟通、和谐主题，最终落脚点在人对动物的欣赏与钦佩。当然这种发自内心地对动物的仰慕之情并不是一蹴而就，其中更强调人类主人公情感态度的转变，孕育着由恨生爱、由剑拔弩张到水乳交融的渐进过程，这一转变过程中充斥着激烈的对抗、周旋与残斗，甚至往往付出死亡的代价来换取和谐表征的达成，动物之死或人与动物同归于尽是该类型主要的结局方式呈现。在人与动物的持续对抗中，人有感于动物成为人所无法回避、值得一斗的劲敌，钦佩其周身所散发出的力与美，油然而生的是某种惺惺相惜乃至肃然起敬的味道，这里原本简单的捕猎行为在瞬间升华至某种审美上的愉悦感，人完全沉浸在对动物的灵性与美感的欣赏之中，而为"大自然之死"悲叹惋惜。动物作为大自然的智慧与力量的象征，人与动物这种和解的达成必然意味着人类与大自然实现某种沟通的可能，无形中拔高了文本的叙事与立意高度。与原始动物神话一样，动物形象的雕塑实则成为大自然无穷智慧与力量的象征，在当代作家的笔触之下人与动物达成现实层面实现和解的可能，其潜台词自然也蕴含着人类与大自然之间的某种沟通与共融的情感昭示。在此层面上予以理解，不难窥见人与自然沟通与和谐的象征母题实则反衬着人类心灵世界的复杂、精深与微妙，其终极指向在于对人的心灵世界的某种质问与揭示，更孕育出作家自身所抱有的对大自然之力与美的礼赞与倾慕之情。

基于上述论证，人与自然的沟通与和谐这一主题的叙事模式可以简单呈现为：出于某种特别原因，人要诱捕猎杀动物→人与动物的"不期而遇"，带有某种不可预见性与"必然性"→斗争抗衡阶段，三种基本的争斗方式：人与动物的残斗，动物为了人而与同类斗争或人为了动物而与同类斗争→斗争过程中人的原有初衷发生改变→人与动物达成"和解"。这种"和解"体现在人与动物"相安无事""动物之死"以及人与动物"同归于尽"三种结局表征达成方式上。多数情形下，这样的叙事模式是按照时间线性顺序依次排列，大部分文本都依托这样的事序顺序推进自身的情节安排，也由此形成了一个相对固定的类型叙述模式："斗争＋和解"（如果按角色身份类型关系概括可简化为："劲敌＋友伴"）。即强化文本中的"斗争"细节的刻画、场面的烘托与气氛的渲染，并且不管是哪两种主体身份间发生"斗争"，最终都与文本中的动物主人公发生某些关联。或由其引发、促成，或亲身参与其中，或被迫受到牵连等，并且处于"斗争"关系下的双方其行为类型与身份属性均是以"劲敌"的方式呈现。

首先，出于某种"特别原因"，人要诱捕、猎杀动物。在这一象征母题的类型表达中，人类主人公虽然大多由猎人或行使猎人相同职能的人承担，猎捕动物是他们固有的引以为自豪的天职。但具体到文本中，故事的展开又都有着某种"特别原因"。具体而言，有出于自身情感冲动，近似于偏执的对捕猎的极度热爱。《黑鱼千岁》的主人公"儒"就是一个典型。有"冷血动物"之称的"儒"，崇尚终日与动物为伍，少言寡语，与人存在隔膜，对动物却有着莫名的冲动与喜好，这也许来自父辈的遗传。"儒"具备高超的捕猎本领，他捕杀动物纯粹是性情使然，有动机而没有目的，单纯而又执拗。那条大鱼对于他而言"就是挑战、蔑视和羞辱"。因而他的逮鱼行为并不是单纯的捕杀，而是一种游戏，是只有参与的人才能体会得到的乐趣。

与对猎捕之职极度热爱这一诱因相辅助的，是在几乎濒临无猎可打的境遇下依旧期待为自己重新获得正名的因素。如《四耳狼与猎人》中，主人公歪手巴拉丹喜欢夸耀自己世代为猎的祖宗。他太爷爷曾用九十九只虎皮做蒙古包，紧接着却逐级递减，到他自己这辈却成了用六十六只黄羊皮做蒙古包的猎人。因此，巴拉丹很想证明自己的捕猎能力，想要"做一个比父亲、爷爷和太爷爷更强的猎人"①，这成为叙事展开的主导性诱因。这里还有一个辅助要素也在发挥作用，即巴拉丹这一辈的猎人破除了自古以来猎人们一直严守的禁忌，已然敲响了某种暗含警钟意义的提示。

　　紧接着是动物与人"不期而遇"的叙事安排。在这类作品中人类虽然拿着武器去寻找、捕杀猎物，但促成动物主人公登场并与人类主人公狭路相逢的，常常是某种特殊的"不期而遇"的偶发性方式。《最后一名猎手和最后一头公熊》中，那只公熊的出现——严格说是那只被"业余猎人"弄断了腿的瘸公熊的出现，才有了与老猎手库尔的"不期而遇"。当然这也瞬间重新燃起库尔内心当中的希望之火，那种对久违了的"对手"猎物的极端渴求——那种对光明正大、针锋相对的对垒方式的强烈期冀，一时间具备了现实层面的情感依托。业余猎人的卑劣行径意外促成动物与人的"不期而遇"。《黑鱼千岁》中主人公"儒"在第一次捕鱼顺利成功后开始他的第二次捕杀。而这第二只黑鱼却是带着为同伴（第一只被杀的黑鱼）复仇的目的而主动迎接"儒"的捕杀，它装死诱"儒"，让"儒"将其牵至深水中进而奋力反击，最后与"儒"同归于尽，一举为同伴复仇。这里的"不期而遇"显然带有某种主观的预见性，潜在的复仇意识促成小说情节主题的展开。

　　随着人与动物的"不期而至"，小说文本的讲述随即也到了最引人入胜的高潮部分——斗争抗衡阶段。这是所有以动物作为自然象征的动物叙事作品所共同具备的，也是一个显著的叙述重心，既承接之前的人与动物"不期而遇"的场景，更进一步纵深发展了剑拔弩张的情节进程，同时又为人类主人公情感态度的转变埋下伏笔。如此看来，动物叙事作家们一般都会十分注重斗争抗衡阶段的细节刻画与情感铺垫，甚至不惜大量笔墨渲染烘托。这种抗衡用力越深（一般皆有相对惨烈而悲壮的残斗描写）、勾勒越劲道、指向性越明确，越有利于文本深层价值诉求的实现。因为这种抗争可以直接深入到对人类自

---

　　① 满都麦：《四耳狼与猎人》，《民族文学》1997 年第 9 期。

中国当代动物叙事的类型学研究

身灵魂世界的拷问,欣赏与怜惜、悔恨与欣慰,惊叹与崇敬相交织的情感态度的书写愈加清晰而明辨,导引普泛读者展开对人与自然所可能达成的沟通与和谐的期许。

如《黑鱼千岁》中主人公"儒"与黑鱼的水中较量占据了全文一个颇为重要的话语空间,并在较量过程中凝聚着双方各自的能量优势的相互转移。"儒和鱼在水里乘风破浪,融为一体,配合默契,像电视里的动物表演一样,振奋人心,精彩万分。"① 水中残斗抗衡的过程已经孕育出和谐统一之美,作者的良苦用心可见一斑。在激烈而精彩的对抗当中,"儒"没有丝毫的恨意与悔意,而是沉浸在无比的喜悦与淋漓尽致的痛快当中,"儒奇怪,一条鱼竟然会有这样大的毅力,这样顽强的生命力。"② 显然,"儒"的喜悦与振奋是建立在对黑鱼的执着韧性的崇敬与赞美之上,正是这场惊心动魄的水中拉锯战让儒的情感态度发生本质上的转变。《莉莉》也可归入到这一类叙述中。同样是猎人与动物的对抗,不同的是,作者笛安有意淡化了这一对抗本应呈现出的残酷程度。这与小说有意回避残忍与冷酷而趋向缓和、唯美的叙事基调有关,并且这样的隐藏与适时省略并不影响小说指引读者向着人与自然的沟通与和谐方向推进的情节进程。母亲和丈夫同样倒在猎人的枪口之下,可莉莉依旧宽恕原谅了猎人的"残忍"与"苛刻",她依旧选择与猎人生活在一起③。

在斗争抗衡阶段之后,这类文本叙述将进入最后一个情节母题模式,即人与动物达成和解的方式上。这部分是文本的叙述结局,也是小说完成情感升华、达成人与自然和谐象征的最后浓情一笔。承继激烈而紧张的斗争对抗过程,人自身的情感态度发生根本性的转变,最终达成和解。

大多数情况下,该类型的大部分动物叙事文本都按照固有的事序

---

① 叶广芩:《黑鱼千岁》,《十月》2002 年第 5 期。
② 同上。
③ 这里实则表明了《莉莉》中所隐含的"斗争抗衡"的场面,也没有其他类型创作中所明确的人类主人公情感态度的转变。取而代之的是作为动物主人公的"莉莉"那份善良、大气与宽容的品性,它以"动物代言者"的身份传达出对人与自然和谐共处的美好夙愿,完成其鲜明的隐喻性意义。

顺序推进自身的情节安排，也由此形成一个相对固定的类型叙述模式，可以概括为"斗争＋和解"，或按角色身份类型关系概括为"劲敌＋友伴"①。这一叙述模式清晰地印证了原始动物神话中所呈现出的原始先民对大自然神秘莫测之力的某种犹疑与矛盾的心态。以动物作为自然崇拜象征的原始先民就是把动物这一物种作为一种非敌非友的双重属性呈现：一方面既对动物及其所代表的大自然力量感到恐惧与无奈，进而想挑战与尝试征服大自然的力量；另一方面，这种充满勇气与决绝的挑战屡屡遭受挫折，原始先民开始反思这种固有的逻辑关系，渐渐向崇敬、景仰与赞美的心理维度倾斜，乃至最后渴望与动物、大自然达成和解，寻求精神与情感上的双重庇护。于是，双方也由剑拔弩张的紧张对立的劲敌关系转换成友伴关系。

具体言及"斗争＋和解"（也即"劲敌＋友伴"）的主述逻辑表达及其情感范畴指涉，不难发现，该类型的主要文本中都不约而同地指向一个主体关键词"斗争"。无论是人与人之间、人与动物之间抑或动物与动物之间都充斥着必要的十分显眼的斗争场面的描摹，并且不管哪两种主体身份间发生"斗争"，归根结底都与动物主人公本身休戚相关，或由其引起，或其亲身参与，或受到牵连与波及等。这样的紧张"斗争"关系下的剑拔弩张的双方，其行为类型与身份属性是以"劲敌"的方式呈现的。因此，如果按照惯常的因果承接关系与剧情的发展时序考察，"斗争"与"劲敌"这组关键词基本上可以

---

① 其实，并不仅仅局限在中国当代动物叙事创作之中，当代西方一些被奉为经典的动物叙事作品中也憧憬着人类与自然的和谐与沟通，并遵循着这样的主题叙述模式。如瓦西里耶夫的《不要射杀天鹅》中，护林员买来白天鹅放在林区湖中，他憧憬着满湖都是天鹅欢快游弋的美丽图像，但事与愿违的是，一伙歹徒的介入扰乱了原本的和谐，白天鹅被打死乃至烤食，而护林员为保护白天鹅而献出宝贵的生命。其基本的叙述主线为：人为了动物而与同类斗争，并为了动物献出自己的生命，这与《苦雪》情形颇为相似，老扁子为了保护海狗而不惜勇敢地面对海子等业余猎手的枪口，最后献出自身生命；同样，叶广芩的《黑鱼千岁》则与海明威的《老人与海》颇有几分相似之处，也基本遵循了相同的叙述模式，有关人与鱼的激烈对抗的细节描摹，经过长时间的周旋与对抗，最后大鱼英勇赴死，其中同样行使人类主人公身份的"老人"（等同于"儒"的角色）在对抗过程中发生了情感态度的转变，对其美与力量、智慧赞叹欣赏，为鱼之死而悲哀。除了结局是"动物之死"（《黑鱼千岁》中是"人与动物同归于尽"）略有改动外，基本叙事模式大同小异，并共同指向了人与自然的息息相通、和谐共融。

涵盖该母题类型中动物叙事文本的整个主体部分的讲述序列，同时为小说主题达成人与自然的和谐做出了有力的推进。接下来，"和解"的达成，更加侧重于指向结局及最后的主题升华。尽管具体的实现方式不同，但最终人与动物还是以"友伴"的角色关系及其内在的情感维系达成默契，实现真正意义上的和谐——不是简单的人类主人公与动物主人公的化敌为友、达成和谐，而是让读者领会到人与自然实现沟通的强烈愿望，这是"和解"所能达到的终极意义指涉。"和解"的最终达成是该母题类型传达中最见叙事张力的一笔，动物深层象征意蕴的表述也在这里得到最为清晰的彰显。

至此，在"斗争"＋"和解"／"劲敌"＋"友伴"的主述模式的涵盖与观照下，一部优秀的以人与自然最终达成和谐共荣为象征母题的动物叙事作品才就此宣告完成。至于作品成功与否，其实更多取决于在这一主述框架内是否进入新的可变因素。以"斗争"为例，斗争的原因、背景，斗争的方式、途径，斗争的拓展面、波及面，斗争的参与者、介入者、辅助者，斗争的转折点、产生的后果影响等诸多层面，都可以依托作者的想象与情感调度适时地加入崭新的细节、要素、情节、人物、结构及新的母题表达等。笛安《莉莉》的特别之处，就在于作者大胆而合理地淡化了斗争的具体场面的描写，侧重于斗争后所留下的结果、造成的影响与有利（兼不利）因素的追加叙述，这样安排反而起到适得其反的效果。当然，这并不影响主体叙述逻辑"斗争"与"和解"的关键性地位，全文的重心也完全落在了猎人与"莉莉"看似没有根由的水乳交融的亲密维系上。在这个曾经相继杀害自己母亲、丈夫的猎手面前，在错综复杂的情感内涵的包裹之下，"莉莉"平静地选择了谅解与宽容。这里的文本讲述，完全转换成动物主人公作为达成沟通与和解的关键所在，并几乎占据话语叙述的全部重心，与固有的侧重于人类主人公作为行为主体、发生情感态度转变的叙述模式完全分离，甚至是又一次叛逆性的变体。某种意义上说，这种大胆的类型创新取得了意想不到的叙事效果。

"斗争＋和解"／"劲敌＋友伴"的模式，用一句比较通俗的话解释为：与天（动物）斗，与人斗，不如与自己斗，最后指向的是"与自己斗"。即在矛盾而胶着的内心犹疑、抗争之后最终实现自身情感态度的根本性转变，最后落到自己身上。人类自身伦理情感的逐步成熟与完善才是达成和解、实现人与自然和谐与沟通的根本助推器，那么，如果把类同的俗语界定方式定格在人与自然的冲突与对抗这一象征母题的动物叙事表述中，可以表示为：与人斗，与自己斗，不如与天（动物）斗。这里要着重谈一下落脚点的差异，也是动物作为自然象征的两大基本母题的根本性区别所在。前者"与自己斗"重心在心理，是自我心理的矛盾困惑与最终实现情感转折的意义指涉；后者落脚点在"与动物斗"上，重心就不只是心理上，还包括具体的行动层面，强调这种对抗性与残酷性。

三　冲突与对抗：动物作为自然象征的情节母题模式

按照同样的思路出发，另一类动物作为自然象征的母题模式表述则主要以相悖逆的形式呈现，突出表现人与自然的冲突、对抗与排斥，情感诉求也由崇敬与景仰转向为对大自然神秘之感的莫名恐惧与厌恶。这种恐惧情感的展现又不是完全以被动的妥协、退让的方式呈现，反之，则充满一种探索、挑战的意念及欲望冲动，内蕴强烈的主观能动性，对天地万物及自然神力的极端蔑视。人与动物之间这种无法弥补的沟壑，在激烈的冲突、对抗的矛盾设定与细节刻画中，暗含了对人类中心主义的反思与嘲讽，尊重生命，强调自然万物的平等性，内蕴作家强烈的批判与自省意识。诚如利奥波德所言："征服者最终将自我毁灭。一个裁剪得过于适合人的需要的自然界将毁灭裁剪者。"[1] 该种象征母题"动物叙事"创作正是在这样的潜在话语表达之中承载了更加厚重的思想价值诉求，也奉献出诸多令人耳熟能详的名篇佳作。比如周立武的《巨兽》、邓一光的《狼行成双》、阿来的《红狐》、赵剑平的《獭祭》、陈应松的《豹子的最后舞蹈》和《猎人峰》、贾平凹的《怀念狼》、叶广芩的《老虎大福》、方敏的《大绝唱》、袁玮冰的《红毛》等。

该类型"动物叙事"创作，营造出浓厚的末世衰颓景观与悲戚、哀婉的叙事氛围，对留守猎人与残存物种的生存景象、生命状态做出

---

① ［美］纳什：《大自然的权利》，杨通进译，青岛出版社2005年版，第90页。

精细的描摹，并且一般会淡化具体的社会背景、时代属性，情节的设置落实到作者所精心搭构的大自然场景中，这也符合在"人与自然"框架内伦理情感的相应展示。其叙述范畴基本限定在野生类动物叙事"猎人＋所猎捕之猎物"的角色关联中，以便于激烈冲突与对抗情节的充分展现，突出生态视阈内人与自然"冲突与对抗"的原型书写式样。即叙述的中心指向猎人与所猎捕之猎物关系的有效阐释上，内蕴丰厚的情感积淀与明确的价值指向。该类创作的主体叙述模式表现为：猎人的时代一去不复返，如今丛林野兽难觅，猎人们普遍有一种"无可奈何花落去"之感——遇到挑战，仅存野兽出现，挑战猎人权威——猎人失去往日风采，备受精神与肉体的双重打击，表现出各种生理、心理上的顽疾（来自于人和动物）无以为继——为给自己正名，再次迎接野兽挑战，寻找昔日英雄情结——最终均以"失败"而告终。

　　该类型叙述的起因，一般会落实在森林锐减、植被遭受严重破坏等生态环境恶化后的叙述语境，表现为动物生命的迅速锐减直至最后物种的仅存，并濒临被灭绝与消亡的境地，而恰恰是这最后残留在贫瘠之地的"留守"野兽，依旧在挑战那些即将逝去曾经的光辉与荣耀的猎手们的权威。由此展开文本极具张力的冲突与对抗书写的开端，成为该类动物作为自然象征母题初始情境的基本预设。《红狐》中村长芒加宣读森林法规及动物保护法时，惹来村人的一阵爆笑，大家抬头看到的是"光秃秃的山坡，和那稀落的灌丛"，猎人金生在村长试图收枪时，甚至说出"给你一年时间，你能在林子里打个东西回来，我去坐牢十年"① 的"豪言壮语"，充满了英雄末路的无奈之感。这种缺兽、少兽的现状使金生不得不面临无猎可打的悲戚境地，而上缴猎枪与对捕杀猎物的极度渴求都为那只神秘莫测的"红狐"的登场做足了铺垫。

　　生态环境的日益恶化，生存境遇的朝不保夕，"无猎可打"的尴尬局面让猎人的生存举步维艰，而曾经的辉煌荣耀早已是过眼云烟、一去不复返，这是一个不再需要猎人的时代。这个时代不再像过往那

---

　　① 阿来：《红狐》，《西藏文学》1994 年第 1 期。

般如此迫切地呼唤着猎人的存在，"猎人"俨然已经成为一个缅怀既往时代的"悲剧符号"，凝聚着英雄落寞般的惆怅与惋惜。诚如陈应松所言，猎人无疑"是森林中最为独特的一种生命现象，狩猎也是一种奇特的生存方式，他们演绎着森林中最为惨烈的、最为传奇的、最为暴戾的、最混蛋的也最英雄的故事。狩猎是生存的第一需要，也是人的精神的第一需要，尤其是在大山里"。[①] 这几乎可以作为该类型"猎人与所猎捕之猎物"错综复杂的情感逻辑关系的最佳诠释，从中不难窥见作家纠结与矛盾的复杂心境中所暗含的一种对猎人狩猎行径的怜悯之情。

与"人和自然"沟通与和谐的原型象征不同，这类象征意象中动物角色（一般由具有攻击性的野兽承担）的出场，并不是以动物主人公与人类主人公"不期而遇"的方式，反而大相径庭。一般是动物有意而为之地主动"出击"，偷袭或并不避讳与猎人的正面冲突，直接面对猎人来挑战猎人的权威，内蕴一种强烈的报复意识。这里充满吊诡的味道，动物一般会拥有某种幻化功能，同时被赋予一些神秘莫测的神幻化的行为能力，并有效地把这种能力施法于人类角色——那些誓死与动物进行决斗的最后的猎人们。这恰恰是作家的有意为之，不期而遇的"刀兵相见"必然为最终达成和解或展现和谐可能之曙光创造先决条件，实则是给予动物一方，特别是施之于人的一方以某种态度转变、灵魂救赎的契机呈现，彼此之间也都具备了某种改变初衷、自我让步的话语空间；动物带有"主动性"的出场方式，实则已经把可能出现的和谐路径提前予以拒斥，不给予动物与人双方过多的妥协、让步与反思彼此情感关系的空间，必将有利于"人与自然冲突与对抗"象征母题的有效达成。而作家所赋予笔下的动物形象以神幻性色彩除显示出有效承继了中国古典精怪变形小说的叙事神韵之外，更主要是通过动物的这种超凡神秘之力来反衬、审视人类自身，达成批判与讽喻的力度，尤其让这种冲突与不可调和的情感纠葛得到最为有力的展现。

---

① 谢锦、陈应松：《人兽博弈的文学思考——访谈作家陈应松》，《小说界》2008 年第 1 期。

《红狐》中那只枪口下得到残生的最后一只"红狐"，经常托梦给猎人金生，"用柔媚的女人声音叫他"，这让金生辗转反侧，立誓一定要亲手了结这个"不怕时间淘洗的尤物"。而现实中，这"红狐"又经常地用叫声来敲击金生本已十分脆弱的神经，同时，它也敢于在金生身前现身，"就坐在十步开外的那潭清亮的泉水旁边"并不走开。野兽的主动性出击与挑衅在《怀念狼》中表现得更为突出，小说开篇即颇具戏谑意义地描述了一只母狼对打猎英雄傅山的挑衅与藐视，并用狼语向傅山传达着"母狼，母狼，你在哪儿"的声音，让傅山感到无比羞愧难当，"那只狼分明已经看见了他，而且竟做出跛腿的情状，一瘸一瘸走了十多米远，然后就兜着圈子撒欢来调戏他"①。正是母狼的出现勾起了傅山再次出猎的热望与重新为自己正名的雄心，穿起那件猎装、背上用狼血涂抹过的猎枪奔向老县城池子的真正狼窝一看究竟，故事也由此惊心动魄地展开。

不管以何种方式，动物带有主动性的出场之后，面对着这个昔日的老对手，猎人（或行使猎人功能的人类主人公）总是面临或身体、心理陷入顽疾，或老迈不堪、濒临死亡的边缘。身体上的某些缺陷、行为意识上的迟钝模糊，更加让猎人们难以维系自身的生命意志，他们或者以死寻得解脱，或者做出最激烈的抗争，重新拿起猎枪找寻昔日的风采，或者由子辈、孙辈来完成自身的遗愿。但归根结底，等待他们的只能是悲戚难耐而又无法挽救与弥补的结局。《豹子的最后舞蹈》中那只最后残存的豹子斧头如今所面对的仇人老关，早已不复当年之勇。他年老体衰，形容枯槁，身子日渐枯干，"可以这样说，老关只不过是一个猎人的符号了，他跟我的母亲一样，肉体已经死亡了，而精神与意识还在。他的肉体是被岁月，是被无数的爬山、射击、下套子、剐皮、硝皮和肢解肋骨而消磨掉的"②。如今的老关，只是作为一种既往猎人身份荣耀的标识而存在，只剩下一副空空的躯壳与早该腐朽的皮囊，在继续"遭受"岁月的凭吊。

人类与自然的冲突与对抗母题，顾名思义，重心恰恰在"对抗与

---

① 贾平凹：《怀念狼》，广州出版社 2007 年版，第 8 页。
② 陈应松：《豹子的最后舞蹈》，《钟山》2001 年第 3 期。

冲突"的细节刻画上，残酷而激烈的人与动物间的对抗描写在这一原型母题下成为作者所着力渲染的核心场面。而这种对抗又和沟通与和谐母题中的对抗有着本质上的区别，因为争斗的双方已不存在任何情感上的维系，双方的态度是坚定的，都是本着要取对方的性命这样坚韧的信念而展开攻击，是以一种不容缓和的、剑拔弩张的方式呈现出来的。这种叙事本身就是残酷的、压抑的，同时也渗透出血腥、恐怖的味道——"一镲刀砍在了狼的前腿上，狼跪卧下去，无数的木棍落在狼头上，狼的眼睛瞎了，鼻子扁了，舅舅一丢手，一榔头落在狼的背上，狼趴下了，嗥叫着，身子在剧烈地抽搐。"①《怀念狼》中人类打狼、杀狼的残忍手段让人触目惊心，这种对抗的残酷性可见一斑。

在"冲突＋对抗"的原型母题书写中，一个最为核心的叙述范畴往往会落实到对人和动物冲突与对抗的直接描写中，并且一般在文本中会有较为详尽且清晰的叙事呈现，特别是对这种斗争的残酷性的极力渲染，烘托出不可调和的矛盾性。而"沟通与和谐"母题类型书写其最终的价值指向：人类自身伦理情感的逐步成熟与完善，才是达成和解与沟通的根本助推器，其重心在心理层面，即自我矛盾困惑的解决与实现情感指向的转折，经常会忽视具体行动层面——激烈冲突与对抗的细节书写，其类型模式的总体框架可界定为"斗争＋和解"（或"劲敌＋友伴"）。而"冲突＋对抗"母题论述重心皆在最终的斗争与激烈对抗性的描摹上，且往往以"动物之死"的结局方式烘托出作为悖论性存在的二维——人与动物之间这种矛盾的不可调和性，基本抹杀了达成和解或成为友伴的可能。这实则恰恰对应了人与自然冲突与对抗母题的书写主旨，因此，这一类型模式本身即可以用"冲突＋对抗"来加以概括。

中国当代动物叙事中动物作为自然的象征，既表现为人与自然的沟通与和谐，同样也彰显二者之间残酷的冲突与对抗。在两类象征母题各自所属的主述模式架构中，我们不难发现动物叙事作家是如何一步步将叙事情节渐趋引向和谐与冲突的主题意旨，又如何在不停地设置着新的因素与角色来拓宽文本的叙事空间，但总体的叙事格局不会

① 陈应松：《豹子的最后舞蹈》，《钟山》2001 年第 3 期。

发生根本性变更，特别是作为高潮部分着重渲染的"冲突＋对抗"的细节描摹，始终作为最为核心的情节结构置于文本讲述的核心地带，或人类与动物之间，或人类与人类之间，或动物与族群之间……对抗与冲突的叙写无处不在，横亘在文本整体的叙述格调与情节氛围中，满含着剑拔弩张的味道，同时也平添了一份神秘感与义正词严的气氛。显然，在这样的情节构篇中，很难找到一篇浸润着喜剧色彩，轻松愉悦或带有较多诙谐、戏谑味道的文本。作家们在刻意强化这种充满压抑感与紧迫感的悲剧氛围，凸显矛盾冲突的剧烈与不可调和性，其实也是作家自身内在情感纠结的一种外显。这种情感的核心是在审视人与大自然的关系时，所要呈现出的人类普遍面临的情感困惑与悖论性的伦理诉求。从积极、正面的意义上说，动物叙事创作总是试图传导与架构出"一种人文情怀，对人和自然相处、人和动物相处、人和神相处、人和灵魂相处，以及超越生命界限的一种可能性"。① 但从某种消极意义上予以探究，不难发现，尤其从作家自身出发，对于这种所谓的一种人文情怀的传达，实则充满了焦灼、困惑与不安等诸种错综复杂的情绪。而作为这种情绪宣泄的核心点的"人与动物"，显然成为一对充满悖论性的矛盾体，围绕在他们身边的，是文本周身所散发出的一种令人吊诡的味道。

　　一方面，中国原始自然神话在不断潜移默化地影响与发挥着作用，那种对大自然的神秘内核与野性勃发之力的由衷赞叹与景仰，附着在作为象征意象的动物身上，使这些动物角色成为作者竭力讴歌与赞誉的对象；另一方面，当代作家不是原始人，他们有着明确的现代意识与科学理念，以及属于自身的思想诉求与价值判断，不会单纯程式化地去展现人与自然的某种冲突与对抗。加之考虑到一些功利性因素的诱发——如文本受欢迎程度、畅销与否、利益链条关联及如何标新立异、吸引眼球等都会潜在影响到作家的创作，但这些未必都是坏事，有时也可能会激发作家创作灵感的产生。"这些小说中主角的性格特征作家是虚构的，但是他们的行为和反应却是真正的人与真正的动物所具有的。有时候，在这些故事里的事件显得夸张和古怪，似乎

———————

① 陈晓明：《雪漠〈野狐岭〉：重构西部神话》，《南方文坛》2015 年第 2 期。

不可能发生，但的确又是可能发生的。"①"对抗＋冲突"母题的动物叙事创作表现尤为突出，在秉持严肃的真实性的叙事原则的同时，又融入了带有一定夸张、拔高成分的浪漫主义精神气度，并且将文本的主旨诉求导向对哲学意味的形而上的思索。原始神话自然意识的融入与现代理念的碰撞与摩擦，自然而然产生出某种矛盾的情绪，体现到文本上是张力十足的"冲突＋对抗"的细节刻画，但更多形而上的思考则指向动物生命本体、生存危机、现代性焦虑、精神家园重建等时代课题的价值预设上，赋予当代动物叙事以鲜明的时代价值与人文内涵。

第三节　动物作为人本质性的象征母题：人与动物交相呼应的情感积蕴

　　动物叙事创作几乎涵盖了所有以生存于大自然中的野生动物为主体叙述对象的作品，同时，它也是人类内在自然意识的一种外化表现，蕴含着人类自身对人与自然关系的思考。无论是以人与自然的和谐、沟通为主题，抑或着重渲染人与自然的冲突、对抗，实则都是原始神话表述中某些古老思维理念在作者创作构思当中的体现。现代科学知识的融入与思维观念的不断进步，使那些古老的原始信仰逐渐远离现实经验的领域，扎根在想象与艺术创造的意识空间里，不断发挥着其突出的导向性作用，这在当代动物叙事创作中表现得尤为明显。准确地说，正是千百年来的艺术积淀与历史传承才让动物原型母题的类型表达在当代动物叙事文本中得到清晰的展示，其所着力塑造的鲜明的动物意象正似原始神话中"神祇形象"的原型再现，只不过加入一些现代思维理念与叙事手法的外壳而已。

　　如果说动物作为自然象征的动物叙事创作是对原始自然神话中人的自然意识的现代叙事外化，或对大自然由衷的赞叹与钦佩，或对大自然格外的恐惧与蔑视，径直发展成为两类明显的母题表征：人与自

　　①　Carl M. Tomlinson and Carol Lynch - Brown, *Essentials of Children's Literature*, Boston, MA: Allyn and Bacom, 2002, p. 132.

然的和谐与沟通；人与自然的冲突与对抗。那么，动物作为人的本质性的象征也无外乎是对原始图腾神话中人的自我意识表达的一种印证，它本身包含了对人的自然本性、原始天性的一种回归，返照社会背离人性、环境改变人以及发生某种人性扭曲、变形的时代特征，进而指向作家所努力构造的理想人性：那种值得赞美的一心向善、积极乐观的情感范畴，对拥有真善美的美好品性的热切祈盼与人格感召。代表性的作品有：《飞过蓝天》《感谢生活》《鲁鲁》《驼峰上的爱》《七叉犄角的公鹿》等。

与动物作为自然母题象征中经常选取野生动物与猎人作为两类叙事主体角色相比，属于人的本质性象征母题的作品由于要落实到对人类本性的探求，一般都会选择贴近现实生活的场域，偏于呈现读者所熟知的叙事场景。动物主人公的选取也是与人类关系较为密切的驯化类家养动物，特别是狗、马、骆驼、牛、羊、鸟等家畜家禽类最为常见。动物角色一般不会独立占据文本叙述的中心，而是与人类角色一同承担主体性地位，有的作品中则直接处于从属地位，为烘托出人类主人公的正面或反面角色价值。因此，人与动物在行为、伦理诉求的安排中存在某种比照的微妙关系，这也是该母题创作所依托的主要表现手法。同时，突出的主题诉求即是"环境改变人"这一客观要素的存在，后天周遭环境因素的改变对人性的扭曲与变形起到举足轻重的作用，如时代背景、政治语境、商业诱因、情感缺失等。但归根结底，人的某些改变只能是暂时性的，且不会就此沉沦而最终屈服于环境的制约，文本中的动物角色将给予他们足够的勇气与决心。

动物作为人的本质性象征的母题模式可以简单概括为：人类主人公陷入困境（或矛盾纠结）当中，不能自拔——动物主人公做出某种补救性举措或某种情感触动的行为方式，直接（或间接）达成救赎效果——辅助者介入，起到相反或加害等辅助性作用，充当动物主人公的反衬性角色——主人公发生某种改变，实现获救（身体或心理层面）与矛盾解除，指向人性本善与人间爱的主旨。一般而言，"陷入困境"是几乎所有动物叙事文本包含的一个重要情节功能项，有的作品着重烘托的是动物陷入困境，有的作品则是人与动物共同陷入困境。动物作为人的本质力量象征母题下的"动物叙事"创作一般会把受困重心指向人类主人公，这种困境的营造主要来源于外部的环境压力与客观条件制约，使人类主人公陷入某种尴尬、窘迫的境地。

冯苓植的《驼峰上的爱》中，父亲放驼人陷入某种精神困境是由"情感的遗失"这一环境诱因造成，因失去年轻的妻子——放荡的娇小女人，放驼人从此变得暴躁忧郁，完全换作另一个人："胡子竟长成了一团漆黑的乱麻。眼神阴沉沉的，好像刚刚喝过酒。……从此，他好像再没清醒过来……"① 放驼人已经读不懂儿子小吉尔的心意，无法理解孩子孤独寂寞的心灵，他漠视周边的一切，终日与酒为伴，并以虐待、拷打动物来排遣内心的孤寂与苦闷，正是由于他的粗疏与敷衍间接造成了母驼阿赛的失子发病，这与之前那个用心照看骆驼朋友的父亲形象形成鲜明的反差②。

《感谢生活》中的人类主人公遇难则完全遵循政治迫害因素的施加与洗礼模式。写大字报、批斗、游街，到最后被迫经受七百多天的监改，这一系列打击都是"文革"中惯用的手法，但作者的别出心裁之处在于为主人公所精心设置的"陷困"功能项表述，即具体指向其在精神、心理层面所遭受的三个维度异常巨大的打击。

一是命令他自己亲自用榔头砸碎凝聚自己几年心血的五百多个呕心沥血烧制的画盘精品，对于一个视画如命、无比珍视艺术的画家而言，这种打击无疑是致命性的；二是"情感遗失"因素的促成，那个曾誓言与他共同患难的妻子罗俊俊，薄情寡义地离开，甚至打掉肚子里的孩子，以情断义绝的方式宣告这段情感的破裂，这对备受煎熬并一直坚持为等待她而活的华夏雨而言，打击更加剧烈；三是发生在

---

① 冯苓植：《驼峰上的爱》，《收获》1982 年第 2 期。
② 以拥有权力的成年人父亲的身份来表现陷入困境的无奈与痛苦，实则与小说《七叉犄角的公鹿》的情节设置颇有几分相似。同样充当"父亲"的角色身份，不讨小说中的"特吉"是鄂温克少年"我"的继父，但他也和放驼人一样，陷入了情感困境当中，这与"我"的妈妈的病死有关，也与隐含的政治迫害的时代背景有关，直接导致继父"特吉"彻底的人性扭曲与精神失态，嗜酒如命、脾气暴躁，这与《驼峰上的爱》中放驼人"父亲"如出一辙，继父"特吉"还经常把愤怒与压抑发泄到"我"的身上，"他每次喝醉酒都对我这样，让我尝他的拳头，把我打得鼻青脸肿。我受够了，真受够了"。这样的精神困境仅靠单纯的酒精麻醉、情感宣泄与行为施暴是无法解决真正问题的，两部小说都把解脱、拯救的方式寄托在动物身上，更准确地说，是他们的孩子与动物之间所形成的情感联盟才让这种灵魂救赎成为可能。

与黑儿的"小过节"上，在崔大脚等人强迫下，他竟端起木枪朝黑儿开了一枪，虽没有打到，但当黑儿伤心地扭身跑去时，华夏雨早已陷入深深自责当中，"我至今也不会原谅自己那一棍子。为了这棍子，我常常痛苦极了。我不仅仅恨自己，还瞧不起自己。您是懂得的，瞧不起自己，才是更深一层的痛苦啊！"① 主人公所遭遇的最大精神困境得以展现。

还有一类"陷入困境"的方式主要表现在人类主人公内心的矛盾与纠结上，这种情感状态一般都来源于与其朝夕相处的家畜身上，其中以漠月《父亲与驼》、郑万隆《老马》以及石舒清《清水里的刀子》最具代表性。三篇小说中的主人公都是由父亲的角色充当，"父亲的困惑"最终都落实到如何处理与自己心爱的家畜的情感关系上。《老马》中，"父亲的困惑"在于面对这匹日渐衰老的老马，父亲错综复杂的情感难以名状。"它老了。老得不成样子，所有的骨头都突露出来，仿佛除了灵魂，只剩下一副空架子。它的牙都裂开了，不能嚼豆子了，嘴边的毛也变了。"② 老弱不堪的老马活着似乎只是一种累赘与平添痛苦的负担，但父亲依旧对它充满敬重与疼爱之情，他甚至特意雇了两个人专门伺候它，深厚的情谊让父亲煎熬在痛苦纠结当中。在"我"的不解追问以及妈妈的一再催促下，父亲不得不做出一辈子最为痛苦的选择，从而陷入深深的情感困境。

面对自身精神情感上的难以摆脱的困惑，一切挽救的方式似乎都是徒劳的，而无论是由人的某种过失引起抑或与动物之间的关系难以维系，最后都不约而同地由动物充当了挽救者的角色。当然，这种"挽救"并不单纯指一般意义上的营救、解救，它还暗含着一种精神上的放松、情感上的慰藉与灵魂上的救赎，它可以让人类完全回到正确的轨道上，重新释放出人性之光，这也是对美好人性的祈盼与向往。《驼峰上的爱》中解救功能的渐趋展开与推进，实则根源于小塔娜单纯而炽热的情感与浓浓的爱意。这种"解救"并不单纯指向充当父亲角色的放驼人——感化并让他重新拥有了悔恨与屈辱的感觉，

---

① 冯骥才：《感谢生活》，《中国作家》1985 年第 1 期。

② 郑万隆：《老马》，《人民文学》1984 年第 12 期。

也包括失去母爱而变得性情乖戾的小吉尔与失去幼驼而性情暴虐的母驼阿赛,其实他们都得到了小塔娜爱的给予与情感的呼应,由此恢复到生命的常态。随着叙事情节的推进,当小吉尔、小塔娜与大狗巴日卡不顾自身安危前去搭救阿赛,乃至最后一同踏进牧人们的禁区——无水草原时,动物再次成为主导性的解救行为发出者,阿赛在浑身的血快流尽的情况下,依然分泌出洁白的乳汁来挽救两个孩子的生命。

该动物叙事文本把拯救的施救者放在人与动物角色共同承担的地步,但动物起着显而易见的主导性作用。更多的类型叙事中还是毫不犹豫地把精神的施救者落实到动物身上,特别是它们本身具备了与人类长期为伴、朝夕相处的共性。同时,又是因为这些动物本身的某些特殊情形与某种相应遭遇引发了人类主人公不同程度的情感困惑与心理压力,因此,透过这些动物主人公来寻求解救的可能也基本上显得合情合理,这也从一个侧面突出动物作为人的象征母题中所隐含的作者的某种情感寄托与心理暗示。《感谢生活》中当华夏雨孤单一人承受着磨难洗礼之时,唯有这只小黑狗给予他无限的温暖与情感慰藉:"它的手刚接触到我的皮肤时还带着夜凉,很快就把身体的温度传给了我。我闭上眼,尽情享受这人世间最温暖、最纯净、最难得的东西。我感觉心里有种热烘烘的东西在流,是流血,还是流泪?心也会流泪的……"① 正是这种独特的情感体验让他对生活充满了无限的热望。

动物作为人的象征,某种程度上渗透着人与动物交相呼应的情感认识,凸显人的意识与情感的自我外化,更是回应了古老的动物图腾神话中对动物极端崇拜乃至"神化"的情感基质。在现代理性思维的映衬下,当代动物叙事作家把这种图腾神话表达方式付诸到对文本中的动物形象的美好品性的赞颂上,从而在这些精心刻画的动物形象身上充分展现出人类自身的情感意识,并勾连出动物作为人的本质性象征母题的表述内涵,与动物作为自然象征母题的表述方式形成"分庭抗礼"的局面。两类表述方式均清晰地印证了当代动物叙事作家所做出的深入在场的积极努力,彰显出鲜明的时代内涵与崇高的人文情

---

① 冯骥才:《感谢生活》,《中国作家》1985 年第 1 期。

怀。面对新的文化、伦理语境与日益严峻的生态、人伦等诸多亟待解决的问题，他们一直饱含热情地在努力做出回应。

仅从动物作为人的本质性象征这一母题模式来看，把古老思维映射下的动物崇拜、万物有灵等原始情结以一种现代思维包裹下的"动物叙事"方式展开动情的讲述，无疑也暗含了作家心目中理想人格的建构。这种理想的人格本身又指向自然人性与原始人性的复归，回归到人的原初形态的本真性存在，即一种真挚、淳朴、善良的情感状态——"人之初，性本善"成为作家创作时所共同遵循的基本伦理诉求与道德准则。人性的扭曲、情感的失衡、精神的迷失等都是受制于客观因素与外部环境的制约，而文本中的动物角色常常以一种人性化姿态施以虔诚的道德感召，由此在人与动物间交相呼应的情感关系的诗性书写中，"复返朴素热诚，在失去了神话土壤的宇宙万物之间，重温聆听到的灵魂抚慰曲"[1]，美善人性的复归与期冀成为一种现实的可能。

_____

① 孙悦：《动物小说——人类的绿色凝思》，辽宁大学出版社 2010 年版，第 40 页。

第七章 神话原型意象的现代转体：
拟真、复合与虚幻

在上一章节中笔者深入到对"动物叙事"神话历史根源中的两大象征母题的叙事探讨，从而得出动物作为自然象征与动物作为人的象征两类最为基础的母题表征。它实则涵盖了当代动物叙事的"寻找类""挽歌类""报恩类"与"标尺类"四大主述模式的表述范畴，并很好地诠释了叙事语法研究中所诉诸的核心叙事逻辑"受难＋解救"的原型基质。在由中国原始动物神话所肇始的自然、动物和人三者间内在逻辑关系的维系中，深刻地展现了中国"动物叙事"所具备的厚重的原始思维积淀与丰富的情感资源，这也进一步确证了当代动物叙事蓬勃发展并始终展现出旺盛生命力的重要动因所在。需要明确的是，对原始动物神话母题的探究只是动物叙事历史根源考察的一个重要侧面，当然它的作用是毋庸置疑的，直接决定了能否为当代动物叙事提供一个发生意义上的本源探究依据，具备了追本溯源的寻根性意义。诚然，仅仅从神话母题的角度还无法完全诠释出当代动物叙事与神话历史传统的内在关系维系，而立足于动物叙事原型意象的考察，从动物意象与具体形态展现的层面深入到对角色担当意义的原始依托的探寻，无疑又是一个重要的切入角度。

第一节 原始神话动物造型的形态演化与
情感流向

翻看中国各民族有关神话讲述的历史，近乎一致地展现出动物形态造型的渐进演变过程，由最初的片面强调动物的形态造型，以完全兽形呈现（可称为"简塑期"）到人与兽的形象归为一体、有效兼容，半人半兽的形态摹貌（可称为"归体期"），再到完全赋予神话意义的人形造型，人成为动物的间接"代言"（可称为"神化期"），完成了最终被"神塑"与拔高的过程。具体展开来看，初期的简塑造型的动物形象呈现正是来源于原始人恐惧心理的内在勾连，面对神秘莫测而难以把握的自然界，原始人渴求一种拥有神秘力量的外在之物来达成这种认知、预测以及掌控的能力，并能为族群提供尽可能多的生命庇护。而原始人身处自然界中所能窥见的正是那些带给他们生存威胁同时又提供足够食物保障的动物物种，这样的原始讲述与情感表达中，付诸一种具象化的"动物形象"来给予自身解释、认知与庇护的权柄，这恰恰是"简塑期"完全动物造型的由来之因。这一最为原始的原型意象表达来源于人们身边可见可感的动物形象，在此基础之上臆想与虚拟出来包括龙、貔貅、麒麟、凤凰等造型意象，从这些动物意象能见到些许普遍存在的动物物种的影子，甚至是多种形象混搭连缀而成。

随着历史的演进，人类自身的智性与心性都处在不断完善的过程之中，人类在面对大自然时已经不再完全束手无策，而是能够做出有效的预判与合理的回应。人类的自我意识与内在信念都获得空前的膨胀，对自我的认知意义与存在价值也有进一步的确证，在那些原始动物造型的神话意象上开始有意添加进人的因素与主动性成分，无数的神祇造型在这一"归体期"当中涌现。这些神祇都倾注了人兽同体的造型模式，"半人半兽"成为趋于一致的造型诉求，或人面兽身，或人头马面，或人首鸟尾，各式各样。这些人兽同体造型具备无穷的神力与法术，并且拥有各自特定的概念表征，比如日神、月神、太阳神、海神、山神等，都拥有着他们各自的管辖范畴，发挥特殊的价值效度。较之"简塑期"单纯的动物造型，"归体期"人兽同体造型虽然仍承担信仰、崇拜与庇护的价值功能，但其中融入了更多人类的智慧与情感的成分，并进一步见证了人的自我认知能力与情感表述能力的提升，人的形象也由此开始与动物形象胶着在一起，并发挥着充满神性色彩的神话叙事功能。

随着时间的推移，人类不断进化发展，开始认为自己才是自然的主人，将固有的动物形象理念抛之脑后，随之而来的是持续至今的近似疯狂的自我崇拜过程。那种一直以来付诸信仰、崇拜与庇护功能的神祇形象从人兽同体的形态格局中发生了根本性转变，即剔除动物在这一历史悠久神话传统中的主体性地位，取而代之的是彻头彻尾的人的形象，姿态、状貌、行为、情感等通通以人的实体呈现，也由此宣告了"神化期"的到来。这里的人直接等同于神与圣人，他们所起到的价值意义并未发生实质性改变，只停留在具体的表现形态上，完全人形的神祇设计依然拥有无穷的驾驭自然的能力，但又能常常体现出普通人的思维与情感逻辑，进而实现了人性与神性的有效统一。比如中国历史上家喻户晓的神祇形象五帝、八仙，以及被神化的孔夫子、武圣人关羽等，也包括宗教伦理文化中的上帝、耶稣、如来佛祖、观音菩萨等。诚如费尔巴哈所言："人之所以为人要依靠动物；而人的生命和存在所依靠的东西，对于人来说就是神。"① 这为动物在人们心中所依托的神化意义作出了准确的判定。

正是在上述原始动物神话传说的历史发展脉络中，人们所勾勒出的集体无意识中的动物原型意象经历了由"简塑期""归体期"再到最后的"神化期"的发展过程，而逐渐以完全人形的形态达成了最终的转化②。付诸到具体文学创作中，当代动物叙事带有现代叙事学意味的创作方式与类型追求也是动物神话历史传统的演化、进阶与逐步深化的产物，尤其从动物意象的层面出发，不难窥见，当代动物叙事中的动物意象塑造与角色担当中特殊的原型意蕴。发展至当下的"动物叙事"小说样式，明显加强了观照现实社会与人生的成分，相比于古老的神话传统中偏于神秘性与魔幻性的虚化色彩，当代叙事皆

---

① ［德］费尔巴哈：《费尔巴哈哲学著作选集》，荣震华等译，生活·读书·新知三联书店1962年版，第438—439页。

② 在这一发展历程中，无论哪个进阶时段，造型方式如何，其核心还是落在具体的"动物造型"这一描摹基点之上。也正是基于具体动物形象的生命特质、神话想象与幻想虚构，才虚拟出无数的原始、古朴的神祇形象，正如谢选骏所言："在神话里，动物扮演了各种各样的角色，从氏族的祖先到上帝的使者；从传奇的英雄到被英雄征戮的妖魔。据研究，传说里中国上古时代的圣贤豪杰，十分之九是远古动物神灵的化身，或是从动物神灵发展演变而来的。"即突出了这一特质性存在及普泛性意义。详见谢选骏《神话与民族精神——几个文化圈的比较》，山东文艺出版社1986年版，第95页。

有一定程度的淡化，但由于其始终专注于人与动物之间本质关系的交相呼应，人与动物的二维关系一直横亘在从古至今的叙事范畴中，动物原型意义始终发挥着潜在的影响与牵制性作用，并且常常左右着作家的创作理念与艺术构思，特别是在有关动物意象的有效设置与情感诉求上。

第二节　拟真意象：动物形象拟真还原的写实表述

由于当代动物叙事以小说的体裁样式呈现出明显的偏于现实性、彰显时代价值的叙事表征，所以，最为常见的动物意象设置方式就是拟真型动物意象。以动物实体作为倾诉重心，完全展现动物生存与生命本性，一般不带有虚构、幻化与臆想的成分，是对动物生活本来面貌的有效还原与价值展现，其原型模式是动物神话中的完全动物造型思维的潜在表达，强调动物自身的真实性与尊重自然规律的现实逻辑性，如《鸟事》中的"八哥"、《老马》中的栗色顿河马、《梅妞放羊》中的"水羊"、《驮水的日子》中的倔驴"黑家伙"、《清水里的刀子》中的"老黄牛"等，都是典型的拟真意象的生动展现。其叙述重心在人类主人公对动物主人公的找寻上，人找动物则动物还是现实的常态，不会在文中刻意赋予其思想、情感、心理、语言乃至行为方式上的虚构性成分，人始终占据了话语讲述的重心。作品所塑造的主体动物意象几乎都是现实世界中我们所观察到的动物原貌的真实再现，看不到有丝毫的加工、改造乃至拔高的成分。

荆歌的《鸟事》中，对那只八哥的描述就完全利用了八哥作为一种特殊的鸟类所具有的模仿与拟音功能，经过主人的有效训练是完全可以达成如文本中八哥由最初模仿咳嗽声到"我对不起你！我对不起你"两句话的简单重复，直至很多包括老张的口头禅"放屁"在内的简单语句的模仿，甚至最后会背出唐诗"君到姑苏见"的能力与水平。当然，文本中关于对八哥鸟的格外照顾、喂食、有效的训练、不断的重复表达等行为方式客观上都促成了八哥学话水平的不断升级，这些都是在现实生活中极其常见并且符合八哥物种属性的练养方式，突出了这一动物意象的拟真性意义。再如《一头叫谷三钟的骡子》中骡子"谷三钟"的通人气的一面，见到谷凤楼累了它就趴下，让他骑在背上的细节刻画；《老马》中老马的老弱不堪、蚊虫萦绕周身以及浑浊的泪水、噗噗微响的鼻声；《驮水的日子》中那只表现出倔强不服管到最后服服帖帖并紧紧依靠，乃至朝着即将离去的上等兵疯狂奔跑的倔驴"黑家伙"等。这些动物意象的设置实则都遵循了动物的本性，也是现实情境依托与物种本性的真实展现，文本的伦理诉求依托于对充当主人公的人物角色与这些心爱动物间至深情感的烘托而得以彰显。

在"找寻"主题之外，依然有许多作品的动物意象塑造呈现出拟真性与写实性的表现方式①。《梅妞放羊》就是完全以水羊的生存本性作为叙述的基础依托，并很好地与梅妞所代表的善良而质朴的人性交融在一起，达成一派和谐与温馨的叙事场景。特别是梅妞以少女固有的母性情结给水羊喂奶的细节刻画，更是整篇小说的点睛之笔："水羊很不客气，有一蹄子弹在她手背上，把手背弹破了一块肉皮。梅妞没有恼，从地上捏起一点土面面敷在破皮处就拉倒了。她能谅解羊，是因为她身上也有奶子，她的奶子也发育得鼓堆堆的了，别人甭说动她的奶子，就是看一眼她也不让。将心比心，人和羊都是一样的。"② 水羊的这一现实中再正常不过的动作，与人的内在美丽情感以及优美的自然景致巧妙地融合在一起，展现出浓郁的农村生活气息。其中包括水羊生产、驸马吸奶以及羊不吃花结论的得出等情节，都突出了文本拟真动物意象的原型呈现与艺术还原。

上述动物意象的传达与诉诸情感的方式有一些共通的地方，拟真型动物意象在文本的讲述中并不处于中心地位，更多的是充当一种比

---

① 乌热尔图的《七叉犄角的公鹿》中动物主人公"公鹿"的出现，一直伴随着鄂温克少年"我"的叙事视角，也正是以"我"的视角对其加以审视，才彰显出独特的美感与特殊叙事效度。也正是从"我"的眼中，读者窥见这只七叉犄角的公鹿与四只恶狼激烈搏斗的场面，它的护群、被打伤、被铁丝套住以及所表现出的力与美均充分得以展现，当然，此种展示也都严格遵从了自然界中鹿这一物种所可能面临的一切现实状况，显然是拟真型动物意象的一个典型显现。

② 刘庆邦：《梅妞放羊》，《时代文学》1998 年第 5 期。

照的成分，在与文本中的人类主人公的某种情感关联中，以其现实原貌的还原再现方式，包括动物物种的行为、作态、样貌、发声、品性等，勾连出人类主人公的生活品性与情感状态，并最终达成文本主题的价值诉求。《鸟事》《一头叫谷三钟的骡子》等作品中一种"找寻"情结的自然流露，反衬出主人公对所遗失的固有美好情感的强烈祈盼，勾连出呼唤人间真情的主题诉求；《七叉犄角的公鹿》借助于七叉犄角公鹿在与恶狼搏斗时所展现出的力与美的一面，表现出鄂温克少年的一种"不忍之心"，由此在弱小的孩子与公鹿之间形成强大的情感联盟，最终感化了拥有权力的成年人。拟真型动物意象有效承接了中国原始动物神话中单纯动物造型的塑形方式，强调动物形象塑造的真实性与客观性，同时也对作家的深入在场提出了更高的要求，特别是对动物的生活习性、行为方式、情感状态、外形样貌等方面的深入了解与真实再现。拟真意象的表述类型中，一旦动物意象的呈现有"失真"或虚幻、拔高的成分，乃至违背该动物物种的基本生命属性，超出人们的常识与固有的认知程度，就极有导致败笔的可能。

第三节　复合意象：侠义、浓情与求生三类叙事表征

复合型动物意象类型的选择是当代动物叙事创作中更为常见的表现方式。该类型创作既能尊重客观现实又能有效融入某些虚拟成分，能够独立地呈现出完备的审美意义与情感指向，往往成为作家用力的重心，具备了现实与非现实、主观与客观、真实与虚构相结合的塑造方式。虽为"复合"，但其中是有轻重与程度大小之分，现实的客观因素占据主体性地位。一般而言，都是立足于动物实体的本原性呈现，在对动物物种本来面貌的有效还原基础之上，适当融入作家的虚构与想象的成分，让动物呈现出某种拟人化倾向，即融入人类的某些简单的情感特点与行为方式，包括一般性的感知成分、心理摹写、回忆勾连、诉诸判断等反映形式，让文本中的动物意象焕发出某种人性的光环。"这些非人类的生命被赋予了鲜活生动的灵性与血肉，是如此流光溢彩，它们虽然没有人类复杂的心理、合乎逻辑的思维或符合

理性的判断，但同样也有厚实自足的精神，复杂丰盈的情感世界。"①

　　相比于拟真型动物意象，复合型动物意象在文本中已经不再处于次要的、被言说的境地，彰显出自身的叙事与审美价值，并发出属于动物形象自身的声音，形成与人类形象"分庭抗礼"的局面，甚至在某些作品中占据了中心地位，成为作家所着力讴歌的对象，比如《藏獒》中的"冈日森格"，《退役军犬》中的"黑豹"，《太平狗》中的"太平"，《鲁鲁》中的"鲁鲁"等，这些鲜活而生动的动物形象都具备了明显的人性化倾向，它们的爱与恨、忠与义、痛与怨等情感诉求都在作家妙趣横生而又意旨深刻的笔下得到有力的烘托。复合型动物意象的塑造在文本中一般充当正面的带有某些教化意义的角色，而人类意象的出现则往往带有负面性的消极意义，小说所要达成的某种批判抑或讽喻的效度也是在二者之间的对比中凸显出来。

　　将复合型动物意象细化开来，又可以类型化为几类主体层面，其一为侠义型动物意象，往往具有传奇性的一面，多呈现出古代江湖侠士的风骨，它们不畏强权、不惧险境，忠肝义胆。如《野狼出没的山谷》中的"贝蒂"、《藏獒》中的"冈日森格"、《太平狗》中的"太平"、《远村》中的"黑虎"、《退役军犬》中的"黑豹"等，以"报恩"类主题动物叙事居多。这一类的动物意象大多是狗，这与狗的本性紧密相关，比如狗的憨厚、忠义、可爱与真诚等品性，决定了其与侠义、忠贞、果敢等行为表征的内在关联性。"同时，狗身上具有来自原始的、没有完全消失的野性，也让它比那些被完全驯化了的柔弱无能的家禽牲畜，多了一份特有的魅力，更加富有故事性"②。

　　李传锋的《退役军犬》中，充满了英雄传奇色彩的黑豹，配合主

---

　　① 雷鸣：《祛魅与返魅：新世纪生态小说的现代性反思》，《贵州社会科学》2010 年第 11 期。

　　② 孙悦在《动物小说基本面貌勾勒》一文中提到了现代动物叙事作家对狗这一特殊的动物意象选择尤其青睐的其他层面的原因，包括人和狗的特殊的亲近性，"狗可以睡在主人的床上，和人共享晚餐"；另外，狗所具有的"忠诚"的品质，"狗在情感方面非常'专一'，一日为主人，终身不忘记，不管主人贫富变化，强壮与否，它都始终追随左右，荣辱与共，不离不弃。"详见孙悦《动物小说基本面貌勾勒》，《小说评论》2009 年第 1 期。

人十年来取得的狩猎战果远胜世居同村的人。对张三叔的一片忠心，使所有见利忘义之徒自惭形秽，忠贞侠义之风骨尽情展现。小说结尾部分，为搭救主人张三叔而倒在冯老八枪口之下的黑豹，人性化的侠义品性得到有效的升华。《远村》中的"黑虎"，也充分彰显其骄傲而自由的灵魂与狂放不羁的形象特质，与人类形象杨万牛形成鲜明的对比。黑虎呈现出侠义与多情的一面，包括勇敢地与大灰杂狼搏击，与山林野豹厮杀；被毒蛇咬伤后，自身生命的顽强抗争，最终寻觅到神奇的救命草药，表现出精灵般的智慧与勃发的生命力。侠义型动物意象的塑造立足于在符合动物物种属性基础之上，再进行有效的加工、修饰与拔高，作家通过自身虚构与想象成分的加入，让文本更具传奇性与轶闻性，更易于激发读者的阅读兴趣与情感共鸣。

其二为浓情型动物意象，一般具有丰富的情感蕴含，与人类形象之间呈现出难以割舍的真挚的情感。具体到动物意象的塑造则直接表现为充满爱意、善良、真挚而崇高的品性，多以一种相对质朴的叙述格调展开情节讲述，与浓情满满的动物意象的塑造达成统一。如《感谢生活》中的"黑儿"、《飞过蓝天》中的"晶晶"、《莉莉》中的"莉莉"、《驼峰上的爱》中的母驼"阿赛"等。《飞过蓝天》中的"晶晶"不远万里、不屈不挠地飞回主人身旁。其间经历了无数的坎坷与磨难，甚至以寻找的名义牺牲了心爱的另一半。这种对自己昔日主人的深深眷恋，以及在弱小的"晶晶"身上所流露出的那份坚强、执着与韧性，深深地感染了读者。

其三为求生型动物意象，呈现出一种被迫与无奈的生存状态，重心放在动物遇到可怕的生存困境时对生存的祈盼上，一般是基于野生物种的求生本能而得以实现，当然求生功能指向的发生因由在于其身陷绝境而处于难以自拔的境地，这种生存窘境的形成有自然的促发，也有人为的原因，求生行为指涉的本身就呈现出物种保护与生态平衡维度上的意义诉求，求生类动物意象更多地指向"挽歌"叙事作品，也与一种"末世情结"紧密相连。如《银狐》中的银狐、《大绝唱》中的"河狸家族"、《最后一名猎手和最后一头公熊》中的"瘸公熊"等。《豹子的最后舞蹈》与《红毛》两部作品皆以倒叙的手法以动物主人公回忆亲身经历的口吻展开对自身生存经历的讲述。"求生"的强烈愿望在作家所赋予的完全人性化的动物主人公内心世界的摹写中得到最为有力的诠释，"斧头"与"红毛"本身都有着顽强的生命力，它们向生的愿望如此强烈，即使亲友一个个离它们而去，却依然怀揣信念以决绝的姿态向艰难的客观环境做出了不平凡的抗争。

复合型动物意象以动物的拟人化方式呈现在文本当中，在"半兽半人"的原始情感诉求中彰显出作品的核心价值。在这些动物意象身上，承载着作家的道德评判与伦理价值诉求，彰显出作家通过以兽喻人来呼唤美好人性的迫切心态。潜隐当中依旧是对动物原型意象的一种莫名的推崇与敬畏之心，复合型动物意象的呈现也更符合对"归体期"人兽同体的原型意象的内在传承与价值体认，在创作理念与整体构思层面表现更为明显。人的情感诉求与动物的个性特质有效地融合在一起，在立足于对动物所饱含的那份倾慕与崇敬之情的基础上，尽可能在现实层面合乎情理地礼赞动物所具备的高贵品质，进而达成对人的本质属性的价值观照与道德规约，乃至实现某种寻求解救与超脱的意义，这在本质上与原始动物神话中共通的审美趋向近乎一致。

第四节　虚幻意象：荒诞而神秘的象征性意蕴表达

在当代动物叙事作品中，还有一类特殊的动物意象选择方式，这一类意象方式的呈现仍然体现在人与动物形象的双重互渗中，只是在现实与非现实、主观性与客观性的比例与呈现程度上，完全倾斜于主观而非现实的层面，意象表达恣意加工的成分更为明显，并且呈现出非现实的虚拟与荒诞的形象表征。作者会有意赋予文本中的真实人性以荒诞而神秘的动物形态，以极端的人的拟兽化的方式传达自身的情感诉求，甚至有时会脱离动物物种本身的存在基质与物种属性，而以一种意念性的虚幻缥缈的概念化方式呈现，带有某种神秘与魔幻的感情色彩，动物意象只成为一种象征性的存在与预示。这种虚幻型动物意象与原始动物神话的表现方式最为接近，把人类最为基本的情感诉求方式附着于近似传统神话叙事的理念传达，在构思、立意与事序顺序的把握上都明显有针对性地向荒诞与神秘的层面靠拢，同时孕育着强烈的现代性的特征，这些都让虚幻型动物意象以别具一格的方式呈现在当代动物叙事的创作热潮中。这种近似于荒诞而又被赋予神秘色彩的特殊动物形态，对于满足读者的猎奇心理与传达作者深层次的理念诉求的传达，有着得天独厚的叙事优势。具体而言，立足于虚幻型动物意象表达的篇目不是很多，但每一部都具有较为深刻的伦理诉求。如《巨兽》中的"巨兽"，《银狐》中的银狐"姹干·乌妮格"，《鱼的故事》中的"小美人鱼"，《红狐》中的"红狐"，《该死的鲸鱼》中的"巨鲸"，《猎人峰》中的"野猪"等都堪称是当代动物叙事长廊中的经典动物形象。《猎人峰》中这种虚幻型动物意象的塑造是直接以某种精怪而富于神秘色彩，乃至于变幻莫测的荒诞性虚构表达得以展现的。其主述动物意象"野猪"成为这一意象表达的最为极致的呈现，该形象塑造早已脱离了其固有的物种属性，原本吃草改为吃自己的同类，相互之间的残忍厮杀，带有目的性地突袭村子，对人的强大攻击欲望等。在文本的讲述中，"猪"的意象已经衍生成精灵鬼怪的情感诉求，"猪是山里最灵的灵性，精明过人，你心里想啥它一眼就能看出来。猪不仅能猜人心思，还懂人语。……这些年，野牲口们越来越鬼，越来越精，只能打暗语"①。野猪形象不再是惯常叙述逻辑内的完全处于被凌辱与捕杀的弱势存在，这种近似于虚幻而荒诞的意象表达实则在一个客观层面印证了动物生命的某种原型存在意义，是一种对大自然固有野生生命本真状态的夸张还原②。

更多的动物叙事作品对于虚幻型动物意象的塑造往往是作为一种抽象的符号化存在，动物本身的属性意义与物种特性被抽离出去，这里的动物形象早已失去了其作为动物的物种实体，取而代之的是一种意念与象征意蕴的近似荒诞的传达与讽喻，从而在神秘与虚幻的叙事

---

① 陈应松：《猎人峰》，上海文艺出版社2008年版，第15页。

② 这里也凸显出虚幻型动物意象塑造的一个潜隐的主旨诉求，即借助于对动物形象的精怪化与魔幻化，让它们所固有的粗野灵性在作家的艺术构思中焕发出某种夸张变形的新的生命力，并且逐渐开始掌握自身的话语主动权与行为的主动权，这也恰恰暗示着在这个自然生态的大环境里，人类早已不再是驾驭与役使其他生命的王者，人兽之间也不再有什么所谓的高低贵贱之分。虚幻与荒诞的动物意象其形塑本身恰恰是对人类固有的生存方式——至高无上的尊贵话语权柄的一种有效消解，在生态叙事的范畴内，其正是对一种和谐而平衡的自在生存方式的向往。

格调与情感氛围中勾连出文本的价值诉求，周立武的《巨兽》最具代表性。文本中的"巨兽"只是一个隐喻性的存在，文中除了对其作为山林的统治者凶猛无比、无人可敌的细节加以交代外，对于其物种属性、样貌形态以及行为方式等都没有些许的提及，是完全意义上的不在场者。"巨兽"实则代表着一种权威力量的传达，并带有某种强烈的挑战性与攻击性，正是这种潜在的象征意义勾连出与其相对立的猎人"父亲"的形象。在面对这种根本无法逾越的天然屏障与村人近乎一致的冷落、白眼之时，人只有以死亡的名义去证明存在价值，恰恰反映出人的某种怯懦与劣根性的一面。

　　除了以作为一种独特的带有象征意蕴的符号性的价值呈现，虚幻型动物意象还常常呈现在梦境与现实相结合的虚拟场景的混搭中，以一种梦魇型动物意象的方式得以呈现，同样彰显出强烈的象征与隐喻意义，并直接导出文本本身的核心价值诉求。阿来的《红狐》中，红狐成为一种隐喻的神秘象征，与人类主人公金生形象紧密地联结在一起。正是奇遇这只充满神秘气息的红狐，金生才就此瘫痪在家并持续三年之久，而怀揣强烈复仇意识与梦境中矫健迅捷的"红狐"意象的情感触发，激起金生誓死捕杀红狐的热情。但现实中的红狐已全然没有梦境中的风采与朝气："面对枪口的这只狐狸，却是十分老迈了，毛正大片大片地从身上脱落，只有那双眼睛因为得计和歹毒而显得分外明亮。"[1] 眼前这只已近暮年、老迈不堪的红狐甚至让金生有了某种同病相怜的情感体验，作品凝聚了浓厚的挽歌情愫与末世情结。而在张炜的《鱼的故事》中，则直接让小鱼化身为小姑娘的形象出现在"我"的梦中，并向我哭诉了家族的不幸遭遇，"走前她告诉：她的爷爷、奶奶、哥哥、弟弟，所有的亲戚都给海上老大逮来了。他们死得惨。她让我求求岸上人，求求他们住手吧。"[2] 最后，在万般无奈之下她做出了给拉网人腿上胳膊上扎红头绳的诅咒。一场突如其来的风暴，出海的五个人无一生还的惨剧最终发生。梦境与现

---

① 阿来：《红狐》，《西藏文学》1994 年第 1 期。
② 张炜：《鱼的故事》，季红真主编《中国人的动物故事》（第一辑），南方日报出版社 2007 年版，第 204 页。

实的萦绕实则也在暗示着因果报应的轮回观念，人类所遭受的报应与惨痛的血的代价正是基于人类对动物的残害基础之上，冥冥之中遭到动物的报复也早已是注定发生的事，这里强烈的自审意义在梦魇般的动物意象的刻画中显露无遗。

虚幻型动物意象传承了"神化期"动物神话原型意象中的完全人型化的神祇形象的呈现，淡化了动物意象自身的存在意义，而人的意识成分却被无形放大，直接深入到对人丰富而复杂的心理视域的刻画。诚如毛峰所言："诗意的、直观的、神秘的把握方式才是构筑人文世界和精神世界的基本精神。"① 当代动物叙事中虚幻型动物意象的呈现就展现出这样偏于神秘化与诗意化的情感诉求，其本身又内蕴着丰富的象征意蕴的传达，直接深入到对人文世界与精神世界的审视当中。这种以营造一种荒诞而神秘化的叙事氛围来凸显文本整体叙述格调的表述范式，也与充满主观性与非现实性的幻想丰富的原始动物神话呈现出一致性。但当代作家融入了诸多现代小说的创作技法，包括表述策略、修辞手法、呈现手段以及结构铺排等多个维度的创新性示范，充分体现出现代文艺的审美样貌与独特追求，使文本中的动物意象具备了更为完备的审美效度。

综上所述，原始动物神话原型意象所经历的由"简塑期""归体期"再发展到"神化期"的历程，由最初的单纯动物造型发展至半人半兽的样态呈现，乃至到后期的高级阶段的完全人形化的塑型。当代动物叙事在动物意象的选择上始终未曾摆脱这种潜在原型理念的影响，无论是拟真型动物意象、复合型动物意象抑或虚幻型动物意象的表述，以及作家潜在创作理念的艺术呈现与审美观照。所不同的是，当代创作明显突出了叙事的强度与思考的深度，其意象选择已经不再只局限于从外在直观的摹貌角度出发考究，而是深入到对一种内在情感视域与精神内核的观照，有效地实现了从外部形态到内在神韵的完美交融，也为原始文明与现代伦理的有效勾连创造了有利条件。换言之，正是人的主观能动性的不断提升，人的自我意识的不断膨胀以及人对自身能力的情感认知与确证，加速了人性本身的客观化、社会化

---

① 毛峰：《神秘主义诗学》，生活·读书·新知三联书店 1998 年版，第 46 页。

与复杂化，这也在具体叙事层面导引动物意象的传达不断向着偏于人性、人情乃至神化的向度位移。当然，人性的复杂与难以把握，乃至在社会现实面前所呈现出的诸多不解与困惑，反映到具体的动物意象塑造上，即为呈现出不同的意象表征类型，无论在外形、样貌、神韵、气度等诸多层面都展现出角色担当上的差异性。

第八章　原型情感基质的现代转承：
"万物有灵"与"动物崇拜"

　　笔者在之前章节中对中国当代动物叙事神话历史根源中的象征母题与原型意象两个重要维度进行了较为深入的论述，进而可以清晰地探寻出现代动物叙事在讲述方式、理念诉求方面与原始动物神话之间的内在维系。当然，仅仅从母题与意象传承的角度还无法完全确证这种维系的深刻性与紧密性，而这恰恰把叙事指向延伸到作品中的情感层面。附着于中国文学"动物叙事"的表述框架之内，无论是古代的动物神话传说，抑或现代的动物小说，包括那些动物寓言与动物童话等诸多的艺术形式，情感的表达与传递始终都会是核心性的诉求所在。同时，任何文学作品也都是创作者内在情感的表达与创造，都鲜明地镌刻上了自身的情感印记，并积蓄着情感所赋予作品的厚积薄发的力量。正是源于此种力量，才给予真正优秀的文学作品以生生不息的艺术价值与蓬勃旺盛的生命力。无论从母题模式的角度，抑或深入对原型意象的论述，均不难发现，其内在的驱动力与传承的基质也正是源于这种情感的力量。它们在原始动物神话与现代动物小说之间所展现出的某种承传性、一致性，恰恰证明了自古以来人类对动物所抱有的那份朴素的情感观念并未发生实质性的变化。当然，这里强调的是情感的基质，即最为核心的带有本质性探寻意义的情感内核。

　　必须明确的是，从原始时代发展至今漫长的历史进程中，人们的认识与观念也势必会发生翻天覆地的变化。虽然中国人总体上的情感结构是较为固定的，并且情感本身不像单纯的认识、思维与观念那样易于变更，但伴随着现代性与后现代性文化语境的"席卷"，人们的思维理念与心理结构也随之发生相应的变更。其所带来的是固有情感状态的缺失与位移,某种程度上势必会影响到当代作家的创作理念与情感诉求。但这种始终处于核心的原型情感基质的潜在因子都会适时地呈现在当代作家的创作中。这种朴素而纯挚的情感基质正来源于"万物有灵"和"动物崇拜"这样的原始动物观、生命观的形成,两种宝贵的观念当中又有着共通性诉求,但在现代小说样式的传承中明显起到了不一样的情感指向作用。

第一节 "万物有灵":作为亲族生命形式的灵性写照

"万物有灵"这一古老的情感因子几乎横亘在当今每一位现代人的思维理念当中,总体上可以用深入人心来形容,这显然是一个充满神性色彩同时又让人无比崇敬的伦理诉求表达。"万物有灵"情感的传达,其实是原始生态理念最初期一种朴素而真挚的表述方式,也是最为核心的伦理诉求所在。这一崇高的情感基质的形成是与早期原始人朴素的自然观和生态观紧密相关的,原始人相信自己是有灵魂与信仰的,他们把这种信仰与被庇护的成分放到了动物身上,由此,他们也开始赋予动物与人类同样的灵魂与思想。推及开来,不仅人类与动物,包括自然界中的任何生命形式都被原始人类赋予了内在的灵魂、生命与意识,它们都充满了灵性并焕发出生机勃勃的生命力,由它们所融汇编织出的地球家园呈现出鲜活而生动的景象,完全是一种充满生机、一派祥和的美丽图景,这恰恰是原始人内心当中潜隐的一种心理期待的外在彰显。正是基于万物有灵这样的情感基质,原始图腾意象中的诸多形象,特别是动物意象的塑造很好地诠释了这样的情感蕴藉。这些动物意象被赋予了灵魂与情感的人性化的成分,并成为一种民族与祖先的标识性存在,例如,原始人把始祖的形象认定为由动物所生所变,并且均脱胎于神勇不凡的某种神化动物。古罗马以狼作为民族的图腾,并认为狼曾经哺育了他们,形成了古罗马所特有的标志:"哺乳着一对孪生神童的狼。"① 同时,诸如满族人以乌鸦为图腾、龙蛇作为炎黄氏族的图腾等,都印证了人与动物间某种内在的情感维系,以及由原始人所抱有的那份万物有灵思维理念的潜隐传达与呈现。

一 "万物有灵"情感基质的现代转承与叙事流变

正如列维·布留尔所言:"这些表象的情感力量很难想象有多么大。它们的客体不是简单地以映象或心象的形式为意识所感知。恐惧、希望、宗教的恐怖、与共同的本质汇为一体的热烈盼望和迫切要求、对保护神的狂热呼唤——这一切构成了这些表象的灵魂。"② 这恰恰是对"万物有灵"这一原始情感基质的最佳诠释。原始人正是通过赋予这些动物、植物或无生物以"表象的灵魂"的方式,达成内在的信仰意念与被所谓的"保护神"庇护的心理期待。万物有灵的原型情感力量就体现在它能给予原始人以内在精神的充盈与信仰之光的萦绕,在其所构建的充满神秘气息的近乎神化的图腾意象身上,它们拥有了战胜恐惧与无助的资本,生命的神力让它们从此无坚不摧。当然,这实际上依旧停留在一种想象与臆造的层面,并且依托于一种急迫的心理暗示与价值诉求,而其最终能达成某种具体生命形态的图腾意象的成功塑造,也正是基于万物有灵的情感基质潜隐作用使然。从一个侧面也凸显了原始人的思维能力的相对低下与认知手段的某种不足,"他们在一切生物身上,在一切自然现象中,统统见到了'灵魂'、'精灵'、'意向'。这是朴素的逻辑运算,但它是不随意的,是'原始'人的智慧所难以避免的。"③ 也正是这种朴素的情感诉求与简单的智慧水平,决定了原始人只能单纯地以自身作为参照系来赋予其他生命形态与之相同的价值认同,而这也恰恰使原始人自身成为

---

① [法]倍松:《图腾主义》,胡适之译,开明书店1932年版,第75页。转引自金生翠《图腾文化与文学中的动物叙事》,《社科纵横》2009年第3期。
② [法]列维·布留尔:《原始思维》,丁由译,商务印书馆1997年版,第27页。
③ 在列维·布留尔的《原始思维》一书中,对"万物有灵"的原始情感观念进行了颇为详尽的论述,并从两个具体而连续的发展阶段来展开阐释与定位。详见[法]列维·布留尔《原始思维》,丁由译,商务印书馆1997年版,第11页。

理解外界神秘事物与判断行为准则的标杆，这也在客观上促成"万物有灵"这一原型情感基质的渐趋形成与深化。

在历史的发展与时代的不断进步过程之中，在中国动物叙事自身的历史传承与类型繁衍过程中，可以清晰地窥见"万物有灵"的原型情感在作家创作中的潜在反映，对动物意象自身的灵性与神秘色彩的赋予，以及所表达的对动物品性的推崇与赞誉等成为历代动物叙事作家所着力表现的情感诉求方式。这里也必须明确现代动物叙事的讲述类型与原始动物神话在传达万物有灵情感的本质上的不同，"神话的最低级的阶段是动物神话。在这里不妨叫作人类动物说。处在这个时代的人类认为自己不过是与自然界同格的一部分，他们也不可能想到人相对于非理性的动物而言更有理性，而且具有更完善而非凡的能力"①。显然，神话学家弗勒贝尼乌斯的评述可谓一语中的，现代动物叙事中的叙事理念与情感传达已远远不仅仅局限在人类与自然界万物同格这样简单的"万物有灵"原始情感表达上，而是加入了诸多现代理性思考与较为完备的价值判断，这也让传统的情感基质融入现代思维理念之后，焕发出更为厚重与缜密的叙事魅力。其中最为突出的一点就是生态理念与生命伦理价值判定的诉求表达，特别是对人与动物、大自然和谐共存，共同维护生态平衡的心理期待与美好向往，"世界并不仅仅是为人类而存在的，有一种相同的绵延不绝的力弥漫在所有的存在物中，而组成这个世界的所有存在物实际上是一个巨大的有机体"②。

现代社会，伴随着现代化与全球化浪潮的席卷，人们的思维与情感意识，乃至心理结构都发生了根本性的变化，而日益恶化的生态环境与濒临灭绝的诸多物种生命更是成为现代人挥之不去的心理阴影。现代人逐渐迷失了前行的方向，一时间显得无所适从，恐惧、惊慌、怯懦与无奈、彷徨等复杂情感体验始终如影随形。于是，现代人也开始寻求某种精神理念的庇护与信仰的标识，"万物有灵"的原始情感

---

①　［德］弗勒贝尼乌斯：《未开化民族的世界观》，转引自［日］大林太良《神话入门》，林相泰、贾福水译，中国民间文艺出版社1988年版，第20页。

②　［美］纳什：《大自然的权利》，杨通进译，青岛出版社1999年版，第2页。

表达成为其中最为突出的价值标尺横亘在人们心中，人们希望可以借此对自身所面临的诸多生存困境予以解答。与原始人简单而朴素的自然观的映射相比，这里的原型情感基质实则已不再是单纯由心而发的一种虔诚膜拜与情感寄托，而是充满了功利性与实用性的价值诉求，其所能发挥到的作用也自然是微乎其微了，更多的只是一种自我心理暗示与精神慰藉而已。反映到具体的作家创作中，特别是当代动物叙事的维度，情况会明显的不同，这种原型情感以一种潜隐的方式在具体文本创作中发挥其价值规约作用，并且有效地与作家的理性思考和价值判定交融在一起，焕发出灼灼闪烁的生命力与突出的情感感召力①。

作为文学创作中一代代历史传承的原型情感基质，"万物有灵"的伦理观念已不单纯地局限在对作家创作理念与主题诉求层面的潜在影响上，而是以一种艺术惯例的形式与"拟真化"的特殊写作手法沉潜在作家对文本艺术形式的探求上。在大量当代动物叙事作品中，都以直接或间接、外显或潜隐的方式赋予动物以人性化的表达，这本身就充分显现了将动物灵性化的叙事指向。这些动物已经不再单纯呈现出作为物种属性的生命价值，而是被赋予了思考与言说的能力，它们拥有自己的话语空间，能够表现出人性中善与恶、美与丑、忠与奸的一面，它们的喜怒哀乐、爱恨情仇等皆在作家的笔下得以呈现，这种拟人化手法的运用正得益于"万物有灵"情感基质的传承与潜在话语表达，而作家本身可能并不笃信这种情感基质存在的真实性与客观性，有时还会刻意回避此种情感取向的直接诉求表达。然而，无论作家承认与否，作为一种厚积已久的类型化艺术惯例，其实已经深深镌刻在作家的情感意识深处，总是在不经意间、非自觉地表达出趋同的情感理念。《鹿鸣》的作者京夫就曾论及："天地有道，万物有灵。

---

① 更为明确的说法是"万物有灵"的原始情感基质实则与现代动物解放思潮中施韦泽的代表性观点"敬畏生命"的伦理诉求不谋而合，同时它更似王晓华先生所谈及的"普世关怀精神"的现代诠释，"普世性的价值尺度并不仅仅适用于人类，飞鸟、树木、鱼、走兽都是世界的成员，也应该成为普世关怀的对象。"同样表达出浓厚的"对于物种生命普遍尊重意识——生态关怀精神"的伦理诉求，详见王晓华《普世关怀精神与当下评坛》，《中国艺术报》2004年4月16日（B1版）。

人是万物的灵长，也应遵循天道，平等地对待万物。行人道，也决不能逆天道。"① 这种强烈的情感因子成为其所坚守的伦理信念，也成为《鹿鸣》立意的主体诉求——展示出一个万物有灵（实则为鹿类有灵）的精灵化世界。在这一世界中作家以悲天悯人的情怀架构出一份人与自然和谐共荣的构想，更预设出人类栖息于远古诗性精神家园的美好愿景，万物有灵情感基质的彰显无形中提升了文本的叙事张力与情感热度。

二　动物的灵性书写：带有喻旨意义的人态与生态视域

中国当代动物叙事中的大部分创作类型都呈现出拟人化艺术手法的运用，并且彰显出独特的审美内涵与叙事效度。以两部颇受关注的长篇——杨志军的《藏獒》与姜戎的《狼图腾》为例，从中我们可以清晰地窥探到"万物有灵"的原始观念在作品中有关獒性与狼性的偏于人性化的表述时潜隐的导向性作用。《狼图腾》所呈现出的草原文化景观的抒写，与当今日益日常化、庸俗化的文学叙事方式形成了鲜明的反差，使日益萎靡的读者群精神为之一振，这震撼正源于作者所着力讴歌的"狼性""狼精神"，也就是完全以一种拟人化的手法赋予他们充分展现自身品性魅力的广阔空间。

文本中通过诸多生动而精妙的细节刻画凸显了狼性的这种积极而正面的存在意义：首先，草原狼具备了勇敢无畏的自我牺牲精神。狼群追杀军马群那场惊心动魄的战斗，战斗到最后，草原狼竟然采用了相当残忍的自杀手段，"一头头大狼，疯狂地纵身跃起，一口咬透马身侧肋后面最薄的肚皮，然后以全身的重量作拽力、以不惜牺牲自己下半个身体作代价，重重地悬挂在马的侧腹上……"②；其次，狼对自由尊严的热切追求。小狼的成长过程最充分地展示了对自由、尊严的渴望和捍卫的精神。当渐渐长大的小狼被远山久违的狼嚎声突然唤起了全部希望后，"它急得发疯发狂，豁出命地冲跃、冲拽铁链和木

---

① 京夫：《寂寞的老梅静静地开——〈鹿鸣〉答记者问》，《国学》2003 年第 3 期。
② 姜戎：《狼图腾》，长江文艺出版社 2004 年版，第 49 页。

桩,不惜冲断脖颈"①,不惜选择以死完成其对自由和尊严的捍卫。
狼完全成为作者正面讴歌的一个近乎完美的优秀物种,正是在这种强
烈的反差、对比之中,彰显出动物叙事作家妄图以兽喻人的迫切心态
与强烈愿望。

无独有偶,相同的情形也出现在《藏獒》中,同样身处在陌生化
的生存环境,杨志军笔下那些形象鲜明、有血有肉且血气方刚的高
原藏獒的"獒性"则成为作品着力表现的对象。如当冈日森格面对
母獒那日的猛烈攻击时,始终坚守獒类"男不跟女斗"的传统法
则,最终不惜倒在对手爪牙之下,侠义风范令人钦佩,这里彰显出
一丝武侠小说中侠义之士的风骨与神韵,很容易让读者产生强烈的
情感共鸣;白狮子"嘎保森格"在面对獒王看似假仁假义的体恤和
帮助时,为了摆脱耻辱感,不惜跳崖自杀以实现解脱,显示了其自
尊与高傲的一面;大雪灾时,大黑獒"那日"不惜用它的奶汁给尼
玛爷爷一家四口人和四只狗以及它自己的两个孩子提供了为期五天
的救命食粮,终因元气大伤,再未恢复过来而死去……这是一种对待
人类的忠贞之情,更是一种善良而纯洁的美好人性情感的写照。作者
以兽喻人,试图用兽性合理改造、完善人性的良苦用心与情感宣扬在
此彰显无遗②。

其实,对动物物种的偏于人性化的呈现,并且大胆地把它们拔
高、放大甚至凌驾于人的一般伦理品性之上,似乎偏离了这个万物有
灵的"灵"字的正常叙述轨道与价值蕴含,然而,在现代叙事样式
的伦理范畴之内,它反而能够彰显出特殊的时代意义,进而融入作家
的一些特殊的情感体验与创作理念。准确地说,当代动物叙事作家正

---

① 姜戎:《狼图腾》,长江文艺出版社 2004 年版,第 349 页。
② 正如作者所言:"藏獒是一种高素质的存在,在它身上,体现了青藏高原壮猛风土
的塑造,集中了草原的生灵应该具备的最好品质:孤独、冷傲、威猛和忠诚、勇敢、献身
以及耐饥、耐寒、耐一切磨砺。它们伟岸健壮、凛凛逼人、疾恶如仇,舍己为人,是牧家
的保护神。说得绝对一点,在草原上,在牧民们那里,道德的标准就是藏獒的标准。"这段
话几乎把小说《藏獒》中"獒性"所能指涉的所有美好人性品格都表达出来,让读者去体
悟一个优秀的"人"所应该具备的基本品质与道德伦理,也恰恰进一步印证了万物有灵这
一情感基质在作者的潜隐意识当中的清晰呈现与价值指向。引文见李冰《访〈藏獒〉作者
杨志军:质疑狼文化　独爱獒精神》,《北京娱乐信报》2005 年 10 月 27 日。

是在"万物有灵"的情感积淀当中有意或无意地赋予动物以特殊的人性化的灵动意义。同时,他们又不仅仅拘泥于此,而是适时地与时代主题包括人情的冷漠、人性的堕落,人文环境、自然生态的恶化等有效地勾连,这是一种悲天悯人的高尚情怀的充分展现,也正是当代作家的这种参与热情与对固有情感基质的有效加工与改造,才让当代动物叙事创作具备了更加蓬勃而旺盛的艺术生命力,"万物有灵"的原始观念也就此更加深入人心,也进一步凸显出当代动物叙事所特有的叙事魅力与伦理深度。

除了拟人化的表现手法与人兽对比的表叙策略的有效运用层面充分体现出"万物有灵"原型情感的遗传基质与变体表征外,在思想诉求与意义指涉等层面,动物叙事诸文本同样直接抑或间接地表达了万物有灵的内涵。这种传达多集中在"挽歌"叙事的类型表达中,作家以一种带有忏悔与自审性质的叩问,警示与引导人们反思人与动物、人与自然的关系,以及对人们恣意破坏、践踏大自然所要遭受的惩罚的一种诅咒,从而达成呼吁人与自然和谐相处的主题诉求。实则是沉潜在人类集体无意识当中的"万物有灵"原型情感映衬下的现代自然观的投射,人与动物同为独立存在的生命体,并且拥有平等的生存与受到应有尊重的权利,应该作为人类的亲族关系而予以平等对待,这恰恰是对人与自然的本原性维系关系的一种带有现代意味的追问与深究。

叶广芩的《黑鱼千岁》中那只巨大的黑鱼正是大自然野性力量的化身,同时它又被赋予某种人性化的成分,包括伺机寻仇与佯装死亡等细节的刻画都被赋予了某种精怪的意义,人类主人公"儒"则代表了现代文明及其浸染下的虚伪人类的一方。"儒"与黑鱼双方进行了残酷而激烈的水中拉锯战,包括水中优劣势的互相转移,直至黑鱼再次入水之后的"如鱼得水",奇迹般"复活"与"儒"形成旗鼓相当之势,最终的结局却难免出人意料,"儒"与黑鱼同归于尽,死死缠在一起而难以分割。这场战斗本身就是没有输赢的战斗,人与自然对抗最终结局恰恰是双方的互残,"不服输的硬汉精神已不再作为高贵的理性被赞扬,人鱼之间的争斗的结局也不再是人的胜利,而是人与自然对抗后的共同失败"①。这种"共同失败"意义的呈现与出发点实际指向了对人类行为的控诉与指责，人类以一己的私欲对自然的摧残与毁坏势必终将会引火烧身，而这种报复与惩罚的力度也是同样具有毁灭性的，人类必然要为自身的行径付出相应的代价。

当然，作者锐利的笔锋并未就此打住，而是出其不意地进行了一个颇具象征性的虚拟细节的描摹，"儒在堂屋很舒服地躺在棺材里，脸上带着笑，来吊唁的人奇怪，死了的儒怎么会这样高兴"②。"脸上带着笑的儒"这一荒诞意象实则可以从三个层面予以理解：一则是对人类卑劣行径与自食其果的狞笑与嘲讽，充满了辛辣的讽刺意味；二则是对大自然原始生命野性魅力的由衷赞美，潜藏对早已不复存在的原始景观的景仰与眷恋之情，更有对勃发而有血性的生命的渴求与向往；三则实际上带有某种自我救赎的意味，这笑意承载着对人类罪恶灵魂的解救与超脱，更饱含着对人和动物以及大自然和谐相处的崇高信念与美好憧憬。无论是讥讽、赞美抑或憧憬、希冀，这错综复杂的情感传达所围绕的核心伦理基调依旧是"万物有灵"原型情感的现代呈现，正如孟慧英在分析萨满观念时所指出的："原始的万物有灵论认为灵魂活力内含于万物之中，给万物以生机和灵性，并使之具有超自然的属性"③。这里的"黑鱼千岁"在现代创作理念的观照下也被赋予此种"超自然的属性"，并且有效地勾连起全文的情感表达线索与核心价值诉求。

这种表现方式与《最后一名猎手和最后一头公熊》《银狐》等作品较为相似，只是这两部文本里人与动物的对抗并未最终导向共同毁灭的结局，而是以一种换位思考的方式呈现出充满无限遐想的开放式结局样式。与"儒"和黑鱼同归于尽的结局安排相比，老库尔与"瘸公熊"以及爱犬努伲三个紧紧相拥在一起共同消失在地层以下，老铁子则与珊梅、白尔泰三人一同选择留在黑土城子，与银狐一道消融于大漠之中，实则暗喻着回归大自然的怀抱，作者赋予了人与动

① 季红真、王雅洁：《衰败文化中的家族、历史与自然——论叶广芩的小说创作》，《南开学报》（哲学社会科学版）2010年第6期。
② 叶广芩：《黑鱼千岁》，《十月》2002年第5期。
③ 孟慧英：《尘封的偶像——萨满观念研究》，北京出版社2000年版，第109页。

物、人与自然达成和解与沟通的可能。

第二节 "动物崇拜"："人化"到"神化"的 理想进阶

一 "动物崇拜"原型价值认同与民族性书写

原型情感中的"万物有灵"观念的进一步深化，勾连出动物叙事原型情感基质中的另一种表述方式，即亘古以来流传至今的"动物崇拜"原始观念的抒发与呈现。正如原始人赋予动物、植物以及一切生命形式与自身相同的灵魂与情感表达方式，除了表现出某种潜意识里对各个物种生命生存权利的尊重与推崇之外，原始人尤其把动物物种放到了更加高尚与敬慕的层次。正因为现实生活与生存实践中，与原始人接触最为紧密的生命形态就当属动物物种了，原始人类会受到动物的骚扰与侵害，甚至稍有不慎就会葬身于野兽之口，为了消灾避害，更慎于凶禽猛兽的可怕威胁，他们开始对动物顶礼膜拜，也催生出古代氏族社会经常把某个动物以一种氏族图腾的方式加以供奉，动物实则已经上升到了一种亲缘乃至始祖象征的地位，被尊崇至极。同时，原始人又可以从动物身上直接获利，包括自身的吃食、穿着、装扮，乃至危机与安全意识的培养，敏锐洞察力与高度警觉性的练就，更主要的是一些生存技能与生活方式的模仿与提炼等，涵盖了简单的物态、器物与行为表征层面，也促成心理、情感、思维状态等层面的变化，总体而言，原始人在不断地从动物身上获得启示意义与实际性的帮助。正如恩格斯所言："人在自己的发展中得到了其他实体的支持，但这些实体不是高级的实体，不是天使，而是低级的实体，是动物。由此就产生了动物崇拜。"① 正是动物这一物种的特殊存在，促成了人类的进步与发展，在人与动物千百年来的关系维系与情感联姻中，动物的地位也由此被无限地放大与推崇至极，甚至被拔高到超人乃至"神化"的地位。

总体而言，这种原始动物崇拜的情感表达总体呈现为这样一个态

---

① 《马克思恩格斯全集》第 27 卷，人民出版社 1972 年版，第 63 页。

势：原始人类从对动物的恐惧、担忧以及物质、精神层面的直接获益这样错综复杂的情感状态中，开始把关乎氏族部落兴衰存亡的全部重负寄托在那些他们心中理想的能够产生庇护效力的动物形象身上，并对它们虔诚祷告、顶礼膜拜。"动物崇拜在很大程度上是对祖先的崇拜"①，这些充满神性表征的动物就这样被各个氏族部落尊奉为神物与始祖，发挥着其强大的情感感召与精神驱动之力。比如汉族《山海经·大荒南经》中记载的《精卫填海》，说的便是炎帝之女幻化为精卫之鸟，百折不挠誓死报仇雪恨的民间佳话，"精卫鸟"直接代表了善良之人死后化身这一动物崇拜原型意象。② 这在诸多少数民族的原始神话中都有着清晰的印证，如在通古斯民族的鄂温克神话传说里，最早认定人熊的亲族关系，并且把熊描绘为人类的祖先，被称为"祖父""祖母"，而关于"熊原本是人类的先祖，因为它触犯了上天的意愿，上天就把它从两条腿走路的人变成了四条腿走路的兽"。③ 在哈萨克族的神话传说中，白天鹅也作为哈萨克族的始祖母出现，时至今日，哈萨克族依旧以白天鹅作为吉祥与美丽的象征。广为人知的瑶族的《盘王的传说》、畲族的《祭祖》以及苗族的《神母狗父》等犬祖神话传说，印证了这些民族对狗的崇拜与景仰。同样，蒙古族民族传说中对马的极端推崇，实则已经以一种马文化的方式哺育着蒙古民族的成长，而马的品性更成为蒙古民族生命和活力的象征。

二 义与情：当代"动物崇拜"表述中的人文关怀

这些由动物崇拜所产生的各个民族的情感共鸣，在荣格看来，恰恰是集体无意识在潜隐地发挥着作用。"这些无法说清的知觉和感受印证了我们无法窥探的深层感觉的存在，它保留了民族历史的完整层

---

① 顾军：《图腾的功能与图腾崇拜》，《北京联合大学学报》（哲学社会科学版）1999年第1期。

② 详见马昌仪《古本山海经图说》（上），广西师范大学出版社2007年版，第163页。

③ 引自《中国各民族宗教与神话大词典》，学苑出版社1993年版。这里关于通古斯族群（包括鄂温克、鄂伦春、赫哲等族）的原始神话传说中的人熊亲族关系的认定及所表露的动物崇拜情结的详细情感表征，可参见汪丽珍《论我国通古斯诸民族神话传说中的动物崇拜》，《满语研究》2001年第1期。

次和丰富内涵；人们在迈向未来时，继续在精神上与人类的童年和民族的童年保持着某种深层的交感联系。"① 每个民族作家在其作品中所呈现出的"动物崇拜"的情感诉求，也恰恰是各民族群体甚至于人类普泛意义上集体无意识的内在情感传承与维系。在文学创作领域，这种潜在的影响意义更为明显，动物叙事的创作样式本身就凸显出其与动物之间的密切相关性，"动物崇拜"一般在动物叙事文本中呈现为一种对动物品性的极端宣扬与尽情歌颂。如《退役军犬》《野狼出没的山谷》《爱犬颗勒》《驼峰上的爱》《感谢生活》等作品中动物的侠义品质与高尚情操被作者刻意地予以放大与拔高。《退役军犬》中的黑豹最具典型性，它不但勇敢、机敏，并且重情重义，充满了英雄浪漫主义传奇色彩，而把这种崇拜情结推至极致的是对黑豹身上的忠与义的品性书写，为挽救自己的主人，黑豹与代表强权的反面角色冯老八们做着决绝的斗争，最后舍生取义，侠士风骨尽显无遗。类似于《退役军犬》的讲述方式，诸多同类题材作品都是按照此种模式来潜隐表达"动物崇拜"的情感诉求的，它直接与动物的"义"画上等号并有效地勾连在一起。当然，也有一类作品在动物的"情"字上下功夫，对动物身上所饱含的宝贵而真挚的情感做出最为动人的书写。如《莉莉》《飞过蓝天》《与狼》《鲁鲁》《苦豺制度》等都是典型的代表。

以《飞过蓝天》为例，小白鸽"晶晶"对主人的那份执着与坚韧足以打动读者的心，晶晶其实代表的是一种温情，一种真挚与一种浓浓爱意的朴质回归，而"动物崇拜"理念的情感暗示就在这一系列含情脉脉、情真意切的叙事铺排中得到最为动人的彰显。《鲁鲁》《莉莉》等作品中也有动物主人公对主人一片痴情与深深眷恋的描摹，"鲁鲁""莉莉"与"晶晶"一样，也成为作家所着力讴歌与赞美的对象。除去动物对主人的浓浓爱意的书写，"动物崇拜"观念还呈现在其他诸如爱情、亲情等情感传达的叙事作品当中，《狼行成双》中公狼与母狼之间炽烈而坚贞的爱情讴歌，《苦豺制度》中母豺与母猪拼命，为了各自的孩子与群体的安危，两位伟大母亲的壮烈罹

①　申荷永：《荣格与分析心理学》，高等教育出版社 2007 年版，第 87 页。

难书写了关于伟大母爱的动人篇章。

无论是立足于忠与义的角度而对动物身上所流露出的侠义品性进行讴歌与赞扬，抑或以动物身上所呈现出的温润人心的情感蕴藉的动情渲染，其实都是人与动物之间固有关系的一种主观性的审美反映，融入了作家的审美创造与价值判断，并且又深刻地映衬出潜藏于现代人思维意识与心理结构当中的"动物崇拜"原型情感基质的给予。值得强调的是，动物对人的至情、至义两个维度（根基于人与动物之间现实关联）的书写，映衬出作家对"动物崇拜"原始情结的现代观照，同时，这种对原型情感的呈现与观照也从一个侧面促进了作家以更为饱满的创作热情，致力于对动物美好品性的尽情宣扬与讴歌，从中发掘出宝贵的精神财富。

三 由"人"到"神"：民族礼赞下的集体情感记忆

上述所列举的动物叙事作品无论是从义还是从情的层面展开的对动物品性的讴歌，实则都还停留在对其人格化魅力的颂扬层面，并未脱离人固有的对于动物物种属性的认知范畴，比如狗这一物种所具备的忠诚品性。而部分家养动物对人的某种依恋，以及像豺群这样所固有的"苦豺制度"等，都是拥有现实依托的叙事呈现，对于动物意象的呈现也并没有过分的渲染与拔高，可将其称为"人化崇拜"。当这种"人化崇拜"发展到一定极致，乃至被附着更加复杂而精深的情感释义——由单纯的"拟人化"书写衍生为一种被"神化"的境界的展现。这里，动物实则已被作为一种民族历史与精神品格的象征所标榜，直接与一个民族的民族性产生关联，成为一个民族群体内情感积淀并共同膜拜与推崇的对象，可将其定义为"神化崇拜"。在当代动物叙事创作中，这一类附着于民族意义的表现方式更多呈现在少数民族作家创作中，比如乌热尔图的《七叉犄角的公鹿》、郭雪波的《银狐》、张承志的《黑骏马》、李传锋的《红豺》等。

在《七叉犄角的公鹿》中，其所着力歌颂和表现的已不限于对那只七叉犄角的公鹿身上所流露出的力与美的礼赞，而是对那种复归原始野性的生命力的一种由衷的赞美，而这种力的歌颂正是着力于鄂温克猎民民族原始品性的写照。雄壮威武的"七叉犄角公鹿"这一拟

第八章　原型情感基质的现代转承："万物有灵"与"动物崇拜"

人化的动物意象，不但作为力和美的象征被作者所标榜，其潜在的深层指涉更是对鄂温克民族所特有的民族品性的一种象征，即那种对追求大自然广阔天空、自由驰骋翱翔的民族精神的崇尚。对那只神奇壮美的公鹿的极致推崇，实际是在讴歌一个带有浓厚的英雄与传奇气息的鄂温克民族的文化史诗，诚如作者所言："我在小说《七叉犄角的公鹿》中表露的对自然界中自由生灵的钦佩、敬畏、忏悔的姿态……这些情感都属于鄂温克民族。"①　与《七叉犄角的公鹿》相似，《藏獒》中勇敢与智慧的"冈日森格"与《银狐》中充满神秘气息的银狐"姹干·乌妮格"的形象塑造，都传递出草原民族蒙古族所特有的民族文化氛围，粗犷野性而又夹带着妖媚与吊诡的气息，这与蒙古族的民间文化传承中萨满文化的神秘表达相一致，某种意义上也包含着对传统文化情结的一种理性复归，进而把蒙古民族的民族理想性格与草原文化特质鲜明地勾勒出来。

特别在小说《银狐》中，除了在动物意象的勾勒与叙事氛围的渲染上勾连出对蒙古民族性格的宣扬外，还对科尔沁草原沙地动人的异域景观进行了充分的描绘，衬托出作家对这份挚爱的故土所深蕴的文化底蕴与民族特性的内在忧思。尤其是借助于最为基础的人与动物的情感关联的描摹，写出了那片蒙古草原神奇土地上特有的诡媚气息与文化情调，而这对于从民族文化理念与历史传承的角度观照文本无疑增添了重要的叙事砝码。当然，也让作品对动物崇拜的原型情感基质的"神化"与民族化的书写焕发出更为动人的一面。

来自鄂西的土家族作家李传锋，则将其土家族的民族身份标识与故乡、故土和特有的民族情结深深地镌刻在《红豺》创作当中。这篇小说同样充满了由大自然所赋予的民族地域文化心理积淀与生命情感互动的外在彰显，而这是在鄂山区村民对红豺满怀敬畏之心的叙事表达中得以展现。整个文本叙述之中，充满了对红豺这一特殊的生命物种的"神化"崇拜的成分。在山民心中，这一以野猪天敌身份出现的动物物种，是极其美丽聪颖又高贵端庄的尤物，并且渐趋升格为可以直接与人达成心灵契合、情感互通的精灵性存在。小说多处细节

———————

① 乌热尔图：《述说鄂温克》，远方出版社1995年版，第372页。

·293·

刻画以细腻的笔触凸显红豺的这种美丽与灵性："对面的山坳上有一对美丽的身影，像一团烈火，像一树红杜鹃，像梦中仙姬，祥云落地，啊！红豺，红豺，美貌的红豺，身后衬着蓝天神女峰，双双踞坐在春日的阳光里，眨动着眼波，含情脉脉地望着我们，嘴里咿咿呜呜地说着什么，像是祝福，像是告诫，让人提心吊胆，让人心旌摇动。"① 同时，红豺在村里也享受到特殊的待遇，"红豺是自由自在的精灵，它们可以在村子里任意走动，而不会受到伤害。"② 凸显红豺作为让人敬畏的神灵象征所受到的特殊对待，内含某种伦理情感意义上的身份认同，而这种神化地位的获得也直接勾连出其作为"民族性记忆"的象征意蕴。作者依托楚文化的浪漫主义特质与浓厚的传奇色彩予以表达，使作品焕发出震撼人心的艺术效果。其实不只是在《红豺》中，诸如在《藏獒》《银狐》《七叉犄角的公鹿》等同类题材作品中也都极尽溢美之词地来表达对这种充满神性的动物生灵的景仰之情，它们常常以美丽妖娆、高贵庄严又充满野性魅力的形象表征呈现在文本的叙事格局当中。③

　　基于上述论证，不难发现，"万物有灵"与"动物崇拜"这对遥相呼应又充满生命敬畏意蕴的原型情感基质，在当代动物叙事创作的理念传达、艺术手法以及主题诉求等多个层面，均以一种潜隐的方式发挥着某种牵引、规约与导向性作用，包括了动物拟人化、拟神化的

① 李传锋：《红豺》，《民族文学》2003 年第 1 期。
② 同上。
③ 在所选材料之外，还有几部较具代表性的"动物叙事"文本在民族文化品性与精神风貌的传达上彰显出其重要价值。如张承志的名篇《黑骏马》即为当代动物叙事奉献出了"钢嘎哈拉"（蒙语，直译为黑骏马）这一鲜明而突出的动物形象，这匹周身充满着传奇性与诗意情感写照的神马，不再是自然与生态伦理层面的象征性存在，更不仅仅局限在社会化与人性化的伦理视域之内，而是以一种泛化的民族性符号的诉求方式得以呈现，象征着作者所深深依恋的草原民族所特有的精神气度与文化积淀。"黑骏马"这一文学史上所特有的动物意象塑造，凝聚了民族、历史、文化、性格、情感等多个层面的融会贯通，赋予了"动物叙事"文本所可能达到的叙事高度。同样在陈敦德的《九万牛山》中借助牛的群像的生动刻画，达成了对汉民族吃苦耐劳、朴素英武的民族品性的勾勒，这里"牛"的意象俨然已经成为一种对汉民族历史与自身文化所孕育的审美精神的象征，这实则也与牛的勤劳质朴的品性颇为一致，对汉民族的精神风骨与历史文化的诠释也呈现出极具感染力的一面。

表述策略的运用、对动物重情重义的品性的颂扬、将动物升格为民族品性的象征等多个维度。"通过神话的复述，正好能重新唤起积淀于人类文化心理深处那种人与自然的原初情感意识，作家表达了恢复自然本性、拯救生态的意图，也有了一种极富合法性与权威性的传统文化精神资源的支撑。"① 正是在现代思维理念与这种"原初情感意识"的相辅相成的关系维系下，当代动物叙事才愈发展现出其思考的深度与更为完备的叙述能力。但必须指明，动物叙事对原型情感基质与神话母题模式的现代转承并不意味着其在价值诉求上与原始神话传说画上了等号，诚如英国人类学家爱德华·泰勒所言："现代作者只有靠了理智反映的努力才能想象出动物寓言中的动物，因为对于他们的心灵而言，动物只是为了表现一种道德训诫或讽刺而创造出来的。但是，在原始人中间却不是这样的。对于原始人来说，半人的动物不是创造出来劝诫或讽刺世事的，而是完全真实的存在。"② 该论断直接指明了"动物叙事"的讲述方式与原始动物神话之间存在的本质差别。然而有意或无意，直接或间接，主动或被动，当代的动物叙事创作实则已经开始尝试弥补这种情感与观念上的落差。不管这种回应与弥补的方式正确与否，程度如何，仅从其已达成的叙事效度、伦理指向上，特别是直面时代主题、深入人的内心视域的立意与情怀来看，已是十分弥足珍贵的一次尝试。

① 雷鸣：《危机寻根：民族文化的认同与现代性反思——对少数民族作家生态小说的一种综观》，《前沿》2009年第9期。
② 转引自刘魁立、马昌仪、程蔷编《神话新论》，上海文艺出版社1987年版，第82页。

结　语

正如查尔斯·霍顿·库利在《人类本性与社会秩序》中开篇所言，如果我们追溯到足够遥远的过去，我们就会发现人和其他动物有着共同的历史。除非我们从动物着手研究，否则就不可能对我们自己的生命有一个清楚的概念。① 这段话应当可以看作本书的总体研究思路与核心诉求所在，对中国当代动物叙事类型学层面的相关探讨实则恰恰是要经由"动物表述"的维度反观人类自身，探寻人类思维与民族意识中的某一个侧面，是对人的自身生命伦理价值的体认与领悟，更将关系到民族思想生活与人类思想生活的大局。动物叙事研究过程的本身恰恰是一次关乎人类自我生命意义与生存体验的一种有效认知与合理解答的呈现，而这一研究的逻辑起点恰恰在于当代动物叙事作为一个基础的叙事类型，作为一个"类的概念"其存在本质及所能呈现出的功能形态价值，特别是在此基础之上所内蕴的深层叙事结构与价值规约，以及其最终的伦理价值指向，都成为我们展开此项研究时考察的向度。

当然，这一切的出发点还根源于"人和其他动物有着共同的历史"这一叙事基点，它将要求我们必须以某种追本溯源与历史梳理、纵向比较的方式展开另一个维度，准确地说，是以一种相辅相成、互为表里的研究范式进入到对神话历史根源、思想谱系、历史传承与类型衍生等层面的阐释当中，这样动物叙事的研究才能真正生发出一定的问题意识，在较为完备的意义上推导出当代动物叙事的基础叙事方

---

① ［美］查尔斯·霍顿·库利：《人类本性与社会秩序》，包凡一等译，华夏出版社2003 年版，第 5 页。

程式、多重行动元模型与深层结构，这一类型批评范式的最终建构也将让我们无限接近于对人类思想史中的某种宿命及其内在机理的揭示。

也正是依照上述的思路，本书类型学研究范式的确立基本遵循了早在一千五百年前由中国著名文评家刘勰在《文心雕龙·序志》中所确立的文体研究的一个基本操作程序："原始以表末，释名以章义，选文以定篇，敷理以举统。"即如陈平原先生在对武侠小说进行类型研究时所言及的"既强调历时性的历史叙述，又注重共时性的形态分析，借一纵一横一经一维来把握一种文学类型"。① 在具体的章节安排上，上编第一、二章主要是偏于"历时性的历史叙述"，涵盖了中国动物叙事的历史传承与思想谱系两个重要维度，而相关的论述与阐释也都是紧扣着类型的本质属性予以展开的；中编第三至五章主体进行的是"共时性的形态分析"，即立足于对当代动物叙事具体的功能形态、深层结构与主述模式的探究，以横截面的纵切方式深入动物叙事的类型内里，进行精细化的系统考察。当然，侧重于形式层面探究的同时，在研究过程中笔者也有针对性地注意到相关主导因素，包括叙事手法、场面设置、形象逻辑以及价值规约、情感范畴与伦理指向等多个向度的呈现方式及其可能发生的某种转换；下编第六至八章为"神话历史根源"的研究，实则兼顾了横向（形态）与纵向（历史）两个维度，由深入到历史根源层面的原始动物神话的象征母题、原型意象与情感基质的现代传承为论述基点，实则也是对"叙事语法"研究的一种有效补充与延伸开掘。

就目前已经呈现出的理论成果与研究效度而言，基本上完成了对中国当代动物叙事较为系统与深入的阐释，形成了一定的理论体系与知识架构。具体涉及的诸如故事形态、主述模式、深层结构与叙事传承、资源谱系及神话历史根源等多个层面涵盖了内容与形式、历时与共时、文本与社会的科学化研究，具有某种拓荒性的价值意义。这对于继往单纯依托于纯文学文本研究，在儿童文学领域内较为简单与直白的研究范式，以及仅仅拘囿于"人与自然"的生态伦理框架内予

---

① 陈平原：《千古文人侠客梦》，百花文艺出版社2009年版，第214页。

以考察的诸种研究方法与思路，无疑都是重要的补充、拓展与完善。希望在不久的将来围绕本书中所涉及的重要考察维度与相应的观点表述，必然能生发出新的学术生长点，展开进一步深入而切实的探讨，建构出更加完备而科学的理论空间。

当然，如果从预想的实现对中国未来的动物叙事创作指点江山的层面上看，目前的研究还未能达到这样的高度，研究本身也存在着预期的不容忽视的局限性①，比如在对中国动物叙事的历史传承与类型衍生的相关论述中，限于具体篇幅要求以及本书总体思路、叙述侧重点的因素，故并未深入展开与纵深下去，很多重要的代表性作品与文学思潮只是象征性地予以简单涉猎，同时在对其叙事传承与类型衍生的内部规律的把握上也基本是点到为止，这里也为后继的研究者们提供了诸多可能的进入思路与阐释角度。在笔者看来，如果要把这一题旨完全阐释清楚还有待于拥有丰富古典文学与文艺理论修养的学者们进一步亲力为之；同样的问题也出现在对中西方动物伦理思想的资源谱系梳理与相关比较研究工作的开展中，论述也不够充分与深入。当然，诸如个别文本的分析解读不够精准，部分章节衔接不够严密，以及表述方式、论述风格等诸多难以避免的问题客观上也影响到了本书的丰富性与系统性，这些都将是笔者在后续研究中所必须面对并力求予以有效解决的。

从研究的维度返归到具体创作的维度，不难发现，在"陷困＋解救→反思性结局？"这一深层结构的叙事方程式的统摄架构与有效表达中，无论是"寻找"类动物叙事所预设的一种无法弥补的情感遗失的尴尬境地，或是"挽歌"类动物叙事所谱写的那一曲关于物种生命与自然生态的末世哀歌，或是"报恩"类动物叙事对忠肝义胆的动物品性的赞美与讴歌，抑或"标尺"类动物叙事立足于人的本质属性的评判、衡量与自我审视力度的把持，这四类基础主述模式的

---

① 这里强调"预期"，说明在整体研究与进入正式写作之前笔者已经预感到本书所可能呈现出的某些遗憾之处。原因可能很多，包括笔者自身的研究能力所限，本书写作时间、写作篇幅与研究体例上的限制，资料搜集的诸多困难与不易，特别是可资借鉴的理论成果可谓凤毛麟角，多数情况多个论述维度都是"摸着石头过河"，以笔者自己的考察方式依托于56部动物叙事作品作为材料而努力探索前行。

表达都尝试着从不同的角度去揭示带有共通性的人类自身陷入困境并妄图达成解救的努力，内蕴其中有讽喻、自审与批判的成分，也有颂扬、祈盼与无尽的热望，更潜隐一种对于未来的美好情态的昭示性意义。阅读当代动物叙事其实读到更多的是操守，是品性，是德行，更是一种信心与力量的给予，是关于虔诚与执着的人生信条与生命伦理的守望。其本身的伦理视域早已从单纯的动物伦理维度，关联到生态维度、人性与人伦维度以及带有普泛性意义的民族伦理的维度，呈现出对民族思想生活与人类思想生活的某个侧面的揭示与把握，这种民族志式的叙事表达也赋予了中国当代动物叙事所特有的深度、准度与广度。

诚如曹文轩所言："动物小说的不断写就与被广泛阅读就是一个证明。它显示了人类无论是在潜意识之中还是在清醒的意识之中，都未完全失去对人类以外的世界的注重与重视。那些有声有色的，富有感情、情趣与美感甚至让人惊心动魄的文字，既显示了人类依然保存着的一份天性，又帮助人类固定住了人本是自然之子，是大千世界中的一员，并且是无特权的一员的记忆。"① 正是从人、动物与自然的关系的维度才凸显出动物叙事创作之于人类特殊的价值意义。恰恰是自人类诞生之日起与动物所结成的这种密不可分的内在情感维系，决定了人类将自始至终选择以一种"文学叙事"的方式来表现心目中的动物形象。正如前文所述，在当代文化语境下，中国动物叙事创作显然拥有了更为厚重与深刻的伦理价值诉求，进一步强化了"民族"这一核心性概念，并且尤其强调了人性与民族性双向伦理互动的叙事建构。

这恰恰证明一部真正优秀的动物叙事作品应将叙事的指向与思考的重心沉潜于对一种民族性格、民族力量与民族精神的揭示当中，应当与民族、历史、文化、伦理、品性等诸多重要的核心题旨相勾连，在充满历史感与现代感的情感维系中将民族自我意识、自我身份的标识乃至自我崇拜的情结有效地融合、深潜与叙事对象化。而更高的要求是从古老的原型情感与思维理念中寻求厚重的历史与思想成分的积

---

① 曹文轩：《动物小说：人间的延伸》，《儿童文学研究》1997 年第 1 期。

淀，赋予到文本的叙事表达之中。让这种关乎民族气质、民族文化与民族历史的象征性书写展现出其自身的审美习惯与文化心理的变迁的过程，这样富有历史感与文化积淀的讲述方式显然更易于激发共识性的阅读体验。在中国当代文化语境之内，"动物叙事"基于民族主体性建构的叙事表达无疑将激发起大众深沉与厚重的民族历史感、自豪感与自信心。

　　总体而言，这些基于不同叙事立场与进入角度的当代动物叙事创作，实则都是人文情怀与生命本真的动情抒发，它们借助于不同的文体形态、叙述策略与价值诉求，共同将一种悲悯与忧患的诗性艺术推向了叙事表达的高峰。与其他类型题材创作相比，当代动物叙事很好地达成了科学、生态、伦理、美学与现代思维的完美融合，也由此让我们窥见与感受到其所能承载的丰富而博大的心灵容量。中国当代动物叙事创作以其自身所特有的伦理品格、文化内涵与价值意蕴，参与了人类新世纪的文明进程，并继续发挥着其突出的精神洗礼与道德感召的作用。基于此，我们完全有理由对这一中国文学史上所特有的叙事类型的发展未来抱以足够的期许与热望①。当然，作为一名动物叙事的研究者与先行者，笔者尤其寄希望于有更多的研究者加入到这一略显单薄与冷清的研究领域，为动物叙事整体理论的建构与发展添砖加瓦，这对于动物叙事研究而言，将是一件十足的好事。

----

　　① 正如彭斯远在《中国当代动物小说论》的篇末所言："古老的动物文学发展到今天，虽然人们已愈来愈深刻地认识到它的巨大社会价值，但人们的认识并未穷尽，相信它会不断被社会所开发利用而走向更加灿烂辉煌的明天。"此语可谓切中肯綮，恰恰也代表了笔者的某些心声与情感寄托，这里特引用之以示强调，详见彭斯远《中国当代动物小说论》，《重庆师院学报》（哲学社会科学版）2000年第3期。

附录：本书主要研究作品目录[*]

"56 篇动物叙事" 目录

短篇小说

1. 宗璞：《鲁鲁》，《十月》（北京）1980 年第 6 期。

2. 李传锋：《退役军犬》，《民族文学》（北京）1981 年第 5 期。

3. 韩少功：《飞过蓝天》，《中国青年》（北京）1981 年第 13 期；获 1981 年全国优秀短篇小说奖。

4. 周立武：《巨兽》，《上海文学》（上海）1982 年第 4 期。

5. 乌热尔图：《七叉犄角的公鹿》，《民族文学》（北京）1982 年第 5 期；获 1982 年全国优秀短篇小说奖。

6. 贾平凹：《莽岭一条沟》，《商州初录》系列，《钟山》（南京）1983 年第 5 期。

7. 王凤麟：《野狼出没的山谷》，《人民文学》（北京）1984 年第 9 期；获 1984 年全国优秀短篇小说奖。

8. 郑万隆：《老马》，《人民文学》（北京）1984 年第 12 期。

9. 赵剑平：《獭祭》，《山花》（贵州）1988 年第 6 期；获贵州省《山花》文学奖。

10. 关仁山：《苦雪》，《人民文学》（北京）1991 年第 2 期。

11. 阿来：《红狐》，《西藏文学》（拉萨）1994 年第 1 期。

12. 满都麦：《四耳狼与猎人》，《民族文学》（北京）1997 年第

---

* 附录部分为 "56 篇动物叙事目录"，按照各自发表日期的先后，以及短篇、中篇与长篇的叙事题材顺序依次排列。

9 期。

13. 刘庆邦：《梅妞放羊》，《时代文学》（济南）1998 年第 5 期。

14. 石舒清：《清水里的刀子》，《人民文学》（北京）1998 年第 5 期。第二届鲁迅文学奖（1997—2000 年）获奖作品。

15. 夏季风：《该死的鲸鱼》，《人民文学》（北京）2000 年第 7 期。

16. 温亚军：《驮水的日子》，《天涯》（海口）2002 年第 3 期。第三届鲁迅文学奖（2001—2003 年）获奖作品。

17. 漠月：《父亲与驼》，《朔方》（宁夏）2003 年第 8 期。

18. 阿成：《妆牛》，《小说林》（哈尔滨）2004 年第 1 期。

19. 李浩：《一只叫芭比的狗》，《花城》（广州）2006 年第 6 期。

20. 沈石溪：《苦豺制度》，《苦豺制度——中国当代获奖儿童文学作家书系》，人民文学出版社 2007 年版。

21. 白天光：《一头叫谷三钟的骡子》，《山东文学》（济南）2007 年第 9 期。

22. 荆歌：《鸟事》，《花城》（广州）2008 年第 1 期。

23. 季栋梁：《马》，《北京文学》（北京）2008 年第 4 期。

24. 鲁敏：《铁血信鸽》，《人民文学》（北京）2010 年第 1 期。

25. 石钟山：《一兵一狗一座山》，《解放军文艺》（北京）2015 年第 11 期。

26. 文非：《百羊图》，《特区文学》（深圳）2015 年第 12 期。

27. 王怀宇：《小鸟在歌唱》，《作家》（北京）2016 年第 5 期。

中篇小说

28. 冯苓植：《驼峰上的爱》，《收获》（上海）1982 年第 2 期；获 1981—1982 年全国优秀中篇小说奖。

29. 郑义：《远村》，《当代》（北京）1983 年第 4 期；获 1983—1984 年全国优秀中篇小说奖。

30. 冯骥才：《感谢生活》，《中国作家》（北京）1985 年第 1 期；获法国"女巫奖"和"青年读物奖"，并获瑞士"蓝眼镜蛇奖"。

31. 洪峰：《生命之流》，《人民文学》（北京）1985 年第 12 期；获吉林省首届青年文学奖。

32. 张健：《母狼衔来的月光》，《绿叶》（北京）1994 年第 1 期。

33. 邓一光：《狼行成双》，《钟山》（南京）1997 年第 5 期。

34. 叶楠：《最后一名猎手和最后一头公熊》，《人民文学》（北京）2000 年第 10 期。

35. 陈应松：《豹子的最后舞蹈》，《钟山》（南京）2001 年第 3 期。

36. 叶广芩：《老虎大福》，《人民文学》（北京）2001 年第 9 期。

37. 张炜：《鱼的故事》，《鱼的故事》小说集，时代文艺出版社 2001 年版。

38. 叶广芩：《黑鱼千岁》，《十月》（北京）2002 年第 5 期。

39. 李传锋：《红豺》，《民族文学》（北京）2003 年第 1 期。

40. 严歌苓：《爱犬颗勒》，《十月》（北京）2003 年第 5 期。

41. 王瑞芸：《画家与狗》，《收获》（上海）2004 年第 1 期。

42. 陈应松：《太平狗》，《人民文学》（北京）2005 年第 10 期。

43. 笛安：《莉莉》，《钟山》（南京）2007 年第 1 期。

44. 袁玮冰：《红毛》，《民族文学》（北京）2007 年第 4 期。

45. 黑鹤：《呀狼续篇：猛犬血脉》，《草原》（呼和浩特）2016 年第 2 期。

46. 陈集益：《驯牛记》，《文学港》（宁波）2016 年第 8 期。

长篇小说

47. 贾平凹：《怀念狼》，作家出版社 2000 年版。

48. 方敏：《大绝唱》，湖南少年儿童出版社 2000 年版。

49. 姜戎：《狼图腾》，人民文学出版社 2004 年版。

50. 杨志军：《藏獒》，人民文学出版社 2005 年版。

51. 娟子：《与狼》，广西人民出版社 2005 年版。

52. 郭雪波：《银狐》，漓江出版社 2006 年版。

53. 赵剑平：《困豹》，人民文学出版社 2006 年版。

54. 京夫：《鹿鸣》，上海人民出版社 2007 年版。

55. 李克威：《中国虎》，人民文学出版社 2007 年版。

56. 陈应松：《猎人峰》，上海文艺出版社 2008 年版。

参考文献

1. 鲁迅：《中国小说史略》，人民文学出版社 1973 年版。

2. ［德］黑格尔：《美学》第 1 卷，朱光潜译，商务印书馆 1979 年版。

3. ［法］列维·布留尔：《原始思维》，丁由译，商务印书馆 1981 年版。

4. ［意］奥雷里奥·佩西：《未来的一百页——罗马俱乐部总裁的报告》，汪帼君译，中国展望出版社 1984 年版。

5. ［日］池田大作、［英］汤因比：《展望二十一世纪——汤因比与池田大作对话录》，荀春生等译，国际文化出版公司 1984 年版。

6. ［瑞士］皮亚杰：《结构主义》，倪连生等译，商务印书馆 1984 年版。

7. ［德］恩斯特·卡西尔：《人论》，甘阳译，上海译文出版社 1985 年版。

8. 丁乃通：《中国民间故事类型索引》，中国民间文艺出版社 1986 年版。

9. 叶舒宪编：《神话——原型批评》，陕西师范大学出版社 1987 年版。

10. 刘魁立、马昌仪、程蔷编：《神话新论》，上海文艺出版社 1987 年版。

11. ［美］韦恩·布斯：《小说修辞学》，付礼军译，广西人民出版社 1987 年版。

12. 陈平原：《中国小说叙事模式的转变》，上海人民出版社 1988 年版。

13. ［美］罗伯特·休斯：《文学结构主义》，刘豫译，生活·读书·新知三联书店 1988 年版。

14. ［美］马尔库塞：《审美之维》，李小兵译，生活·读书·新知三联书店 1989 年版。

15. ［法］茨维坦·托多洛夫：《俄苏形式主义文论选》，蔡鸿滨译，中国社会科学出版社 1989 年版。

16. ［法］热拉尔·热奈特:《叙事话语·新叙事话语》,王文融译,中国社会科学出版社 1989 年版。

17. ［美］斯蒂·汤普森:《世界民间故事分类学》,郑海等译,上海文艺出版社 1991 年版。

18. ［德］马克思、恩格斯:《马克思恩格斯全集》(第 20 卷),人民文学出版社 1991 年版。

19. ［法］格雷马斯:《结构语义学》,吴泓渺译,生活·读书·新知三联书店 1991 年版。

20. 陈平原:《千古文人侠客梦——武侠小说类型研究》,人民文学出版社 1992 年版。

21. ［德］孙志文:《现代人的焦虑和希望》,陈永禹译,生活·读书·新知三联书店 1994 年版。

22. 胡经之、王岳川:《文艺美学方法论》,北京大学出版社 1994 年版。

23. ［荷兰］米克·巴尔:《叙述学:叙事理论导论》,谭军强译,中国社会科学出版社 1995 年版。

24. ［美］浦安迪:《中国叙事学》,北京大学出版社 1996 年版。

25. 顾建华:《寓言:哲理的诗篇》,北京大学出版社 1996 年版。

26. 陈平原、严家炎、钱理群等:《二十世纪中国小说理论资源》,北京大学出版社 1997 年版。

27. 陆海林、李心峰:《艺术类型学资料选编》,华中师范大学出版社 1997 年版。

28. 杨义:《中国叙事学》,人民出版社 1997 年版。

29. ［美］奥尔多·利奥波德:《沙乡年鉴》,侯文蕙译,吉林人民出版社 1997 年版。

30. ［俄］巴赫金:《小说理论》,白春仁等译,湖北教育出版社 1998 年版。

31. ［加拿大］诺思洛普·弗莱:《批评的剖析》,陈慧等译,百花文艺出版社 1998 年版。

32. 王德威:《想象中国的方法:历史·小说·叙事》,生活·读书·新知三联书店 1998 年版。

33. 李心峰等：《艺术类型学》，文化艺术出版社 1998 年版。

34. 李泽厚：《中国古代思想史论》，安徽文艺出版社 1999 年版。

35. ［德］艾伯华：《中国民间故事类型》，王燕生等译，商务印书馆 1999 年版。

36. ［美］彼得·辛格：《动物解放》，孟祥森等译，光明日报出版社 1999 年版。

37. ［美］纳什：《大自然的权利》，杨通进译，青岛出版社 1999 年版。

38. 许子东：《为了忘却的集体记忆——解读 50 篇文革小说》，生活·读书·新知三联书店 2000 年版。

39. 曾永成：《文艺的绿色之思》，人民文学出版社 2000 年版。

40. 鲁枢元：《生态文艺学》，陕西人民教育出版社 2000 年版。

41. ［日］猿渡静子：《日本文学对中国现代小说类型的影响》，北京大学出版社 2001 年版。

42. ［瑞士］索绪尔：《普通语言学教程》，高名凯译，商务印书馆 2001 年版。

43. 葛荣晋主编：《道家文化与现代文明》，中国人民大学出版社 2001 年版。

44. 吕微：《神话何为——神圣叙事的传承与阐释》，社会科学文献出版社 2001 年版。

45. 申丹：《叙述学与小说文体学研究》，北京大学出版社 2001 年版。

46. ［美］凯勒特：《生命的价值——生物多样性与人类社会》，王华等译，知识出版社 2001 年版。

47. ［美］希利斯·米勒：《解读叙事》，申丹译，北京大学出版社 2002 年版。

48. 郝建：《影视类型学》，北京大学出版社 2002 年版。

49. 格非：《小说叙事研究》，清华大学出版社 2002 年版。

50. 陶东风：《社会转型期审美文化研究》，北京出版社 2002 年版

51. 何怀宏：《生态伦理——精神资源与哲学基础》，河北大学出版社 2002 年版。

52. 鲁枢元主编：《精神生态与生态精神》，南方出版社 2002 年版。

53. 钱永祥：《纵欲与虚无之上——现代情境里的政治伦理》，生活·

读书·新知三联书店 2002 年版。

54. 王晶：《西方通俗小说——类型与价值》，云南人民出版社 2002
年版。

55. 刘守华：《中国民间故事类型研究》，华中师范大学出版社 2002
年版。

56. ［美］戴卫·赫尔曼：《新叙事学》，马海良译，北京大学出版社
2002 年版。

57. ［美］詹姆斯·费伦：《作为修辞的叙事》，陈永国译，北京大学
出版社 2002 年版。

58. ［美］苏珊·桑塔格：《反对阐释》，程巍译，上海译文出版社 2003
年版。

59. 王诺：《欧美生态文学》，北京大学出版社 2003 年版。

60. ［德］阿诺德·盖伦：《技术时代的人类心灵》，何兆武等译，上
海科技教育出版社 2003 年版。

61. ［法］阿尔贝特·施韦泽：《敬畏生命》，陈泽环译，上海社会科
学院出版社 2003 年版。

62. ［法］米兰·昆德拉：《小说的艺术》，董强译，上海译文出版社
2004 年版。

63. 吴培显：《当代小说叙事话语范式初探》，湖南师范大学出版社
2004 年版。

64. 吴光正：《中国古代小说的原型与母题》，社会科学文献出版社
2004 年版。

65. 芮渝萍：《美国成长小说研究》，中国社会科学出版社 2004 年版。

66. ［法］格雷马斯：《论意义》（Ⅰ、Ⅱ），吴泓渺、冯学俊译，百
花文艺出版社 2005 年版。

67. ［法］列维－斯特劳斯：《忧郁的热带》，王志明译，生活·读书·
新知三联书店 2005 年版。

68. ［英］安德鲁·林基：《动物福音》，李鉴慧译，中国政法大学出
版社 2005 年版。

69. 陈平原：《小说史：理论与实践》，北京大学出版社 2005 年版。

70. 王德威：《被压抑的现代性——晚清小说新论》，北京大学出版社

2005 年版。

71. 申丹、韩加明、王丽亚：《英美小说叙事理论研究》，北京大学出版社 2005 年版。

72. 陈洪：《中国小说理论史》，天津教育出版社 2005 年版。

73. ［美］勒内·韦勒克、奥斯汀·沃伦：《文学理论》，刘象愚等译，江苏教育出版社 2006 年版。

74. ［俄］弗·雅·普罗普：《故事形态学》，贾放译，中华书局 2006 年版。

75. ［俄］弗·雅·普罗普：《神奇故事的历史根源》，贾放译，中华书局 2006 年版。

76. ［法］列维－斯特劳斯：《结构人类学》，张祖建译，中国人民大学出版社 2006 年版。

77. ［美］爱德华·威尔逊：《生命的未来》，陈家宽等译校，上海世纪出版集团 2006 年版。

78. ［美］华莱士·马丁：《当代叙事学》，伍晓明译，北京大学出版社 1991 年版。

79. 葛红兵主编：《20 世纪中国文艺思想史论》（3 卷本），上海大学出版社 2006 年版。

80. 殷国明：《漫话"狼文学"》，宁夏人民出版社 2006 年版。

81. 胡志红：《西方生态批评研究》，中国社会科学出版社 2006 年版。

82. 谭桂林、龚敏律：《当代中国文学与宗教文化》，岳麓书社 2006 年版。

83. 祁连休：《中国古代民间故事类型研究》，河北教育出版社 2007 年版。

84. 何星亮：《图腾与中国文化》，江苏人民出版社 2008 年版。

85. 汪树东：《生态意识与中国当代文学》，中国社会科学出版社 2008 年版。

86. 郭洪雷：《中国小说修辞模式的嬗变——从宋元话本到五四小说》，生活·读书·新知三联书店 2008 年版。

87. 王小盾：《中国早期思想与符号研究——关于四神的起源及其体系形成》（上、下），上海人民出版社 2008 年版。

88. 董小英:《超语言学——叙事学的学理及理解的原理》,百花文艺出版社 2008 年版。

89. 陈思广:《中国现代长篇小说编年》,四川大学出版社 2008 年版。

90. 卢敏:《美国浪漫主义时期小说类型研究》,上海人民出版社 2008 年版。

91. 王诺:《欧美生态批评——生态学研究概论》,学林出版社 2008 年版。

92. 唐克龙:《中国现当代文学动物叙事研究》,南开大学出版社 2010 年版。

93. 孙悦:《动物小说——人类的绿色凝思》,辽宁大学出版社 2010 年版。

94. 葛红兵:《小说类型学的基本理论问题》,上海大学出版社 2012 年版。

95. Paul W. Taylor, *Respect for Nature*:*A Theory of Environmental Ethics*, Princeton University Press, 1986.

96. Don E. Marietta, *For People and the Planet*:*Holism and Humanism in Environmental Ethics*, JR Temyue University Press, 1995.

97. Patrick D. Murphy, *Farther Afield in the Study of Nature – Oriented Literature*, Charlottesville:UP of Virginia, 2000.

98. Joseph O. Milner, *Spiritual and Ethical Dimensions of Children's Literature*, The Edwin Mellen Press, Lewiston, New York, 2001.

99. Wilfred L. Gurein, *A Handbook of Critical Approaches to Literature*, Beijing:Foreign Language Teching and Research Press, 2004.

100. Lawrence Buell, *The Future of Environmental Criticism*, MA:Blackwell, 2005.

101. Wallace Martin, *Recent Theories of Narrative*, Peking University, 2006.

102. Lisa Zunshine, *Why We Read Fiction*:*Theory of Mind and the Novel*, Columbus:Ohio State UP, 2006.

后　记

　　本书是在我的博士学位论文基础之上增补、修订与整理而成的。从最初的酝酿构思、定题、资料收集、写作成文到现在的最终成稿，前后大致经历了整整七年时间。我至今还清晰地记得博士论文刚刚结束之时，在澳大利亚国立大学亚太研究院那宽敞明亮的办公室里的场景：电脑上方书架上一摞摞厚厚的中英文书籍，桌上堆积如山的打印资料，墙壁上粘贴标识的一张张阅读条目、书评记录与醒目的论文进度表，以及贴在门面上的 Tutor：Jiaji Chen 的黑色字体标签。每当回想起此种场景，眼睛会不自觉地湿润起来，这显然不是源于如释重负的惬意与放纵，更像是一种充满眷恋的念想与感怀。

　　2009 年 9 月，在国家基金委的资助下，我到澳大利亚国立大学作为期两年的联合培养博士研究工作，研究的课题就是"动物叙事"。我在亚太研究院图书馆查阅、复印了数百部动物理论、类型学与生态批评的研究著作，大量阅读了中西方动物叙事的重要文学作品，选听了国立大学语言文学系、哲学系、性别与文化研究中心、中国问题研究中心所开设的部分课程。感谢对我的论文选题和资料收集提出宝贵意见的翻译家、汉学家 John Minford 教授与 Ducan Compell 教授，以及在工作、生活中给予我关怀的 Harriette Wilson 与 Sue Mills 等老师。

　　当然，更要感谢我的华人导师宋耕教授。宋老师给我的感觉就像自家兄长一般和蔼可亲，和他交流谈天从不会有一丝的压力与紧张。我们时常在一起郊游聚餐，其间纵论世事，感悟人生，谈及澳洲的风土人情、文化风貌，又时常会情不自禁地联系起中国的当下现状，言语之中不难体会老师虽久居澳洲，但那一腔炽热的爱国情怀却是如此的真挚而强烈，让我不由心生钦佩与仰慕之情。对于我的论文，老师更是一再督促、提醒，还为我复印并寄赠了数十本国外原版的生态批评与动物理论研究资料。论文的每个小章节完成后都会率先拿给老师过目，我们在一起讨论如何让论述与观点更加完善。回想起每一个和老师在一起的瞬间都是那样温馨而惬意。

感谢我的博士生导师葛红兵教授，这本书从最初的选题、构思、框架到理论方法与研究范式的确立，都有老师悉心指导的痕迹。赴澳期间，和葛老师几乎不间断的 E－mail 联系，就如同老师坐在我身旁言传身教一般，老师温文尔雅、气宇轩昂的言谈举止，都那样清晰可见。而老师所言所语，更是字字珠玑，每每让我拥有茅塞顿开的感觉，也许这并不仅仅体现在论文写作上，包括生存的智慧、人生的哲理与处世的方式等。对于老师及老师的思想，更像是一种精神标识一直驻扎在我心中，也由此收获了继续学术之路的动力与信念。

在上海大学一年的时光，我有幸聆听了王晓明、蔡翔、王光东、曾军等几位教授的课程，他们的高屋建瓴、敏锐的思维以及风趣幽默的讲授方式，都深深地感染并启发了我。除了几位所尊敬与爱戴的师长，我尤其要提及几位才气纵横的同门师兄弟，张永禄、许道军、赵牧、张鹏与谢尚发，他们都是类型学研究的好手，基本功扎实，理论功底深厚，他们对于本书的写作提供了许多宝贵的建议，让我受益匪浅，在这里一并向他们致以谢意。

再往前溯，感谢我的硕士导师孟繁华教授。老师的言谈举止，无不启我愚蒙，垂范我心。"动物叙事"概念的最初萌生、酝酿到付诸实践的过程是在孟老师的精心指导下才得以促成，其间有过动摇、有过彷徨，也曾想索性换掉这个题目，正是孟老师的不断鼓励与支持让我一次次从学术困境中走出，不断地向着新的台阶迈进，到现在本书最终完稿，也不知能否达成老师的心意。在澳两年间，孟老师对我能否在外一个人照看好自己的饮食起居特别放心不下，每每电话、邮件过来更是问寒问暖、细致入微，这似乎早已超越了一般师生的情谊，一种胜似慈父般的情感油然而生，他是我永远的恩师。

另外，在我的博士论文写作过程中，季红真教授经常为我指点迷津，提出了宝贵的意见和建议，还热情地为我提供了很多相关的研究资料。在书稿的修改过程中，季老师再次为我进行审读，个别地方即使略有分歧，季老师也同意并鼓励让我保留自己的想法，并在百忙之中专门抽出时间欣然为书稿作序，足见老师对后学的宽容与厚爱。同时，在此我衷心地感谢所有对本书提出过建设性意见的导师们：贺绍俊教授、程光炜教授、陈福民教授、杨剑龙教授、王鸿生教授、王光东教授、黄昌勇教授、陈歆耕主编、赵慧平教授、胡玉伟教授。

本书的部分章节已陆续发表于《南方文坛》《小说评论》《当代文坛》《厦门大学学报》《湖南大学学报》《云南师范大学学报》《北京社会科学》《湖北社会科学》《宁夏社会科学》等刊物。在这里，请允许我向这些期刊以及编辑表示由衷的感谢。

本书能够顺利地在中国社会科学出版社出版，感谢编辑慈明亮老师。也感谢其他所有为本书出版而付出辛苦劳动的编辑老师。

本书虽已完成，但完成恰恰意味着崭新的开始。葛老师曾对我说：一篇真正的博士论文是一次学术生命的诞生。在我看来，这其实早已并不局限在学术生命的层面，它也代表了一种品性、一种态度与一种操守，更代表了一种对未来的信念与期许。

这一刻我流下了激动的泪水，这里面有辛酸、有感伤、有怀念，亦有眷恋，但更多的是感恩，感谢妻女，感谢父母，感谢老师，感谢每一个怀有善意并真诚地给予我帮助的人。

2017 年 2 月于无锡寓所